O Vinhedo

Da mesma autora:

Para Minhas Filhas

Juntos na Solidão

Sombras de Grace

O Lugar de uma Mulher

Três Desejos

A Estrada do Mar

Uma Mulher Traída

O Lago da Paixão

Mais que Amigos

De Repente

Pelo Amor de Pete

Barbara Delinsky

O Vinhedo

Tradução

A. B. Pinheiro de Lemos

BERTRAND BRASIL

Título original: *The Vineyard*

Capa: Leonardo Carvalho

Editoração: DFL

2006
Impresso no Brasil
Printed in Brazil

CIP-Brasil. Catalogação na fonte
Sindicato Nacional dos Editores de Livros – RJ

D395v Delinsky, Barbara
O vinhedo/Barbara Delinsky; tradução de A. B. Pinheiro de Lemos. — Rio de Janeiro: Bertrand Brasil, 2006.
434p.

Tradução de: The vineyard
ISBN 85-286-1173-6

1. Romance americano. I. Lemos, A. B. Pinheiro de (Alfredo Barcellos Pinheiro de), 1938–. II. Título.

06-0186 CDD – 813
CDU – 821.111 (73)-3

EDITORA BERTRAND BRASIL LTDA.
Rua Argentina, 171 — 1º andar — São Cristóvão
20921-380 — Rio de Janeiro — RJ
Tel.: (0xx21) 2585-2070 — Fax: (0xx21) 2585-2087

Agradecimentos

Fazer pesquisa para um livro tem um potencial de recompensa em vários níveis. Fui afortunada, enquanto escrevia *O Vinhedo*, de estar no lado que recebia informação e entusiasmo. Sem isso, *O Vinhedo* não seria o que é.

Pelas informações sobre o cultivo de uvas e o funcionamento de vinhedos, ao longo da costa sul da Nova Inglaterra, agradeço a Anne Samson Celander, Susan e Earl Samson e Joetta Kirk, de Sakonnet Vineyards, em Little Compton, Rhode Island. Pela ajuda com as minhas crises nos vinhedos, agradeço a Bob Russell, de Westport Rivers, em Westport, Massachusetts.

Meus agradecimentos a Cecile Selwyn, por partilhar o mais recente pensamento sobre dislexia e seu tratamento; a Carol Baggaley, por informações sobre o nascimento de gatinhos; a Daisy Starling, pelas coisas portuguesas, e a Jack Williams, por suas opiniões sobre os furacões secos.

Todos acima conhecem muito bem suas áreas. Sou a responsável por quaisquer erros cometidos ou por variações adotadas em nome da licença literária.

Por seu apoio, sua experiência e sua energia, agradeço a Amy Berkower, Jodi Reamer, Michael Korda, Chuck Adams e Wendy Page.

Como sempre, com amor, agradeço à minha família.

Um

No que começara como apenas outro dia de junho, em Manhattan, Susanne Seebring Malloy voltou à sua casa antiga no Upper East Side, depois do almoço com as amigas, para encontrar um envelope amarelo-açafrão em sua caixa de correspondência. Sabia que era da mãe, mesmo sem o logotipo do vinhedo no canto superior esquerdo, mesmo sem a letra elegante e inconfundível no nome e endereço. Entre o carimbo postal de Asquonset, Rhode Island, e a fragrância de frésia, que era a marca registrada da mãe, não podia haver a menor dúvida.

Susanne tirou os pés dos Ferragamos e contraiu os dedos consternada. Uma carta da mãe era a última coisa de que precisava. Só a leria mais tarde. Já se sentia bastante frágil sem isso.

E de quem era a culpa?, ela perguntou a si mesma, irritada, de uma maneira irracional. A culpa era de *Natalie*. Afinal, Natalie sempre vivera de acordo com as convenções, faria tudo certo. Fora a esposa mais submissa que Susanne já conhecera... e também fora um modelo para Susanne. Por isso, Susanne também se tornara uma esposa submissa. Quando o movimento feminista tomara força, ela estava ocupada demais a cuidar de Mark e das crianças. Não tinha tempo para uma carreira. Agora, os filhos eram crescidos e se ressentiam de sua intromissão, e Mark contratara criadas para fazerem as pequenas coisas que ela sempre fizera antes. Ainda viajava com ele de vez em quando. Mas, embora Mark alegasse adorar sua companhia, não precisava realmente de sua presença. Ela era apenas um ornamento, nada mais.

Tinha tempo para uma carreira agora. Tinha energia. Mas tinha cinqüenta e seis anos no final das contas. E com essa idade era um pouco tarde para iniciar uma carreira.

E onde isso a deixava? Era o que especulava agora, desanimada, enquanto pegava os novos catálogos na correspondência e se acomodava na poltrona junto da janela dando para o jardim. Deixava-a com Neiman Marcus, Bloomingdale's, Hammacher, Schlemmer e a sensação de que, em algum lugar, perdera o trem da história.

Deveria interrogar a mãe sobre *isso*, pensou ela, sarcástica... como se Natalie pudesse se compadecer ou pelo menos compreender a inquietação. E, mesmo que isso acontecesse, Natalie não conversava sobre problemas. Conversava sobre roupas, sobre papel de parede, sobre cartas de agradecimento em papel personalizado; era uma especialista em etiqueta.

Susanne também era. Mas ela se cansara dessas coisas. Eram chatas demais. Eram insignificantes. Eram tão irrelevantes quanto a *bouillabaisse* que ela fizera no dia anterior, antes de lembrar que Mark tinha um compromisso para o jantar. Ou os *hors d'oeuvres* que preparara nos últimos seis meses e congelara para convidados que não vinham mais... e, por falar em comida, se Natalie estivesse lhe enviando o cardápio para o Festival da Colheita do Outono no vinhedo, Susanne gritaria.

Ansiosa por uma briga, ela se levantou e foi pegar o envelope amarelo na mesinha do vestíbulo. A correspondência com a mãe era comum. Natalie sempre lhe enviava comentários sobre um ou outro vinho de Asquonset, ou então uma carta pessoal elogiosa de um vinhateiro da França ou da Califórnia... embora Susanne não estivesse interessada em qualquer das duas coisas. O vinhedo era o orgulho e a alegria de seus pais, não dela. Passara décadas tentando convencê-los disso. As pressões para que ela se envolvesse, como a maioria das coisas em sua vida, haviam envelhecido.

Mas aquele envelope era diferente. Era o mesmo papel encorpado que Natalie apreciava, mas a cor — um amarelo profundo, escrito com tinta azul-escura — estava muito longe do clássico marfim com tinta de cor vinho que caracterizava em geral a correspondência de

Asquonset. E não estava endereçada a Susanne apenas. Era para o Sr. e Sra. Mark Malloy, com uma letra de calígrafa, que também era um desvio do padrão de Asquonset.

Apreensiva, Susanne manteve imóvel por um momento a mão que segurava o envelope, pensando que havia alguma coisa diferente com Natalie nas últimas vezes em que haviam conversado. Suas palavras eram otimistas, ressaltava como Asquonset estava se recuperando da morte de Alexander, mas ela parecia... perturbada. Mais de uma vez, Susanne sentiu que havia alguma coisa que Natalie não estava lhe dizendo. Mas, como não queria se envolver nos negócios do vinhedo, Susanne não pressionou. Concluiu simplesmente que a atitude da mãe era parte do processo de luto. Agora, de repente, ela especulou se havia uma ligação entre aquele envelope e a tensão de Natalie. Ela abriu o envelope e tirou um cartão da mesma cor.

VENHA COMEMORAR NOSSO CASAMENTO
DIA DO TRABALHO, DOMINGO, 16 HORAS,
CASA-GRANDE DO
VINHEDO E VINÍCOLA ASQUONSET

NATALIE SEEBRING E CARL BURKE

Susanne franziu o rosto. Leu de novo o convite.

Casamento?

Atordoada, ela leu pela terceira vez, mas as palavras não mudaram. Natalie casando de novo? Não fazia sentido. Natalie casando com *Carl*? Fazia ainda *menos* sentido. Carl Burke fora gerente do vinhedo durante trinta e cinco anos. Era um empregado, um homem simples, de recursos escassos, que não chegava *nem* aos pés de Alexander Seebring — o pai de Susanne —, marido de Natalie durante cinqüenta e oito anos, morto há apenas seis meses.

Susanne sabia que Carl fora uma grande ajuda para Natalie durante os últimos meses. Natalie mencionara-o com freqüência... ainda mais ultimamente. Mas *falar* sobre o homem era uma coisa; casar com ele era outra muito diferente.

Aquilo era uma piada? Não era provável. Mesmo que Natalie fosse uma gozadora, o que não era o caso, jamais faria uma piada de tanto mau gosto.

Susanne virou o cartão à procura de uma explicação da mãe no verso. Mas não havia nenhuma.

Ao ler as palavras pela quarta vez, não tendo opção que não considerá-las como reais, Susanne sentiu-se profundamente magoada Mães não faziam coisas assim, ela disse a si mesma. Não davam notícias tão importantes para suas filhas num convite formal... a não ser que estivessem apartadas por alguma desavença, o que não acontecia com Natalie e Susanne. Conversavam pelo telefone uma vez por semana. E se encontravam a cada dois meses, mais ou menos. É verdade que não faziam confidências uma para a outra. Isso não estava na natureza do relacionamento. Mas, mesmo assim, apesar disso, não fazia sentido para Susanne que Natalie não a tivesse avisado sobre Carl... a menos que o aviso tivesse sido indireto, de uma maneira evasiva, pelas freqüentes referências a Carl.

Talvez Susanne não tivesse notado isso, mas com certeza não deixaria de notar qualquer alusão a casamento. Não houvera nenhuma. Para todos os propósitos externos, Natalie ainda estava de luto.

Susanne leu o convite mais uma vez. Ainda atordoada, ainda incrédula, ela pegou o telefone.

No vestíbulo da pequena casa colonial de Greg Seebring, em Woodley Park, Washington D.C., um envelope amarelo, idêntico ao que a irmã recebera, estava entre as cartas espalhadas pelo chão, por baixo da fenda para a correspondência. Ele não o viu a princípio, quando chegou em casa naquela mesma tarde. Reparou apenas no excesso, grande demais para ser a correspondência de um único dia. Ausentara-se durante três dias e calculou que a correspondência ali era de todo esse período. Mas onde sua esposa estivera?

— *Jill*? — chamou ele.

Greg saiu a procurá-la, afrouxando a gravata. Ela não estava na sala, na cozinha ou no escritório. Ele subiu, mas também não a encontrou nos dois quartos. Confuso, parou no patamar, tentando recordar se Jill planejara qualquer coisa. Se era esse o caso, ela não lhe dissera. Não se falaram durante a viagem. Greg se mantivera ocupado o tempo todo, saía do hotel cedo e voltava tarde, cansado demais para telefonar. Sentira-se feliz com a oportunidade de pegar um avião mais cedo para voltar. E pensara que Jill se sentiria satisfeita.

Satisfeita? Ela nem estava em casa!

Ele deveria ter telefonado.

Mas Jill também não telefonara.

Com um súbito cansaço, ele desceu para pegar a mala. Mas largou-a um instante depois de levantá-la. Pegou apenas o laptop e recolheu a correspondência. E achou de novo que havia coisa demais.

Especulou se Jill fora visitar a mãe. Há algum tempo que ela vinha pensando nisso.

Greg largou a correspondência no balcão da cozinha. Ligou o laptop ao telefone e deu o *boot*. Enquanto esperava, separou a correspondência comercial e as contas. A maior parte do resto era identificada pelo endereço para devolução. Havia um envelope do comitê para a eleição de Michael Bonner, um amigo que estava concorrendo ao Senado dos Estados Unidos. Era com certeza um pedido de dinheiro. Havia uma carta de uma colega de Jill na universidade e outra com o carimbo de Akron, Ohio, onde a mãe de Jill morava. Devia ter sido remetida antes da decisão de Jill de visitá-la. Havia outra com um carimbo mais familiar... e um cheiro ainda mais familiar.

Ele pegou o envelope amarelo, imaginando a mãe. Forte. Graciosa. Exuberante como um narciso, embora distante.

Mas as cores do vinhedo eram o envelope marfim com tinta de cor vinho. Ela sempre as usava. Asquonset era sua identidade.

O envelope tinha o peso de um convite. Não havia nenhuma surpresa, pois a especialidade de Natalie era dar festas. Mas também Alexander Seebring sempre amara uma festa. E quem podia culpá-lo por isso? Nunca fora o cavalheiro rural típico. Em muitos e muitos dias circulava pelo vinhedo ao lado de seu gerente, de jeans e camisa de zuarte. Se não isso, viajava para divulgar o nome Asquonset. O trabalho deu resultado. Depois de anos de luta, Asquonset passou a dar um bom lucro. E ele ganhou o direito de promover festas.

E Natalie sabia como cuidar de tudo. Estava em seu elemento, comandava fornecedores, floristas e músicos. Havia sempre dois festivais em Asquonset todos os anos; um para dar as boas-vindas à primavera, o outro para celebrar a colheita. A festa da primavera fora cancelada naquele ano, pois a morte de Al ainda estava recente. Aparentemente, porém, Natalie não gostava dessa situação. Ela detestava usar preto. Não tinha um único vestido preto em seu guarda-roupa. Tivera de comprar um para o funeral.

Portanto, apenas seis meses depois, ela estava voltando à forma. Greg não sabia se aprovava. Parecia errado, seu marido de tantos anos — pai de Grey — ainda recente na sepultura, com o futuro de Asquonset ainda em suspenso.

Natalie queria que Greg assumisse a direção do vinhedo. Não chegara a dizê-lo expressamente, mas mesmo assim ele dera a resposta: *Não. De jeito nenhum. Não há a menor possibilidade.*

Ele pensou que a mãe poderia ter encontrado um comprador... e talvez a festa seria para apresentá-lo, quem quer que fosse. Mas ela teria avisado antes. Ou talvez não. Greg sempre deixara bem claro o que sentia em relação ao vinhedo. Era um pesquisador da opinião pública. Vivia viajando, a trabalho para os clientes, três semanas em quatro. Tinha sua empresa para dirigir e a dirigia muito bem. Produzir vinho fora a paixão de seu pai. Não era a de Greg.

Não que ele fosse um observador imparcial. Se Natalie vendesse Asquonset, receberia um bom dinheiro, metade do qual acabaria pertencendo ao filho. Nesse sentido, cabia-lhe verificar um possível comprador. Não podia deixar que a mãe vendesse o vinhedo por menos que o seu valor.

Ele largou o envelope no balcão e bateu a senha no laptop, para começar.

Mas o envelope parecia exigir sua atenção. Curioso em saber o que Natalie planejara, ele tornou a pegá-lo, abriu-o e tirou um cartão.

POR FAVOR, VENHA COMEMORAR NOSSO CASAMENTO DIA DO TRABALHO, DOMINGO, 16 HORAS, CASA-GRANDE DO VINHEDO E VINÍCOLA ASQUONSET NATALIE SEEBRING E CARL BURKE

Greg ficou olhando para o cartão, atordoado.

Um casamento? De sua mãe e *Carl*? De onde saíra *essa* idéia?

Natalie tinha setenta e seis anos. Talvez estivesse perdendo o juízo, pensou Greg, balançando a cabeça. E Carl? Ele devia ser ainda mais velho. O que *ele* estava pensando?

Carl sempre estivera no vinhedo. Alexander considerava-o um amigo. Mas um amigo não casaria com a viúva de um homem menos de seis meses depois de sua morte, assim como uma viúva não poderia casar tão depressa com alguém tão próximo.

Era compreensível que Natalie se apoiasse mais em Carl agora que Alexander morrera. Greg não dera a importância ao fato de que a mãe passara a mencionar Carl com mais freqüência nas últimas semanas. Em retrospectiva, ele percebeu agora que as referências eram sempre elogiosas. Parecia que Greg perdera alguma coisa.

Seria romance? *Sexo*? Os dois não estavam um pouco velhos para isso? Greg tinha quarenta anos e vinha perdendo o interesse muito depressa. Sexo exigia esforço, se você queria fazer certo. Mas talvez os dois não fizessem como *ele* costumava fazer. De qualquer forma, era embaraçoso pensar em sua mãe fazendo alguma coisa. E ainda por cima com Carl? Um *velho rabugento*?

Talvez fosse uma manobra hábil. Talvez Carl estivesse de olho no vinhedo. Não se aposentara e passara o comando ao filho? A decisão fora de Alexander, mas Carl trabalhava no vinhedo há tanto tempo que não podia deixar de indicar quem assumiria em seu lugar, ou seja, talvez Carl quisesse que Simon ficasse com o vinhedo. E o casamento com Natalie era um meio de conseguir o que queria.

Greg tinha de ligar para Natalie... mas como detestava a perspectiva! O que podia dizer? *Não quero o vinhedo, mas também não quero que fique com Simon?*

Talvez devesse ligar primeiro para Susanne. Ela falava com Natalie com mais freqüência. Era bem possível que soubesse o que estava acontecendo.

Oh, Deus, como ele detestava isso também! Susanne era dezesseis anos mais velha. Tinham a mesma mãe, mas nunca haviam sido muito ligados.

Greg desabotoou o colarinho, resmungando baixinho. Precisava tirar férias. Até já planejara. Uma viagem a Asquonset, no fim de semana do Dia do Trabalho, no início de setembro, seria impossível. Iria para o norte, até Ontário, numa viagem de pescaria. Já reservara tudo.

Não que Jill estivesse satisfeita. Se pudesse escolher, ela iria para Asquonset. Gostava do vinhedo. Ou pelo menos era essa a impressão de Greg. Mas era difícil saber qualquer coisa da mulher nos últimos tempos. Havia algo acontecendo. Ela se mantinha mais retraída do que o normal. Poderia estar passando por uma crise de meia-idade? Aos *trinta e oito anos*?

Greg não queria pensar na possibilidade da esposa desmoronar. Era pior que pensar em um casamento de Natalie com Greg. Lidaria com isso mais tarde. Ele atravessou a cozinha e abriu a porta da garagem. O carro de Jill não estava ali, o que significava que devia estar estacionado no aeroporto. Jill fora mesmo visitar a mãe, com toda certeza. E foi então que ele teve uma idéia. Na expectativa de entender o que afligia a esposa, pensando que a carta da mãe poderia oferecer uma indicação — sabendo que sempre poderia dizer que abrira por acaso, com o resto da correspondência —, ele a abriu. Tirou a folha dobrada.

Querido Greg...

Querido Greg? Não era da sogra para Jill. Era para ele. Greg deu uma olhada no envelope. A carta não estava endereçada a Jill. Tinha o seu nome. Enviada *por* Jill.

Com um súbito presságio, ele começou a ler.

* * *

Num estúdio montado na garagem, por trás de uma velha casa vitoriana, pintada de branco, numa rua transversal estreita de Cambridge, Massachusetts, Olivia Jones sonhava enquanto trabalhava. Fazia isso com freqüência. Era uma das vantagens de seu trabalho.

Ela restaurava fotos antigas, uma habilidade que exigia paciência, olhos aguçados e mão firme. Tinha todas as três coisas, além de uma imaginação capaz de levá-la ao mundo de quase qualquer foto. Mesmo agora, enquanto usava várias tonalidades de tinta cinza para restaurar um rosto esmaecido, ela podia se situar dentro da foto, com uma família de trabalhadores migrantes que vivia na Califórnia, no início dos anos 30. A Depressão prevalecia. A vida era difícil, a comida, escassa. As crianças trabalhavam junto com os pais e avós, hora após hora, onde houvesse uma colheita. Começavam o dia sujas e terminavam ainda mais sujas. As expressões eram sombrias, as faces encovadas, os olhos enormes e angustiados.

Sentavam juntas na varanda de um barraco avariado pelo tempo. Olivia contornou-as para entrar. O lugar era pequeno, mas funcional. Havia catres encostados em quase todo o espaço de parede, um fogão de lenha e algumas cadeiras no centro. O ar recendia a poeira e suor de trabalho. Numa mesa quase na porta havia um pão que acabara de sair do forno, cheiroso e quente. Um ensopado borbulhava no fogão. Uma prateleira continha um sortimento variado de louça lascada, canecas e pratos de estanho. Estariam retinindo quando a família comesse. Ela já podia ouvir os sons agora.

De volta à varanda, tornou a se ligar ao grupo. Todos ali se tocavam... na mão, no braço, no ombro, no rosto. Eram nove pessoas, de três gerações, sobrevivendo à desolação de suas vidas pelo conforto que encontravam na família. Não tinham bens materiais, apenas uns aos outros.

Olivia estava com trinta e cinco anos. Tinha uma filha de dez anos, um trabalho, um apartamento com TV e videocassete, um computador, uma lavadora e uma secadora de roupas. Tinha um carro. Tinha um colete da Patagônia e sandálias da L.L. Bean. Tinha uma Nikon que era bastante velha e antiga para valer uma nota.

Mas como invejava a intimidade daquela família de trabalhadores migrantes!

— Eram tempos difíceis — comentou uma voz rouca por trás de seu ombro.

Ela levantou os olhos para ver o patrão, Otis Thurman, olhando para a foto com o rosto franzido. Era uma das várias fotos recém-descobertas e, ao que tudo indicava, eram de Dorothea Lange. O Metropolitan Museum, de Nova York, incumbira-o de restaurar as fotos. Olivia estava fazendo o trabalho.

— Eram tempos mais *simples* — comentou ela.

Otis soltou um grunhido.

— Prefere aqueles tempos? Não é o meu caso. Vou embora agora. Tranque o estúdio quando sair.

Ele se afastou, os passos mais firmes e ágeis do que se poderia esperar de um homem aos setenta e cinco anos. Mas Otis tinha os seus acessos para mantê-lo em forma. Passara o dia inteiro na maior irritação. Mas, depois de cinco anos trabalhando com ele, Olivia sabia que não era pessoal. Otis era um Picasso frustrado, um pintor em potencial que não seria tão bom na criação quanto era na restauração. Mas a esperança resistia à morte, mesmo na sua idade. Ele voltaria para suas telas e tintas em tempo integral... pois faltavam apenas sete semanas para sua aposentadoria.

Ele aguardava ansioso por isso. O que já não acontecia com Olivia.

Otis sempre anunciava os dias e horas que faltavam, numa contagem regressiva. Olivia tentava não escutar.

Formamos uma boa equipe, argumentava ela. *Estou velho demais*, respondia Otis.

E era *isso* que a fascinava naquela família de migrantes. O velho na foto era bastante encanecido para fazer Otis parecer um jovem, mas ainda estava ali, ainda era produtivo, ainda integrava o grupo.

As coisas eram diferentes hoje em dia. As pessoas se consumiam mais cedo, o que não era de admirar. Andaram sozinhas pela corda bamba da vida, sem rede protetora.

Olivia preocupava-se com a aposentadoria de Otis. Imaginava-o sentado sozinho, dia após dia, com os instrumentos de arte que não conseguia usar para atender a seus elevados padrões, sem ninguém para perturbar, pressionar e exigir. Ele não seria feliz.

Está enganada, Olivia. Otis tinha muitos amigos na comunidade artística e bastante dinheiro poupado. Levaria uma vida das mais satisfatórias. *Ela* é que teria problemas.

Finalmente encontrara seu lugar. Restaurar fotos antigas era natural para alguém com conhecimento de câmeras e olho para a arte... e ela tinha as duas coisas, embora tenha demorado algum tempo para perceber. Tentativas e erros contavam a história de sua vida. Fora garçonete. Trabalhara em telemarketing. Vendera roupas. Vender câmeras viera muito depois, junto com a descoberta de que adorava tirar fotos. Depois, viera Tess. Breves períodos de aprendizado com um fotógrafo profissional e o trabalho de freelance para um museu que queria fotos de suas exposições. Até que Otis aparecera.

Pela primeira vez em sua vida, Olivia amava realmente seu trabalho. Era melhor em restauração de fotos do que fora em qualquer outra coisa. Podia ficar mergulhada *horas* a fio nas fotos do passado, recendendo a idade, revelando grandeza. Para Olivia, o mundo de ontem era mais romântico que o de hoje. Ela gostaria de viver naquele tempo.

Como não podia, gostava de trabalhar para Otis. O sentimento era recíproco. Poucas pessoas em sua vida haviam-na aturado por cinco anos. Era verdade que ela agüentava os acessos de mau humor de Otis. Por outro lado, ele reconhecia que Olivia fazia o trabalho melhor do que uma longa sucessão de assistentes.

Apesar de tudo, Otis gostava mesmo dela. A foto de 20x24 na parede demonstrava isso. Ele a tirara na semana passada, quando Olivia aparecera no trabalho com os cabelos curtos demais. Ela mesma o cortara, num acesso de raiva, pois os cabelos compridos eram incômodos demais no calor sufocante. Arrependera-se no instante seguinte. Um cabeleireiro aparou as pontas, melhorou um pouco a aparência. Ainda assim, ela fora trabalhar com um enorme chapéu de palha... que Otis se apressara em tirar.

Abençoado fosse, ele dissera que gostava de seus cabelos, que faziam com que Olivia parecesse mais despreocupada e divertida... e depois a fotografara. Ela estava de pé na frente de uma parede lisa de concreto, usando um vestido comprido de alças, os dedos aparecendo na frente das sandálias, os cabelos de menino. Ela se sentia exposta e constrangida, não estava acostumada a ficar naquele lado da câmera, embaraçada pelos cabelos. Por isso ela passara os braços pela cintura e encolhera o queixo.

Otis usara luz, ângulo e foco para fazer com que ela parecesse esguia em vez de magra, intrépida em vez de inibida. Fizera com que os cabelos curtos, de um louro-avermelhado, parecessem elegantes e que as unhas dos pés, pintadas de marrom, se tornassem exóticas. Em suma, fizera com que ela parecesse bonita.

Seus lábios se alargaram num sorriso quando se deslocaram para a foto ao lado. Tess estava com ela, aos nove anos, no verão anterior. Vestiam-se como dançarinas de um *saloon* de Dodge City, nos tempos do Velho Oeste. Otis condenara a foto, como a forma mais infame de fotografia comercial. Mas as duas haviam se divertido. Falavam agora em se vestir ao melhor estilo elizabetano naquele verão... presumindo que tivessem condições de passar outro fim de semana na praia. O dinheiro andava mais curto agora, sem a pensão alimentícia que recebia antes. E Olivia começava a sentir a realidade da situação.

Jared Stark decepcionara-a por todos os meios possíveis e imagináveis. Deveria amá-la. Se não, pelo menos amar a filha. No mínimo, teria de ajudá-la a manter a criança abrigada, alimentada e vestida. Em vez disso, o que ele fizera? Jared *morrera.*

Um despertador tocou. Olivia desligou-o, reprimindo a raiva que substituíra a dor. Tess era o amor de sua vida e o dia de aula chegava ao fim. Ela tampou as tintas, lavou os pincéis e guardou no cofre as fotos que podiam ser de Lange. Arrumou o estúdio, guardou na pasta o trabalho burocrático que faria em casa e abriu a porta, a tempo de cumprimentar o carteiro.

As contas e as cartas pessoais de Otis estavam numa pilha, a correspondência endereçada ao estúdio em outra. Entre as maiores, havia um folheto de ofertas de supermercado, uma correspondência do Instituto Americano para a Preservação de Obras Históricas e Artísticas e a revista *Time* da semana. No fundo da pilha, havia um envelope pardo grande.

Um olhar para o nome da remetente deixou Olivia na maior satisfação. O envelope era marfim, com um logotipo de cor vinho mostrando em traços um cacho de uvas se derramando de um copo de vinho. Por baixo, havia o nome estilizado, tão familiar agora, *Vinhedo e Vinícola Asquonset, Asquonset, Rhode Island.* O nome e o endereço do destinatário foram escritos à mão, na letra mais tradicional, embora não menos familiar, de Natalie Seebring.

Olivia aproximou o envelope do nariz. Fechou os olhos e aspirou. Conhecia agora aquele perfume de frésia tão bem quanto conhecia a letra. Desfrutou-o por um longo momento, antes de ir até a mesa grande, onde estava a última remessa de fotos enviadas por Natalie. Eram do início dos anos 50, precisavam de graus variados de reparação. Estavam prontas para serem devolvidas. Agora, chegava uma nova remessa. Não poderia ser mais oportuna.

Olivia jamais se encontrara com a mulher, mas sentia que a conhecia muito bem. As fotos contavam histórias e Olivia inventava com a maior facilidade o que não diziam. Natalie fora uma linda criança nos anos 20, uma beldade deslumbrante nos anos 30. Nos anos 40, fora a noiva tímida de um garboso soldado, e nos anos 50 se tornara a mãe risonha de duas crianças adoráveis. Segundo as fotos, vestia-se bem e vivia em grande estilo. Quer estivesse numa sala, com um lindo tapete oriental à sua frente, sentada num elegante divã, com um quadro original na parede por trás, ou num jardim, cercada pelos exuberantes arbustos e flores, que mostravam cores, mesmo em preto-e-branco, os cenários das fotos eram coerentes com a imagem de uma rica família de produtores de vinho.

Não eram migrantes oprimidos. Aquelas fotos, é claro, não possuíam a importância artística das que foram tiradas por Dorothea Lange, mas Olivia acompanhara o crescimento daquela família por meses e se sentia totalmente envolvida. A atração ali era a prosperidade e a tranqüilidade. Ela fantasiara ser uma Seebring mais vezes do que podia contar.

Sua própria história era completamente diferente de tudo o que ela vira naquelas fotos. Jamais conhecera o pai. A mãe nem mesmo sabia quem ele era. Olivia fora o produto do amor de uma noite, estimulado pelo álcool, numa viela perto de Times Square, em Manhattan, na escuridão do réveillon. Carol Jones, sua mãe, tinha dezessete anos na ocasião.

As feministas poderiam dizer que fora estupro. Meses mais tarde, no entanto, quando finalmente compreendeu que estava grávida, Carol foi bastante rebelde e desafiadora para dizer aos pais que fora amor. Eles a repudiaram. Rebelde e desafiadora, como era previsível, Carol retaliou, saindo de casa sem nada de sua herança, a não ser o sobrenome, Jones.

O que não servira em nada para Olivia. Havia páginas e mais páginas de Jones em todas as listas telefônicas. Incontáveis em Nova York. E agora ela não apenas não podia encontrar os avós, como também não conseguia descobrir a própria mãe. Ao se mudar de um lugar para outro, Olivia deixara uma trilha de miolo de pão capaz de rivalizar com Hansel e Gretel. Mas nenhum parente jamais a procurara. Ao que parecia, ninguém se interessava... e perdiam muito com isso. Olivia podia não ser um grande prêmio, mas Tess era um autêntico tesouro.

Infelizmente, a perda era nos dois sentidos. Essa lacuna em sua história significava que Olivia e Tess careciam de uma família ampliada. Eram apenas as duas contra o mundo. Não era tão ruim assim no final das contas. Olivia aceitara essa situação. Podia agüentar.

Nem por isso deixava de sonhar, é claro... e vinha sonhando agora que era parente de Natalie Seebring. Pensar em avó e neta talvez fosse um exagero, mas havia uma mulher, em uma das primeiras fotos enviadas de Asquonset, que parecia um pouco com Carol, poderia até ser a avó de Olivia. Ela não vira a mulher em qualquer das fotos depois da guerra, mas havia uma explicação fácil para isso. Ela podia ter se alistado no corpo feminino do Exército, apaixonara-se por um militar e fora morar em Nova York. O marido podia ser um militar rígido, que queria tudo feito à sua maneira. Ou podia ter um ciúme irracional, proibindo o contato da mulher com a família. Por isso, sua ausência nas fotos subseqüentes.

Mas, se ela era irmã de Natalie, então Natalie seria tia-avó de Olivia. Mesmo que fossem apenas primas, o sangue as ligaria.

Olivia olhou para o relógio. Tinha de ir buscar Tess. O tempo era cada vez mais curto.

Mas a atração daquela nova remessa era grande demais para ela resistir. Ela abriu o envelope e deu uma olhada dentro. O cheiro de frésia era mais forte agora. Ela pôs a carta de lado e deu uma olhada nas fotos, várias dezenas. A maioria era 20x24, em preto-e-branco. Por baixo, havia um envelope amarelo.

Curiosa, ela pegou-o. O nome e o endereço de Otis estavam na frente, escritos com uma letra de calígrafa. Natalie oferecia uma festa, pensou Olivia... e no mesmo instante pensou em ir como *acompanhante* de Otis. Não se importaria se as pessoas rissem. Queria conhecer Asquonset. Queria conhecer Natalie.

Ela pôs o convite na mesa de Otis, junto com sua correspondência. Mas logo tornou a pegá-lo e guardou junto com as fotos. Ele não voltaria até o dia seguinte. E ela achou que seria agradável ter o convite em sua casa por uma noite.

Olivia pôs o pacote em sua pasta, verificou se estava tudo em ordem no escritório pela última vez, depois saiu e trancou a porta. A nova remessa de fotos de Natalie seria o prazer que proporcionaria a si mesma naquela noite, depois que cuidasse de todo o resto.

Já saboreando, em antecipação, ela meio que andou, meio que correu pelas ruas estreitas, quase espremida entre as casas coladas, as árvores e os carros estacionados. O ar de junho estava quente e parado. Ela chegou à escola de Tess com dez minutos de atraso.

A maioria das crianças já fora embora. Restavam apenas umas poucas, cada uma absorvida em si mesma. Tess estava parada sozinha num canto da escola, um ombro mais baixo pelo peso da mochila, um pé virado para dentro, os óculos quase na ponta do nariz, tinha uma expressão desolada.

Dois

Com um aperto no coração, Olivia fez um esforço para manter a voz jovial.

— Oi, querida.

Ela abraçou a filha, que mal retribuiu, e afastou para o lado a massa de cabelos castanhos rebeldes.

— Está atrasada — murmurou Tess.

— Sei disso. Sinto muito. Fui retida por um problema no momento em que ia sair. Como foi o seu dia?

Tess fez um gesto que podia ser um dar de ombros, mas se perdeu quando ela começou a descer pela rua. As pernas não eram compridas, mas andavam depressa. Olivia teve de se apressar para acompanhá-la.

— Tess?

Ainda o silêncio desafiador.

— Um dia difícil?

— O pior. Sou burra. Simplesmente burra.

— Não é não.

— Sou sim! A mais burra da turma!

— Nada isso. É a mais inteligente da turma. Seu QI deixa os outros lá atrás. Você é disléxica. Só isso.

— *Só?*

Tess parou de repente. As sardas eram de um vermelho brilhante contra a palidez da pele. Os óculos de aros finos ampliavam os olhos castanhos e tristes que de repente ficaram marejados de lágrimas.

— Mamãe, ela me fez ficar na sala na hora do recreio porque meu trabalho estava uma porcaria. Minha letra não presta. Ela não consegue ler. E minha soletração também não presta. E mesmo que fosse boa não fiz o que ela mandou. Não ouvi direito, porque minha audição também não presta!

Olivia pegou o rosto da filha entre as mãos.

— Sua audição é boa. Você ouve cada palavra que eu digo, mesmo quando não deveria, porque é *linguagem de adulta.*

Tess desvencilhou o rosto e recomeçou a andar. Olivia já estava ao seu lado quando viraram a esquina. Percorreram vários quarteirões até Tess se acalmar. Quando Olivia estendeu o braço pelos ombros da filha e puxou-a, Tess não resistiu. Viraram à direita numa rua, à esquerda na seguinte.

— Parece um labirinto — comentou Olivia quando viraram em outra rua.

Ela esperava ganhar um sorriso com o comentário. Em vez disso obteve uma resposta sombria:

— E nós somos os ratos.

— Qual é a recompensa no final?

Tess não respondeu. E depois chegaram em casa. Moravam num apartamento anexo a uma pequena casa de alvenaria, que nos tempos áureos pertencera a membros da suposta elite de Cambridge. O fato de que ficava mais espremida entre as outras do que uma casa da verdadeira elite seria oculto por uma densa fileira de árvores. Essas árvores também impediram que os vizinhos vissem quando os proprietários fecharam a varanda, acrescentaram um quarto e um banheiro, e ofereceram o espaço para alugar.

Olivia não era a primeira inquilina. A cozinha pequena era no estilo dos anos 50, o banheiro era apenas um pouco melhor, mas ela adorara à primeira vista... adorara a classe, o exotismo, o charme. Um olhar para as paredes de tijolos cobertas de hera e o caminho de lajes, ladeado de cálmias em flor, e ela sabia que tinha de morar ali, antes mesmo de conhecer o apartamento.

Só depois de se mudarem é que ela compreendeu como o apartamento era mínimo, não necessariamente o melhor que poderia encontrar pelo dinheiro. Mas o negócio fora fechado e o apartamento tinha mesmo caráter, exotismo e charme. Instalou Tess no pequeno quarto, que pintou de azul-celeste, com uma floresta de árvores do chão ao teto. Ela mesma dormia num sofá-cama na sala. O sofá era ladeado por duas armadilhas de lagosta, cada uma contendo um abajur. Um velho baú de madeira, numa plataforma com rodas — pintados com um verde marinho, como as armadilhas de lagosta —, servia para guardar roupas; e à noite podia ser afastado para o canto com facilidade. Havia uma poltrona no lado, bastante grande para ser partilhada por Olivia e Tess na leitura antes de dormir. Havia ainda uma mesa colonial americana, com cadeiras combinando. Fora um presente de aniversário de Olivia para si mesma no ano anterior. Também fora uma inspiração para horas de imaginação sobre quem as possuíra antes.

Mal abriram a porta naquele dia quando o telefone começou a tocar. Mãe e filha trocaram um olhar exasperado, pois sabiam quem era.

— É Ted — murmurou Tess.

— Também acho.

— Estamos dez minutos atrasadas. Aposto que ele está ligando sem parar há dez minutos.

— Hum-hum...

— Ele deve estar frenético com alguma coisa.

A criança falou num tom desdenhoso que Olivia teria considerado desrespeitoso se não soubesse que Tess tinha razão.

Ted estava sempre frenético. Era uma personalidade do tipo A, em tensão permanente, um impulso de compra por parte de Olivia, encontrado no caixa de uma livraria. Em retrospectiva, ela sabia que deveria ter percebido que Ted era problemático, pois não sorrira uma única vez durante aquele primeiro encontro. Mas a olhara nos olhos, o que era mais do que muitos homens faziam, e conversara sem hesitar, ao contrário da maioria. Até se mostrara interessado pelo livro que ela comprara e por quê.

Olivia, é claro, pensara no início que a intensidade era sinal de paixão. Ted comprava flores, levava-a para jantar fora, alugava filmes. Telefonava com tanta freqüência que ela acabou sugerindo que não ligasse mais para o estúdio. A essa altura, ela já havia compreendido que Ted não estava apaixonado, mas apenas tratava o relacionamento da mesma forma neurótica com que cuidava do resto de sua vida. Vinham se encontrando há cinco meses, e agora o fim estava próximo.

Olivia não podia deixar de reconhecer. Tinha um jeito todo especial para atrair perdedores. Não que ela quisesse. Não que planejasse. Quase sempre se sentia atraída por uma única característica — por exemplo, olhos grandes, uma voz sensual — e nem sempre era física. Deixara-se envolver por Pete Fitzgerald porque ele sabia cozinhar. Fazia pratos irlandeses, italianos, judaicos. Preparava o *blini* russo mais leve que ela já comera. Ao sair da cozinha, no entanto, ele era um fracasso.

Como o telefone continuava a tocar, ela foi atender.

— Alô?

— Oi — disse Ted. — Queria apenas saber se você está bem. Foi um dia infernal aqui, com uma reunião depois de outra. Parece até que era um plano para mudar o mundo inteiro, quando não passava de um plano qüinqüenal para uma pequena empresa, que provavelmente já terá naufragado antes de terminar o primeiro ano. Por que chegou em casa tão tarde?

— Tive problemas. — Olivia revirou os olhos para fazer Tess rir. — Mas não posso conversar agora.

— Sei como é... também não tive tempo de fazer qualquer coisa por mim desde o início da manhã... juro que passei todo esse tempo em reuniões... acho que não serei capaz de agüentar por muito mais tempo... ligo de novo dentro de dez minutos.

— Não. Tess e eu temos coisas para fazer. Eu ligarei mais tarde.

— Ahn... está bem... passarei mais uma hora aqui... e depois uma hora na academia... presumindo que os aparelhos de que preciso estarão livres, o que é esperar demais... os idiotas usam os pesos durante horas... não sou nenhum magricela, mas eles zombam de mim e trato de me mandar... caso eu demore mais de uma hora, por que não tenta falar comigo em casa, às oito horas?

— Tentarei. Tenho de desligar agora.

Foi o que ela fez, exausta. Ted tinha esse efeito.

O queixo de Tess tremia.

— A Sra. Wright mandou um bilhete.

— Essa não!

Ted foi prontamente esquecido. Olivia respirou fundo. Só podia torcer para que o bilhete estivesse num envelope lacrado.

— Eu rasguei.

— Não pode ter feito isso.

— Rasguei e joguei fora.

— Oh, Tess! Preciso ver todos os bilhetes.

— Não, não precisa. Ela é apenas uma professora. Não sabe de tudo, ou seja, mesmo que o envelope estivesse lacrado, a filha saberia o que a professora escrevera.

— Onde está o bilhete?

Tess desviou os olhos, desafiadora. Olivia pôs a mão em seu queixo e virou-lhe o rosto, gentilmente.

— Onde está o bilhete?

A menina olhou para o teto, ainda com um ar decidido.

Olivia suspirou, soltou o queixo da filha e recuou. Foi nesse instante que ela viu o canto rasgado de alguma coisa saindo do bolso da frente do jeans de Tess. Tirou uma parte do bilhete, depois uma segunda e uma terceira. No pequeno balcão quadrado ao lado do fogão, Olivia juntou os pedaços. O bilhete dizia:

Prezada Sra. Jones. Precisamos conversar sobre o que fazer com Tess no próximo ano. Sei que a perspectiva de repetição de ano é desagradável, mas ignorar meus bilhetes não ajuda a resolver a situação.

Ignorar que bilhetes?, pensou Olivia, apreensiva.

Temos de nos encontrar. A decisão final sobre as turmas do próximo ano será na segunda-feira. Se não tiver notícias suas até lá, recomendarei que Tess permaneça na quarta série por mais um ano. Atenciosamente, Nancy Wright.

A mente de Olivia era um turbilhão. Tess fora examinada, o diagnóstico, confirmado. Tinha aulas especiais na escola três vezes por semana. Na última reunião que tivera com a professora e a orientadora, Olivia fora informada de que a filha apresentava uma ligeira melhora na soletração. Mas continuava a falhar nas provas, porque lia errado as instruções ou escrevia errado as respostas. Tess não podia ler. O que era um problema assustador. *Ela não podia ler.*

A tutora alegara que melhoraria com o tempo. Olivia perguntara quanto tempo. Tess parecia estar se atrasando mais e mais em relação às outras crianças na turma. Gostava de aprender e conservava o que aprendia. Quando Olivia lia para ela, Tess sempre reagia e demonstrava inteligência. Um a um, fora capaz de compreender os conceitos mais complexos. Sozinha, porém, carecia dos instrumentos necessários para ter acesso a esses conceitos.

Três sessões de meia hora por semana com uma tutora especial não eram suficientes. Tess poderia aproveitar o dobro. O que ela precisava mesmo era de toda uma escola especial, mas isso era um sonho inacessível. Olivia fazia o que podia, ajudava nos deveres de casa. Também tentava fazer com que a professora fosse mais gentil. O problema era que Tess não ajudava em nada ao deixar de entregar os bilhetes da professora.

— Não brigue comigo — suplicou Tess. — Não trouxe os outros bilhetes porque sei o que ela quer fazer. Posso ver em seu rosto, sempre que olha para as minhas provas. Pensei que, se me esforçasse mais, poderia melhorar e ela não me olharia daquele jeito. Só que continua a olhar.

Olivia abraçou Tess, apertou-a com uma súbita intensidade. Compreendia muito bem. Na verdade, até *concordava*. Para começar, não quisera Tess na turma de Nancy Wright. A mulher era inflexível com as instruções, e seguir instruções era uma das coisas mais difíceis para Tess. Ela entrava em pânico. E se precipitava. Perdia o lugar. Tentava adivinhar. A outra professora da quarta série era muito melhor com crianças que tinham transtorno de aprendizado, mas não podia, como a diretora informara secamente a Olivia, absorver em sua turma *todas* as crianças nessas condições.

Por sua vida, Olivia não entendia por que Nancy Wright não telefonara quando seus bilhetes não foram respondidos. Um telefonema seria muito mais apropriado, em primeiro lugar. Pôr no papel as deficiências de uma criança e depois enviar esse papel para a mãe pela própria criança parecia cruel.

Olivia não podia nem começar a calcular os danos que haviam sido causados à auto-estima da filha no último ano. É verdade que poderia acontecer com qualquer professora. Tess estava numa idade difícil. De qualquer forma, ela não precisava apenas de uma tutora... precisaria também de uma terapeuta.

O que fazer? Olivia tinha o nome de uma tutora que poderia trabalhar com Tess ao longo do verão. Mas elas custavam dinheiro e havia cessado a transferência eletrônica de recursos, que se prolongara por vários meses depois da morte de Jared. Os pais dele haviam decidido que Tess não era filha de Jared.

Que Tess não era filha de Jared. A acusação ainda a deixava amargurada.

— Mas ela é! — garantiu Olivia ao advogado que enviara a carta, informando-a da decisão da família.

— Pode provar?

Claro que ela podia. Tess estava ali, em carne e osso.

Mas Olivia costumava assistir aos filmes de tribunal. Sabia como os advogados pensavam. Advogados queriam testes de DNA.

— Meu cliente foi cremado — disse aquele. — Suas cinzas foram espalhadas pelas montanhas do Tennessee. A menos que os testes de DNA tenham sido feitos antes, você terá dificuldade para provar. A família não tem a menor intenção de entregar qualquer coisa para um teste. Teria de levá-los ao tribunal.

Olivia jurara que faria isso... uma decisão que durou dois minutos. Depois, ela recuperou o bom senso. Não podia submeter Tess a uma batalha de paternidade. Além do mais, era preciso muito dinheiro para fazer mais dinheiro ainda.

Assim, a ligação com os Stark fora cortada. Era outro golpe terrível numa saga já triste. Porque não era uma questão de dinheiro. Era de amor. Olivia amara Jared. Ele era um homem brilhante, um cientista, sempre escrevendo tratados sobre coisas aparentemente obscuras, como a correlação entre comer folhas de cenoura e a capacidade de identificar o canto dos passarinhos à noite. Ele alegava que era crucial para a humanidade o que fazia. Olivia acreditara, mesmo depois que Jared perdera o interesse por ela. Não planejara engravidar. Quando aconteceu, considerou que era a maneira de Deus dizer a Jared que continuasse com ela. O que não aconteceu. Jared já havia ido embora muito antes de Tess nascer, mas pagar uma pensão por mais de nove anos fora uma decisão pessoal. Ele assumiu o encargo sem jamais se queixar.

Olivia torceu para que a família de Jared levasse esse fato em consideração. Torceu para que quisessem uma parte do filho que haviam perdido. Aparentemente, porém, não fora o caso.

Agora, Tess precisava muito de ajuda. Olivia faria um empréstimo para mais tutoria, se achasse que a filha aceitaria. Mas não era isso que Tess queria. A menina queria ir para o acampamento de tênis, de qualquer maneira. Porque duas das garotas mais populares da turma iriam e ela via como sua oportunidade de se destacar. Nunca jogara tênis antes, mas era uma boa atleta... e, se tentasse com bastante empenho, qualquer coisa seria possível.

Olivia não tinha o dinheiro para o acampamento de tênis. Não teria dinheiro sequer para *comida* se não arrumasse outro emprego. Enviara currículos para dezenas de museus, na esperança de que algum quisesse uma restauradora na folha de pagamento. Até agora, recebera seis rejeições. Calculava que sempre poderia voltar a vender câmeras, mas era um serviço que detestava. Adorava tirar fotos, o que fazia quase por instinto. Ensinar os outros a tirar fotos era muito diferente. Olivia não tinha paciência nem visão. Sua mente trabalhava diferente das outras pessoas. Tess não nascera com dislexia por acaso.

O que fazer?

Ela teve uma idéia. Inclinou para cima a cabeça da filha, contemplando aquele lindo rosto sardento, emoldurado pelos cabelos cacheados castanhos, um legado do pai que não quisera conhecê-la. Olivia sentiu-se apaixonada pela milionésima vez.

— Quer comida chinesa no jantar?

Os olhos de Tess se iluminaram.

— General Gao?

Olivia confirmou com um aceno de cabeça.

— Mas só depois dos deveres de casa.

— Estou com fome *agora*.

Olivia abriu a geladeira e tirou um copo grande com leite.

— Isto servirá para enganar a fome. Quanto mais depressa terminar os deveres de casa, mais cedo poderemos ir.

Tess pegou o copo.

— Tenho de ler vinte páginas.

— *Vinte?* — Era assustador para uma menina disléxica de dez anos. — De que livro?

Tess suspendeu-o: um texto de geografia.

— Está bem. — Olivia fez um esforço para não parecer desanimada. — Por que não começa enquanto troco de roupa? Faremos juntas o que restar.

Ela pegou a correspondência e deu uma olhada a caminho do closet. Parou antes de chegar lá, virou-se e foi sentar no sofá. Tinha na mão uma carta sem endereço para devolução, apenas o carimbo postal de Chicago. Era suficiente.

Seu coração começou a bater forte. Muito bem. A letra era diferente. Mas também a mãe não escrevia há quatro anos. Muitas coisas poderiam ter acontecido para explicar a mudança. A mulher poderia ter quebrado o pulso e estar usando gesso. Poderia ter perdido um braço num acidente. Poderia ter sofrido um derrame. Poderia... apenas poderia estar tão nervosa de escrever para Olivia que sua mão tremia.

Olivia abriu o envelope e no mesmo instante engoliu em seco, com um profundo desapontamento. Sua última carta estava dentro do envelope, ainda fechada. Ela desdobrou o bilhete que a acompanhava: *A quem escreveu essas cartas: continua a mandá-las para esta casa, mas não há nenhuma Carol Jones aqui. Não escreva mais. Ela não está aqui.*

Olivia inclinou-se para a frente e passou os braços pelos joelhos. Aquele endereço era o mais recente que tinha. Portanto, a mãe se mudara logo depois que escrevera a última carta ou se equivocara ao escrever o endereço da remetente... e "equivocara" era a palavra importante. Olivia se recusava a acreditar que fora deliberado. Recusava-se a acreditar que a mãe evitava qualquer contato. Era verdade que a última carta fora curta e neutra, mas a mãe também não dissera a Olivia para esquecê-la. Nunca fizera isso. Apenas partira, uma semana depois da formatura de Olivia na escola secundária. Considerara que, a essa altura, sua obrigação fora cumprida. Outras mães sentiam a mesma coisa. Não era tão terrível assim.

Mas o resultado final era simples: se Carol não recebera suas últimas cartas, então também não sabia onde Olivia se encontrava agora. Talvez estivesse também tentando fazer contato. E talvez também recebesse cartas devolvidas porque a destinatária não fora encontrada. Olivia pedira no correio que sua correspondência para o endereço antigo fosse remetida para o novo, mas o prazo há muito que expirara. O que fazer agora?

O telefone tocou. Tess fez menção de se levantar, ansiosa em fazer qualquer coisa que não fosse ler. Mas Olivia levantou-se antes, fez um gesto para que ela continuasse sentada e foi atender.

— Alô?

— Sou eu de novo... estou saindo do escritório, a caminho da academia... provavelmente não chegarei em casa antes das oito, a tempo de pegar o noticiário da CNN. Depois que comer alguma coisa, já será tarde demais... mas preciso saber se podemos nos encontrar amanhã de noite.

Olivia passou a mão por seus cabelos curtos.

— Amanhã de noite?

— O North End Bistrô.

Era um novo restaurante italiano, aberto há menos de um mês. Ted ouvira falar muito bem e estava ansioso em ir o mais depressa possível, como se a casa pudesse fechar antes de sua visita. Olivia achava que se o restaurante fechasse tão depressa era porque não valeria mesmo a pena comer ali.

— Não posso ir, Ted. As noites durante a semana são muito difíceis para mim.

Tess precisava de supervisão nos deveres de casa. Além disso, Olivia voltava dos encontros com Ted se sentindo competitiva e tensa. Nada em relação a Ted era relaxado. Absolutamente nada.

— Não há mais reservas para a noite de sábado nas próximas três semanas... para você ver como o restaurante é popular... este é o melhor momento para ir, Olivia.

Com uma súbita irritação, Olivia disse:

— Se é tão popular, ainda estará aberto daqui a um mês. Faça a reserva antecipada. Amanhã de noite não é possível, Ted.

— Está bem, está bem... de qualquer forma, farei a reserva, caso você mude de idéia... vai me ligar mais tarde, não é?

— Voltaremos a nos falar amanhã ou depois.

— E o jantar no North End Bistrô?

Ela fez um esforço para manter a paciência.

— Já disse que não posso ir.

— Disse que poderia mudar de idéia.

— *Você* é que disse isso. *Eu* garanti que não posso ir.

— Parece que você está de mau humor... Otis devia estar rabugento de novo... um filho-da-puta insuportável... ainda bem que ele vai se aposentar... mais alguns anos em sua companhia e você seria um caso perdido... ligarei de novo mais tarde.

Olivia respirou fundo.

— *Não,* Ted. Pelo amor de Deus, dê-me *um tempo!*

— Ei... não fique zangada... tenho de ir agora... se demorar mais um pouco, os caras que gostam de malhar vão tomar conta da academia... passam a noite inteira... levantar peso é a idéia que eles fazem de cultura... ligarei para você amanhã.

Ted desligou antes que ela pudesse protestar. Olivia ficou imóvel por um momento, especulando como poderia dispensá-lo, quando Tess comentou:

— Talvez ele seja disléxico. Também não ouve.

— Você ouve.

Enquanto trocava de roupa, Olivia experimentou um repentino acesso de autocompaixão. Entre uma crise na escola, uma rejeição materna e Ted, fora uma hora terrível. Ela merecia um prêmio pela coragem.

Fazendo uma meia-volta de repente, ela foi até a porta da frente, pegou sua pasta e levou-a para o sofá. O cheiro de frésia escapou no instante em que a abriu. Tirou o envelope de Natalie Seebring, mantendo-o imóvel na mão por um instante.

Não me decepcione, Natalie Seebring, pensou ela. Abriu o fecho pela segunda vez. Deixou lá dentro a carta e o envelope endereçado a Otis. Só tirou as fotos, que pôs no colo. Devagar, saboreando, examinou uma a uma.

Conhecia o elenco àquela altura. Havia fotos de Natalie com o marido e de Natalie, o marido e as crianças. Algumas fotos incluíam um bebê. Um bebê! Não havia sinal do filho mais velho nessas fotos. Dando uma olhada geral, ela não encontrou nenhuma foto das três crianças juntas. O que era estranho.

Ou talvez não, refletiu Olivia. O bebê era temporão, uma pequena surpresa, nascido de duas pessoas que ainda se amavam. O filho mais velho devia estar fora de casa, em algum colégio interno, talvez mesmo na universidade. Olivia imaginou-o em Harvard. Meio que esperava se deparar com uma foto dele usando o uniforme de futebol americano com a letra da universidade na camisa.

Não a encontrou, mas descobriu uma foto do casamento da filha. Havia fotos do marido de Natalie no vinhedo com e sem trabalhadores. A julgar pelas costeletas compridas dos homens, as fotos eram dos anos 60 e 70. Havia também fotos de uma obra. Parecia que um novo prédio fora construído no vinhedo... um estabelecimento vinícola, dizia a placa da obra. Ela mal podia esperar para ver o prédio depois que ficara pronto.

Olivia já começava a relaxar. Nunca visitara um vinhedo, mas tudo o que vira naquelas fotos apregoava prosperidade, vida tranqüila, muito sol, uvas doces e boa vontade. Mal podia esperar para ver as fotos dos anos 80 e 90, imaginava inúmeros netos na varanda da casa-grande, enfileirados junto com os pais nos largos degraus de pedra, reunidos em torno das mesas de piquenique para celebrar a colheita da uva.

Aquelas últimas fotos não precisariam de muitos reparos. Havia umas poucas manchas, uns poucos pontos em que a emulsão criara bolhas. Havia vários cantos dobrados, alguns causaram rachaduras, e alguns haviam sido enrolados. O maior problema — sempre o caso em seu trabalho — era o esmaecimento. Mas isso podia ser resolvido com uma certa facilidade, copiava-se a foto em papel de alto contraste e realçando a imagem com filtros. Apenas em casos raros, como as fotos de Dorothea Lange, havia um trabalho manual envolvido. As fotos de Natalie não precisariam. De um modo geral, acarretavam mais preservação do que restauração. Olivia trataria as fotos para serem arquivadas. Natalie fora categórica nesse ponto. Queria que suas fotos durassem para sempre.

Olivia pegou a carta, especulando o que ela planejava fazer com as fotos. Fora escrita em papel timbrado de Asquonset, marfim, com o logotipo em vinho, no canto superior esquerdo. Como o endereço na etiqueta de remessa, a carta fora escrita à mão. As letras fluíam, como Olivia imaginava que acontecia com a voz de Natalie.

Prezado Otis:

Em anexo segue a nova remessa de fotos. Continuo impressionada com os milagres que você conseguiu fazer nas fotos mais antigas. Estas são mais recentes. Infelizmente, há uma mancha de vinho no canto de uma das fotos do casamento de minha filha. Eu gostaria de poder dizer que foi vinho do casamento. Mas não foi. A mancha foi feita há pouco tempo... culpa minha, lamento dizer. Estávamos prestes a lançar o Estate Cabernet quando separei essas fotos. Minha mão já não é tão firme quanto antes. Mas é melhor vinho do que scotch, eu suponho, considerando o que fazemos para ganhar a vida.

Olivia sorriu. Natalie tinha um doce senso de humor.

Estamos nos aproximando do fim da minha coleção de fotos. Haverá um pacote que espero despachar na semana que vem. Como avisei no início do projeto, meu objetivo é que todas as fotos me sejam devolvidas até o primeiro dia de agosto. Isso me dará um mês para organizá-las da maneira como quero.

Em relação a isso, tenho um pedido a fazer. Ocorre-me, com o tempo disponível agora, que precisarei de ajuda com a parte seguinte do projeto. Os verões são movimentados em um vinhedo e há muitas outras coisas acontecendo em minha vida. Assim, receio que não serei capaz de fazer justiça, na minha parte, ao excelente trabalho que você realizou com as fotos.

Há um texto para acompanhar cada foto. Venho escrevendo aos poucos, com longos intervalos, e tem sido bastante terapêutico. Mas seis meses não é muito tempo para juntar a história de uma vida. Meus textos fragmentados precisam ser organizados e editados. Há partes que ainda nem comecei. Por isso, estou pensando em contratar um assistente para o verão. Preciso de alguém que saiba trabalhar num computador, mas ao mesmo tempo tenha olho para a arte.

Olivia empertigou-se. Tenho olho para a arte, pensou ela.

Quero alguém que seja organizado, meticuloso e uma companhia agradável. Preciso de uma pessoa curiosa, alguém que faça perguntas, investigue e me leve a dizer coisas que de outra forma eu guardaria para mim mesma.

Sou organizada e meticulosa, pensou Olivia. Também sou uma companhia agradável. Curiosa? Tenho milhões de perguntas a fazer sobre as fotos que restaurei!

Pensei em contratar um universitário, talvez alguém no curso de inglês, mas tenho a impressão de que a maioria já foi embora para os lugares em que se costuma passar o verão, quaisquer que sejam. Estou pensando em pôr um anúncio no jornal de domingo, mas prefiro trabalhar com alguém por recomendação pessoal. Você fez um trabalho maravilhoso com minhas fotos, Otis. Cumpriu os prazos e foi profissional. Espero que tenha amigos em Cambridge com a mesma mentalidade. Sei que muitos têm propensões artísticas, mas com certeza alguns também devem ser hábeis com as palavras.

Ei! Um pequeno obstáculo aqui. Não se podia dizer que Olivia era *inepta* com as palavras. Não exatamente. Apenas tinha de se empenhar mais do que algumas pessoas para selecionar e pôr em ordem. Seria também disléxica? Não tinha a menor idéia. Passara pela escola antes da época de testes e classificações. Segundo as pessoas envolvidas, apenas era mais lenta no aprendizado. Mas aprendia. E fazia o que tinha de fazer. Podia demorar um pouco mais, mas o resultado final era bom.

A oferta de Natalie se tornou ainda melhor.

A casa-grande aqui em Asquonset tem muitos quartos vazios. Assim, posso oferecer casa e comida, além de um bom salário. O tempo é essencial. Acolherei qualquer recomendação que me fizer.

Meus agradecimentos,

Natalie

Quando largou a carta, os pensamentos de Olivia se agitavam. Passar o verão em Rhode Island seria *um sonho...* e ela podia conseguir, tinha certeza. Muito bem, não escrevia *depressa...* era até lenta. Mas podia trabalhar de noite e nos fins de semana para compensar. Podia fazer tudo o que Natalie queria que fosse feito. Sabia que podia. Não fazia todas aquelas coisas para Otis?

Otis... Oh, não! Otis queria que ela trabalhasse até o final de julho. Não podia sair antes. Devia isso a ele. Era um amigo.

Mas Otis estava se *aposentando.* Depois de julho, não seria mais seu empregador. Ele a abandonaria. Não, não era bem assim. Não seria um abandono. Ele a deixaria livre. Qual era o problema se ela se afastasse umas poucas semanas antes? Que mal poderia haver? Otis parara de aceitar novos trabalhos. Só restava concluir os trabalhos antigos. Ela trabalharia em horas extras até ir embora, e ele poderia fazer o pouco que restasse.

Tess adoraria Asquonset. O vinhedo ficava entre o rio Asquonset e o Atlântico, e ela adoraria o rio e o mar. Adoraria a quadra de tênis que havia na propriedade... Olivia já a vira em fotos. Tess também adoraria a casa-grande. E Natalie... ela *adoraria* Natalie. Natalie era a própria imagem da avó. Ou, melhor, da bisavó.

Um quarto e comida na casa-grande. Olivia morreria por isso.

E um bom salário ainda por cima? Ela se perguntou como Natalie definiria isso. Se o salário fosse mesmo bom, ela poderia contratar tutoras para Tess. E um bom dinheiro viria a calhar.

Jared se fora para sempre, e a mãe de Olivia estava entre os desaparecidos... eram dois fatos da vida bastante desagradáveis, mas agora atenuados pelo convite de Natalie Seebring.

Claro, claro... não era *exatamente* um convite. Mas o resultado final seria o mesmo.

Eu quero esse emprego, pensou Olivia.

Três

Olivia teve um sono irrequieto. Queria o emprego em Asquonset, com uma intensidade que foi aumentando à medida que as horas passavam. Sabia que não era realista empenhar tanto seu coração. Havia dezenas de pessoas que eram mais qualificadas, pessoas que podiam escrever com facilidade e tinham treinamento formal... não que ela duvidasse de sua capacidade para realizar o trabalho. Claro que poderia fazê-lo. Tinha certeza de que era capaz. Além do mais, tinha uma coisa de que as outras pessoas careciam: já amava Asquonset. Ainda por cima, através das fotos, conhecia as pessoas e parte da história.

Mas Natalie a escolheria?

Quando finalmente dormiu, Olivia sonhou que conseguira o emprego. Ainda sonhava com isso na manhã seguinte, enquanto vestia e alimentava Tess para sair de casa. Mesmo enquanto andava, com a pasta e seu precioso conteúdo debaixo do braço, com a filha ao lado, seus pensamentos estavam a quilômetros dali.

O ar ainda estava parado, as ruas de Cambridge eram estreitas. Ao chegar à escola, Olivia fantasiava campos abertos e a brisa soprando do mar.

— Mamãe?

Tess fitava-a... a linda Tess, a cabeça na altura do peito de Olivia, os cabelos bem escovados, as sardas quase sem aparecer no rosto lavado, o corpo esguio de uma pré-adolescente. Os óculos estavam limpos, empoleirados no alto do nariz. Parecia positivamente angelical para Olivia... exceto por sua expressão, que se situava entre a timidez e a aversão.

— O que devo dizer à Sra. Wright?

A Sra. Wright... essa não! Olivia esquecera por completo... reprimira, com certeza. Os problemas da escola de Tess eram uma provação permanente. A fuga durante a noite para Asquonset fora um doce interlúdio.

Diga a ela que temos uma solução, pensou Olivia, voltando no mesmo instante ao problema. *Diga que teremos uma tutora cinco dias por semana durante o verão. Diga que quero que você passe para a quinta série com o resto de sua turma. Diga a ela, minha doce criança, que na próxima vez em que quiser falar comigo deve levantar o traseiro da cadeira e pegar o telefone*. Mas Olivia se conteve.

— Diga a ela que ligarei esta manhã para marcar um encontro. E a procurarei no momento que ela quiser.

— Não quero repetir o ano.

Olivia comprimiu um beijo com dois dedos no nariz da filha.

— Sei disso.

Tess pegou os dedos e afastou-os.

— Não me importo se as outras crianças pensam que sou idiota. Mas, se repetir o ano, será como dizer que elas estão certas.

Olivia teve vontade de chorar. Sempre se empenhara para que a filha não conhecesse aquele tipo de angústia.

— Algum dia essas mesmas crianças vão lhe pedir respostas — declarou ela, veemente.

Tess parou de andar.

— Quando?

— Quando as porcas e parafusos da leitura ficarem em segundo lugar para a compreensão do material.

— O que está querendo dizer com porcas e parafusos?

— As partes diferentes. Como palavras. Pontuação.

— E a gramática? Detesto gramática. Posso escrever frases. Partes da linguagem são fáceis de usar. O difícil é lembrar o *nome* das coisas. Não sei por que tenho de fazer isso.

— Tem de fazer porque é uma exigência para passar para a quinta série. — A campainha para o início das aulas soou. — Tem de ir agora.

Tess parecia preocupada.

— Meu estômago dói.

Claro que doía. Ela estava prestes a enfrentar a escola sozinha. Do que Tess precisava era de uma melhor amiga. Precisava de alguém no pátio da escola que corresse ao seu encontro quando chegasse. Outras crianças se agrupavam com amigas. Olivia queria isso para Tess. Era uma doce criança. Era sensível... e bonita. Mas usava óculos de lentes grossas e tinha dificuldades na aula, o que fazia com que se tornasse o alvo de zombarias. Era o suficiente para partir o coração de Olivia.

— Pense apenas uma coisa, Tess. Só mais duas semanas.

E, depois, Asquonset? Asquonset podia romper o ciclo. Uma tutoria diária poderia ajudar. A brisa do mar poderia ajudar. Tess estaria confraternizando com crianças que não teriam como saber que ela não podia ler. Se a aceitassem, se a filha fizesse uma ou duas amigas, se tivesse uma experiência positiva para variar, poderia fazer uma diferença.

— Vou poder tomar as aulas de tênis? — perguntou Tess.

— Estou procurando dar um jeito.

— *Não quero* uma tutora.

— Se não tiver uma tutora, não poderá jogar tênis.

— Quer dizer que poderei jogar se tiver?

Olivia estava acuada.

— Veremos.

Ela apontou para a porta da escola. Tess olhou para o dedo esticado de rosto franzido. Ajeitou a mochila e começou a se afastar.

— Ei! — chamou Olivia, o tom gentil agora.

A menina parou, virou-se e voltou correndo, deu um abraço rápido e disparou para a escola.

Olivia observou-a, sentindo uma onda de amor, até que a filha se misturou com as outras crianças subindo os degraus. Mas assim que a porta foi fechada, depois da passagem da última criança, sua mente deslocou-se para o sul. Viu outra porta, que conhecia muito bem pelas fotos. Era uma porta de tela na casa-grande de Asquonset, dando para um pátio coberto por um toldo. O pátio oferecia uma vista do vinhedo, fileiras e mais fileiras de videiras, subindo por treliças, cada vez mais altas e mais encorpadas à medida que o verão avançava. Olivia podia ouvir o barulho da porta rangendo ao ser aberta, tinha até uma batida ao ser fechada. Era um som encantador.

Ela queria aquele emprego. *Precisava* daquele emprego. Preocupar-se com Tess era uma tarefa em tempo integral... testes, tutoras, reuniões com professoras, a tentativa de ajudar em casa. Deixava-a esgotada, mas ela não faria nada diferente. Tess era a melhor coisa que já acontecera em toda a sua vida... e a criança se esforçava ao máximo. Trabalhava até não poder mais para compensar o problema.

Mas agora teriam um verão de folga, ela e Tess. Trabalhar para Natalie não seria como trabalhar para Otis. Não seria nem como trabalhar.

Otis estava se recuperando, melhor do que ontem, mas ainda de mau humor... o que ficou patente para Olivia no instante mesmo em que ele passou pela porta.

— Estamos sem o fixador — disse ele direto, sem cumprimentá-la. — Pedi a você que fizesse o pedido.

Olivia levantou-se.

— E eu fiz. — Ela comprimiu o pacote de Natalie contra o peito. — Está na prateleira do depósito.

— Precisamos para as cópias de Brady. Eu disse que queria fazer esse trabalho hoje.

— Está no depósito. Tenho uma coisa para lhe mostrar, Otis.

O momento não era oportuno. Ele não seria receptivo. Mas Olivia não podia esperar. Tinha de agir agora.

Ele passou por ela. Foi até sua mesa, no outro lado da sala. Começou a folhear a correspondência do dia anterior. Olivia seguiu-o e estendeu o pacote.

— Isto também chegou.

Ele franziu o rosto.

— O que é?

— De Natalie Seebring. Mais fotos. Mas havia uma carta acompanhando. Acho que você deve ler.

— Se ela não gostou do que fizemos, que se dane. — Mas ele estendeu a mão. — Mostre logo. Tenho muito trabalho para fazer.

Olivia entregou a carta. Esperou, impaciente, enquanto ele lia. A expressão de Otis continuou sombria. O momento não apenas *não era* oportuno. Era *negativo*. Mas se queria que Asquonset acontecesse, se queria superar candidatos mais qualificados, precisava dos elementos de entusiasmo e pressa.

Otis terminou de ler a carta, virou-a, olhou para o verso em branco, virou-a de novo. Lançou um longo olhar para Olivia. Ela se manteve firme. Otis leu a carta outra vez. Ao terminar a segunda leitura, ficou olhando para a carta por algum tempo. Olivia pôde sentir que o mau humor abrandara.

— Sei o que está pensando — murmurou ele.

Otis falou com um toque de tristeza, o que fez Olivia sentir de repente que estava sendo desleal. Não podia esquecer que Otis era patrão e amigo.

— Você vai se aposentar — argumentou ela. — Mais sete semanas e ficarei desempregada. Além do mais, você parou de aceitar novos trabalhos. Podemos acabar o que tem agora em duas semanas. Sem maiores problemas.

Como ele se mantivesse calado, Olivia acrescentou:

— Se não for possível, voltarei por um dia ou dois.

— Não é essa a questão. O problema... — Otis levantou a carta. — ... é que será apenas um trabalho para o verão. Você precisa de um emprego fixo.

— Mas nada apareceu até agora. Continuarei a procurar. Posso fazer isso de lá. E ganharei mais algum tempo.

Ele franziu o rosto, pensativo.

— Acho que também não é essa a questão. Há mais alguma coisa. Tenho observado você trabalhar nas fotos da família. Tornou-se afeiçoada demais.

— Adoro fotos antigas. Eles eram ricos. Projetavam uma época em que a vida era mais simples e mais romântica.

— Essas mais do que as outras. Por quê?

Olivia ficou sem graça.

— Não sei.

— Sabe sim. Natalie a envolveu por completo.

— Isso não é verdade. Nunca me encontrei com ela.

— Não a culpo — continuou Otis. — Ela fez a mesma coisa comigo uma ocasião. Sei como é.

Olivia estava surpresa.

— Você a conhecia?

Ela presumira que Natalie era apenas outra cliente, atraída pela reputação do estúdio. Depois se lembrou do envelope amarelo com o nome de Otis. Horrorizada, tirou-o do envelope pardo grande.

— Desculpe. Isto veio junto com as fotos. Não abri.

Otis abriu, tirando um cartão amarelo. Começou a sorrir depois de apenas dez segundos de leitura. Era um sorriso constrangido, que perdeu mesmo depois que ele bateu com o punho no coração e revirou os olhos.

— Descartado de novo.

— Como?

— Ela vai casar outra vez. Houve uma época em que fantasiei que casaria comigo.

Olivia sentiu-se duplamente surpresa. Era um fator novo no relacionamento de Natalie com Otis. Um momento depois, ela registrou tudo o que ele dissera.

— Casar de novo? O que aconteceu com Alexander?

Olivia não vira fotos da última década, mas nunca lhe ocorrera que Natalie e Alexander não estivessem mais juntos. Isso era parte da imagem.

— Ele morreu.

Olivia deixou escapar um murmúrio de espanto.

— Quando? *Como?*

— Há seis meses. Teve um infarto.

Olivia comprimiu a mão contra o peito.

— Sinto muito.

Ela jamais o conhecera pessoalmente, mas sentia sua morte como se fosse um velho amigo. Ele desempenhava um papel em quase todas as histórias inventadas para Natalie. Agora ele morrera e havia um novo homem na vida de Natalie. Era muita coisa para absorver.

— Quando vocês dois estiveram juntos? — perguntou ela.

— Há muito tempo. E foi mais uma iniciativa minha do que dela. — Otis bateu com um dedo no cartão. — Obviamente.

Olivia ainda tentava processar a mudança abrupta em sua imagem de Natalie. Fez um esforço para projetar o rosto de um homem que não era Alexander, mas havia um branco.

— Quando é o casamento?

— No Dia do Trabalho, o prazo final para este trabalho.

O que levou Olivia a insistir em sua intenção:

— Ela precisa de ajuda para cumprir o prazo. É difícil, mas posso dar um jeito.

Otis suspirou.

— Mais uma vez tenho de perguntar sobre a causa da atração. Sei o que foi no meu caso. Natalie achava que eu era um pintor. Adorava meus trabalhos. Mas não é isso que atrai você.

— Ela parece simpática... o tipo de avó que todo mundo gostaria de ter.

— Ela não é sua avó, Olivia.

— Claro que não.

— Claro que não... — Otis tinha os olhos injetados naquela manhã, mas nem por isso pareciam menos perceptivos. — Está atrás de um sonho, menina. Imagina passar o verão na casa da família, com uma avó que cuida de tudo. Mas Natalie não é assim. Natalie cuida apenas de Natalie.

Claro que ele diria isso. Afinal, Natalie o descartara. Não seria normal se não se sentisse um pouco amargo ou magoado.

Olivia, porém, via apenas generosidade em Natalie. Era verdade que não tinha jeito de saber como um novo marido poderia afetar o quadro. Mas com ou sem casamento os fatos não mudavam.

— Ela está oferecendo casa e comida, além de um bom salário.

— A definição de "bom" para Natalie pode ser diferente da sua.

Olivia não hesitou:

— Talvez sim, talvez não. De qualquer forma, preciso desse dinheiro, Otis.

— Mas não é uma perspectiva de carreira. É apenas um trabalho *para o verão*.

— Sei disso. — Desesperada para transmitir sua convicção de que era a coisa certa, Olivia acrescentou: — É o que torna a oportunidade *perfeita*. Pensei muito em tudo, Otis. Juro que pensei. Posso terminar o trabalho aqui e deixá-lo descansar. Poderá se aposentar sem a consciência culpada, porque terei outro emprego que me interessa. Não preciso sequer abrir mão do apartamento. Posso sublocá-lo durante o verão. Não terei problemas se o quiser de volta no outono. As aulas de Tess terminam em duas semanas. Podemos fazer as malas e partir para Rhode Island no dia seguinte.

— Como sabe que Natalie aceitará Tess?

— O que há para não aceitar? Ela mesma disse na carta... há bastante espaço em Asquonset. Tess é uma menina pequena. Será quase invisível. Arrumarei uma tutora. Darei as aulas de tênis. Contratarei uma adolescente para ficar com ela enquanto trabalho. Entre o rio e o mar, há muita coisa para uma menina fazer. Natalie está acostumada a netos. Aposto que haverá muitos no vinhedo. Ela pode até ter bisnetos.

Olivia teve outra idéia.

— Tess pode até tomar conta dos bisnetos. *De graça*.

Otis não parecia impressionado.

— Não creio que haja bisnetos. Até onde eu sei, não há nem mesmo netos correndo por lá. Eles cresceram longe. Por que acha que ela tem quartos extras na casa?

— Porque a casa é *enorme*. E os netos podem viver em outros lugares, mas no verão voltam para uma visita. Asquonset é um lugar de veraneio sensacional.

— Como sabe disso, Olivia?

— Simplesmente sei.

O instinto lhe dizia que era assim. Era verdade que o instinto já a enganara no passado, em particular em relação a homens. Mas desta vez era diferente.

— Talvez tenha apenas se cansado de Cambridge.

— Não é isso.

— Passou mais tempo aqui do que em qualquer outro lugar.

— Porque meu emprego era muito bom. Mas meu patrão está se aposentando. Puxando o tapete de baixo de meus pés.

— Por isso você decidiu largá-lo primeiro, não é?

Olivia lançou-lhe um olhar contido.

— O que fará com Ted? — perguntou Otis.

— Ted não está nos meus planos.

— Já disse isso a ele?

— Não. E ainda não tenho o emprego garantido.

— Mas você quer.

— Quero.

— Pelo dinheiro?

— Por Tess.

— E se o dinheiro não for bom?

Olivia não estava preocupada. Um "bom salário" devia ser pelo menos razoável, e, mesmo que não fosse, casa e comida contavam alguma coisa, sem mencionar a proximidade do mar e o uso de uma quadra de tênis. Só a mudança de paisagem já valia alguma coisa.

Otis empurrou um bloco e uma caneta em sua direção.

— Escreva o que você quer.

— O que eu acho que ela deve pagar?

— O que quiser. O que acha que fará com que o esforço valha a pena.

Olivia não podia fazer isso. Qualquer coisa que escrevesse seria demais. E se sentiria embaraçada.

— Está bem. — Otis puxou o bloco. — Eu farei isso.

Ele escreveu uma quantia que era mais ou menos o dobro do que pagaria durante o verão, se não estivesse se aposentando. Enquanto olhava para a cifra, um pouco atordoada, mas já pensando no que tanto dinheiro assim poderia comprar, Otis pegou o telefone, pegou a carta de Natalie e digitou os números.

— O que está fazendo? — indagou Olivia, alarmada.

Ela tinha a súbita visão de todo seu plano arruinado por uma palavra equivocada.

— Poupando algum tempo. Vamos ver se estamos na mesma sintonia.

Olivia quase o deteve. Não queria saber... se saber significava o fim de seu sonho.

Mas a ligação foi completada antes que ela pudesse reagir. No instante seguinte, Otis cumprimentava Natalie como a velha amiga que ela parecia ser. Houve um minuto de conversa cordial... sobre as fotos já feitas, a nova remessa, o casamento iminente. Mais uma vez, Olivia tentou projetar um noivo apropriado para Natalie, mas Cary Grant foi o único rosto que aflorou em sua mente, e ele já morrera há muito tempo.

Otis pediu a Natalie detalhes sobre a assistente que procurava.

Com os braços envolvendo a cintura, Olivia ficou olhando para o bloco, enquanto ele anotava as respostas para suas perguntas. *Digitação e editoria de texto. Escrever anotações. Manhãs com Natalie, tardes sozinhas, de segunda a sexta; fins de semana livres. Acomodações numa ala separada da casa. Comida incluída. Bichos de estimação? Não. Crianças? Sim. Remuneração?*

Olivia continuou a prender a respiração por muito tempo depois que Otis escreveu a resposta. Era a sorte grande para alguém como ela... uma quantia incrível, para qualquer padrão. Ela pressionou as pontas dos dedos contra a boca para conter um grito de alegria.

Otis também parecia surpreso. Pediu a Natalie para repetir a cifra e bateu no papel com a caneta, para confirmar que era correto o que escrevera.

Olivia ouviu fragmentos do resto da conversa, coisas como "muito generosa... sim... lição de história... limpar o ar", mas as palavras passaram flutuando. Animada além do imaginável, ela deixou que os pensamentos seguissem por um novo rumo. Até aquele momento, pensara no dinheiro para uma tutora. O que Natalie oferecia agora abria outra porta.

Quando Otis desligou, Olivia já abrira a última gaveta de sua mesa e tirara um folheto. Voltou à mesa de Otis e estendeu o folheto para que ele visse. Era o catálogo de Cambridge Heath, uma escola particular que atendia os filhos dos professores da universidade que tinham deficiências de aprendizado.

Olivia não era professora universitária... nem chegava perto. Nunca chegara sequer a entrar na universidade. Formara-se no curso secundário com a maior dificuldade e começara a trabalhar em seguida. Considerava-se uma artista agora... uma descrição de Otis, muito antes de se tornar sua. Era assim que se anunciava nos pedidos de emprego que enviava. Calculava que qualquer escola na área de Cambridge tinha um punhado de pais como ela.

De qualquer forma, Tess era *de fato* filha de um professor universitário. Jared não era professor na Universidade da Carolina do Norte na ocasião de sua morte? Isso devia valer alguma coisa.

E, se não valesse, haveria outras escolas. Na verdade, ela se lembrou, animada, havia uma escola como Cambridge Heath em Providence. E Providence era uma cidade em ascensão. Olivia enviara currículos para museus e galerias de arte ali. Providence ficava perto de Asquonset. Seria um prazer continuar próxima de Natalie depois que o verão acabasse.

E havia sempre a possibilidade, é claro, de que tudo desse certo no vinhedo e o emprego de verão poderia evoluir para algo mais... uma sexta-feira permanente, uma secretária social. As perspectivas eram bastante promissoras.

Não que ela estivesse contando com tudo isso, mas sonhar não fazia mal. Otis pegou o folheto e deu uma olhada até às condições no final. Leu o que Olivia já sabia de cor. Ela sonhava muito tempo antes de tomar conhecimento da existência de Natalie Seebring.

— Isso é ótimo — comentou Otis, irônico. — Terá condições de pagar a escola por um ano. E depois?

Olivia recusava-se a sentir qualquer desânimo.

— Ou Tess consegue uma bolsa de estudo ou eu arrumo um empréstimo. Mas ela *tem* de ir para lá primeiro. Se não for assim, não há possibilidade. Não sou ninguém. Não tenho contatos. O Estado diz que Tess recebe tudo o que precisa na escola pública, mas ela detesta. Há uma boa professora para o próximo ano, mas não tenho qualquer garantia de que ela ficará com essa professora. Além disso, a professora deste ano deixou-a tão retraída em termos emocionais que a próxima terá o dobro do trabalho... presumindo que eu possa convencê-la a deixar Tess passar de ano.

Olivia pôs a mão no folheto, firme, mais determinada do que nunca agora que estava ao alcance o que tanto queria para Tess.

— Tess precisa estudar numa escola assim. Não percebe, Otis? É a nossa *chance*!

Mas ainda havia um grande obstáculo a transpor. Era muito bom falar sobre o emprego, sobre escolas particulares, pensar que talvez sua sorte estivesse mudando... mas ainda era preciso que Natalie a contratasse.

— Posso dar um jeito — declarou Otis, o que era a idéia de Olivia.

Ela se limitou a balançar a cabeça. Ficou esperando, quase sem respirar.

— Quero que você ganhe esse dinheiro — acrescentou Otis. — É a outra coisa que me preocupa. O sonho.

— Não estou sonhando. Vou atrás desse emprego com os olhos bem abertos.

— E não adoraria ser parte daquela família?

— Claro que sim. Quem não gostaria? Mas não sou uma Seebring. Nunca *serei* uma Seebring.

— Enquanto você compreender isso, está tudo bem.

— Eu compreendo, Otis. E compreendo muito bem. Como você disse, é um trabalho de verão... uma ponte entre meu emprego aqui e outra coisa. Se for divertido, terei boas recordações. Mas essa não é a melhor parte. A *melhor* parte é que minha filha terá uma coisa de que precisa, e que de outra forma não teria. Quero o emprego por ela, Otis. Você também não faria a mesma coisa se ela fosse sua filha?

Quatro

Duas semanas depois, usando shorts brancos e tênis novos, uma de blusa verde, a outra de blusa azul, Olivia e Tess partiram para Rhode Island. Deixaram para trás uma estudante de direito exultante com sua sublocação para o verão, um restaurador de fotos a caminho da aposentadoria e Ted, atordoado, parado na calçada.

— Ele está com as mãos nos quadris — informou Tess, olhando pelo espelho lateral. — Por que ficou tão zangado?

Olivia recusou-se a olhar para trás. Adquirira em sua vida o hábito de não olhar para trás. Depois que uma decisão era tomada e um caminho determinado, só se podia olhar para a frente. Isso dito, ela ficou triste ao se despedir de Otis e sentiu uma pontada de pesar por deixar o apartamento. O que sentia em relação a Ted, porém, era um profundo alívio.

— Ele não está zangado — disse Olivia a Tess. — Apenas magoado. Queria que passássemos o verão aqui com ele.

— Fazendo o quê? Passeando de pedalinho? Ted só pensa em fazer isso. Nunca lhe ocorreu que gosto de ver vitrines e fazer compras.

Também não ocorrera a Olivia. Na família, as compras sempre haviam sido mais funcionais do que uma diversão. Mas Olivia tinha uma imagem do que as pessoas vestiam no verão em Asquonset — em particular em verões de festas precedendo um casamento — e não era o que tinha em seu closet. Não queria embaraçar Natalie, e o noivo podia ser ainda mais elegante. Ele ainda era um enorme ponto de interrogação. Olivia imaginara um barão do vinho, proprietário de vinhedos na França, até que Otis informara que seu nome era Carl Burke. Como nunca ouvira falar de famílias irlandesas que produziam vinho, ela projetou um irlandês-americano, dono de um vinhedo na Califórnia. Imaginou-o distinto, elegante, um homem refinado. O tipo de homem que se cercava de pessoas distintas, elegantes, refinadas.

Como esse círculo incluiria temporariamente Tess e ela, Olivia afrouxou os cordões da bolsa e levou a filha às compras. E, subitamente, a menina que usava apenas camisas de malha e jeans tornou-se uma nova criatura. Experimentou shorts coloridos, blusas de alças, saias curtas, vestidos para o verão — não apenas experimentou, mas vestiu como uma modelo — e ficou adorável em tudo, porque sorria. Em roupas diferentes, era uma pessoa diferente. Olivia não precisava de um psiquiatra para dizer o que isso significava.

Asquonset era um novo começo e ela tinha de agradecer a Otis. Ela nem precisara comparecer a uma entrevista pessoal. Natalie a contratara apenas pela recomendação de Otis.

Ted ficou consternado.

— Mas *você* não quer conhecer o lugar para onde vai? Muito bem, viu as fotos. Mas as fotos não podem lhe dizer o que precisa saber. As fotos não dizem a verdade. É evidente que ela só mandou as que mostram a melhor imagem da propriedade... é assim que todo mundo faz.

Olivia achou que não valia a pena argumentar. O pessimismo de Ted era de uvas azedas. Ele recusava-se a perceber que o relacionamento estava acabando. Insistiu em dizer que telefonaria todas as noites, que se encontrariam para jantar em algum lugar entre Cambridge e Asquonset, até mesmo pegaria o carro para ir visitá-la. Olivia tentou descartá-lo gentilmente, dizendo que precisava descobrir como seria o emprego, até que ponto poderia ser exigente. Como Ted não percebesse a insinuação, ela foi mais brusca. Disse que se sentia sufocada. E que precisava de espaço.

Mesmo assim, ele não deu atenção. Não ouvia o que não queria ouvir e esse era o seu problema. Mas Olivia não permitiu que Ted criticasse o seu sonho. Recusou-se a deixar que ele menosprezasse Asquonset.

— As fotos que me mandaram não eram de marketing. Foram tiradas antes de alguém sequer saber o que era marketing. Algumas eram de câmeras antigas. São autênticas.

Otis confirmara. Quando pressionado, confessara que estivera várias vezes em Asquonset. Conhecera Carl Burke? Não lembrava, mas recordava-se muito bem da casa-grande. E comentara que era ainda mais bonita do que nas fotos... um elogio e tanto para um homem rejeitado.

Além do mais, Olivia e Natalie haviam conversado pelo telefone. Natalie não se importava com o fato de Olivia não ter um diploma universitário. Gostara do que Olivia fizera com as fotos de Asquonset. Também achava que as cartas que ela escrevera, em nome de Otis, demonstravam suficiente habilidade na redação. Gostou das perguntas de Olivia enquanto conversavam e insistiu que ser organizada, simpática e devotada — como Olivia fora com Otis — eram atributos mais valiosos do que credenciais formais. Ao final, ela declarou que aprendera a confiar em seu instinto, e o instinto lhe dizia agora que havia um vínculo favorável entre as duas.

O mesmo aconteceu com Olivia. Ao longo de três conversas, saiu com a convicção de que Natalie queria contratá-la tanto quanto ela queria o emprego. A parte cética de sua natureza não sabia se o vínculo fora o fator decisivo, se Natalie se sentia culpada por ter rejeitado Otis tantos anos antes ou se simplesmente queria contratar alguém logo de uma vez e encerrar aquele assunto. Olivia sabia que era fácil conversar com Natalie, tanto quanto imaginara que seria o contato com uma avó jovial. Natalie era extrovertida e entusiasmada. Era flexível. Era ansiosa em agradar.

A melhor parte, porém, fora a sua aparente satisfação pela perspectiva de ter uma criança na casa.

— E você acredita nisso? — indagara Ted, com uma risada desdenhosa.

Se aquele homem já não pertencesse à história para Olivia, a risada seria a gota d'água. Tess era seu orgulho e alegria. Ressentia-se da sugestão de que alguém pudesse considerar que a criança era uma chatice.

— Claro que acredito. Ela fez de tudo para nos agradar. Arrumou uma tutora. Descobriu um professor de tênis. Até providenciou para que Tess tivesse aulas de barco à vela no iate clube local.

— Entrevistou a tutora? Por tudo o que você sabe, pode ser uma garota da escola secundária ansiosa em ganhar alguns dólares extras. O mesmo em relação ao professor de tênis. E se Tess precisa mesmo ter aulas de navegação num barco à vela poderia fazer isso na casa de meus pais em Rockport.

Se nada mais, sou grata por poupar Tess desse suplício, pensou Olivia. Conhecera os pais de Ted. Acompanhá-los a um restaurante fora um pesadelo de reclamações... louça suja, serviço péssimo, comida meio crua, comida cozida demais, pedidos errados. Eram tão tensos quanto o filho. Olivia não queria a filha perto de gente assim.

— E pense como mãe — acrescentou Ted, batendo o último prego em seu próprio caixão. — Como pode levar sua filha para um lugar sem fazer um reconhecimento antes... e, por falar nisso, como pode levá-la para fora durante todo o verão quando ainda não tem um emprego para o outono? Se fosse eu, ficaria aqui, procurando um novo emprego. E se não se importa por você mesma deveria pelo menos se preocupar com Tess. As mães responsáveis não fazem isso... não é uma atitude inteligente.

Não é *inteligente*? Olivia, que já era bastante sensível por não ter um diploma universitário, numa cidade em que a maioria das pessoas tinha três, sentiu-se ofendida.

— Deixe-me dizer uma coisa — declarou ela, um tanto ríspida. — Quando *você* tiver filhos, pode pensar no que for inteligente para você. Para minha filha, eu farei o que acho que é inteligente.

E ponto final. Alguns dos argumentos de Ted talvez até tivessem um certo mérito se ela não sentisse tanta convicção de que ia fazer o que era certo. Era um pressentimento que experimentara no instante em que lera a carta de Natalie.

Além do mais, a confiança era da maior importância, e naquele caso funcionava nos dois sentidos. Se Natalie podia contratá-la sem jamais tê-la visto, Olivia podia aceitar o emprego nas mesmas condições.

* * *

Depois, veio o sonho. A primeira parte era real... crescer numa cidadezinha de Vermont que recebia a turma do esqui de Nova York, filha única de uma mulher que era pouco mais que uma criança. Olivia foi criada pelos vizinhos até ter idade suficiente para usar uma chave pendurada no pescoço. A essa altura, Carol Jones trabalhava com um corretor de imóveis local e confraternizava com a turma do esqui de Nova York. No sonho, Olivia reviveu as noites em casa sozinha, com medo do escuro, com medo dos sons furiosos do senhorio por baixo, sem saber onde a mãe se encontrava e apavorada com a idéia de que ela nunca mais voltasse.

A segunda parte do sonho era a mais interessante. Nela, Carol Jones voltava uma manhã não com um amante, mas com sua própria mãe.

Olivia nunca conhecera a avó. Fora informada de que ela morrera, o que era a explicação mais fácil para Carol. Mas Olivia mantivera a chama viva. Durante as horas mais solitárias de sua infância, encolhida em seu esconderijo, o canto de um closet escuro, onde se sentia segura, inventava dezenas de histórias para justificar a ausência de uma avó. E também imaginava uma dúzia de reuniões diferentes.

No sonho, a avó, que surgia do nada numa manhã de sol, era uma mulher de recursos. Passara muitos anos à procura da filha — a filha voluntariosa, rebelde e grávida — que fugira para contrariar os pais, e depois se sentira assustada demais para voltar. Um investigador particular depois de outro desistira do trabalho, mas a avó persistira. Graças a uma foto antiga de Carol, meticulosamente restaurada, muito parecida com Olivia, a avó conseguira descobri-la.

E aquela avó meiga e obstinada, que tivera êxito em sua busca depois de tanto tempo, tinha o rosto de Natalie Seebring.

Claro que era apenas um sonho. Pensando a respeito, no entanto, enquanto o velho Toyota as levava para o sul, Olivia considerou que era um presságio. Seu excitamento aumentou.

Infelizmente, a ansiedade de Tess também aumentou. As perguntas se sucediam, sem parar:

— Onde vamos morar?

— Na casa-grande. Uma ala da casa está vazia. Ficaremos lá. Já lhe disse isso, Tess.

— Vazia? Também é assombrada?

— Não se preocupe. São fantasmas simpáticos.

— Mamãe!

— Não há fantasmas, Tess. Nenhum.

— Que idade tem o homem com quem ela vai casar?

— Não sei.

— E se todos forem velhos? Velhos não gostam de crianças.

— Gostam sim, desde que as crianças se comportem.

— E se eu deixar as pessoas nervosas? Quem mais está na casa de Natalie?

— Por favor, Tess. Nada de Natalie. Sra. Seebring.

— Você a chama de Natalie.

— Não pessoalmente. Além do mais, sou adulta.

— Carl também mora lá?

Olivia suspirou.

— É Sr. Burke, e não sei se ele mora ali.

— Tem uma cozinheira? Uma arrumadeira? Um *mordomo*?

— Não sei.

— Acho que não vou aprender a velejar.

— Claro que vai.

— Falou com a Cambridge Heath?

— Falei. Estão analisando seu pedido de matrícula.

Olivia falara com o responsável naquela manhã. Com medo de que alguma coisa pudesse se extraviar, tinha uma pasta com o formulário de Tess e com os registros médicos. Uma segunda pasta continha folhetos de Braemont, em Providence, e de escolas similares em três outras cidades da Nova Inglaterra, em que também havia museus onde Olivia poderia encontrar um emprego. Uma terceira pasta continha cópias de seu currículo e das cartas que já enviara. Planejava mandar uma carta informando seu endereço durante o verão. Era uma desculpa tão boa como outra qualquer para lembrar que estava viva e continuava a procurar um emprego.

— E se eu não entrar?

— Se você não entrar, será apenas porque não havia nenhuma vaga na quinta série — explicou Olivia pela milésima vez. — Neste momento a turma está completa. Estão esperando que uma ou duas crianças cancelem a matrícula durante o verão.

— Por que alguém faria isso?

— As pessoas se mudam. Os pais aceitam um emprego em outra parte do país.

— E se isso não acontecer?

— Se não acontecer, pediremos uma vaga para o próximo ano.

— E o que eu farei *este* ano?

Se mudassem para outra cidade, haveria outra escola pública, com a possibilidade de uma professora melhor e um programa melhor para uma criança como Tess. Se não, Olivia simplesmente não sabia o que faria. Sua reunião com Nancy Wright não correra muito bem. *O problema é demográfico*, alegara a mulher, com mais do que um pouco de arrogância. *Nosso corpo docente está à frente da maioria. Não podemos prejudicar todas essas crianças para atender umas poucas que ficaram para trás.* Olivia tivera de procurar a diretora e pressionar antes que finalmente concordassem em passar Tess para a quinta série. Mas deixaram evidente que faziam isso com maior relutância e que Olivia era responsável pela mudança. Se alguma coisa saísse errada, disseram elas expressamente, a escola não seria culpada.

E esse, em suma, era o problema com a escola onde Tess estudava. A mentalidade era de oposição: eles contra nós. Não havia o senso de parceria, o senso de trabalho comum pelo bem da criança. O processo deixara Olivia mais convencida do que nunca de que Tess precisava de alguma coisa diferente.

Olivia estava focalizada nesse pensamento quando deixaram a auto-estrada. Pegaram a estrada local, seguindo as instruções de Natalie. Ela especulou sobre o que aconteceria se estragasse tudo e não conseguisse fazer o trabalho. Escrever cartas não era nada em comparação com escrever um livro. O computador conferia a ortografia e a gramática, mas não expressava as idéias e não ligava uma com a seguinte.

A verdade? Aquele trabalho era decisivo para ela. Se o perdesse em uma semana, não haveria verão no mar... nada de chá gelado na varanda, piqueniques ou barcos à vela. Não haveria horas perdidas no passado. Não haveria referências favoráveis de Natalie, contatos na Califórnia através de Carl, nenhuma ajuda de um amigo poderoso que podia conhecer alguém no conselho de administração de um museu que tinha um departamento de restauração. Se Olivia estragasse tudo, não receberia o pagamento prometido, e sem isso poderia se despedir do sonho de mandar Tess para Cambridge Heath.

Portanto, talvez fosse irresponsabilidade sua, como mãe, ter despertado as esperanças da filha. Mas como não fazê-lo? Tess tinha de ser entrevistada, fazer alguns testes. Olivia não podia apresentar um pedido de matrícula sem o seu conhecimento.

Passaram por uma placa indicando o limite da cidade de Asquonset. O carro parecia abafado, Olivia sentia-se tão apavorada quanto estava excitada. Imaginou que Tess sentia a mesma coisa.

A estrada era ladeada por arbustos baixos, um ou outro bordo ou carvalho. As poucas casas pareciam em péssimas condições. Havia uma peça enferrujada de equipamento agrícola no início de um caminho de terra, um caminhão quebrado num campo mais adiante. Se não soubesse melhor, Olivia pensaria que estava chegando a uma cidade em agonia.

Mas ela sabia melhor. Havia campos bem cuidados além do caminhão, com dois elegantes cavalos pastando no meio. Além do mais, segundo o site de Asquonset na Internet, o vinhedo era próspero. No ano passado, produzira sessenta mil caixas de vinho, em comparação com cinqüenta e cinco mil no ano anterior. A previsão para este ano era ainda maior. Os vinhos de Asquonset eram apreciados em toda a Costa Leste. Eram servidos nos melhores restaurantes, os tipos mais baratos eram comprados para consumo doméstico, e tudo isso aumentaria ainda, se o iminente casamento de Natalie representasse a união entre duas grandes vinícolas. Não, não havia nada de agonizante ali. Uns poucos casos de tinta descascada nos arredores da cidade não a deixariam desanimada.

Em termos mais objetivos, não tinha a menor intenção de julgar um livro pela capa. Desperdiçara energia demais em sua vida fazendo isso. Apaixonara-se pelo cérebro de Jared, a intensidade de Ted, a voz de Damien e os doces árabes de Peter. Nenhum dos quatro jamais oferecera muita coisa em termos de relacionamento.

Agora Olivia tinha roupas novas, um emprego novo e uma cidade nova. Aquele era um novo dia. Ela estava virando uma nova página.

O centro de Asquonset surgiu quando as instruções de Natalie diziam que isso aconteceria. Era pouco mais que uma encruzilhada, com uma lanchonete numa esquina, o armazém-geral Pindman's em outra, uma construção típica de Cape Cod que parecia alojar um advogado, um veterinário e um psiquiatra na terceira esquina e uma casa particular na última. Todos os quatro prédios eram variações da estrutura de madeira, com a lanchonete baixa e comprida, o armazém estreito e alto, o prédio de escritórios e a casa particular em posições intermediárias. Todos os quatro prédios eram amarelos e nenhum dava a impressão de ter sido pintado recentemente... embora Olivia tivesse a impressão de que a aparência esmaecida era deliberada. Um casal saindo do prédio profissional parecia bem-vestido e contente, assim como os dois meninos sentados nos degraus do armazém. Bandeiras americanas tremulavam, orgulhosas. As caixas de correspondência tinham os números bem pintados. Um caminhão de entrega da FedEx aproximou-se pela direita de Olivia. O motorista buzinou e acenou para um grupo de vinte e tantas pessoas, sentadas em bancos, junto da lanchonete.

Era mesmo uma aparência deliberada, pensou Olivia. O centro da cidade tinha idade e um charme cultivado. Ela desconfiava de que havia histórias maravilhosas sobre as origens do Pindman's ou as várias encarnações do prédio de escritórios. Sem falar na lanchonete, que não podia deixar de ser o eterno ponto de encontros. Ela voltaria com sua câmera para fotografar aquela encruzilhada... e mais de uma vez.

A estrada começou a subir. Olivia passou por um prédio de alvenaria pequeno, com a placa a indicar *Prefeitura*, e uma garagem enorme, com a placa de *Corpo de Bombeiros*. Alcançaram o alto da ladeira, onde havia uma linda igreja branca. Seu campanário era luminoso contra o céu azul-claro. Mas o que deixou Olivia atordoada foi a vista do mar além.

— Olhe! — exclamou ela.

— Estou com fome — resmungou Tess. — Não há restaurantes por aqui?

— Lá está o *mar*!

Mas a vista já fora obstruída pela vegetação. A estrada virou, seguindo para o interior. Olivia estava exultante.

— Vai ser maravilhoso!

Ela abaixou a janela e sentiu uma lufada de ar quente, com o cheiro do mar.

— Preciso ir ao banheiro — anunciou Tess.

— Espere mais um pouco. Não podemos estar a mais de três quilômetros do vinhedo.

— Mas não há *nada* aqui.

Tess tinha razão. Naquele momento Olivia avistava apenas campos áridos e árvores esparsas.

E depois o vinhedo apareceu... não o vinhedo, na verdade, apenas a placa, mas o efeito foi o mesmo. Era destacada, surpreendente em suas cores fortes, num mundo em que todo o resto parecia abafado. O cacho de uvas se derramando do copo de vinho estava pintado numa cor gloriosa. Em vez do que se podia esperar, as letras pintadas na cor vinho, o nome do vinhedo estava gravado em dourado.

Com o coração batendo forte, Olivia virou à esquerda, numa estrada estreita, coberta por cascalho, que rangia sob os pneus. A estrada ondulava, sempre seguindo para o interior, ora subindo, ora nivelando, ora clareando com milharais, ora escurecendo com pequenos bosques de cedros e bétulas.

— Onde está a casa? — perguntou Tess depois de um minuto.

Olivia estava esperando, atenta, pensando a mesma coisa. Subiram por outro aclive e os campos mudaram. Havia agora muros baixos de pedra ao lado da estrada. Embora a vegetação ali crescesse em fileiras, como os milharais, era bem baixa. Olivia fizera o dever de casa.

— É uma plantação de batatas — informou ela a Tess. — Os Seebring cultivam as duas coisas... milho e batata.

— Pensei que eles cultivavam uvas.

— Cultivam agora, mas nem sempre foi assim. As batatas vieram primeiro. Eram a cobertura durante a Lei Seca.

— Como assim?

— As pessoas não tinham permissão para vender vinho durante a Lei Seca. Para todos os propósitos oficiais, Asquonset vivia do cultivo de batata e milho.

— Mas cultivavam uvas e vendiam vinho?

— Isso mesmo, embora numa escala muito menor do que agora.

— Então eram criminosos.

Olivia não queria que Tess *pensasse* que era uma coisa ilegal, muito menos que perguntasse alguma coisa a Natalie.

— A Lei Seca era muito impopular. A maioria das pessoas era contra. Por isso, não durou muito. Foi uma péssima idéia, desde o início. Abaixe sua janela, Tess.

Olivia aspirou fundo enquanto a filha abaixava a janela.

— Sente o cheiro?

Tess farejou.

— Sinto cheiro de terra.

— E é terra mesmo, fértil e úmida.

— Se tiver urtiga por aqui, estou perdida.

— Não tem urtiga. E eu trouxe o remédio. Você nunca tem qualquer problema quando trago o remédio.

Tess não respondeu. Inclinava-se para a frente, até onde o cinto de segurança permitia, esquadrinhando o terreno à frente.

— Mas onde está o *vinhedo*?

Cinco

Olivia guiou o carro por uma curva na estrada, passando por um campo que à primeira vista parecia apenas de mato baixo. Só depois é que ela notou as estacas, os arames e um padrão de plantação. Exultante, ela declarou:

— Está bem ali!

Enquanto o carro avançava devagar, um mundo de videiras em treliças ficou delineado, as fileiras meticulosas, os troncos nodosos, os galhos com folhas verde-claras, os lados podados, tudo preparado para o máximo de exposição ao sol.

Algumas fileiras tinham placas. *Chardonnay*, dizia uma. Mais adiante outra dizia *Pinot Noir*.

Olivia ficou toda arrepiada. Não tinha importância que as bolinhas crescendo nas videiras em junho tivessem apenas uma remota semelhança com uvas. Depois de contemplar Asquonset no papel durante meses, ela sentia que se encontrava na companhia de celebridades.

Não, não era essa a analogia certa, ela compreendeu. Celebridade era uma coisa superficial. O sentimento ali era quase religioso. Guiando mais devagar pela estrada de cascalho flanqueada por descendentes das videiras que há centenas de anos produziam os preciosos vinhos europeus, ela sentia-se emocionada. E a reverência parecia mútua. Olivia imaginou que o vinhedo se abria para lhes dar passagem, tornando a se fechar em sua esteira.

— O que dizem as placas, mamãe?

— São os nomes das uvas. Deve ser a seção. As uvas à sua direita chamam-se Pinot Noir. Sabe que lado é.

Tess muitas vezes se confundia. O que não aconteceu desta vez. Apontou para a direita, depois trocou de lado.

— E aquela?

— Riesling — leu Olivia, para depois soltar um grito de espanto. — Ei!

Um homem levantara entre duas fileiras de videiras.

— Quem é *ele*? — perguntou Tess.

— Acho que é um dos trabalhadores.

— De onde ele veio?

— Devia estar agachado ali.

Empertigado agora, o homem era dois palmos mais alto do que as treliças. Tinha cabelos castanho-avermelhados, pele queimada do sol, ombros largos. Vestia uma camiseta marrom, com as mangas cortadas, um rasgão no pescoço. Usava óculos escuros, mas era evidente que olhava para as duas.

— Por que ele se agachava ali?

— Estava trabalhando.

— Por que ele olha para nós desse jeito?

— Pura curiosidade. Somos estranhas.

— Mamãe, por que você diminuiu a velocidade? — murmurou Tess pelo canto da boca. — Ele não parece nem um pouco simpático.

Não parecia mesmo... mas Olivia não percebera que olhava fixamente para o homem, nem que diminuíra a velocidade. Tornou a olhar para a estrada e acelerou um pouco.

— Espero que nem todos sejam como ele — comentou Tess depois que se encontravam a uma distância segura. — Ele não quer a gente aqui.

— Por que diz isso?

— O rosto dele dizia.

Olivia achava que era um rosto bastante atraente. Um rosto sombrio e determinado, mas atraente.

— Mas onde está a casa? — indagou Tess.

— Deve estar próxima.

— Chegaremos ao rio daqui a pouco.

Ela estudara os mapas e se lembrava da narrativa da mãe. Sabia que o rio ficava à frente, se o mar estava para trás. Não resta a menor dúvida de que ela é inteligente, pensou Olivia. É verdade que carecia de noção de distância, o que tinha mais a ver com inexperiência do que com dislexia. Não compreendia que ao avançarem lentamente, subindo, dando voltas, haviam percorrido apenas um quarto da península que a família Seebring possuía.

E foi então que a casa-grande apareceu. Surgiu de repente, de uma forma surpreendente. Na verdade, já podia ser vista antes, mas se encontrava tão emoldurada pelas árvores no alto do aclive que parecia oculta. Mas também era possível que Olivia estivesse tão absorvida pela visão das videiras que não percebera a casa. Era diferente das fotos que ela restaurara. Não parecia tão grande e exuberante ao ser vista pessoalmente. O primeiro andar era formado por blocos de pedra, unidos por argamassa, ensombreados pelo telhado inclinado da varanda. O segundo andar era de madeira, acinzentada pela maresia. Os dois andares se fundiam numa fachada rude e solene.

Não era assim nas fotos. A parte de cima e a de baixo pareciam gentis e distintas. Por um instante Olivia teve o terrível pensamento de que criara no laboratório algo que não existia... pior ainda, criara em *sua mente* algo que não existia.

Muito bem, raciocinou ela. Sem um ponto de referência, a perspectiva muitas vezes se perdia nas fotos. Na avaliação da casa-grande, ela se baseara nas árvores. Mas as árvores podiam ser maiores ou menores. Se Olivia as imaginara maiores do que eram na vida real, a casa-grande também pareceria maior.

E havia ainda o fator da idade. O Asquonset com que ela trabalhara era muito mais novo do que tudo o que via agora. Era inevitável que algumas coisas fossem diferentes. Mas as janelas eram as mesmas, grandes, bonitas, com vários caixilhos, abertas agora. E o telhado de telhas de madeira também era o mesmo.

A fachada curtida pelo tempo podia ser rude e sombria, mas tinha os olhos abertos, as sobrancelhas alteadas em curiosidade, enquanto elas se aproximavam. Com as pequenas nuvens brancas flutuando por cima do telhado e o vinhedo derramando-se por baixo, a casa-grande de Natalie Seebring ainda era uma visão impressionante.

Durante a curta distância final, Olivia permitiu-se um último sonho. Imaginou que a porta se abria e Natalie, radiante, saía correndo, acompanhada por um bando de empregadas, que faziam fila, ansiosas por uma apresentação.

Olivia parou no semicírculo final do caminho de pedra. Havia ali um muro de pedra baixo. Um mastro próximo exibia a bandeira dos Estados Unidos com a bandeira de Rhode Island por baixo.

Ela permaneceu sentada no carro por alguns segundos, esperando. A porta na frente era de tela, numa moldura de madeira, como esperava, mas continuou vazia e escura.

Olivia saltou, deu a volta no carro. Pegou a mão de Tess e subiram pelo caminho. Sentia o coração na garganta. Havia muita coisa em jogo ali.

Os cinco degraus da frente eram de pedra, bastante largos. As duas subiram, atravessaram a varanda escura e deram uma espiada pela porta de tela.

— Será que tem alguém em casa? — sussurrou Tess.

Olivia encostou o ouvido na tela.

— Ouço vozes.

— Falando sobre a gente?

— Duvido muito.

Se ela não estivesse enganada, haveria problemas. Pelo som das vozes, parecia uma discussão.

Olivia bateu de leve na armação de madeira da tela. As vozes distantes tinham agora o acompanhamento da campainha do telefone.

Haviam chegado num momento inoportuno. Se pudesse, Olivia voltaria para o carro com Tess, sairia para a estrada, esperaria cinco ou dez minutos antes de chegar de novo. Era uma idéia absurda, é claro. Seria ridículo voltar agora. Além do mais, já haviam sido vistas pelo homem no vinhedo.

Ela tomou coragem e apertou a campainha, um botão marfim no meio de arabescos de ferro. O som de carrilhão era bastante alto.

As vozes lá dentro cessaram. Segundos depois, ela ouviu passos leves se aproximando e Natalie Seebring apareceu.

Quando ela as viu e sorriu, Olivia sentiu uma onda de alívio. Tudo daria certo. Natalie estava ali... e, embora fosse trinta anos mais velha do que nas últimas fotos que Olivia vira, ela era adorável. Era esguia, mediana, usava um jeans impecável, uma camisa pólo com o logotipo do vinhedo. A pele era suave, com um pouco de maquilagem, algumas rugas. Os cabelos eram abundantes e brancos, emoldurando o rosto, um pouco desgrenhados, femininos, mas não afetados. Era empertigada e ágil, exibia a idade com orgulho e classe, irradiava autoridade.

Olivia sentiu um respeito imediato.

Ainda sorrindo, Natalie abriu a porta, exalando uma tênue fragrância de frésia. Acenou para que elas entrassem. Olivia também sentiu a maior satisfação pelo que viu ao entrar. O vestíbulo era grande, com uma predominância de verde. Exibia um estilo de Velho Mundo, com muita madeira escura, interrompida por vários murais. A escada fazia uma curva gradual, com um patamar a cada cinco ou seis degraus. Havia um enorme gato alaranjado sentado no primeiro patamar. Um gato menor, preto e branco, sentava no meio da subida para o segundo.

Olivia percebeu o instante em que Tess avistou os gatos pela maneira excitada como ela respirou fundo.

— Chegaram bem a tempo — disse Natalie. — Há uma guerra acontecendo aqui. Preciso de reforços.

As palavras mal saíram de sua boca, quando uma mulher entrou no vestíbulo. Parecia ter sessenta anos. O vestido cinzento indicava que era a empregada.

— Sua filha está ao telefone, Sra. Seebring.

— Olivia, Tess, esta é Marie. Ela trabalha nesta casa desde que tinha idade suficiente para ter um emprego. São trinta e cinco anos. Agora, subitamente, ela decide que quer mudar de carreira? Não posso acreditar.

— Já está mais do que na hora.

Marie estendeu um pedaço de papel, que Olivia calculou que era o aviso prévio. Natalie estendeu as mãos para trás, recusando-se a pegar.

— Não vou aceitar. Você está apenas transtornada com a mudança, mais nada. Preciso de você, Marie.

Mas Marie balançou a cabeça, decidida.

— Pelo menos espere até depois do casamento — insistiu Natalie.

— Não posso. — Marie estendeu o papel para Olivia, que o pegou por pura surpresa. — A filha da Sra. Seebring está ao telefone. Há algum tempo que vem tentando falar com a mãe. Pode fazer o favor de atender?

Ela virou-se e começou a se afastar.

— *Marie*! — exclamou Natalie.

— Tenho de lavar a roupa.

— Não me importo com a roupa!

Mas a criada retirou-se. Natalie suspirou e ofereceu um sorriso tênue a Tess.

— Acha que perdemos?

Tess acenou com a cabeça numa resposta positiva.

— Aqueles gatos são seus?

— São sim. O que está no patamar é Maxwell, e o outro é Bernard.

— Ambos são meninos?

Tess soltou um gritinho e esbarrou em Olivia quando um terceiro gato esbarrou em sua perna.

— Esse é *Henri*. — Natalie deu ao nome a pronúncia francesa. — Não precisa ter medo.

Tess ajoelhou-se para afagar o gato. Aquele era tigrado, em preto e cinza.

— Não tenho medo. Apenas não vi o gato se aproximar.

— Nem eu — disse Natalie. — Ele apareceu aqui um dia, parecendo faminto. Não tive coragem de mandá-lo embora.

Com Tess satisfeita pelo momento, Olivia não podia deixar de pensar no botão do telefone, que piscava, vermelho, na mesa de mogno ao lado da escada.

— Podemos esperar aqui se quiser atender a ligação.

— Não quero — declarou Natalie. — Minha filha não está mais satisfeita comigo do que Marie. Nenhuma das duas compreende. Para elas não passo de um pedaço de algodão-doce, que deveria ser rosado e inofensivo. Não me creditam a posse de um cérebro.

— *O telefone, Sra. Seebring!* — gritou Marie, de longe.

Natalie comprimiu dois dedos contra a têmpora. Seus olhos se encontraram com os de Olivia.

— Gostaria que eu atendesse? — perguntou Olivia.

O alívio de Natalie foi imediato.

— Eu ficaria agradecida. Apresente-se. E diga a ela que não posso falar neste momento.

Satisfeita pela oportunidade de ser útil tão cedo, Olivia foi até o telefone. Falou no tom mais jovial:

— Aqui é Olivia Jones. Sou a nova assistente da Sra. Seebring. Lamento, mas ela não pode atender...

— Assistente? — A voz era um pouco transtornada. — Que tipo de assistente? E por que ela *não pode* atender? Sou a filha dela. Só quero falar com ela por um minuto.

Olivia olhou para Natalie, que ergueu as mãos, sacudiu a cabeça e deu um passo para trás.

— Creio que ela saiu. Pode ligar para você mais tarde?

— Claro que pode. A questão é se vai mesmo ligar. Ela vem evitando falar comigo. Olivia Jones é seu nome?

— Isso mesmo.

— Quando começou a trabalhar para minha mãe?

— Hoje é meu primeiro dia.

— Sabe o que está acontecendo?

— Ahn... não sei se entendo o que quer dizer.

— O casamento.

— Ah, sim...

Houve uma pausa. A voz era suplicante quando acrescentou:

— Ela precisa repensar. Não está certo. Meu pai morreu há apenas seis meses.

Olivia não sabia o que dizer. Acabara de chegar. Era uma forasteira.

— Acho melhor conversar com sua mãe sobre isso.

— É mais fácil dizer isso do que fazer. Ela não foi capaz de avisar à própria filha que pretendia casar de novo. Sabe que é errado o que decidiu fazer. Um constrangimento para todo mundo.

Natalie comentou, do outro lado do vestíbulo:

— Ela não pode aceitar que tenho um coração que bate... e bate forte. Eu deveria ser uma velha murcha e ressequida.

Olivia não tapara o fone com a presteza necessária.

— Ouvi isso — declarou Susanne. — Ela está ao seu lado, mas é covarde demais para me atender. Sabe que não deveria tomar essa atitude, não depois de tudo o que meu pai fez. Foi ele quem fez o vinhedo. Ela não estaria aí hoje se não fosse por papai. Pode dar um recado?

— Claro.

— Diga a ela que a família não vai comparecer ao casamento. Meu irmão e eu não podemos aceitar. Ela deveria respeitar o marido. — Houve uma breve pausa. — Para que ela a contratou?

— Estou ajudando no escritório.

— Essa não! Mais alguém foi embora? Estão deixando aos montões. Também não gostam do que ela pretende fazer. Você é mais uma pessoa perdida, como os gatos?

Olivia sentiu-se um pouco ofendida.

— Como assim?

— Ela dá abrigo às pessoas perdidas. Algumas dão certo. Marie permanece na casa há uma eternidade. Outras são maravilhas de uma semana. Ela age por instinto. Por acaso lhe disse isso?

— Disse. Mas não sou uma extraviada. Passei os últimos cinco anos fazendo restauração de fotos, com Otis Thurman. Deixei seu estúdio para vir trabalhar aqui.

— Ainda bem. Gostaria que me escutasse por um momento. Por favor, não diga nada. Apenas escute. Estamos todos preocupados, achando que Natalie tem problemas mentais ou sofreu uma lavagem cerebral de Carl. Não há outra explicação para esse casamento. Por isso, eu lhe peço... suplico... para ficar de olho nela. Pode me telefonar se pensar que qualquer dessas coisas aconteceu?

A lealdade instintiva de Olivia era com Natalie, mas também não queria entrar numa briga com Susanne.

— Tentarei.

— Obrigada. Por favor, avise à minha mãe que tornarei a ligar na próxima semana... e seja bem-vinda a Asquonset.

Olivia desligou. Olhou para Natalie. A mulher mais velha parecia constrangida.

— Peço desculpas. Lamento tê-la envolvido em meu ninho de marimbondos.

Olivia não lamentava nem um pouco. Com apenas cinco minutos ali já se sentia integrada.

— Ela parece aborrecida.

— E está mesmo. Não compreende.

— Mas se explicou tudo...

Uma expressão culpada insinuou-se no rosto de Natalie.

— Não explicou? — indagou Olivia, surpresa. — Se explicasse agora, talvez...

Natalie parecia angustiada, como se quisesse desesperadamente fazer isso, mas não era capaz.

— É mais fácil dizer do que fazer. Ela idolatrava o pai, assim como o irmão, Greg. E isso é maravilhoso. Eu queria que fosse assim. Trabalhei por isso.

Ela fez uma pausa. Olhou para a parede de livros. De repente, parecia muito cansada.

— Agora, há alguns equívocos que precisam ser esclarecidos. Mas como fazer isso sem falar mal do falecido? — Natalie apertou os dedos. — A dinâmica da família é diferente de qualquer outra coisa na vida. Você fixa um padrão cedo e é quase impossível mudar. Sempre tive dificuldades para conversar com meus filhos... uma conversa franca. Há algumas coisas que mal foram discutidas. É muito difícil dizê-las. É mais fácil falar para pessoas estranhas.

— Como eu?

Natalie não respondeu a princípio. Pôs a mão na cabeça de Tess, parecendo encontrar conforto no contato, enquanto a menina afagava Henri, que ronronava alto.

— Espero que sim.

— E tudo se relaciona com o casamento?

— Claro que não. Relaciona-se comigo. Muito mais. Mas a ligação é Carl.

Natalie olhou para a porta pela qual Marie se retirara. Seu rosto se iluminou.

— Ah, mais dois meninos! O grandalhão da esquerda é Buck. É um gato do Maine, abandonado no Pindman's no outono passado por um turista que não suportava mais seus miados no carro. O alto e magro é Simon, o gerente do vinhedo. Simon, cumprimente Olivia Jones e sua filha, Tess.

Olivia virou-se para deparar com o homem que avistara no vinhedo... e aparentemente não era apenas algum antigo trabalhador, mas o próprio gerente. Era mesmo alto, ela decidiu, embora não imaginasse que era magro, pela visão anterior do peito e dos ombros. Podia vê-lo por completo agora. A cintura e os quadris, cobertos por um short folgado, eram de fato finos, assim como as pernas, sujas de terra, da mesma forma que as botinas de trabalho e as meias cinza. Os óculos escuros estavam no alto da cabeça, meio perdidos entre os cabelos castanho-avermelhados. O nariz queimado de sol era o único toque de calor em seu rosto. Os olhos eram frios, de um azul escuro. O queixo era escurecido pela barba.

O gerente do vinhedo de Natalie. Aquilo podia ser um problema, pensou Olivia enquanto olhava para Tess, que não desgrudava os olhos de Simon. Embora não parecesse assustada, a menina não fez qualquer esforço para se afastar da mão que Natalie pusera em sua cabeça. Havia segurança naquela mão. Olivia podia sentir isso mesmo a distância.

Simon acenou com a cabeça na direção de Tess, depois para Olivia. *Ele não quer a gente aqui*, dissera Tess. Olivia não sabia se era um fato ou se o homem era mesmo rude.

— Ele é do tipo retraído e silencioso — acrescentou Natalie com evidente afeição. — Como o pai. Por falar nisso...

— Ele está no galpão — informou Simon, a voz seca e profunda. — Disse que virá daqui a pouco. Estou a caminho de Providence.

O sorriso de Natalie desapareceu.

— Oh, não! Um problema!

— Não tenho certeza. Vi uma coisa nas tintas que pode ser o começo de mofo. Quero uma segunda opinião.

Natalie explicou para Olivia:

— O inverno e a primavera foram muito úmidos. Esperávamos que o sol e o vento secassem as videiras. — Para Simon, ela acrescentou: — Eu planejava convidá-lo para jantar conosco.

Olivia teve a impressão de que o homem contraía os lábios numa expressão irônica. Mas os olhos não se desviaram de Natalie e a voz continuou respeitosa.

— Sinto muito, mas esta noite não posso.

Com um rápido olhar para Olivia, ele virou-se e saiu. Buck foi atrás.

O telefone tocou nesse instante.

Natalie suspirou.

— Como não há telefonemas de negócios para cá, só pode ser meu filho. Susanne sempre liga para ele e se queixa assim que acaba de falar comigo.

Olivia olhou para o telefone.

— Quer que eu atenda?

— Por favor.

Ela pegou o telefone.

— Residência Seebring.

— É Olivia Jones?

Era uma voz incisiva, autoritária. Por uma fração de segundo Olivia temeu que tivesse cometido um crime sem saber, e fora localizada pelo FBI... ou, pior ainda, por *Ted.*

Mas não era a voz de Ted. Além do mais, ela *acabara de chegar*. Mesmo assim, um telefonema seria típico de Ted. Ele não estaria usando um amigo como intermediário?

— Quem deseja falar? — indagou ela, cautelosa.

— Greg Seebring. Você é Olivia?

Ela relaxou. Natalie tinha razão. Susanne devia ter dado seu nome. Nenhum crime fora cometido... e, ainda melhor, não era Ted. Ela estava livre.

— Isso mesmo.

— Sou o filho de Natalie e quero que saiba desde já que não tenho tempo para esse telefonema. Estou com problemas para resolver neste momento, mas minha irmã me leva à loucura, porque nossa mãe a leva à loucura. Só quero lhe dizer uma coisa. Natalie vem se comportando de uma maneira estranha. Esse casamento é impróprio e inoportuno. Desconfio que agora, com a morte de papai, ela apenas precisa de mais alguém para se apoiar, e o homem mais próximo é Carl. Pode ser uma conspiração dos Burke para assumir o controle do vinhedo, ainda não sei. Mas, se for, posso garantir que não dará certo.

Olivia pensara em fusão, uma união amigável de duas famílias poderosas. Não precisava ser uma profunda conhecedora de questões financeiras para saber que uma tomada do controle podia ser hostil.

— Talvez seja melhor conversar com sua mãe.

— Não tenho tempo para isso. E também não tenho a energia necessária. Minha mãe e eu funcionamos em níveis completamente diferentes. Só quero que você saiba que temos conhecimento do que está acontecendo. Se fizer qualquer coisa para ajudar e favorecer a causa dos Burke, vamos considerá-la como parte da conspiração. Aliás, é bem possível que você já seja. Foi Carl quem a contratou?

— Não... e não tenho a menor idéia do que está falando.

Ele soltou uma risada sinistra.

— Meu bem, lido com animais políticos todos os dias. E aprendi uma coisa. Quando eles insistem que não sabem de nada, como você acaba de fazer, é porque sabem de muita coisa. Conheço muito bem a situação. Considere-se avisada. Dê minhas lembranças a mamãe.

Greg desligou. Ao repor o fone no gancho, Olivia especulou pela primeira vez sobre a natureza exata do ninho de marimbondos a que Natalie se referira. Um vinhedo assumir o controle de outro podia ser uma coisa séria. A família podia se dividir. Natalie podia se mudar para o vale de Napa, na Califórnia. Asquonset podia fechar. Olivia podia ser envolvida numa ação judicial que se arrastaria por anos.

— Ele está zangado — disse Natalie.

A voz interrompeu a especulação de Olivia:

— Acho que está mais preocupado.

Isso parecia mais gentil.

— Mas não bastante preocupado para pegar um avião e voar até aqui. Ele mencionou sua teoria da conspiração?

— Ahn... de passagem.

Os olhos de Natalie se tornaram tristes.

— Este deveria ser um momento feliz.

Por um breve momento ela sucumbiu à tristeza. Depois, empertigou-se e recuperou a determinação visível.

— É um momento feliz. Venha comigo. Vou lhe mostrar tudo. Depois, quero que conheça Carl.

Seis

Os preconceitos continuaram. Olivia já constatara que a casa-grande não era tão grande quanto imaginara. O interior, no entanto, surpreendeu-a. Ao longo de todos aqueles meses e de tantas fotos, imaginara um cômodo depois de outro, cada espaço, cada sofá, cada cadeira Luís XVI, com os fantasmas de convidados confraternizando, comendo, conversando, dormindo. O que ela viu, na realidade, era menor e mais simples. A decoração era requintada, com móveis de designer e todas as conveniências modernas, embora mais casual do que formal.

Determinada, ela emendou seu pensamento, do grandioso e vasto, para o encantador e pequeno. Não haveria bailes de gala indiscriminados ali. Os visitantes seriam selecionados com o maior cuidado. As festas seriam íntimas.

O primeiro andar consistia de uma sala de jantar e cozinha num lado, com uma sala de visitas no outro. Além da sala de estar principal, havia mais outras duas.

— Estas salas eram quartos antigamente — explicou Natalie. — Quando a família cresceu, acrescentamos o segundo andar.

Havia quatro quartos no segundo andar. A porta de um quarto estava fechada, mas Natalie mostrou os outros, cada um mais bonito do que o outro, sempre de uma maneira aconchegante. O melhor, porém, ainda estava para vir. Na extremidade do corredor havia uma escada estreita. Levava ao cômodo arejado que dava para os fundos da casa, uma paisagem de colinas ondulantes, cobertas por vinhedos. Era o escritório de Natalie, no qual se refestelava um gato chamado Achmed.

— Achmed? — repetiu Tess, seguindo em direção ao gato.

— Ele é persa. Minha veterinária achou que seria um acréscimo digno para seu consultório, mas Achmed criou a maior confusão com os outros animais. É por isso que sempre digo que não posso ter outros animais. Se trouxesse um cachorro para cá, os pêlos voariam por toda parte. Achmed é um filho-da-mãe temperamental. Mas gostou de você, Tess. Olhe só para isso.

Tess estava de joelhos, os olhos no nível do gato persa, que sentava empertigado num banquinho de brocado. Parecia não se importar nem um pouco com a mão que o afagava.

— Ele fica aqui em cima — disse Natalie. — Não se mistura com a plebe lá embaixo. Achmed... um nome apropriado, não é?

— Eu acho — murmurou Tess.

— Chamo este lugar de meu sótão, Olivia. É aqui que vamos trabalhar.

Olivia sentia-se tão fascinada pelo cenário quanto Tess pelo gato. A clarabóia e um computador eram as únicas concessões modernas. A mesa era de madeira escura, havia duas *bergères*, o sofá era estofado em veludo, havia prateleiras nas paredes com coleções de livros clássicos. Os abajures eram de latão com copas antigas. O tapete era desbotado e puído. Até mesmo Achmed parecia velho.

O tempo havia parado naquela sala. Olivia não podia imaginar um lugar melhor para escrever sua história. Tinha até cheiro de velho, no melhor sentido. Ela não se importaria de passar o resto da tarde ali.

Mas Natalie tinha outras idéias. Assegurou a Tess que teria tempo suficiente para o gato mais tarde e depois as levou por um corredor curto para a nova ala. Que também era menor do que Olivia imaginara. Em vez de muitos cômodos em torno de uma área central, até mesmo uma pequena cozinha, havia apenas três quartos por cima do pátio dos fundos. O que esses quartos careciam em tamanho compensavam em graciosidade. Eram decorados com simplicidade, mas de uma forma bem aconchegante — cama, poltrona, escrivaninha e cômoda em cada um —, não com exagero, mas apenas o suficiente. As cortinas nas janelas eram floridas, combinavam com as colchas nas camas. Os tapetes eram felpudos, de uma cor firme.

Um dos quartos era isolado. Os outros dois eram ligados por um enorme banheiro. Foi para esses dois quartos que Natalie as levou.

— Quero o azul — sussurrou Tess, excitada, inclinando a cabeça para trás e fitando Olivia através dos óculos.

Olivia sentia-se tão feliz porque a filha estava satisfeita com Asquonset que lhe daria qualquer quarto que seu coração desejasse. Ela mesma preferia o outro quarto. Era verde, sua cor predileta, um pouco maior do que o quarto azul. E, o melhor de tudo, tinha um banco na janela, de onde a vista era espetacular. Além do toldo por baixo, ela podia ver a extremidade do pátio, margeado por caminhos e canteiros com flores de cores vibrantes. Podia-se avistar o vinhedo, descendo pela encosta até o bosque distante. Mais além, a *pièce de résistance*, uma vista nebulosa do mar.

Esqueceu logo o escritório de Natalie. Olivia ficaria muito contente se pudesse passar o resto do dia sentada naquele banco na janela.

Mas, de novo, Natalie tinha outras idéias. Pedira à filha de um dos empregados que levasse Tess para explorar a propriedade. A garota tinha treze anos e uma massa de cabelos louros cacheados, usava uma blusa sem mangas e jeans, dava muitos sorrisos para Tess, que de imediato teve uma reação favorável. Assim que as duas se afastaram, Natalie levou Olivia de volta ao sótão.

Ela pegou uma foto na mesa. Era uma foto que Olivia não vira antes. Era pequena e granulosa, um instantâneo em preto-e-branco, de um menino encostado na beira de uma carroça puxada por cavalos, carregada com barris. O menino usava uma camisa suja e fina, com um macacão rasgado na coxa, desbotado nos joelhos. As alças nos ombros eram tão compridas que a parte de cima começava no meio do peito. Mesmo assim, as pernas do macacão eram tão curtas que deixavam à mostra as meias sujas e os sapatos de couro surrados.

Olivia já vivera através de tantas fotos antigas que podia adivinhar que aquela fora tirada durante a Depressão. As roupas eram da época, o cenário desolado, sombria a expressão do menino. Ele parecia ter treze anos. Provavelmente tinha dez. Os tempos difíceis faziam isso, ela sabia.

Natalie começou a falar. A voz era tão clara, o fluxo de palavras tão suave, que Olivia pôde ver a narrativa do livro tomar forma já naquele momento.

Alguma vez tentou determinar sua lembrança mais antiga? Tenho tentado com freqüência, ao longo dos anos, porque queria que a minha fosse diferente. Às vezes finjo que é. Às vezes lembro que tinha quatro anos, ouvindo o silêncio entre meus pais, sentindo a tensão. Mas não posso visualizar uma cena autêntica. Não posso me ver parada num determinado lugar ou olhando para uma coisa específica.

Deveria ser capaz de fazer isso aos quatro anos, até mesmo aos três. Você provavelmente consegue. Mas a convulsão em nossas vidas foi tão intensa nos dias subseqüentes à Quinta-Feira Negra que esses detalhes anteriores foram apagados.

Eu os reprimi. Tinha de fazê-lo. A recordação era angustiante demais. Éramos ricos. E, de repente, ficamos pobres. As recordações que tenho do silêncio e tensão anteriores não passam de uma reconstituição do que descobri mais tarde.

Minha lembrança mais antiga, a que posso projetar em cores vivas, até mesmo a hora, o tempo que fazia na ocasião, ocorreu quando eu tinha cinco anos, no dia em que nos mudamos para Asquonset.

— Você tinha *cinco* anos quando se mudou para cá? — perguntou Olivia.

— Isso mesmo. Cinco anos.

— Então era *sua* família que possuía Asquonset?

Natalie sorriu.

— Pensou que me tornei a dona pelo casamento, não é? Não precisa ficar embaraçada. Não é a única. Alexander sempre foi a imagem pública de Asquonset, e por isso as pessoas presumem que ele chegou aqui primeiro. Digamos que esse é o primeiro de muitos equívocos que minha história vai corrigir.

Outra, com certeza, tinha a ver com a situação financeira. *Éramos ricos. E, de repente, ficamos pobres.* Mesmo depois de trabalhar nas fotos mais antigas, Olivia não incluíra a pobreza em sua história. Estava no processo de se adaptar mentalmente ao ângulo de riqueza para pobreza quando Natalie continuou:

Hoje em dia é moda se mudar da cidade grande para o campo. Mas, em novembro de 1930, naquela camada da sociedade que tinha sua base no mercado de ações, era um sinal de fracasso.

Meu pai era dono de um banco. Foi um dos muitos que afundaram depois do estouro da Bolsa. Ele poderia salvar seu banco? Bem que tentou. Vendeu nossa casa em Newport. Vendeu o Pierce-Arrow. Vendeu até os tesouros da família. Mas o banco fizera empréstimos demais para especuladores demais. Além do mais, também compráramos ações na alta.

Os prejuízos causados pelo estouro da Bolsa foram grandes demais. Meu pai vendeu a casa em Nova York, o carro, até mesmo o anel de diamante de minha mãe, tudo para pagar as dívidas, a fim de recomeçar sem qualquer ônus.

Tente imaginar a angústia de meu pai. Ele falhara para pessoas que haviam lhe confiado seu dinheiro. Muitos eram amigos pessoais. Alguns venderam suas casas e todos os bens de valor, como nós havíamos feito. Alguns entravam na fila da comida de graça. Outros sofriam destinos piores. Lembro-me do silêncio que pairava sobre a mesa do jantar, anos mais tarde, quando um nome ou outro era mencionado. Meus pais haviam perdido vários amigos nos dias imediatamente anteriores e posteriores ao estouro, homens que haviam optado pelo suicídio em vez do sofrimento da humilhação, embaraço e desespero da ruína total.

Meu pai suportou as três coisas. Não apenas falhara para os amigos, mas também falhara para a família. Tivéramos dinheiro, mas perdêramos. A fazenda era tudo o que restava. Em desgraça, deixamos a cidade.

Natalie parou de falar. Sua expressão era angustiada, os olhos, distantes.

— E você foi capaz de sentir? — indagou Olivia, suavemente.

Natalie demorou a responder, demorou a voltar daquele passado distante.

— A desgraça? Sim. Senti bastante.

Estava em sua voz, mesmo agora, uma inibição que não demonstrara antes. Seus olhos não se encontraram com os de Olivia.

— As pessoas *disseram* coisas para você?

Ela examinou as mãos.

— Não sei. Talvez eu fosse pequena demais para compreender ou para lembrar. Meu irmão nunca mencionou nada de específico. Talvez eu tenha apagado.

— Você tinha um irmão?

— Tinha. Brad era quatro anos mais velho do que eu.

— Mas foi você quem herdou o vinhedo.

— Brad optou por sair de casa bem cedo.

Natalie tornou a se calar. Olivia queria perguntar mais, mas não sabia se aquele era o momento certo. Natalie dissera expressamente que a curiosidade era indispensável naquele trabalho. Mas num momento de angústia evidente?

O silêncio foi acertado. Ela sentiu que Natalie precisava daquela pausa. Depois de alguns minutos, a mulher mais velha voltou à foto do menino, dando a impressão de que encontrava novas forças.

Meus pais ficaram apavorados. Não disseram nada, não fizeram qualquer comentário enquanto arrumávamos nossas coisas e deixávamos a cidade. Mas recordando agora, tantos anos depois, posso imaginar o que eles sentiam. Nosso mundo mudara de uma maneira radical. A vida como a conhecíamos até então havia acabado.

Meu irmão Brad, que tinha nove anos na ocasião, foi quem reconstituiu para mim, muito mais tarde, aquele dia frio e escuro de novembro em que deixamos Nova York. Pegamos o trem para Providence, como costumávamos fazer quando íamos para nossa casa em Newport. Nessas outras ocasiões, viajando em férias, vestíamos roupas novas, levávamos malas abarrotadas com mais roupas novas e éramos recebidos na estação ferroviária por nosso motorista, guiando um carro do último modelo. Desta vez, as roupas eram velhas, as malas levavam nossos últimos bens materiais e ignoramos o Pullman de primeira classe em favor de um vagão comum. Fomos recebidos em Providence por um dos poucos empregados que meu pai ainda mantinha.

Seu nome era Jeremiah Burke. Meu pai trouxera-o da Irlanda vários anos antes para cultivar nossas batatas.

A fazenda era o hobby de meu pai naquele tempo. Era o lugar para onde escapava quando queria uma folga do resto de sua vida. Voltava para Nova York com as unhas sujas de terra e se orgulhava disso. Hobby ou não, gostava de fazer as coisas direito. Mesmo naquilo, era um homem competitivo.

Passemos para Jeremiah Burke. Ele não apenas sabia cultivar batatas, mas também sabia administrar uma fazenda. Meses depois de sua chegada, meu pai entregou-lhe o comando.

Além do sotaque lírico, Jeremiah também trouxe a esposa e uma criança. Os três haviam residido até então na casa de pedra da fazenda, que estava prestes a se tornar nosso lar.

Naquele dia chuvoso de novembro, Jeremiah foi nos buscar na velha picape que usava na fazenda. Embora ele a limpasse da melhor forma possível, ainda recendia a estrume. Para nós, era um cheiro estranho, um cheiro desagradável, acrescentava um elemento desconhecido ao medo que sentíamos naquele dia.

Pusemos a bagagem na traseira e nos apertamos na frente. Em anos posteriores, meu irmão e eu automaticamente subíamos para a traseira da picape. Naquele dia, porém, como meu irmão me contou, ficamos todos na frente, as crianças no colo de papai e mamãe, com Jeremiah ao volante. Se o aperto causava desconforto, estávamos atordoados demais para sentir. Até mesmo meu pai, que antes era tão gregário, mantinha um silêncio profundo.

Seguimos para o sul quando saímos de Providence. Quando a estrada pavimentada acabou, continuamos aos solavancos por estradas de terra esburacadas. Mas não me lembro disso, nem de nossa chegada em Asquonset. Brad disse que o lugar era horrível, e tenho certeza de que era mesmo. Estávamos acostumados ao luxo. Asquonset podia ter qualquer coisa, menos luxo.

— Não posso imaginar essa possibilidade — declarou Olivia.

— Está sendo educada.

— Juro que não. É um lindo lugar.

— Agora.

— Até mesmo a terra. Imagino que devia ser linda sem as construções.

Natalie sorriu.

— Grande garota. Escolhi a pessoa certa. Seu coração está no lugar certo. Só precisamos sintonizar sua visão da realidade. Posso não me lembrar da primeira vista que tive deste lugar, mas com certeza me lembro das posteriores. E "lindo" não é um adjetivo que eu usaria para descrever Asquonset naquele tempo.

Os Burke haviam se mudado para um chalé menor na propriedade, deixando a casa de pedra para nós. Meu pai fizera o melhor que podia. Os móveis não vendidos haviam sido despachados antes e estavam na sala, na cozinha e nos quartos. A mulher de Jeremiah, Brida, fizera uma faxina e deixara a casa brilhando, tanto quanto podia brilhar uma casa de fazenda construída na década de 1870. Mas era tão diferente quanto o dia e a noite da casa que havíamos deixado em Nova York. Como era costume no campo, os tetos eram baixos, para que o fogo pudesse esquentar com mais facilidade o ar frio e úmido. Havia água encanada. Nesse ponto, tínhamos sorte. Mas a casa era pequena, sufocante e escura, totalmente isolada, numa colina em que ventava muito.

Uma metáfora para a nossa vida.

Natalie parou de falar. Os olhos eram distantes, enquanto passava a mão de leve pela foto.

— Quem é *esse* menino? — perguntou Olivia.

A mulher mais velha teve um sobressalto. Um minuto passou antes que ela se controlasse e sorrisse.

— Este menino? — Ela ergueu a foto. — Este menino é minha primeira recordação nítida.

Era o final da tarde no dia de nossa chegada em Asquonset. Eu me encontrava nos campos, que haviam produzido sua colheita de batatas seis semanas antes. Não sei como fui parar lá. Duvido que meus pais me quisessem ali, na chuva. Imagino que arrumavam as coisas na casa e não me viram sair.

Eu devia estar desesperada para escapar. Entre os tetos baixos e o desânimo de meus pais sentia-me sufocada.

Os campos estavam vazios, arados para ficarem sem qualquer vegetação. Havia apenas a terra e a chuva. Caminhei longe e tão depressa quanto podia, mas sentia-me bastante assustada com o lugar para manter a casa da fazenda sempre à vista. Era pequena e distante. Mas estava ali.

Jamais esquecerei. Eu usava um chapeuzinho do tipo que seria apropriado em Nova York. Era de feltro, com uma pequena aba levantada, uma alça que passava sob o queixo. Não tinha a menor condição de resistir à chuva. A cada passo meus cabelos se tornavam mais encharcados, até que pendiam em mechas em torno do rosto. Usava sapatos que eram brancos naquela manhã. Ficaram um pouco sujos da viagem desde Nova York, mas ali, no campo, logo estavam cobertos de lama. Abaixei-me para limpá-los. Quando me ergui, descobri que a bainha do casaco também se tornara enlameada.

O casaco e meu vestido eram de um azul bem claro. Eram as melhores roupas velhas que ainda cabiam em mim. Horrorizada, passei a mão para remover a lama. Mas a mancha se espalhou. Quanto mais eu tentava limpar, pior ficava. Comecei a sentir dor no estômago. A sensação de perda estendia-se muito além das roupas.

E foi nesse momento que avistei Carl.

Ela estava perdida na foto, que segurava agora como se fosse ouro. Olivia levou um minuto para fazer a ligação.

— *Esse* é Carl?

— É sim — confirmou Natalie com um suspiro contente.

— O filho de *Jeremiah*?

— Por que a surpresa?

Por que a surpresa? O cenário que Olivia tanto sonhara se tornava de repente completamente errado.

— Eu apenas... apenas presumi que Carl era um conhecido mais recente. Pensei que vinha de outro lugar.

— E veio mesmo, se considerar que nasceu na Irlanda. Mas mal começava a andar quando os pais trouxeram-no para cá. Ele era Seamus naquele tempo. Mais tarde, as pessoas passaram a chamá-lo de Carl. Ele não tem nada do sotaque irlandês de Jeremiah.

A geografia não era o problema. Olivia pensava em situação social. Imaginara Natalie casando com alguém da camada superior da sociedade. Não que pudesse dizer isso sem parecer uma esnobe, o que Deus sabia que ela não era. Mas, sendo uma fantasia, imaginara um príncipe.

— Pensei que ele era um antigo produtor de vinho — comentou ela com o devido tato.

Natalie ofereceu um sorriso terno.

— Mas ele é. A pessoa mais ligada a vinho que já conheci nos últimos setenta anos. Não que eu soubesse disso naquele primeiro dia. Algum tempo passou antes que eu descobrisse o que era cultivado no outro lado do morro. Lembre que era o ano de 1930. A Lei Seca continuava em vigor. Não falávamos de cultivar uvas e produzir vinho, muito menos de vender o que produzíamos. Não deveríamos fazer essas coisas.

Olivia não podia superar a idéia de que Carl Burke fora um empregado. Quanto mais olhava para sua foto, porém, mais familiar lhe parecia. Já vira aquele rosto antes. Em algumas fotos que restaurara. Era adulto naquelas fotos, mas os olhos eram os mesmos. Calmos a ponto da impassibilidade. Olivia sentia-o mais familiar a cada minuto que passava.

— Pode relatar essa primeira recordação? — indagou Olivia. — O que ele disse quando se encontraram no campo?

Mas Natalie baixara a foto. Seus olhos fixavam-se na porta com um brilho especial. Olivia acompanhou seu olhar. O reconhecimento foi instantâneo.

Carl Burke era um menino bonito que crescera para se tornar um homem bonito. Beirava os oitenta anos agora e conquistara o direito de ser encurvado e ter um rosto marcado. Mas permanecia alto e empertigado; e, se ter o rosto marcado significava ter uma massa de cabelos prateados, as feições ainda firmes e um ar de dignidade, Olivia não podia deixar de admitir que era plenamente a favor. Poderia se apaixonar pelo homem à primeira vista se ele já não estivesse comprometido. Natalie pegou a mão de Carl.

— Carl, quero apresentá-lo a Olivia. — Com uma satisfação evidente, ela puxou-o para a frente. — Carl Burke... Olivia Jones.

— Seja bem-vinda.

A voz de Carl era suave. Isolada, poderia ser considerada fria; mas acompanhada pela cordialidade nos olhos era muito gentil e absolutamente sincera.

— Acabo de conhecer sua filha — acrescentou Carl. — É uma doce menina.

— E Olivia conheceu seu filho — interveio Natalie com visível orgulho.

Olivia franziu o rosto.

— Filho?

— Simon. Lá embaixo.

Ah, Simon! O gerente do vinhedo. O homem com os olhos azuis da meia-noite. "Ele é do tipo retraído e silencioso", comentara Natalie, afetuosa. "Como o pai."

Olivia simplesmente presumira que os Seebring orgulhavam-se das famílias de empregados. Como não ouvira o sobrenome de Simon — e convencida de que Carl pertencia a algum tipo de realeza —, não fizera uma ligação entre os dois homens. Subitamente, porém, tudo fazia sentido. Também explicava o comentário de Greg Seebring sobre uma conspiração dos Burke para assumirem o controle do vinhedo.

Olivia podia perceber a semelhança agora enquanto olhava para Carl. Pai e filho tinham os mesmos olhos tranqüilos. Era verdade que os olhos de Carl eram mais cordiais que os de Simon, mas nenhum dos dois parecia insidioso.

Mas Olivia não podia esquecer que achara Ted interessante. Também pensara que Jared era responsável, e que alguém capaz de cozinhar tão bem quanto Peter tinha um instinto doméstico. Enganara-se nos três casos. Podia muito bem estar errada em mais um.

— Desculpe — disse ela para Carl, embaraçada. — Não me passou pela cabeça que Simon era seu filho. Acho que não estou muito rápida para compreender as coisas hoje.

Carl acenou com a mão para indicar que o pedido de desculpa era desnecessário.

— Ele lhe mostrou a propriedade?

Foi Natalie quem respondeu:

— Não teve tempo. Estava a caminho de Providence. Acha que temos um problema de mofo.

Carl soltou um suspiro de frustração.

— O tempo está propício para isso. — Ele virou-se para Olivia. — Cuidar de uma fazenda nunca é fácil.

Ele gesticulou para a porta antes de acrescentar:

— Trouxe suas malas para esta ala. Mas não sabia em que quarto deixá-las.

Olivia planejara trazer a bagagem pessoalmente.

— Não precisava fazer isso.

— Precisava sim. Queremos você aqui. Estou fazendo minha parte para instalá-la logo, antes que qualquer coisa a faça mudar de idéia.

Ele falou a última frase com uma estranha dignidade. Depois, virou-se para Natalie e acrescentou:

— Perdemos Paulo. Ele vai embora com Marie.

Os dois nomes foram enunciados de uma maneira linda, com a insinuação de um sotaque que não parecia nem um pouco irlandês. Natalie abaixou a cabeça. Depois de um longo momento, soltando um suspiro resignado, ela explicou para Olivia:

— Uma operação como a nossa exige uma grande quantidade de equipamento. Além de ajudar Simon, Paulo é nosso mecânico... era nosso mecânico. Eu não estava gracejando quando falei em ninho de marimbondos. Estamos enfrentando uma revolta doméstica.

Olivia olhou de um para o outro.

— Tudo por causa do *casamento*?

Natalie chegou mais perto de Carl. As mãos se encontraram, se ligaram, foram para um ponto discreto nas costas de Natalie. Mas Olivia notou. Qualquer pessoa romântica notaria. Era um gesto de ternura, o sinal de uma partilha de força, ainda mais significativa por sua privacidade. Olivia ficou comovida.

— Não é apenas o casamento — explicou Natalie. — É a morte de Al. Ele cortejava essas pessoas. Dava flores nos aniversários e distribuía bonificações no Natal. Eu era a feitora. Dizia às pessoas o que precisava ser feito. Se um chão era enxugado uma vez, mas ficava pegajoso, tinha de ser enxugado de novo. Se a prata ficava embaçada por baixo, tinha de ser polida de novo. Nunca permiti que ninguém deixasse um trabalho pela metade. Infelizmente, isso às vezes é irritante. Por isso, era Alexander quem fazia o afago. Ele aplicava a pomada depois que eu estalava o chicote. Era o mocinho, enquanto eu fazia o papel do bandido. E eles sentiram que perderam seu melhor amigo quando Alexander morreu.

— E agora ela vai casar comigo — acrescentou Carl. — Alguns se sentem traídos.

— Porque não compreendem o que sentimos — disse Natalie.

— Mas deveriam — insistiu Carl com uma veemência inesperada. — Essas pessoas não desconhecem as questões do coração. Paulo passou doze anos apaixonado por Marie, antes que ela percebesse. E Anne Marie, a recepcionista do escritório, acaba de anunciar seu divórcio para casar com o namorado que teve na escola secundária há trinta anos.

Natalie arregalou os olhos.

— Ela também vai embora?

— Não, mas poderia ficar do nosso lado com mais firmeza... não que isso ajudasse muito, com o escritório separado do resto.

Natalie explicou para Olivia:

— Asquonset tem três divisões. O vinhedo produz as uvas. A vinícola produz o vinho. E o pessoal do escritório vende o vinho para restaurantes e lojas. Como o escritório está no outro lado da propriedade, a equipe lá fica isolada.

Ela deixou escapar um suspiro cansado.

— Nosso contador acaba de se afastar, mas já sabíamos que isso ia acontecer. Era um amigo antigo de meu falecido marido, e há anos ameaçava se aposentar. Os outros no escritório trabalham lá há menos tempo, são mais jovens. Moram em cidades próximas e têm um expediente das nove às cinco, férias remuneradas de quatro semanas por ano, assistência médica, fundos de aposentadoria e assim por diante. Não deixarão o emprego. Nem o pessoal da vinícola. O sucesso gera lealdade e temos sido bem-sucedidos. Nosso vinicultor adquiriu uma grande reputação em parte por causa da liberdade e dinheiro que lhe oferecemos para trabalhar. Por isso, *ele* não vai embora.

— O problema é com os empregados mais antigos — continuou Carl. — Alguns, como o contador, alcançaram a idade da aposentadoria e se afastariam de qualquer maneira. Não é o caso de outros. Tem mais a ver com o que Nat disse antes. Eles amavam Alexander. Era o cara que distribuía tudo o que era bom. Se perguntasse a eles, diriam que foi Alexander quem os contratou.

Natalie franziu o rosto.

— Ele nunca fez isso. Eu publicava os anúncios, entrevistava e contratava.

Carl tocou de leve em seu rosto.

— Nós sabemos disso. Eles não sabem.

Ela desarmava com facilidade. Deixou escapar um suspiro.

— Isso mesmo. O problema, em suma. — Seus olhos se encontraram com os de Olivia. — Nunca houve motivo para esclarecer. Meu marido precisava parecer mais importante do que eu. Por isso deixei que ele assumisse as aparências. Agora, está se voltando contra mim, infelizmente. Todos achavam que Alexander era o pai do vinhedo. E amavam-no. Sentiam lealdade por ele. Essa lealdade persiste. Como se fossem filhos, sentem-se ofendidos porque eu vou casar de novo tão depressa.

Carl acrescentou um comentário em voz suave, mas incisiva:

— E com alguém abaixo de você.

— São uns *ignorantes* — declarou Natalie.

— Ignorantes ou não, estão nos deixando numa situação difícil.

— Quantos já foram embora? — perguntou Olivia.

— Com Paulo, sobe para quatro — respondeu Natalie.

— Quatro em que total?

— Treze. A operação do vinhedo tem Simon, sua assistente, um homem que faz tudo nos campos e Paulo. Na vinícola, temos duas pessoas em tempo integral, o vinicultor e seu assistente. Há quatro pessoas no escritório, o contador, o diretor de marketing, o gerente de vendas e a recepcionista. E três na casa, uma arrumadeira, uma cozinheira e o jardineiro. O homem que trabalhava nos campos foi o primeiro a sair. Acalentava um ressentimento desde que Carl contratou uma mulher para supervisioná-lo.

— E o ressentimento se agravou quando pus Simon como gerente em vez de promovê-lo — interveio Carl.

Natalie retomou a contagem:

— Pouco depois, perdemos o contador. Agora, Paulo e Marie. — Ela ergueu os olhos cautelosos para Carl. — Espera mais?

— Joaquim anda resmungando.

Outra vez uma pronúncia de grande classe, o *aquim* prolongado.

— Joaquim... — repetiu Olivia, maravilhada com a beleza dos nomes.

O sorriso de Natalie foi de surpresa.

— Falou muito bem. O nome é português. Sempre tivemos muitos portugueses entre nossos empregados, com uma colônia tão grande e tão próxima logo depois da fronteira de Massachusetts. Joaquim é o jardineiro, mas funciona como uma espécie de faz-tudo. Sua esposa é a cozinheira.

Ela fez uma pausa, antes de acrescentar, veemente:

— Carl, faça tudo o que puder para mantê-lo. Se ele for embora, Madalena também vai. Não posso ficar sem minha cozinheira, não antes do casamento. — Natalie empertigou-se de repente, numa atitude de desafio, e virou-se para Olivia. — Mas eles é que saem perdendo. Com ou sem eles Asquonset é sólida. E temos de agradecer a Carl por isso.

O rosto de Carl ficou vermelho.

— Ora, Nat...

— Carl e Simon — emendou Natalie, não menos veemente por dividir o crédito. — Os vinhos tornam-se melhores a cada ano. A produção está aumentando. Há um equilíbrio maior nas uvas. E nossos vinhos conquistam uma reputação cada vez maior.

Ela lançou outro olhar cauteloso para Carl, antes de perguntar:

— Simon está certo? Há algum problema com a Pinot Noir?

— Pode haver.

— Então ele não está apenas escapando?

— Claro que está. — Carl sorriu. — Mas pode ter uma desculpa válida.

Olivia especulava de que Simon estaria escapando quando Natalie fitou-a, com um floreio.

— É essa a situação. Os empregados estão nos deixando, o vinhedo tornou-se mais úmido do que deveria ser e meus filhos com certeza vão me criar mais problemas antes do verão acabar. Você, minha cara, não é apenas minha memorialista, mas também meu pára-choque. Está preparada para isso, Olivia Jones?

Olivia estava mesmo preparada? Mais do que nunca. Queria voltar logo à primeira lembrança nítida de Natalie, ansiosa em iniciar o projeto de escrever suas memórias. Mas Natalie tinha de se preocupar com a contratação de uma nova empregada, além de ter uma conversa inspiradora com Madalena e Joaquim.

Assim, Olivia passou o resto da tarde arrumando as coisas. Esvaziou as malas de Tess e depois as suas, enchendo armários e gavetas com o que haviam trazido. Mas as roupas novas não eram tão fascinantes quanto as camisas que Natalie tirara de uma caixa, antes de despachá-la para seu quarto. A metade era de camisetas, a metade de camisas pólo, a metade no tamanho de Tess, a metade no tamanho de Olivia. Algumas eram grená com letras em cor marfim, algumas eram o inverso. Todas tinham o logotipo e o nome do vinhedo.

Olivia vestiu uma camisa com seu short e foi se contemplar no espelho. Enrolou as mangas e ajustou a camisa na cintura. Inclinou-se para mais perto do espelho. Passou os dedos pelos cabelos curtos. Já ia beliscar as faces para acrescentar um pouco de cor quando compreendeu que estava com a pele rosada. Contemplou-se por mais um longo momento e chegou à conclusão de que, com os cabelos curtos e todo o resto, até que sua aparência era atraente.

E usando uma camiseta, com muito orgulho, ela saiu da casa à procura de Tess.

Sete

Susanne acordou ao amanhecer, o que era muito cedo em junho. Faria brioches para o café da manhã, ou pelo menos foi o que ela pensou, às quatro e meia da madrugada, enquanto vestia um roupão e saía do quarto sem fazer barulho, deixando o marido num sono profundo do cansaço da viagem.

Ele voltara na noite anterior de cinco dias de reuniões incessantes na Costa Oeste. Na expectativa de jantarem juntos, Susanne preparara o prato de vitela predileto do marido. Mas o avião atrasara na decolagem e já passava de dez horas quando ele chegara em casa. Bem que tentara jantar, mas Susanne teria de ser cega para não perceber que ele só fazia isso para agradá-la. Compadecida, ela o despachara para a sala íntima, onde Mark sentara com sua sinfonia predileta no estéreo, para uma descompressão necessária.

Susanne sentara com ele até sentir que seus olhos começavam a fechar. Não sabia a que horas o marido fora para a cama, apenas que ele estava ali quando ela acordara pela primeira vez, às duas horas da madrugada.

Na cozinha, ela esquentou leite, manteiga e açúcar, acrescentou fermento, ovos e farinha de trigo, preparou a massa e deixou-a descansando. Descascou um abacaxi, cortou-o em fatias e ajeitou-as na bandeja, num arranjo gracioso com melão, kiwi e banana. Bateu o bolo de café predileto de Mark, acrescentando amoras e passas para torná-lo ainda mais delicioso.

Bateu a massa dos brioches. Enquanto levantava de novo, cozinhou aspargos frescos junto com rúcula e bateu ovos para uma fritada. Arrumou os pratos, talheres, canecas, guardanapos de linho e flores sobre os descansos na mesa de granito no centro da cozinha. Rearrumou as flores, depois outra vez.

Dividiu a massa dos brioches em porções individuais e pôs nas formas. Moeu o café. Mudou de idéia sobre os descansos de linho, trocou-os por esteiras de vime, e acrescentou laços de ráfia aos guardanapos. Limpou a parte do balcão em que trabalhara, lavou e enxugou tudo que estava na pia e depois lavou a pia também. Tirou o bolo de café do forno e pôs os brioches.

Pegou o jornal da manhã, leu tanto quanto queria nos quinze minutos que levou para tomar um café. Limpou a geladeira até os brioches ficarem prontos. Ajeitou os cabelos e escovou os dentes, lavou o rosto e passou creme, depois sentou à mesa de granito e ficou esperando que Mark acordasse.

Já passava de nove horas quando ele entrou na cozinha. Susanne estava acordada há cinco horas e sentia cansaço. Mark, por outro lado, parecia revigorado do sono, um pouco desgrenhado, mas nem por isso menos bonito. Nem os cabelos grisalhos e ralos, nem os cinco quilos extras na cintura, nada podia mudar isso. Ocorreu a Susanne, em meio a muitas outras coisas, que sentira muita saudade do marido e estava contente por tê-lo em casa agora. Ele a abraçou, por um longo momento, carinhoso, num gesto que indicava que o sentimento era recíproco.

— Hum... não sei o que cheira melhor, se você ou qualquer coisa que esteja cozinhando.

— É Dior ou brioches — murmurou ela contra o queixo com a barba por fazer. — Pode escolher.

— Fico com Dior e uma xícara de café, por enquanto. — Mark recuou, apenas o suficiente para contemplar o rosto da mulher. — Levantou cedo.

— Tentei não acordá-lo.

— E não acordou. Mas estou sentindo o cheiro de mais do que perfume e brioches. E pela aparência da cozinha você já realizou todo um dia de trabalho. Receio que não serei capaz de comer metade do que você fez. Não conseguiu dormir?

Susanne deu de ombros, hesitante.

— Pesadelos? — indagou Mark.

— Se ao menos fossem sonhos...

— Ainda Natalie? Pensei que ia conversar com sua mãe outra vez.

— Ela não atende minhas ligações.

Mark alteou uma sobrancelha, mas sensatamente se manteve em silêncio.

— Está bem, eu disse coisas que não deveria falar na primeira vez — admitiu Susanne. — Mas o que ela esperava, jogando esse casamento assim na minha cara?

— Você me disse que ela vinha mencionando Carl com freqüência.

— Mencionando Carl... não mencionando amor e romance, muito menos casamento. O casamento foi totalmente inesperado. Não poderia deixar de ficar magoada.

— Disse isso a ela?

Susanne suspirou.

— Não da maneira como deveria. Mas quando ligo agora é sempre outra pessoa que atende. Ela contratou uma nova assistente, animada a um ponto repulsivo.

— Uma assistente da empresa?

— Assistente pessoal. — Fez uma pausa, e depois ela acrescentou, a fala arrastada: — Ao que parece, sua vida social é bastante movimentada.

Mark soltou um assovio baixo. Susanne abandonou a fala arrastada, embora não estivesse se desculpando:

— Marie vai embora, e ela diz que há mais. Assim, em parte fico satisfeita porque não sou a única que se sente transtornada com esse casamento. A outra parte acha que a Asquonset que eu conheci no passado está... desmoronando.

— Você sempre alegou que não se importava — lembrou Mark, gentilmente.

— E não me importo. Apenas me sinto mal por papai.

— Mais do que ele pode sentir. Seu pai morreu, Susanne.

— Tem razão. E parece que Natalie aguardava ansiosa que isso acontecesse.

— Não concordo. Ela foi uma esposa leal.

— Talvez não. Nunca pensei que ela pudesse casar de novo. Talvez eu também não saiba nada sobre o resto.

— Sabe sim.

Susanne refletiu que era verdade, que sabia de fato. Mas isso não desculpava o que Natalie estava fazendo agora.

— Ela esperou apenas que o marido morresse, não mais um minuto além disso.

O fato de Mark não negar proporcionou-lhe alguma satisfação. Mas ele logo sugeriu:

— Por que não vai até lá?

A satisfação se desvaneceu.

— Até Asquonset? Não posso. Tenho coisas para fazer aqui.

— Que coisas? — indagou Mark, sustentando o olhar da mulher.

Ela não respondeu. Nada do que tinha de fazer era importante... e ambos sabiam disso. Susanne se encontrava numa encruzilhada em sua vida e não sabia que caminho seguir. Mas ir para Asquonset — voltar — estava no final da lista de opções.

— Mamãe não me quer lá — argumentou ela. — Só vamos brigar.

— Talvez possam conversar.

— *Conversar* com mamãe?

— As duas precisam se comunicar de alguma forma antes do casamento.

— Por quê? Eu não vou.

Mark contornou-a para se servir de mais café. Encostou-se no balcão, segurando a caneca com as duas mãos.

— Acho que seria um erro.

— Greg não vai.

— Um duplo erro neste caso. Ela é sua mãe. Boicotar o casamento causará uma desavença permanente.

— O casamento é que está causando uma desavença.

Ele não respondeu. Depois de um longo silêncio, fez uma pergunta:

— Que idade Natalie tem?

— Setenta e seis anos.

— Quanto tempo mais acha que ela viverá?

A indagação surpreendeu Susanne.

— Não faço a menor idéia.

— Como é a longevidade em sua família? Há antecedentes de doença cardíaca? Câncer?

— Por que pergunta?

— Porque Natalie se aproxima daquela idade em que pode imaginar quanto tempo lhe resta. Pode estar pensando que não tem mais tempo para fazer as coisas que as pessoas na casa dos 30, 40 ou 50 anos consideram "apropriadas".

— Quer *justificar* esse casamento?

— Não, mas também não posso condená-lo. Ela vem de um lugar diferente de mim e de você.

Susanne cruzou os braços.

— Ela tem boa saúde. Vai viver mais vinte anos... *no mínimo*.

— É o que diz a filha que tanto quer que isso aconteça. Mas de que adiantaria para você se as duas se afastassem?

— E ela quem está causando o afastamento. Fez sua opção.

— Parece-me que a opção é sua. Ela quer os filhos e netos em sua vida. Foi por isso que mandou o convite.

— Mas comunicar o casamento através de um convite, Mark?

Ele soltou um longo suspiro. Pôs a caneca no balcão, adiantou-se e acariciou os braços da mulher.

— Ela tentou lhe contar, mas não foi capaz. É o jeito dela, meu bem. Ela é mais formal em algumas coisas do que você, assim como você é mais formal em outras coisas do que nossa filha. Talvez seja um problema de gerações. Ou talvez não. Você pode condená-la e viver com as conseqüências dessa atitude ou pode engolir seu orgulho, pegar o carro e ir até lá. Você tem tempo, Susanne...

Greg acordou quase tão cedo quanto Susanne e observava o dia clarear sobre Woodley Park da sacada de seu quarto. Um depois de outro, os telhados vizinhos foram banhados pelo ouro pálido. A palidez se aprofundaria num instante. A cidade de Washington preparava-se para mais um dia quente. Greg podia sentir a umidade mesmo agora. Era densa, tornava tudo mais lento.

Ou pelo menos foi essa explicação que ele deu para passar tanto tempo parado ali. Se a vida se desenvolvesse num ritmo normal, já estaria a caminho do trabalho. Estava atrasado. Há três semanas que se atrasava. A correspondência eletrônica se acumulara, sem ser respondida. O mesmo acontecia com as mensagens telefônicas. Sua mesa estava coberta por propostas para estudar, pesquisas para analisar, cartas para ler.

Podia delegar — tinha assessores para isso —, mas ninguém no escritório poderia ajudá-lo ali, em casa, não no que precisava fazer.

A casa era limpa e impecável. Lavara as roupas na noite anterior, secara, dobrara e guardara. Agora, arrumou a cama. Preparou o café da manhã. Leu o jornal do princípio ao fim. Lançou um olhar distraído para o laptop. Durante todo o tempo, porém, pensava que deveria tomar uma chuveirada e se vestir.

Em vez disso, continuou de cueca, vagueando pela casa, olhando a todo instante para o relógio. Às nove horas fez uma ligação para Akron. A sogra atendeu, como acontecera nas outras vezes que ele ligara.

— Oi, Sybil. Jill está aí?

Houve um momento de hesitação depois uma resposta cautelosa:

— Ela está na outra sala, mas não sei se quer falar com você.

— Tem de falar. Ela é minha esposa.

A linha ficou em silêncio.

— Sybil?

— O que é?

Greg passou a mão pela nuca, abaixou a cabeça e suspirou.

— Eu estava transtornado quando liguei ontem à noite. Não deveria ter sido tão...

— Arrogante?

— Isso mesmo.

O ceticismo da mãe de Jill era evidente.

— E agora se sente diferente?

Era verdade, ele se sentia diferente. Esgotara a raiva. Era difícil definir o que restara. Não era qualquer coisa que estivesse acostumado a sentir.

— Sinto saudade de Jill.

O tom de sua voz deve ter transmitido alguma coisa que não podia traduzir em palavras, porque Sybil murmurou:

— Espere um instante.

Ele esperou. E esperou. Imaginou uma discussão na outra sala. Jill não queria mesmo atender sua ligação. Greg não sabia onde isso os deixava.

— Oi, Greg — disse ela, a voz fria. — Qual é o problema?

— Você é que tem de me dizer. — Ele controlou-se no mesmo instante e acrescentou, contrito: — Esqueça isso. Quero pedir desculpa. Não deveria ter gritado como fiz em nossa última conversa.

— Tem toda razão.

— Eu estava furioso.

— Não era isso o que eu precisava.

— Eu sei.

Ele vagueava outra vez, o telefone sem fio encostado no ouvido. Para uma casa pequena, o lugar parecia monstruoso. Jill estava ao mesmo tempo por toda parte e em lugar nenhum.

— Sinto saudade.

Dera certo com Sybil. Ele queria que também desse certo com Jill. E deu, mas de uma maneira diferente. Ela soltou os cachorros, como costumava dizer:

— Agora você sabe como tenho me sentido nos últimos cinco anos. Você vive correndo por todo o país... às vezes se ausenta por dias a fio... desenvolvendo o negócio, como alega... mas depois de algum tempo não dá mais para agüentar, Greg. O casamento envolve duas pessoas. Tem de ser baseado no *nós*. Só que isso não acontece em nosso caso. Tudo gira em torno de você... você e seu negócio e clientes, você e seus amigos. Há sempre mais alguma coisa que você tem de fazer que não tem nada a ver comigo. E não posso deixar de me perguntar por que *casamos*.

Era estranho. Greg nunca se fizera essa pergunta. Nem uma única vez. Em cinco anos, nunca se arrependera de ter casado com Jill. Era um fato tão básico da vida que ele achou que o comentário da mulher era ofensivo.

— Eu poderia lhe fazer a mesma pergunta. Que tipo de mulher volta para a casa da mãe ao primeiro problema?

— O tipo que não consegue se comunicar com você de qualquer outra maneira.

— Você é minha esposa. Deveria estar aqui.

— Porque sou sua esposa? Não. Eu deveria estar aí porque nos amamos.

— E nos amamos.

— Você nem mesmo sabe definir o que é amor.

Greg fechou os olhos, apertando-os com força. Esfregou o alto do nariz e resmungou baixinho.

— Ora, Jill, não vamos começar de novo.

— Preciso ir até aí. Apenas dizer as palavras não é suficiente. Preciso saber o que significam.

Era de esperar. Afinal, ela era uma mulher. Mas ele era homem e sua mente se tornava desfocada quando confrontada com palavras como "amor", "alma" e "eternidade".

Mas a posse significava nove décimos da lei. Ela era sua esposa. Prestara um juramento.

— Está bem. Volte para casa e conversaremos.

Ela não respondeu.

— Jill?

— Não quero voltar. Sei o que vai acontecer. Um olhar para você e cederei.

Greg ousou um pequeno sorriso.

— Porque você me ama.

— É verdade. Nunca neguei isso. Mas não significa que quero continuar casada com você. Não posso mais viver assim, Greg. É solitário demais.

Solitário... era um sentimento que parecia familiar. Talvez ele também sentisse isso.

— Volte, meu amor. — A voz de Greg estava impregnada de emoção. — Volte e conversaremos.

Ela não disse nada.

— Jill?

— Eu o avisarei.

Oito

Olivia acordou quase tão cedo quanto Susanne e Greg. Mas, enquanto o sono de Susanne foi abreviado pela irritação e o de Greg pela solidão, o de Olivia foi interrompido pela felicidade. O amanhecer encontrou-a no banco na janela de seu quarto, exultante com Asquonset.

A oeste, o céu era da cor de berinjela. A leste, era de um malva mais pálido, mais suave. A nuvem ocasional acrescentava textura e profundidade, mais púrpura a oeste, mais rosa a leste. Um manto de nevoeiro estendia-se sobre as terras baixas mais distantes da casa. Olivia fantasiou que as videiras naquela parte do vinhedo dormiam um pouco mais antes de enfrentarem o trabalho do dia.

E qual era o trabalho? Fazer uvas. Fora o ponto principal da conversa ao jantar na noite anterior.

Fora na sala de jantar, um banquete magnífico de pato assado, servido na melhor porcelana pelo marido da cozinheira. Só Natalie e Carl, Olivia e Tess estavam presentes, um grupo pequeno e íntimo... quase um grupo familiar. Olivia achou muito divertido fingir que era mesmo uma família.

Olivia e Tess vestiram-se com algum exagero, como era de esperar. Usavam saias compridas, lenço na cabeça e sandálias... tudo novo. Natalie e Carl usavam as mesmas roupas que vestiam durante a tarde. Embora fizessem questão de dizer que Olivia e Tess estavam muito bem, Olivia considerou que era a primeira lição da noite sobre a vida em Asquonset. Era informal, despretensiosa e concentrada no trabalho.

A segunda lição teve a ver com o vinho. Foi servido, mas apenas numa quantidade mínima. Ninguém em Asquonset bebia realmente; as pessoas apenas provavam. A amostra daquela noite foi um Estate Riesling de três anos, um vinho branco doce que combinava muito bem com o pato. As pessoas aspiraram, giraram o vinho no copo, tornaram a aspirar, enquanto o buquê era liberado. Até mesmo Tess participou do ritual, embora seu copo de vinho contivesse Little Bunches, o suco de uvas de Asquonset que era um de seus produtos mais vendidos.

A terceira lição foi sobre o tempo. Carl falou longamente a respeito e não foi uma conversa ociosa. O tempo podia fazer ou destruir uma safra, e o tempo naquele ano estava longe de ser o ideal. A primavera chegara tarde e fora úmida demais. Ainda assim, as videiras haviam desabrochado, e o que Carl chamava, com alguma reverência, de "conjunto das uvas" parecia muito bom. Mas o tempo continuava indefinido. Precisavam de sol mais do que um dia em quatro... senão, explicou ele, a safra daquele ano não amadureceria para se tornar doce.

Segurando a mão de Tess, apertando-a de vez em quando para mantê-la focalizada, Olivia escutara atentamente cada palavra. Acompanhara da melhor forma que podia a conversa sobre açúcar e acidez, níveis de Brix, pulverização profilática e besouros predatórios. Teria uma compreensão maior naquela manhã, quando Natalie as levaria numa excursão pelo vinhedo.

Na expectativa do passeio, Olivia já pusera filme e aprontara a câmera. Mas não podia esperar. Num súbito impulso, abriu a janela de caixilhos e removeu a tela com o maior cuidado. O ar da manhã entrou no quarto sem qualquer impedimento, frio e úmido, fragrante e revigorante. Deveria deixá-la enregelada, pois usava apenas uma camisola leve; em vez disso, porém, serviu para animá-la.

Ela pegou a câmera para fotografar o céu, variando os ângulos, para ter certeza de que captava as cores e as nuvens. Fotografou o manto de nevoeiro, que se dissipava cada vez mais tênue, enquanto ela observava. Fotografou os vinhedos enquanto eram mais e mais envolvidos pelo amanhecer, minuto a minuto. Fotografou o pátio por baixo de sua janela, com os móveis de ferro batido, as peônias ainda úmidas do orvalho.

Era como uma criança numa loja de balas, a tentação grande demais. Atravessou o banheiro nas pontas dos pés para dar uma espiada em Tess. A criança continuava num sono profundo, entre os lençóis azul-claros, o rosto envolto pelos cabelos desgrenhados. Olivia já a observara dormir tantas vezes que sabia que mais algum tempo passaria antes que a filha acordasse.

Fechou a porta com todo cuidado. Saiu para o corredor acarpetado e desceu a escada estreita que levava direto para fora daquela ala da casa. *Não que eu esperasse um incêndio,* assegurara Natalie quando lhes mostrara a escada. Mas agora servia muito bem aos propósitos de Olivia.

Só depois de virar a maçaneta e entreabrir a porta é que ela ficou imóvel, especulando se a casa tinha um sistema de alarme. Quase todas as casas em Cambridge tinham, o que também acontecia na maioria das cidades em que ela já residira.

A perspectiva de acordar a casa inteira provocou uma breve pausa. Haveria de se sentir uma idiota rematada.

Mas o silêncio persistiu. Não havia alarme. E a porta se abriu sem qualquer rangido.

Com o coração batendo forte de excitamento, ela saiu para o pátio. As lajes de pedra estavam frias e molhadas, mas o efeito era estimulante. Ela saiu de baixo do toldo e atravessou o pátio. Parou junto da mureta de pedra. Ficou ali, admirando a vista, por uns dez minutos. A câmera permaneceu pendurada no ombro, enquanto os olhos captavam imagens tão preciosas quanto qualquer uma que poderia registrar em filme.

Só depois é que levantou a câmera. A vista através da lente, no entanto, não era tão espetacular quanto a que tinha na vida real. A câmera não poderia captar o canto dos passarinhos despertando para o novo dia. Não podia captar a serenidade de um vinhedo coberto pelo orvalho, o movimento gentil das nuvens, a fragrância de lilases e terra úmida ou o som distante de uma buzina de nevoeiro.

Encantada, ela tornou a pendurar a câmera no ombro e desceu pelo caminho de pedra que se afastava da casa. Era margeado por árvores verdejantes, uma paisagem espetacular de juníperos, ciprestes e teixos. O caminho foi logo substituído pelo gramado e o espaço aberto, tão precioso para as videiras, o espaço de que precisavam para respirar. Ela ouvira o suficiente na noite anterior para compreender por quê.

Com os ombros empinados, ela ergueu a cabeça, entrelaçou os dedos para trás e encheu os pulmões com o ar da manhã. Nesse instante sentiu-se forte. Sentiu-se confiante, com a certeza de que poderia fazer o trabalho que Natalie queria. Sentiu-se orgulhosa por ter encontrado um lugar tão incrível para ela e Tess. Sentiu-se capaz de desafiar todas as pessoas que a haviam abandonado no passado. Sentiu-se revigorada e renovada.

— É um traje e tanto.

Olivia virou-se com um sobressalto. Simon estava parado ali, com uma caneca fumegante na mão. Tinha os cabelos úmidos, recém-lavados, mas a sombra da barba era ainda mais escura do que antes, com os olhos sombrios. Ou talvez fosse apenas um efeito. Talvez os últimos vestígios da noite obscurecessem seu rosto. Ou talvez fosse pelos músculos contraídos na parte superior do braço, à mostra por causa das mangas arrancadas. Ou por causa das pesadas botas de trabalho. Qualquer que fosse a causa, a aparência era ameaçadora.

Mas Olivia não permitiria que qualquer ameaça a expulsasse de seu Éden. Nem bancaria a donzela tímida. Fora surpreendida fora da casa numa camisola absolutamente respeitável. Não havia qualquer mal nisso.

— Você não deveria estar aqui.

— Trabalho aqui — disse Simon, com o que era um pequeno sorriso ou uma contração. — E moro aqui.

Olivia sabia que não era bem assim. Simon tinha sua própria casa, a vários acres dali, embora Natalie explicasse que ele entrava e saía da casa-grande a todo instante.

— O que eu quis dizer é que você não deveria estar aqui tão cedo.

Os olhos escuros não piscaram.

— Sempre levanto cedo. Esta é a melhor hora do dia para trabalhar.

— No vinhedo?

— Às vezes. Hoje, no escritório. Tenho de enviar vários e-mails. Preciso de conselhos.

— Sobre o mofo?

— Fungos. Isso mesmo.

— Quer dizer que foi confirmado?

Ele acenou com a cabeça.

— Não foi nenhuma surpresa. A estação foi chuvosa e úmida. Precisamos de mais sol.

— É o que parece que terá hoje — comentou Olivia, lançando um olhar para o brilho dourado que começava a se espalhar pelas copas das árvores.

Simon deu de ombros de uma maneira que dizia talvez sim, talvez não. Tomou um gole do café. Os olhos fixavam-se em Olivia, por cima da caneca, que era uma peça larga, o tipo de caneca que devia ser exclusiva. Ele abaixou-a, segurando-a com a mão enorme.

Olivia teria entrado para se vestir se ele não estivesse bloqueando a passagem. Ficou esperando que ele se mexesse, mas Simon continuou parado ali, no ponto em que começava o caminho para o pátio. Parecia enorme e viril, o peso do corpo apoiado numa perna, fitando-a. Olivia decidiu que não desviaria os olhos. Recusava-se a fazê-lo. Se o jogo era descobrir quem piscava primeiro, ela podia jogá-lo tão bem quanto Simon.

Finalmente, ela venceu. Depois de um longo minuto, Simon desviou os olhos. Olivia sentiu um estranho desânimo.

— Há alguma coisa errada?

Ele tomou mais um gole de café, contemplando um ponto distante. Depois, tornou a fitá-la.

— Isso depende de você. Se está aqui à procura de mais do que o projeto de Natalie, há com certeza alguma coisa errada.

Olivia estava ali para mais do que o projeto de Natalie. Viera também pelo dinheiro, o sol, a diversão, a fuga, a possibilidade de encontrar uma ilusão familiar. Mas Simon não podia saber de nada disso.

— Desculpe, mas não entendi.

— Se veio em busca de marido, está procurando no lugar errado.

Olivia alteou as sobrancelhas. Quase riu de tão distante que ele se encontrava de seus objetivos.

— Um marido? Se eu quisesse isso, iria para um lugar cheio de pessoas. Desculpe, mas não é esse o motivo da minha presença aqui.

Ele não se abrandou.

— Natalie imagina-se uma casamenteira. E quer me ver casado.

Olivia demorara a fazer a ligação. Consternada agora, ela comprimiu a mão contra o peito.

— Você acha que ela quer...

Olivia acenou com um dedo entre os dois.

— Acho que ela quer...

Simon arremedou o gesto.

— Oh, não... não pode ser... — Olivia gesticulou com as duas mãos. — Natalie não faria isso. Não sou o tipo de pessoa de quem os outros podem pensar assim.

Ela era magra e pálida. Tinha uma filha de dez anos, uma história de frustração romântica e os cabelos muito curtos e espetados para serem atraentes. Porque se sentia embaraçada, ela caiu na defensiva:

— Natalie tem bons motivos para me querer aqui, mas nenhum tem a ver com você. Além do mais, você não é meu tipo.

Ela apreciava as pernas de Simon, mas não mais se deixaria envolver por um único detalhe. Pernas bonitas não faziam um relacionamento. E todo o resto em Simon Burke era agressivo.

— Não é absolutamente o meu tipo — reiterou Olivia. — E o que há de errado com você que não pode tomar a iniciativa de arrumar uma namorada?

Ela não faria essa pergunta se Simon fosse feio ou esquisito. Mesmo acima das pernas, porém, ele era bonito, à sua maneira. Agressivo, mas bonito.

— Não estou interessado.

Um momento passou antes que Olivia registrasse o comentário. Depois, soltou uma exclamação involuntária.

— Essa não! — Ela deveria ter adivinhado. — Desculpe.

Não era o que acontecia com freqüência com os homens mais bonitos?

A expressão de Simon era desdenhosa, mas logo foi substituída por uma coisa tão carente de emoção que chegava a ser assustadora.

— Eu era casado. E amava minha mulher. Ela e nossa filha morreram num acidente quando velejavam.

Olivia prendeu a respiração. E inverteu seus pensamentos. Não esperava por isso.

— Há quanto tempo aconteceu?

— Quatro anos.

— Como elas se chamavam?

— Minha esposa era Laura.

— E sua filha?

Um olho se contraiu no menor sinal de angústia.

— Isso tem alguma importância?

— Tem sim.

Olivia era perita em inventar histórias, mas, se havia fatos, ela queria saber. Precisava dos nomes para acompanhar os rostos quando pensasse em Simon.

— Liana.

Ela permitiu-se respirar.

— Laura e Liana. Nomes lindos.

— É verdade.

— Que idade Liana tinha?

— Seis anos quando morreu. — Havia uma acusação nos olhos de Simon. — Minha filha teria mais ou menos a idade da sua se tivesse sobrevivido.

Olivia não podia conceber a perda de Tess. Não podia sequer imaginar. Também sabia que, se estivesse no lugar de Simon, sentiria uma dor desesperada ao ver Tess.

— Aí está a prova incontestável de que Natalie não me trouxe para cá por sua causa. É coincidência demais. Ela não faria isso de propósito. É muito cruel.

— Coisas cruéis podem ser feitas com as melhores intenções.

— Não desta vez — insistiu Olivia. — Estou aqui para trabalhar.

Ela precisava acreditar que Natalie a escolhera por seu amor ao passado e pelo trabalho que realizara para Otis. Natalie não indagara sobre seu relacionamento com os homens, o que faria com certeza se tivesse a intenção de uni-la a seu futuro enteado. Nem mesmo pedira uma foto sua.

— Pareço com Laura?

— Nem um pouco.

— Caso encerrado.

Ele soltou uma risada.

— Ao contrário, é um argumento a favor. Ela não ousaria trazer uma mulher parecida com Laura.

Olivia não tinha a menor idéia da aparência de Laura, mas nesse momento sentiu-se feia em comparação.

— Tudo isso é irrelevante. Mesmo que você estivesse interessado, eu não estou. Já tenho desafios suficientes em minha vida neste momento. Não preciso de mais algum.

— Melhor assim. Podemos ter certeza de que nos entendemos.

— E muito bem.

— Desde que todas as cartas estejam na mesa.

— Estão.

Mas não estavam, é claro. Olivia não podia deixar de pensar em sua esposa e filha, na perda súbita e terrível.

— Estava com elas quando aconteceu?

Simon não fingiu que não entendia.

— Não.

Ela especulou se Simon lamentara por isso.

— Poderia salvá-las se estivesse presente?

— Não.

— Laura era daqui mesmo? Uma garota com quem você foi criado?

A namorada da infância? Aquela que Simon esperara por anos? Com quem muito sonhara? A única com quem pensara em casar? Mas ele demonstrou uma irritação repentina.

— Há algum motivo para essas perguntas?

— Apenas curiosidade. Como pode continuar aqui depois do que aconteceu? Não é angustiante demais?

A irritação desapareceu tão depressa quanto surgira. Os olhos de Simon desviaram-se para o mar. Não era visível dali, nem podiam ouvir o barulho das ondas, mas ambos sabiam que se encontrava ali.

— Se fosse eu, iria para um lugar completamente diferente — acrescentou Olivia.

Era uma coisa que fizera mais de uma vez, pegando tudo o que era seu e deixando lugares que não davam certo para ela. Os sete anos em Cambridge eram um recorde. Ela era mesmo a filha de sua mãe. Mas Simon, ao que parecia, era o filho de seu pai.

— Vivi aqui durante toda a minha vida. Não posso ir embora. O vinhedo é quem eu sou.

— Há outros vinhedos.

— Não como este. — Ele virou-se para ir embora depois de lançar seu último olhar desdenhoso. — Se você aprender alguma coisa neste verão, que seja isso.

Simon voltou para casa para preparar o resto do café da manhã, como sempre fazia, sozinho e em silêncio. Laura também amava o silêncio do início da manhã. Preenchia-o com sua admiração pelo amanhecer e por ele. Simon nunca se sentira sozinho, apesar de todo o silêncio. Agora, como nos últimos quatro anos, não sentia outra coisa que não a solidão. Mesmo assim, apreciava o silêncio.

Naquela manhã, porém, sentia-se irrequieto, sem muita fome. Por isso, pôs mais café na caneca e seguiu para o galpão, com o peludo Buck em sua esteira.

O galpão... era um nome despretensioso para o que era um lugar impressionante, pelo menos em sua opinião distorcida. Localizado numa área aberta, a leste da casa-grande, era enorme. A construção que alojava um único trator quando o avô de Simon chegara na propriedade, na década de 1920, era agora quatro vezes maior e tinha não apenas um trator, mas também uma colheitadeira, um veículo de pulverização, uma segadeira e outros equipamentos. Além disso, com suas paredes de ripas e janelas de guilhotina, era mais sofisticado do que um mero galpão. O que mais impressionava, no entanto, era o segundo andar. Fora acrescentado seis anos antes, uma das últimas decisões de Carl como gerente do vinhedo. Sob o teto em empena, reminiscente da casa-grande, era agora o escritório de Simon.

Foi para lá que ele seguiu. Pôs a caneca com café na mesa deu alguns biscoitos ao gato enquanto ligava o computador. Leu a correspondência eletrônica. Havia muitas mensagens. Ele podia ter se tornado um eremita social nos últimos quatro anos, mas tinha amigos no mundo viticultural, colegas com quem mantinha contatos regulares. Muitos eram de seus anos na Universidade de Cornell, agora ensinando em outras universidades e trabalhando em outros vinhedos. Outros eram contatos que ele fizera em agências agrícolas do governo. Quase não se passava uma semana, por exemplo, em que não entrasse em contato com o centro de pesquisa em Geneva, estado de Nova York. Queria estar sempre a par das últimas descobertas.

O cultivo da uva estava longe de ser uma ciência exata. Havia variáveis demais. De uma safra para outra, as uvas eram como flocos de neve: não havia duas iguais. Isso fazia com que fosse ainda mais interessante, um autêntico desafio, em particular no estado de Rhode Island. O cultivo da uva ali era diferente do que acontecia em outras partes do mundo. O solo era diferente. O clima era diferente. Havia também menos vinhedos ali; em conseqüência, menos colegas com que comparar anotações.

Sentado na frente do computador agora, com Buck esfregando-se em sua perna, Simon avaliou os conselhos de meia dúzia de amigos sobre a melhor maneira de combater o *Botrytis cinerea*. Era um dos fungos mais comuns em microclimas úmidos como o de Asquonset, e ele esperava por um consenso. Mas as sugestões variavam da pulverização agressiva a não fazer nada.

Ele empurrou a cadeira para trás, pegou o café e olhou pela janela. Da altura em que estava, tinha uma bela vista do vinhedo. Mas seus olhos desviaram-se para o horizonte, onde uma linha cinzenta ondulada assinalava o mar. Sentiu uma pressão no peito. Sua mulher e filha haviam morrido ali. Era um pensamento tão sinistro quanto as nuvens que se aproximavam. Nuvens eram a última coisa de que ele precisava. As uvas começavam finalmente a secar, mas o sol do início da manhã não era tão forte quanto seria ao meio-dia, e a julgar pela aparência das nuvens estaria chovendo a essa hora. Não precisava do Serviço Nacional de Meteorologia para lhe fornecer essa informação.

Simon avaliou suas opções. Poderia aplicar outra camada de pó de enxofre, mas fizera uma pulverização de rotina na semana anterior. Se fizesse demais, o vinho daquelas uvas teria um cheiro horrível. Por outro lado, se não fizesse nada e a deterioração se espalhasse, poderia perder um bloco inteiro.

Ou seja, não fazer nada não era uma opção.

O que ele queria mesmo fazer era perguntar ao pai. Mesmo sem qualquer educação formal, Carl era o que mais entendia do cultivo de uvas no círculo de amigos de Simon. Lera quase tudo que valia a pena sobre o cultivo de uvas, e mesmo agora ainda comparecia a conferências quando Simon não podia ir. Jeremiah Burke poderia ter cultivado as primeiras uvas em Asquonset, mas fora Carl quem se destacara e pusera o vinhedo no mapa. Ele compreendia por que algumas uvas cresciam bem ali, o que já não acontecia com outras. Por isso, cultivara apenas as primeiras. Instituíra o sistema de treliça que ainda era usado em Asquonset. Fora o primeiro na costa do Atlântico a adotar o sistema integrado de controle de pragas como o mais ecológico. Em seus anos no comando, produzira uma safra extraordinária depois de outra.

Carl saberia o que fazer agora. Era sem dúvida a pessoa certa para consultar.

Mas era bem provável que ainda estivesse dormindo. E dormindo com Natalie. Ela não permitiria que ele se mudasse formalmente para a casa-grande até o casamento, mas Simon já vira o pai esgueirando-se por uma porta lateral em mais de uma manhã de nevoeiro.

Não via nada de errado nisso. Carl merecia esse prazer. Além do mais, se dormir com Natalie — se casar com ela — prolongasse a vida de Carl, Simon seria o único beneficiário. Não estava preparado para outra perda tão cedo.

Quatro anos... ele sentiu de novo a pressão no peito. Esfregou-o com a palma da mão para atenuar a angústia. Depois de tomar o resto do café, ele largou a caneca e deixou a cadeira.

— Não precisa levantar — murmurou ele para o gato, passando por cima do corpo gordo.

Ao pé da escada, deixou uma mensagem para Donna Gomez, assistente do gerente, agora a única outra pessoa na equipe... o que era assustador. Ainda se sentia atordoado com as perdas. A saída de Paulo era a pior de todas. Ele não precisava que Simon conferisse seu trabalho. Conhecia uvas como poucos.

Mas estava feito. As horas tentando fazer com que Paulo mudasse de idéia haviam sido em vão. Ele fora embora e Simon daria um jeito de sobreviver.

A situação das uvas era diferente. Dependia apenas dele, agora, se viveriam para aumentar de tamanho e adoçar. Não, isso não era verdade. Dependia de Deus. Mas esse pensamento não proporcionou qualquer conforto a Simon. Deus podia ser cruel. Cabia a Simon fazer o que estivesse ao alcance de um mero mortal para impedir qualquer maldade dirigida contra suas uvas.

Ele seguiu primeiro para a área da Cabernet. Começou pela primeira das quarenta fileiras, estudando os cachos de bolinhas mínimas que deveriam se desenvolver em uvas. Quando encontrava folhas superiores que ameaçavam bloquear o sol, afastava-as gentilmente, prendendo na treliça. Quando avistava folhas inferiores ameaçando a mesma coisa, tratava de removê-las. Não havia regras ali. Se não arrancasse o suficiente, o dossel de folhas deixaria as uvas na sombra, impedindo-as de receber o sol de que precisavam para amadurecer. Mas as folhas eram cruciais para a fotossíntese, que convertia o dióxido de carbono em açúcar. Se arrancasse demais, a doçura das uvas ficaria comprometida. Mas quanto tirava e onde dependia da variedade da uva, sua localização no vinhedo e o tempo que fazia. Era rigorosamente um julgamento subjetivo.

Ao passar de uma videira para outra, Simon exercia seu julgamento com satisfação. Arrancava folhas das videiras há tanto tempo quanto podia se lembrar e adorava o processo. Havia um ritmo na atividade, que era quase como uma arte. Tinha de sentir que o produto final era certo. O que era instintivo.

Naquela manhã, ele entrou sem dificuldade no ritmo, tanto para escapar do sentimento inquietante no fundo do estômago quanto para ajudar as uvas. As botas firmavam seus passos no solo úmido. O rangido das videiras tinha um efeito tranqüilizador.

Ele não olhou para o relógio enquanto a manhã avançava. Também não olhava para as nuvens cada vez mais densas. Foi se deslocando devagar, de uma fileira para outra. Buck surgiu de repente, sentou e ficou observando. Quando Simon fazia a volta para a fileira seguinte, o gato o acompanhava, passando por baixo das videiras. Para Simon, era uma boa companhia, que se mantinha em silêncio, sem exigir nada.

A não ser por uma breve pausa, quando Donna o procurou, Simon manteve a mente concentrada no trabalho e os olhos fixados nas videiras. Num momento estava agachado, trabalhando na altura das uvas, no instante seguinte se erguia, para o primeiro dos três arames da treliça. As folhas superiores mal alcançavam agora a altura de seu peito. Mais dois meses e ficariam na altura dos olhos, no arame superior.

Ele tirou uma folha baixa, crescendo um pouco acima de um cacho de uvas nascentes. Estudou a configuração resultante de fruta e luz para depois remover outra folha. Satisfeito, passou para o cacho seguinte.

— O que está fazendo? — perguntou uma voz de criança.

Ele levantou os olhos. A filha de Olivia Jones estava no meio da fileira, observando-o através de óculos que faziam seus olhos pareceram grandes demais para o resto do corpo, que parecia pequeno, envolto por uma capa verde. Ela tinha o capuz na cabeça, mas tufos de cabelos castanhos projetavam-se nos pontos mais insólitos.

Simon não percebera a neblina até que a viu passar o dorso da mão pelos óculos.

— Isso piora ainda mais — comentou Simon, sem entender como ela podia ver qualquer coisa com as lentes embaçadas. Ele gesticulou para que a menina se afastasse. — Você está perto demais. As uvas precisam respirar.

Ela deu um passo para trás, apenas um.

— Você está tão perto quanto eu estava.

— Estou trabalhando.

Simon voltou ao trabalho, na esperança de que a menina percebesse a insinuação e fosse embora.

— Se eu estava perto, seu gato também está.

— É um gato, mais baixo do que você, e não veste uma capa enorme.

— Ele é feio.

Simon lançou-lhe um olhar.

— Obrigado. Foi muito gentil.

Ele estudou a videira.

— O que está fazendo?

Simon removeu uma folha.

— Podando.

— De que isso adianta?

Ele tirou outra folha.

— Diminui a cobertura de folhas.

— Por que precisa diminuir?

— Se há folhas demais em torno das uvas, elas não recebem todo o sol de que precisam.

Simon acocorou-se para estudar o cacho.

— Acho que não tem muito sol. E essas coisas não parecem com uvas.

O tom de voz era de uma garota mimada. Ao se virar, Simon concluiu que ela também parecia assim. Os olhos eram duros, o queixo projetava-se para a frente.

— Confie em mim. São mesmo uvas.

— Posso comê-las?

— Não ouse.

— Por que não?

— Porque estão azedas e são duras. Se comer agora, ficará com uma tremenda dor de barriga e eu não terei uma colheita.

— Eu não ia comer *todas*.

— Não... coma... nenhuma.

Simon enunciou cada palavra em separado enquanto lançava um olhar longo e duro para a menina. Por mais incrível que pudesse parecer, ela sustentou seu olhar. Ele já começava a pensar que a menina era irritante — não muito diferente da mãe — quando ela virou e afastou-se.

A garota não gostava dele. Não tinha problema. Simon também não gostava dela. Não pedira a presença de uma criança ali. E não a queria vagueando por seus vinhedos. Não podia se permitir qualquer distração; afinal, a qualidade da safra já era bastante precária mesmo sem isso.

Quando o estômago roncou, ele olhou para o relógio. Era quase meio-dia. Naquele momento Madalena estaria servindo sanduíches na cozinha da casa-grande. Qualquer um podia passar por ali e comer. Era um costume informal, uma das vantagens da vida em Asquonset. Ele almoçara na casa-grande durante toda a sua vida.

Hoje ele queria uma coisa diferente. Não importava o que fosse. Podia ser um sanduíche de presunto, queijo e legumes na lanchonete na encruzilhada. Até mesmo um Big Mac em Huffington serviria. Era a cidade mais próxima. Podia pegar o carro e ir até lá.

Primeiro, no entanto, precisava da terapia. Ignorou a neblina, que mais e mais parecia com uma chuva miúda, e voltou a arrancar folhas e ajeitar as treliças, até sentir que o nó interno relaxava. O vinhedo fazia isso com ele. Nunca falhava. O resto do seu mundo podia desmoronar, mas as videiras estavam sempre ali. Quer estivessem adormecidas ou crescendo, fossem mais altas ou mais baixas, carregadas de uvas ou apenas com a promessa, elas reagiam ao seu contato.

Quando Donna apareceu, depois de passar a manhã com as Chardonnay, Simon mandou que ela fosse almoçar sozinha. Também se recusou a ir quando Natalie o chamou pelo Nextel pendurado do cinto, nas costas. A camisa ficou molhada, grudada na pele, mas ele continuou a trabalhar, até que o som das videiras e o cheiro da terra restauraram seu equilíbrio.

Depois, foi para o galpão, sentou ao volante da picape e deixou Asquonset.

Nove

Uma semana depois, Olivia tornou a acordar ao amanhecer. Sentou no banco da janela em seu quarto, os braços em torno dos joelhos. Uma semana depois, ela lembrou a si mesma. Era difícil acreditar. Cada dia fora mais pleno do que o anterior... e o livro de Natalie vinha saindo muito devagar.

E Natalie se importava com isso? Não.

— Como pode escrever minha história sem conhecer Asquonset?

Ela fazia uma sugestão depois de outra para coisas que mantinham Olivia distante do sótão e do trabalho no livro. Olivia poderia começar a pensar que Simon tinha razão — que Natalie não a trouxera a Asquonset para escrever um livro — se ele estivesse mais presente. Mas Simon não apareceu durante uma excursão pelo vinhedo, nem participou de um almoço de apresentação no iate clube. Nem sequer avistaram sua picape durante um passeio pela cidade; e quando foram ao cinema à tarde, com Natalie e Carl, Simon não foi convidado, ou se recusou a acompanhá-los.

A ida ao cinema foi no sábado. Natalie e Carl se mostraram tão entusiasmados com o filme, assim como com a passagem por uma antiquada lanchonete drive-in depois, quanto Olivia e Tess. Como Olivia podia não sonhar? Claro que Natalie tinha motivos ao trazê-la para Asquonset, mas envolviam o retorno ao vinhedo de uma pessoa da família há muito desaparecida... ou pelo menos o sonho era assim. Deus sabia que não havia sangue jovem por ali. Ao que Olivia soubesse, nenhum dos netos de Natalie a procurava. Também não havia primos e sobrinhos. Carl não tinha família além de Simon. E a mulher e a filha de Simon haviam morrido.

O sonho definhou num domingo, quando Olivia e Tess foram convidadas para o serviço religioso na igreja graciosa, de campanário branco, quase no centro da cidade. Parecia que várias pessoas de Asquonset iam juntas todas as semanas. Olivia e Tess foram convidadas como parte da família de Asquonset, no sentido mais amplo da palavra. Tess ficou um pouco consternada.

— Mas não costumamos ir à igreja — sussurrou ela, desolada, quando Olivia levou-a para seus aposentos, a fim de se vestirem, depois do café da manhã.

— Claro que vamos, só que não com freqüência — declarou Olivia. — Ainda não encontramos uma igreja do nosso agrado.

— Mas o que eu devo fazer lá?

— Escutar. Orar. Cantar.

— O que devo usar?

— Seu vestido novo.

Tess assumiu um olhar suplicante.

— Cada vez que uso uma roupa nova descubro que estou errada. No encontro no clube com as crianças que também vão participar do curso de iatismo nenhuma usava short branco e sandálias. Todas usavam jeans de pernas rasgadas e tênis. Eu me senti uma *idiota*.

— Mas agora passou a usar a mesma coisa que as outras crianças. — Com as camisas de Asquonset, Olivia já notara. Tess sempre escolhia uma delas. — Esta manhã vamos à igreja. E você ouviu o que Natalie disse. As pessoas sempre se vestem direito quando vão à igreja.

Olivia também pôs um vestido novo. Teve o maior cuidado com a maquilagem. E arrumou os cabelos. Sua aparência era um reflexo de Natalie e ela queria parecer uma assistente digna. Ou uma prima. Ou uma sobrinha.

Simon não foi com o grupo de Asquonset. Nem apareceu na igreja. Desta vez, as roupas escolhidas por Olivia estavam certas. Ela fez uma pequena oração de agradecimento por isso. Também fez uma oração para que tivessem sol, e outra por Tess.

Ao recordar os primeiros dias em Asquonset, Olivia não podia deixar de especular se a última oração vinha sendo atendida. Tess sentia-se nervosa com a perspectiva de velejar e temia a presença de uma professora particular. Mas havia algumas coisas positivas. Para começar, ela fizera amizade com os quatro gatos que viviam na casa. Como crianças no recreio, os gatos estavam à sua espera quando descia pela manhã, vinha de fora ou subia ao sótão à procura de Olivia. Seguiam-na de um lugar para outro e disputavam sua atenção, Henri de uma forma mais furtiva do que Maxwell e Bernard, sempre mais ostensivos. Achmed sempre a acolhia com evidente satisfação em sua posição imperial no sótão. Tess, por sua vez, passava horas com os gatos, esfregando cabeças, afagando costas, desenhando suas caras.

Os gatos não eram outras crianças, mas como companhia eram melhor do que nada.

Outro fator positivo era o tênis. Carl tornou-se o instrutor, e Olivia não poderia desejar outro melhor para a filha. Ele era paciente e gentil. Como era pessoa já conhecida para a criança àquela altura, não era ameaçador como um novo professor seria. Além disso, Carl era bom no tênis.

— Não podia deixar de ser, vivendo aqui durante tantos anos — comentou ele quando Olivia fez a observação. — Alexander adorava jogar tênis. Costumava me tirar do vinhedo para jogar quando não tinha um parceiro. Depois Simon quis aprender, com uma quadra à disposição.

— Ele era melhor do que eu? — indagou Tess, inclinando a cabeça para trás e olhando através dos óculos, por baixo da pala do boné de Asquonset.

Ela recebera até agora duas aulas e errara mais da metade das bolas que Carl jogara para sua raquete. Carl pareceu pensar a respeito antes de responder:

— Não. Você é melhor. Simon só pensava em força e rapidez, antes mesmo de aprender a fazer contato com a bola. Era um menino, impetuoso, impulsionando a raquete para um lado e outro, e errando muitas bolas.

— Eu também errei.

— Menos no fim do que no começo. Está começando a pegar o jeito. Observa a bola, como eu disse para fazer. E começa a calcular a distância certa entre sua mão e o centro da raquete.

— Simon não fazia essas coisas?

— Demorou um pouco para aprender. — Carl inclinou-se para Tess. — Mas não conte a ele o que eu falei.

Assim, no lado positivo da balança, para Tess, havia os gatos, os acessórios de Asquonset e Carl. No lado negativo, havia a professora particular.

Tess não queria. Resistia a aceitar qualquer coisa que a lembrasse de sua fraqueza. Ficaria contente em passar o verão sem abrir um único livro. Mas Olivia recusou-se a permitir que isso acontecesse. Todo o objetivo de aceitar a proposta de Natalie fora o de ter condições de contratar uma professora particular para vir todos os dias. Olivia sabia que haveria brigas antes de cada aula, mas tomara a decisão de não ceder.

Essa determinação foi reforçada pela professora. Sandy Adelson era diretora do programa de necessidades especiais em Braemont, a escola em Providence na qual Olivia desejava matricular a filha. Esse era um importante ponto positivo, um meio de acesso à escola caso Olivia conseguisse arrumar um bom emprego no outono. Mas era apenas o primeiro dos vários pontos positivos.

Sandy era filha de uma das amigas mais antigas de Natalie. Morava a dez minutos de Asquonset. Um espírito livre, usava os cabelos cinzentos escorridos, repartidos no meio, com blusas de tricô feitas à mão e jeans bordados. Pela aparência, era a menos provável especialista em deficiências de aprendizado que Olivia já conhecera. Apesar disso, era uma profunda conhecedora. E dedicada ainda por cima, servia-se de indicação o tempo todo que passou estudando os boletins de Tess antes do primeiro encontro.

Esse primeiro encontro foi numa mesa no pátio, por baixo do toldo. Olivia decidira que estaria ali antes mesmo de Sandy solicitar sua presença. Essa foi a primeira diferença para as tutoras anteriores; a segunda ocorreu menos de cinco minutos depois de iniciada a sessão.

— Gostaria de experimentar um novo método com você — disse ela para Tess. — Teve sucesso com outras crianças que tinham problemas de discriminação visual, como você.

— Sou disléxica — corrigiu Tess.

— Sei disso, mas há diferentes tipos de dislexia. Alguns envolvem o processamento auditivo. O seu envolve um problema visual. Você não vê as letras e palavras da maneira como deveria. Mas, a menos que as veja corretamente, não pode soletrá-las, compreendê-las ou escrevê-las.

— Acabei de verificar os óculos. Posso ver tudo direito.

Pare com isso, protestou Olivia, mentalmente. *Entendeu muito bem o que ela quis dizer.* Sandy não se perturbou.

— Sei que pode, em termos físicos. Seus olhos vêem o que está no papel, mas não interpretam de uma maneira que seu cérebro seja capaz de compreender. Podemos corrigir isso.

— Como?

— Dando ferramentas para ajudá-la a ver da maneira correta.

— Ferramentas como as que são usadas em porcas e parafusos? Ou óculos especiais?

Tess parecia entediada. Olivia teve de morder a língua para não repreender a filha. Outra vez, Sandy manteve-se impassível.

— Ferramentas como novas maneiras de olhar para as palavras. Novas maneiras de ler livros. Novas maneiras de estudar para as provas. Novas maneiras de *fazer* as provas.

— Não pode fazer isso em apenas um verão.

— Mas posso chegar perto. — Sandy olhou para Olivia. — Há estratégias de aprendizado para crianças como Tess. Ela já aprendeu SQ3R?

Olivia piscou, aturdida, e sacudiu a cabeça em negativa.

— E o mapeamento visual?

— Também não — respondeu Olivia. — As outras professoras se concentraram em revisar as matérias ensinadas na escola.

— Sem muito sucesso — acrescentou Tess.

Sandy voltou a fitá-la, com um sorriso.

— Talvez seja por isso. Temos de ser proativas, não reativas. Precisamos prepará-la para o sucesso, não para alcançar as outras crianças depois que fracassou.

Tess não tinha um comentário para isso.

— Assim, uma das coisas que faremos aqui será uma pré-leitura dos livros que estará lendo no outono.

— Pré-leitura? — repetiu a criança, consternada. — Ler agora e depois ler de novo no outono? Sou uma péssima leitora.

— Não será mais depois que aprender a ler da maneira certa.

— Mas leva uma eternidade ler livros uma única vez! — insistiu Tess.

— Não vai mais levar depois que aprender a ler de um jeito que vai favorecê-la.

— Mas como posso saber que livros estarei lendo no outono se ainda não sei para que escola irei?

Olivia explicou a situação. Sandy também tinha respostas para isso.

— Pediremos as listas de leituras da escola pública em que ela estava, mais de Cambridge Heath e várias outras escolas particulares. Haverá uma superposição. Trabalharemos com um desses livros. A maioria dos livros neste nível serve para ensinar as habilidades de visualização. Faremos o trabalho de vocabulário do livro escolhido.

Tess gemeu.

— Sou horrível no vocabulário. Nunca consigo soletrar as palavras da maneira certa.

— É mesmo? — Sandy abriu a bolsa e tirou um livro. — Usamos este livro na quinta série em nossa escola.

— Não posso fazer uma leitura da quinta série. Ainda não cheguei lá.

Sandy abriu numa página ao acaso. Pôs o livro na frente de Tess e apontou.

— Sabe que palavra é esta?

— "Knee" — respondeu Tess, joelho em inglês.

— Você viu o princípio... *k-n*... e adivinhou o resto. A palavra começa com *k-n*, mas não é "knee".

— Está vendo? Não sou boa nisso.

Sandy pôs a mão no braço de Tess, num gesto tranqüilizador. Tornou a abrir a bolsa e tirou um caderno. Abriu numa página em branco, pegou um lápis e escreveu "knight" para Tess ver.

— Esta é a palavra no livro. Olhe para as duas. São iguais?

Tess comparou as duas. Acenou com a cabeça numa resposta positiva.

— "Knight" — disse Sandy, escrevendo a palavra de novo. — Não é o tipo de "night", a noite, que é o momento do dia em que dormimos. É um tipo diferente de "knight".

— Um soldado.

— Correto. — Sandy apontou com a ponta do lápis. — Olhe para essas letras subindo no começo e fim, como se fossem espadas ou lanças. Agora, vou traçar uma linha em torno das letras.

Ela fez isso enquanto continuava a falar.

— Vou subir por cima do *k*, descer pelo *n*, o *i* e o *g*. Tornou a subir com a haste do *h* e um pouco mais baixo com o *t*. Descemos para o lado do *t* com um pequeno traço, onde a letra é riscada. Descemos para o fundo agora e começamos por baixo. Estou por baixo do *h*. Vou ainda mais baixo sob o *g*, torno a subir, continuo numa linha reta sob o *n* e o *K*, depois subo para o ponto em que comecei. Pronto. A palavra está cercada por uma linha. Observe a forma.

Tess inclinou-se para a frente e olhou.

— Passe o dedo pela linha — sugeriu Sandy.

Tess traçou o contorno com o dedo.

— Pode sentir o formato? — perguntou Sandy. — Sentir as lanças nos dois lados, como o guarda da rainha?

Tess acenou com a cabeça em confirmação. Sandy arrancou uma página do caderno.

— Uma das professoras disse em seu relatório que você sabe desenhar. É verdade?

Tess empertigou-se na cadeira. Deu outro aceno de cabeça positivo. Sandy pôs a folha antiga ao lado de uma folha em branco. Entregou o lápis a Tess.

— Desenhe um cavaleiro.

— Um cavaleiro? Qualquer cavaleiro?

— Qualquer cavaleiro que você queira, desde que seja um soldado, como disse.

Enquanto Tess desenhava, Sandy recostou-se na cadeira. Correu os olhos pelo pátio e pelo vinhedo. Respirou fundo. Era evidente que estava gostando.

Olivia pensava que pelo menos em otimismo Sandy ganhava das outras quando Tess terminou o desenho. Os olhos de Sandy revelaram uma apreciação imediata.

— Puxa, você sabe mesmo desenhar. Vai ser muito divertido. Agora escreva a palavra por baixo do desenho.

Tess copiou a palavra da primeira folha.

— Agora desenhe um boxe em torno da palavra, como eu fiz. Leve o tempo que precisar.

Tess desenhou o boxe. Tinha o seu jeito nos cantos — Olivia não esperava uma conformidade total —, mas seguia o contorno geral das letras. Sandy pegou essa folha e a primeira que usara, virando-as ao contrário, para que Tess não tivesse de onde copiar.

— Agora escreva a palavra.

Tess deu a impressão de que ia argumentar, mas depois escreveu a palavra, corretamente.

— Aí está! — exclamou Sandy, satisfeita. — Teremos uma hora juntas amanhã, debaixo daquela árvore frondosa no outro lado do vinhedo.

— Uma hora inteira? — indagou Tess. — Eu só tinha meia hora na escola.

— O que eu gostaria mesmo era que pudéssemos ter *duas* horas — declarou Sandy.

— *Duas...* — suplicou Tess, olhando para Olivia. — Este é o meu *verão.*

— Está bem, uma hora — disse Sandy, com um suspiro conciliador. — Não será tão ruim assim.

Tess deixou escapar um suspiro de alívio.

Sentada no banco na janela, na manhã seguinte, Olivia sorriu ao se lembrar da aula. Tess fora completamente envolvida. Sandy não apenas sabia muito sobre deficiência de aprendizado, mas também conhecia crianças. Se alguma vez Olivia se sentira otimista de que estavam nas mãos certas, era agora. Lidar com a dislexia de Olivia não era mais ter de enfrentar o mundo todo. Sandy estava do lado delas. Olivia não se sentia mais tão sozinha.

Ela encostou o queixo nos joelhos. Asquonset era um lugar encantador nesse sentido. Ela não se importava se o livro de Natalie levasse mais tempo para ser feito. Ao final, seria feito.

Houve um movimento lá embaixo. Uma figura encaminhou-se para a extremidade do pátio, a fim de contemplar o vinhedo ao amanhecer. Era Simon, bem na hora. Como fazia todas as manhãs, levava uma caneca com café fumegante, embora Olivia mais a imaginasse do que visse. A pouca claridade do amanhecer não iluminava muito mais do que os seus contornos.

Sem pressa, ela avaliou suas pernas, depois os quadris estreitos, a projeção crescente do tronco. Simon vestia várias camadas de camisas contra o frio do amanhecer, o que fazia com que os ombros parecessem enormes. Mas Olivia sabia como eram aqueles ombros com uma camiseta de mangas cortadas. Sabia como os músculos ali eram sólidos.

Ela ficou imóvel enquanto o observava. Não tornara a sair da casa àquela hora, depois da primeira manhã. Era evidente que a conversa dos dois enveredara por um caminho errado. Esbarrar com Simon outra vez parecia inútil. Além do mais, ali de cima não precisava ser recatada. Podia contemplá-lo tanto quanto quisesse.

Teria cinco minutos para fazer isso. Era o tempo que Simon ficaria parado ali, tomando o café, correndo os olhos por seu reino. Depois, deixaria o pátio, desaparecendo por entre as videiras, a caminho do galpão. Era definitivamente uma criatura de hábitos.

E como era inevitável, ao final dos cinco minutos, ele mudou a postura, preparando-se para a partida. Naquele dia, porém, ele não partiu. Virou um pouco a cabeça, como se tivesse ouvido alguma coisa. Ficou imóvel, prestando atenção. De perfil, Olivia pôde ver os cabelos caindo pela testa, as linhas do nariz e do queixo. Depois, ele virou-se por completo e olhou direto para Olivia.

Ele não pode me ver, pensou ela. Mas não queria correr qualquer risco. Prendeu a respiração, manteve os braços em torno das pernas, o queixo nos joelhos, em total imobilidade. Ou pelo menos tudo que era voluntário permaneceu imóvel. O coração, no entanto, batia mais depressa e havia uma intensa vibração interior. *Apanhada com a mão no pote de biscoito*, pensou Olivia, reprimindo uma risada nervosa.

Ele não pode me ver, pensou ela em seguida. Mas a sensação era a de que Simon a via. Olivia tentava compreender isso quando ele tornou a se virar e partiu, em seu ritual diário.

Dez

A chuva tamborilava no telhado do sótão, onde Natalie espalhara as fotos. Olivia reconheceu-as como parte da primeira remessa que Otis recebera há vários meses. Ela não viu a mulher misteriosa. Aquelas fotos eram de um período ainda anterior, primitivas, em preto-e-branco, a maior parte de campos vazios e prédios escuros. Ao examinar um dos prédios, Olivia percebeu os primórdios da casa-grande.

— Você tem um bom olho — disse Natalie quando ela fez o comentário.

Mas em vez de discorrer a respeito, como Olivia esperava, ela continuou a contemplar as fotos em silêncio.

Olivia seguiu sua dica e foi se postar ao seu lado, fazendo a mesma coisa. As fotos eram simples e desoladas, de cenas da época da Grande Depressão. Em poucos minutos, ela acabara de chegar a Asquonset, junto com a família de Natalie, naquele dia frio e chuvoso de 1930.

Natalie virou-se por um instante para pegar uma foto na credência. Era a foto de Carl, a que acionara aquela primeira recordação nítida.

Ele se vestia quase como aparece nesta foto, só que naquele dia, na chuva, usava também um gorro marrom de lã e um casaco largo. Estava parado no campo, como se tivesse sido plantado ali. Parecia tão mais alto e tão mais velho que eu deveria me sentir apavorada. Era um estranho num lugar estranho. Até hoje, não sei por que não me virei e voltei correndo para casa. Ele não sorriu. Mas havia alguma coisa nele... alguma coisa gentil. E eu precisava de muita gentileza naquele dia.

— Está perdida? — perguntou Carl, sua voz não parecia de alguém mais velho.

Sacudi a cabeça em negativa.

— Assustada?

Sacudi a cabeça de novo, e depois afastei os cabelos que caíam por meu rosto.

— Não parece muito feliz.

E eu não me sentia nem um pouco feliz. Estava com frio, molhada e solitária.

— Quero ir para casa — murmurei.

Carl olhou para a casa da fazenda.

— Ninguém a está impedindo.

Mas aquela casa de fazenda não era o lar para mim. Era apenas uma pilha de pedras distante.

— Minha casa em Nova York.

— Já estive lá uma vez. Não quero voltar. Aqui é melhor.

— Por quê?

— Aqui tem mais ar, tem árvores e água.

— Só vejo chuva e lama.

— Sabe o que é a lama?

— Claro que sei — respondi, pensando que ele devia estar me julgando um bebê. — É terra molhada.

Carl permaneceu impassível.

— Só por cima. O que há por baixo é o que faz as plantas crescerem. Não se encontra um solo como este em outros lugares. — Ele se abaixou e passou a mão pela lama. — Se a terra aqui fosse compacta, não seria tão boa. Mas está vendo? É mole. Há uma boa drenagem. É por isso que podemos cultivar o que plantamos aqui.

— Não quero cultivar nada.

Carl ergueu-se. Levantou a mão enlameada para ser lavada pela chuva.

— Diz isso porque tem vontade de estar em Nova York. Mas não é lá que está, mas sim aqui.

— Minha amigas estão em Nova York.

— Fará novas amizades aqui.

— Minha escola fica em Nova York.

— Temos uma boa escola aqui.

— Mas não vou ficar aqui. Logo voltarei para Nova York.

— Seus pais lhe disseram isso?

Não, não me haviam dito isso. Enquanto sentia a terrível compreensão dessa realidade, meus olhos se encheram de lágrimas. Fiz um esforço para reprimi-las. Comecei a tremer. Sentia-me desesperada.

— Essas roupas estão completamente erradas.

Carl falou de uma maneira que sugeria mais preocupação do que crítica. Mas só percebi isso mais tarde. Na ocasião, era muito pequena e transtornada para fazer a distinção. Tudo o que podia ouvir era... gentileza.

— Vai precisar de roupas melhores, como uma calça comprida, sapatos de verdade e um casaco como o meu.

Antes que eu compreendesse, ele tirou o casaco e ajeitou-o ao meu redor.

Eu deveria me sentir consternada. O contraste entre aquele casaco marrom áspero e meu casaco azul macio era tudo o que eu não queria. O casaco de Carl era velho e estava molhado. Mas tinha um cheiro de limpo, talvez mais do que meu casaco agora sujo de lama. E me proporcionou um calor imediato.

— Vou levá-la para casa.

Ele partiu para a casa da fazenda, gesticulando com a mão para que eu o acompanhasse. Era a mesma mão que ele metera na lama. Só que limpa agora, lavada pela chuva.

— Ganhou todas aquelas coisas? — perguntou Olivia.

— Que coisas?

— Calça comprida. Sapatos de verdade. Um casaco como o de Carl.

Natalie pegou uma foto na mesa. Mostrava um grupo de meninos tirando batatas da terra. Ou pelo menos Olivia pensara que eram todos meninos quando reparara uma dobra no meio da foto. Mas havia agora uma presunção no rosto de Natalie que a levou a estudar a foto com mais atenção.

— É *você* aqui?

Ela apontou para uma das crianças na foto. Apesar de usar o mesmo jeans, a mesma camisa e os mesmos sapatos que os outros, não mais parecia com um menino. Natalie confirmou e identificou os outros.

— Este é Carl. Este é meu irmão, Brad. Carl e Brad tinham a mesma idade. Os outros dois eram filhos de um vizinho. Nós lhes dávamos batatas e milho em troca de leite.

Mas Olivia não podia desviar os olhos da menina. Já sabia que a família de Natalie perdera tudo antes de se mudar para Asquonset. Mas saber disso era uma coisa. Aceitar era outra. Passara muito tempo a imaginar Natalie numa vida de elegância e tranqüilidade, e por isso não podia deixar de ficar chocada pelo que via na foto.

— Que idade você tinha?

— Talvez... sete anos.

— E trabalhava nos campos?

Olivia nunca teria imaginado.

— Todas as crianças trabalhavam.

— Não havia leis contra isso?

Natalie sorriu.

— Diga isso à família que planta o que come. Na verdade, estávamos entre os afortunados. A fazenda não estava hipotecada. No início da década de 1930, os rendimentos dos fazendeiros caíram tanto que até mesmo os que podiam se alimentar acabaram perdendo suas fazendas. Os preços pagos por suas colheitas eram tão baixos que não tinham condições de pagar a hipoteca. — Ela apontou para os filhos do vizinho. — Eles perderam a fazenda.

— E o que eles fizeram?

— Meu pai trouxe-os para cá. Passaram a trabalhar na vacaria para ele.

— Pensei que seu pai havia quebrado.

— Em comparação com o que tínhamos em Nova York, ele havia mesmo. Mas todas as coisas são relativas. Ele comprou a fazenda ao lado da nossa por muito pouco dinheiro.

— Mas onde ele conseguiu mesmo esse pouco?

Natalie pegou outra foto. Mostrava Jeremiah Burke sentado numa carroça aberta. Havia ali os mesmos barris que Olivia vira na foto de Carl.

— Vinho? — indagou Olivia, maravilhada.

Natalie confirmou com um aceno de cabeça. Examinou a foto. Olivia estimulou-a gentilmente:

— O vinho sustentou-os ao longo da Depressão?

— Não ganhávamos tanto assim. Não tínhamos o *know-how*. O que está vendo aqui pode ter sido toda a produção da temporada. Mas os preços para os vinhos eram mais altos do que qualquer outra coisa que cultivávamos. O mercado negro fazia isso. Se a Lei Seca não conseguiu mais nada, pelo menos levou todo mundo a beber.

— Não tinham medo de serem presos?

Os olhos de Natalie se encheram de angústia.

— Juro que meu pai esperava que isso acontecesse a qualquer momento. Ele nunca se recuperou da ruína financeira. Tinha um instinto natural para os negócios, como comprar as fazendas vizinhas. Mas nunca superou a culpa ou a vergonha pelo que acontecera em Nova York. Não dá para ver por essa foto... ou talvez possa, se estudar bem fundo seus olhos perturbados... mas ele era um homem abalado. Era antes um homem robusto e extrovertido, mas repare como está magro na foto. E tínhamos comida suficiente. Mas ele sentia dificuldade para comer. Se fosse punido por vender vinho, poderia se sentir melhor.

Ela fez uma pausa.

— Mas as pessoas não eram apanhadas. O governo não podia nem pensar em punir todas as pessoas que violavam a lei. A Lei Volstead, ou Lei Seca, proibia a venda de bebidas alcoólicas, mas havia uma quantidade ridiculamente pequena de agentes designados para garantir seu cumprimento e uma quantidade enorme de violadores. Por isso, meu pai produzia seu vinho. Os lucros obtidos com a venda nos proporcionaram um capital para o futuro. A Lei Seca foi revogada em 1933. Nosso vinho tornou-se menos valioso... não era muito bom, em última análise... mas meu pai tinha visão. Importou matrizes da Europa e começou a cultivar diversas variedades de viníferas.

Outra pausa, acompanhada por um sorriso triste.

— Pobre papai... teve sucessivas dificuldades. Uma variedade fracassou, depois outra e mais outra. Ele não tinha o que se costuma chamar de dedo verde.

— Mas Jeremiah tinha. Ele não ajudou?

— Jeremiah cultivava para nós batata e milho, cenoura, beterraba e pastinaca. Uvas eram diferentes. E não fomos os únicos que tivemos problemas. Os europeus eram os especialistas no cultivo de uvas, mas seus métodos não funcionavam muito bem aqui. Foi somente nos anos 60 que os americanos criaram seus próprios métodos e finalmente entraram no mercado. A essa altura, meu pai já havia morrido.

— Muito triste.

Natalie apoiou o quadril na beira da mesa.

— É sim. Foi ele quem começou tudo. Lamento que não tenha vivido para ver até onde chegamos. Aqueles tempos em que todo mundo se reunia aqui...

— Quem era todo mundo? — perguntou Olivia, seguindo a intuição. — A família era grande?

— Não. Há Susanne e Greg, com respectivos cônjuges. Susanne e Mark têm dois filhos. Ambos crescidos, nenhum dos dois casado. Melissa é advogada, Brad é consultor de negócios. Greg e Jill ainda não têm filhos. Não sei por que estão esperando. No meu tempo, tínhamos filhos ainda jovens. Mas os tempos mudaram. Jill não é muito mais velha do que você, e assim eles ainda têm tempo, pelos padrões de hoje. Isso não significa que não me sinto impaciente. Adoraria ter mais netos. Mas não cabe a mim tomar essa decisão.

Ela lançou para o teto um olhar típico de "que Deus me ajude".

— É bem possível que Melissa ou Brad casem e me dêem bisnetos antes que Greg e Jill se decidam. — Os olhos de Natalie fixaram-se em Olivia. — O que pode me dizer a seu respeito? Seus pais ainda são vivos?

Olivia deu de ombros.

— Isso não é importante.

— É sim. Gosto de saber quem são as pessoas que trabalham em minha casa. Eles estão vivos?

— Estão.

Olivia disse isso porque queria acreditar. Queria acreditar até mesmo que mantinham contato um com o outro.

— Onde?

Ela entrou em uma de suas fantasias, tão familiar que meio que acreditava que era verdadeira.

— San Diego.

Olivia imaginava o pai como um oficial da Marinha, cujas freqüentes transferências mantinham-no sempre distante. Agora que era veterano, prestes a ser reformado, já não viajava tanto. Tinha uma casa na praia em San Diego. Por tudo o que Olivia sabia, era bem possível que Carol estivesse lá naquele momento.

— Você tem irmãos? — perguntou Natalie.

Ainda na fantasia, Olivia acenou com a cabeça em confirmação.

— Quatro irmãos. São todos da Marinha, como meu pai.

Os olhos de Natalie se iluminaram.

— Há uma base da Marinha aqui perto, em Newport. Há alguma possibilidade de que um deles apareça por lá durante sua permanência aqui? Alexander era um velho amigo do secretário da Marinha. Eu teria o maior prazer em dar alguns telefonemas.

Olivia tratou de recuar.

— Não precisa. Muito obrigada, mas não adiantaria. Estou aqui porque eles estão lá. Temos vidas muito diferentes.

Natalie murchou.

— Quer dizer que não são muito ligados?

— Somos sim.

A última coisa que Olivia queria naquele momento era que Natalie pensasse que não dava importância à família, se fosse descoberto, por sutileza do destino, que tinham algum parentesco. Por isso, mesmo que significasse aumentar a mentira, ela deixou a fantasia correr solta.

— O problema é que sou a caçula. Você só teve um irmão mais velho, mas eu tenho quatro. E eles deram um novo significado à palavra "protetor". Fui sufocada. Não podia respirar. Até que finalmente eles concordaram em me dar espaço.

— Mas o que me diz de Tess? Eles não querem vê-la?

— Claro que querem. E fazemos uma visita de vez em quando.

— Ahn...

Olivia não sabia o que isso significava, mas não ia esperar para descobrir. Precisava pôr alguma distância entre ela e a história que acabara de contar.

— Quero saber mais sobre esta foto.

Ela pegou outra foto na mesa. As crianças estavam vários anos mais velhas, desta vez num trator. Brad sentava num pára-lama, mas Natalie estava lá em cima, no banco do motorista, ao lado de Carl. Não devia ter mais que nove ou dez anos e ainda parecia um menino. Já os dois meninos começavam a parecer com homens.

— Você disse que Brad era seu único irmão. Tinha irmãs?

Não havia nenhuma no carro quando a família deixara Nova York, mas isso não significava que não estivessem na casa de parentes. Mas Natalie sacudiu a cabeça.

— Havia apenas Brad e eu.

Olivia não ficou desanimada. Já decidira que a mulher misteriosa era uma prima ou um amiga.

Já ia perguntar a respeito quando Natalie pegou a foto em que aparecia no trator com Carl e Brad e pôs-se a recordar a época. Demorou um pouco para falar.

Minha situação era diferente da sua. Meu irmão e Carl eram protetores, mas eu não me importava nem um pouco. Por outro lado, eles não se importavam quando eu os acompanhava. Era articulada, ágil e esperta. O que carecia em força compensava em velocidade e espírito. Íamos juntos a todos os lugares. Eu era como um companheiro.

Não sei o que faria sem eles. Asquonset era uma novidade depois de outra e meus pais não ajudavam. Eram estóicos e austeros. Orientavam-nos para um lado e outro, diziam-nos o que fazer na fazenda, mas nunca riam. Raramente sorriam. O conceito de prazer fora deixado em Nova York, junto com todo o senso de segurança. Acrescente-se a isso a vergonha de meu pai e dá para perceber que a situação não era nada boa. Os dois viviam cada dia como se esperassem outro desastre a qualquer momento.

Envelheceram no dobro da velocidade normal naqueles anos. Num instante, tornaram-se velhos. Era de partir o coração.

Éramos mais flexíveis... e eu ainda mais do que Brad. Era mais jovem. Minha afeição a Nova York era mais tênue. Além do mais, descobrira naquele primeiro dia uma coisa que Nova York não tinha. Descobrira Carl.

Ele se tornou meu ídolo. Era quieto e confiante. Nada o abalava. Conhecia todos e tudo. Não importava quão nova fosse a vida em Asquonset para mim, estar com Carl era como estar num lugar familiar. Sua confiança era contagiante.

Fui para a escola e fiz amizades. Os colegas não sabiam onde estivéramos antes. Só sabiam que a nossa situação era melhor do que a da maioria, o que de fato acontecia. Comíamos três refeições por dia. Nossas roupas eram mais práticas do que elegantes, mas nunca andávamos sem sapatos. Íamos ao cinema toda tarde de sábado. Tínhamos condições para isso. Não tínhamos dinheiro para viajar, mas a perspectiva de pegar um trem perdera sua atração. Os jornais do cinema só mostravam fome e desabrigados viajando em vagões de carga. Estávamos longe dos famintos e desabrigados.

Todas as coisas eram relativas, é claro. Asquonset era um lugar melancólico, que se tornava mais opressivo à medida que a Depressão se prolongava. Se nossos pais não estavam sentados rígidos e alertas junto do rádio, liam ansiosos os tablóides à procura de notícias. E não faltavam nunca. Os bancos continuavam a fechar, muito depois do craque. A maioria de seus amigos havia afundado. Meus pais tinham vivido no centro do cenário social de Nova York e conheciam as pessoas mencionadas. O desemprego continuava a aumentar. Comunidades de barracos, conhecidas como Hoovervilles, *pelo nome do presidente americano quando o craque ocorrera, surgiam por toda parte para alojar os desabrigados. Cozinhas comunitárias eram criadas para alimentar os famintos.*

Roosevelt assumiu a Presidência, com a promessa de realizar um New Deal, *mas meus pais viam apenas a devastação das tempestades de areia no Sul dos Estados Unidos. Embora Asquonset permanecesse fértil e úmida, eles tinham medo de que a nossa vez chegasse. Liam tudo o que podiam sobre prevenção e nos mandavam plantar grama e árvores nos cantos mais remotos da fazenda para segurar o solo. Muito depois que a economia começou a melhorar, eles continuaram a viver com medo de uma recaída.*

Brad foi uma vítima desse medo. Quando o desespero se tornou ainda pior, ele resolveu ir embora. Abandonou a escola quando tinha dezesseis anos e mentiu sobre a idade para obter um emprego na Administração de Projetos de Obras Especiais. Construiu pontes e abriu estradas. Escavou túneis. Mandava dinheiro para casa. Mas isso era apenas um conforto mínimo para meu pai, que queria que o filho tivesse a educação apropriada, a fim de estar preparado quando os bons empregos voltassem. Além disso, ao perder Brad, ele perdera também um dos seus trabalhadores mais competentes.

E eu perdi um dos meus dois melhores amigos. O mesmo aconteceu com Carl. Por isso nos tornamos ainda mais ligados. Se crescêssemos juntos hoje em dia, os quatro anos na diferença de idade seriam insuperáveis. Estudaríamos em escolas diferentes, teríamos colegas diferentes e atividades diferentes. Naquele tempo, porém, não era o que acontecia. Fazíamos tudo juntos.

Natalie parou de falar e sorriu. Sentavam agora em poltronas. Olivia fazia anotações no bloco em seu colo. Natalie tinha as mãos cruzadas.

Olivia esperou que ela continuasse, mas viu apenas o sorriso meigo e o aceno de cabeça ocasional. Retornara àquele mundo distante. Olivia queria também estar lá.

— O que faziam juntos?

— Íamos e voltávamos da escola juntos.

— De ônibus?

— Não. — Natalie soltou uma risada. — Não havia ônibus escolares. Íamos a pé.

— Qual era a distância?

— Cinco quilômetros. Pegávamos os outros pelo caminho. Carl era como o Flautista de Hamelin. Era o mais alto e o menos falador, mas tinha um certo... — ela fez uma pausa, procurando pela palavra — ... um certo carisma. Nunca procurava atenção, jamais a queria, mas as pessoas gravitavam em sua direção. Era um caso clássico da mística de quem se mantém mais à parte. Carl passava e as pessoas olhavam; e, quando olhavam, viam Brad e eu também. Éramos seus amigos. Foi por causa dele que nos aceitaram tão depressa.

Olivia também sorriu agora, imaginando a procissão diária para a escola.

— Devia ser legal.

— Legal?

— Divertido.

— Andar cinco quilômetros debaixo de chuva não era nada divertido.

— Mas todos fazendo a mesma coisa... seguindo o Flautista de Hamelin... é uma imagem maravilhosa. O que mais faziam?

— O que fazíamos?

— Como diversão.

— Ahn... pequenas coisas.

— Por exemplo?

Natalie deu de ombros.

— Sabe como é. O que todas ás crianças fazem. — Ela corou. — O tempo não mudou algumas coisas.

— *Sexo?*

Olivia estava surpresa, porque pensava que o tempo mudara isso, pelo menos em termos de idade e extensão. Quando as faces de Natalie permaneceram rosadas, ela se apressou em acrescentar:

— Desculpe. Isso é particular. Eu não deveria ter perguntado a respeito.

— Contratei-a para perguntar sobre coisas particulares. Não vou necessariamente contar tudo, mas quero que pergunte. — Isso dito, ela recuperou o controle. — O fator idade interveio nesse ponto. Quando Carl estava com catorze anos, eu tinha apenas dez. Quando ele completou dezesseis, eu era uma garota de doze. Não éramos namorados. Não dávamos uns amassos na última fila do cinema, como dizem os jovens de hoje.

Houve uma pausa. Olivia resolveu ajudá-la:

— Mas você queria.

Ainda envergonhada, Natalie acenou com a cabeça em confirmação.

— Carl era o único com quem eu podia me imaginar fazendo isso. Às vezes até sonhava.

— Sonhava em casar com ele?

— Dançávamos juntos.

— Sonhava com isso?

— Não. Era real. A dança era muito apreciada durante a Depressão, por ser a forma mais barata de diversão.

Olivia sabia alguma coisa sobre os costumes da época.

— Você e Carl entravam em *maratonas* de dança?

— Não. Mas conhecíamos pessoas que entravam. Algumas dançavam por meses a fio. Tinham bons motivos para isso. Enquanto permanecessem de pé, tinham um teto sobre sua cabeça, comida e a promessa do dinheiro do prêmio.

Ela sorriu.

— Carl e eu não fazíamos isso. Mas já víramos tantas vezes nos jornais do cinema que conhecíamos os passos da dança. Carl tinha um pequeno rádio de galena. Íamos para trás do galpão, encontrávamos uma estação transmitindo música e dançávamos.

Natalie arregalou os olhos. Pensara em mais alguma coisa, uma boa recordação, a julgar pelo excitamento em seus olhos.

— O que foi? — perguntou Olivia.

Natalie fitou-a, mas logo desviou os olhos, rindo.

— É uma bobagem, mas era maravilhoso.

Olivia riu também.

— O que lembrou?

— Janeiro, fevereiro, março... esses meses são importantes num vinhedo. É a ocasião da poda das videiras. O que dá o tom para o crescimento posterior. Nos primeiros dias, meu pai insistia em fazer isso pessoalmente. Nosso trabalho era recolher os galhos descartados. Eram queimados, mas antes costumávamos usá-los para fazer cabanas.

— *Cabanas?* — repetiu Olivia, fascinada.

— Carl sabia como trançar os galhos. O produto final era tosco e ainda se podia ver através, pois não havia folhas. Mas as paredes serviam para isolar do vento e do frio. Eram um abrigo agradável.

— E dançavam ali?

— Isso mesmo. Eu ficava olhando para Carl, dançando da maneira como víamos no cinema. Carl não era um grande dançarino. E ainda não é. Seus pés não se comportam direito. Mas tinha um jeito com os braços...

Natalie respirou fundo. Com a boca fechada, cantarolou alguns acordes, extasiada. Olivia não escreveu nada. Não havia necessidade. Podia ver a cabana com absoluta nitidez e podia ver através das aberturas entre os galhos. O interior estaria iluminado por uma vela, com dois corpos dançando em movimentos suaves. Podia ouvir um eco distante da chamada Big Band no meio da estática do rádio de galena. Era incrivelmente romântico. Ela recostou-se na poltrona com um suspiro.

— Eram bons tempos. Eu gostaria de ter vivido nessa época.

Natalie fitou-a de uma maneira estranha, como Otis fizera há não muito tempo.

— Não, não gostaria. Eram tempos difíceis. O futuro era incerto. Ao final dos anos 30, a guerra pairava no ar. Você não pode sequer começar a imaginar como era.

— Mas as famílias eram mais unidas naquele tempo. Havia mais apoio mútuo.

— Isso não significa que eram mais felizes.

— Mas a vida era mais *simples* naquele tempo — insistiu Olivia. — Há ocasiões em que eu seria capaz de dar o braço direito para ter menos responsabilidade.

— É isso o que você pensa que acontecia conosco?

— Acho que a divisão do trabalho era mais definida. Os homens faziam o trabalho, as crianças cuidavam das pequenas tarefas domésticas, as mulheres tomavam conta da casa. Hoje em dia está tudo misturado, com uma sobrecarga de trabalho.

Natalie deu um sorriso de repreensão.

— Você tem uma visão idealizada do passado. Torna as coisas mais simples do que eram. A divisão do trabalho podia ser mais definida, mas o trabalho era mais árduo. Não tínhamos naquele tempo toda a tecnologia de que dispomos hoje.

— Talvez não, mas a tecnologia tem seus limites — argumentou Olivia, fincando o pé. — Não me importo com a alegação do fabricante de amaciante de que seu produto deixa as roupas com a fragrância de uma campina em flor. Não há nada com o cheiro de lençóis que secaram no varal, ao sol.

— Não posso contestá-la nesse ponto — disse Natalie, jovial. — Mas ainda acho que está enganada. Os tempos não eram mais fáceis antes do que são agora. Eram... ora, eram diferentes, só isso.

Olivia não acreditou em Natalie, como não acreditara em Otis. A vida podia ser mais difícil em termos físicos nos anos 30, mas ela preferia a dificuldade física em vez do estresse emocional em qualquer ocasião. Os anos 30 ainda eram os bons dias de antigamente. A vida era mais simples. As necessidades eram mais definidas e as pessoas, mais honestas. Quando a sobrevivência estava em jogo, as opções eram claras.

A sobrevivência não era o problema hoje, o que tornava as opções mais nebulosas. Hoje as pessoas saíam de casa e se perdiam. Faziam coisas diferentes. Usavam mais chapéus, isto é, assumiam mais papéis. Olivia usara tantos, ao mesmo tempo, que às vezes a cabeça afundava ao peso... e cada chapéu trazia seu terrível conjunto de responsabilidades. Ela sabia o que era se sentir sozinha e sufocada quando essas responsabilidades conflitavam.

Não esperara que isso acontecesse com ela em Asquonset. Imaginara que a vida na casa de Natalie seria um retorno aos tempos antigos, mais simples. Ela e Tess, sem dúvida, haviam se sentido resguardadas ali.

Um retorno aos tempos mais simples? A vida em Asquonset, durante a semana subseqüente, foi tudo menos isso.

Onze

Mesmo ali, Olivia usava muitos chapéus.

Era mãe... o que nunca parava. Era motorista quando Tess precisava de transporte para o clube; uma professora quando precisava ajudar nos deveres que Sandy passava; uma terapeuta quando a criança entrava em depressão, o que acontecia com demasiada freqüência para a paz de espírito de Olivia.

Era também caçadora de emprego para si mesma e caçadora de escola particular para Tess.

Era uma fugitiva quando Ted ligou para o escritório e a recepcionista, avisada, descartou-o.

Nem mesmo como memorialista de Natalie as coisas eram simples, apesar das melhores intenções de Olivia. Ela era organizada. Natalie lhe dera um espaço naquele paraíso que era o sótão, com sua própria mesa e um computador. Olivia instituíra um sistema de arquivamento para suas anotações e as fotos que coincidiam com elas. À noite, deitava na cama e imaginava horas na tranqüilidade e isolamento do escritório, desenvolvendo as anotações e organizando a história da vida de Natalie como um renomado biógrafo faria. Elaborava sobre o tema de renomada biógrafa e se imaginava entrando na mais esnobe das livrarias de Cambridge, a fim de fazer uma conferência para uma casa lotada com a elite intelectual. Imaginava-se contratada como memorialista por outros luminares. Imaginava-se sendo convidada para o circuito de conferências ou participando como figura principal de um cruzeiro de estudos.

A realidade era menos idílica. Por mais que a narrativa de Natalie fosse fluente, não era fácil encontrar as palavras exatas e a seqüência apropriada. Olivia podia passar meia hora em uma única frase, e quase sempre era à noite. Durante o dia, não havia sossego e solidão no escritório com o telefone tocando a todo instante. Natalie não tinha nada de tímida e retraída ao que parecia. Dirigia o departamento de marketing de Asquonset e recebia constantes telefonemas nessa função. Também recebia ligações do pessoal da campanha de registro de eleitores, que liderava, e sobre o bazar da igreja, que presidia. E havia ainda as chamadas relacionadas com o casamento. Ela enviara mais de cem convites. Embora houvesse um cartão de resposta anexado, muitas pessoas insistiam em telefonar.

— Eles querem saber da sujeira — comentou Natalie para Olivia, com um tom de ressentimento, depois de atender duas ligações seguidas. — Querem detalhes obscenos... como se eu tivesse alguma coisa com Carl há anos... o que *não* é verdade.

Olivia também especulara a respeito.

— Eles perguntam expressamente?

— Não. Mas é isso o que estão pensando. São evasivos... dizem coisas como "você está com Carl há muito tempo, não é?" ou "deve ter sido uma tentação passar todos esse anos ao lado dele". Ou "você é uma mulher esperta, Natalie Seebring".

— Dizem mesmo isso?

Natalie apontou para o telefone, indicando a ligação que acabara de receber.

— A pessoa da última ligação me disse: "*Sempre* desconfiamos que Carl era mais ligado a você do que a Alexander." Não posso deixar de protestar. Em primeiro lugar, não gosto da idéia de que estão comentando. Em segundo, Carl era o braço direito de Alexander. Fazia de tudo para ajudá-lo. E lhe dava uma cobertura constante.

— Cobertura? Como assim?

Natalie descartou o pensamento com um aceno de mão.

— Não se passou um único dia, nas duas últimas semanas, sem que alguém tenha ligado para saber de fofocas. Mas não tenho tempo para isso. Devo estar no escritório dentro de quarenta e cinco minutos.

O pessoal da agência de propaganda está vindo de Boston para fazer a apresentação da campanha da próxima primavera.

Ela olhou para as fotos espalhadas sobre a mesa, com uma expressão aturdida. Eram as mais antigas. Olivia queria que ela identificasse cada uma, com nomes e datas. Mas isso parecia secundário agora, até mesmo para Olivia.

— Quem você convidou para o casamento?

— Quase todos são amigos e associados nos negócios. Limitei a lista.

— Há uma família ampliada? Como primos, por exemplo?

Talvez mesmo a mulher misteriosa. Não seria incrível? Ver alguém que parecia com sua mãe — ou com ela, ou com *Tess* — seria uma coisa espantosa!

— Tenho primos, mas não seria apropriado convidá-los. Nunca fomos muito ligados. Alexander tem uma irmã. Convidei-a, junto com a família... não podia deixar de fazê-lo, já que foi minha cunhada durante tantos anos... mas ela enviou uma recusa imediata. Sente-se ofendida. Melhor assim. Queremos que seja uma cerimônia pequena.

O telefone tocou. Natalie olhou com uma expressão desamparada para depois fitar Olivia.

— Por que não atendo? — sugeriu Olivia, pegando um bloco. — Posso muito bem manter um registro de sins e nãos.

— Não vai se importar? — indagou Natalie, num tom tão doce, de profundo alívio, que deixou o coração de Olivia enternecido.

Claro que não me importo, pensou ela. *É para coisas assim que a família serve.*

— Aqui é Lucy McEnroe. — Olivia escreveu o nome. — Eu gostaria de falar com Natalie, por favor.

Natalie olhou para o nome e sacudiu a cabeça, em negativa.

— Sinto muito, mas ela vai passar o dia fora — disse Olivia, satisfeita por assumir um papel de confiança. — Aqui é a assistente dela, Olivia Jones. Posso ajudá-la?

O marido tem um restaurante em Nova York, escreveu Natalie no bloco. *Vendem nossos vinhos.*

— Eu só queria cumprimentá-la — respondeu Lucy. — Henry e eu voltamos de Paris para encontrar o convite de casamento. Foi um choque e tanto.

— Mas não é maravilhoso? — indagou Olivia.

Ela olhou para o nome do restaurante que Natalie escrevera no bloco. Já ouvira falar. Não lera alguma coisa a respeito na revista *People*?

— Tudo considerado — disse Lucy, como se estivesse considerando as coisas pela primeira vez naquele momento —, acho que é mesmo. Carl tem sido o nosso contato com a vinícola há anos. É um bom homem.

Olivia tratou de aproveitar o comentário:

— Seria muito importante para Natalie e ele se você e seu marido pudessem comparecer. Posso incluí-los na lista de "sim"?

— Ainda estamos em dúvida. O fim de semana prolongado do feriado do Dia do Trabalho é bastante movimentado para nós. Se for um casamento grande, não teremos muito tempo para conversar com Natalie e Carl.

— Na verdade será uma cerimônia relativamente íntima. A lista de convidados foi limitada às pessoas mais importantes para eles. Você e seu marido têm sido amigos leais. Todos nós sentimos o maior orgulho por saber que os vinhos de Asquonset são servidos no Dome. É um restaurante importante demais. O Príncipe Charles e os filhos não estiveram aí?

As palavras mal saíram de sua boca quando Olivia sentiu o medo terrível de ter se equivocado na recordação. Mas Natalie balançava a cabeça em exultação.

— Isso mesmo — confirmou Lucy, parecendo tão impressionada quanto Natalie por Olivia ter mencionado. — Ficamos emocionados. As pessoas adoram todas as notícias sobre aqueles meninos. Como se pode atribuir um preço a esse tipo de publicidade?

— Não se pode — concordou Olivia enquanto lia a última coisa que Natalie escrevera. — Infelizmente não podemos prometer uma publicidade igual no casamento. Natalie tem amigos na imprensa e vários vão comparecer. Mas ela pediu que respeitassem a privacidade do dia. Se vão atendê-la ou não, é impossível saber.

— Quer saber de uma coisa? — disse Lucy.— Acho que gostaríamos de ir. A resposta é sim. Sempre adoramos Natalie, e Carl... é um homem extraordinário. Aceitamos o convite. Vamos planejar com antecedência e arrumar alguém para ficar no restaurante durante a nossa ausência.

S-I-M, Olivia escreveu no bloco. Depois encerrou a ligação, como se também fosse uma velha amiga de Lucy, enquanto olhava para a sorridente Natalie.

— Obrigada — disse Natalie. — Saiu-se muito bem.

Quando o telefone tocou de novo, o sorriso desvaneceu.

— Essa não!

Mas Olivia já entrara no jogo a essa altura. Levantou a mão, num gesto para Natalie não se preocupar, enquanto atendia a ligação, o tom jovial:

— Residência dos Seebring.

Ela escutou por um momento, antes de pôr a pessoa no esquema de espera e dizer para Natalie:

— É o fornecedor do bufê. Quer saber se já escolheu o cardápio da lista que enviou.

Natalie comprimiu um ponto entre os olhos.

— Eu deveria ter ligado na semana passada.

Ela afastou a mão do rosto. Tirou uma pasta da gaveta da mesa e abriu-a na frente de Olivia.

— Já verifiquei o que queremos. Ainda é cedo para cuidar disso... sempre podemos mudar depois... mas o homem *insiste* em ter alguma coisa no papel, mesmo que seja em caráter preliminar. Mas ele é filiado a Johnson e Wales. É o melhor do estado. Para ser franca, eu poderia fechar os olhos e apontar ao acaso para dez coisas na lista com a certeza de que tudo será delicioso. Pode fazer o favor de repassar a lista com ele enquanto vou para o escritório? Acho que minhas anotações estão bastante claras.

As anotações estavam absolutamente claras. Olivia repassou o cardápio com o fornecedor, prato por prato, assumindo o papel de anfitriã, fazendo todas as perguntas para as quais gostaria de ter respostas se estivesse dando a festa... e Deus sabia que ela já desempenhara mentalmente esse papel várias vezes. Era muito divertido.

Mal havia desligado quando o telefone tocou de novo. Desta vez era Anne Marie, a recepcionista do escritório, para avisar que uma candidata à vaga de empregada estava na linha e Natalie sugerira que Olivia a atendesse.

Olivia nunca contratara antes uma empregada, muito menos em tempo integral. Mas algumas coisas eram bastante óbvias. Ao atender, ela perguntou sobre essas coisas, escreveu anotações para Natalie e pôs numa pasta com a etiqueta de EMPREGADA. Já se preparava para guardar as fotos dos primeiros anos em Asquonset quando Carl apareceu.

— Vamos andar um pouco — disse ele. — Quero lhe mostrar o vinhedo.

Na verdade, eles não andaram. Em vez disso, pegaram um dos carrinhos de golfe usados pelo pessoal para irem de uma parte de Asquonset a outra.

— A propriedade cobre sessenta e cinco acres no total — informou Carl em sua voz profunda, lenta e confiante enquanto conduzia o veículo pela estrada de cascalho.

Olivia podia compreender por que Natalie achara que aquela voz era um conforto durante seus primeiros dias na fazenda. Fluía fácil, de uma maneira viril.

— Cinqüenta são ocupados pelas videiras. Uns poucos têm milho e batatas, mas o resto é de bosques ou tem construções.

Enquanto entrava num caminho de terra que serpenteava através das árvores, ele assumiu uma expressão divertida.

— Lá vamos nós, passando pelo bosque, e você deve estar especulando por que não pusemos todas as construções juntas.

Olivia sorriu.

— Confesso que o pensamento me passou pela cabeça. Mas o que entendo da produção de vinho? Tenho certeza de que há uma boa razão.

— Uma boa razão? — O tom de Carl era indulgente enquanto contornavam uma culpa. — Na verdade, é mais pela aparência do que por qualquer outra coisa. Natalie queria que a casa-grande fosse especial. Queria que ficasse isolada, mais alta do que o vinhedo. Queria que os visitantes ficassem impressionados quando o vinhedo era apenas o vinhedo.

Ele soltou uma risada.

— Claro que não tem sido "apenas um vinhedo" há muitos anos. Mas somente nos últimos vinte anos é que precisamos de mais prédios. Quando isso aconteceu, Natalie teve a idéia de fazer centros de atividades distintos. Acha que cada um pode ter sua importância por si só, que se perderia se estivessem todos agrupados. Por isso ela pôs o escritório numa garagem reformada, à beira da estrada, enquanto a vinícola ficou na beira do rio.

— E o galpão? — perguntou Olivia.

Ficava a três minutos a pé da casa. Não havia necessidade de um carrinho de golfe para ir até lá.

— O galpão é diferente — explicou Carl, mantendo os olhos no caminho. — Como a casa-grande, foi construído há muito tempo, depois ampliado, mais de uma vez. Se começasse do nada, ela poderia reservar um lugar especial e distante para o galpão. Mas ela diz que gosta de vê-lo. Diz que é uma parte vital do vinhedo, que tem o direito de estar próximo da casa-grande.

Ele fez uma pausa. Olivia admirava seu perfil, pensando como era um homem extraordinário aos oitenta anos, um prazer para se observar, quando ele acrescentou:

— Por falar no galpão, eu gostaria de pedir desculpa.

— Por quê?

— Por Simon. Ele não tem se mostrado muito simpático.

Olivia sorriu e balançou a cabeça, gesticulando para indicar que isso não era um problema.

— Ele está preocupado com as uvas e temos mais um dia úmido. — As árvores os envolviam agora, mas havia muitas nuvens por cima das copas. — Além do mais, não tive qualquer problema com Simon.

— Ele não tem sido muito cortês. — Carl segurava o volante com as duas mãos. — Poderia ter jantado conosco pelo menos uma vez desde que você chegou. Poderia levá-la para conhecer os vinhedos. Deveria ter feito isso, já que está no comando agora. Mas quero que você saiba que não é por sua causa. O problema é do próprio Simon.

Olivia desconfiava de que o problema também tinha a ver com ela. Simon sabia de sua presença ali. Agora, levantava os olhos em sua direção todas as manhãs. Se ela fosse mais profissional, mais bem-sucedida, mais interessante... Simon poderia procurá-la.

Não que *ela* estivesse interessada. Com toda certeza, *não* estava nem um pouco. Mas havia também o outro lado.

— Ele me falou sobre a esposa.

Carl fitou-a, surpreso. Diminuiu a velocidade do carrinho.

— Quando foi isso?

— Na minha primeira manhã aqui. Ambos saímos para o pátio e nos encontramos. Não havia mais ninguém acordado. — Ela se apressou em continuar, agradecida pela oportunidade de pôr tudo para fora. — Ele me disse que estava preocupado com a possibilidade de Natalie ter me trazido para cá com a intenção de promover nosso namoro. Queria que eu soubesse que isso não aconteceria.

O carrinho parou. Carl estava consternado.

— Ele disse *mesmo* isso?

— Respondi que também não estava interessada, e resolvi lhe contar agora para que também saiba. — Olivia queria que ficasse registrado, para o caso de alguém ter idéias exóticas. — Não sou o tipo de Simon. Não sou o que ele precisa. E não estou à procura de um homem. Vivo muito bem sozinha. Entre Tess e o trabalho, tenho mais do que suficiente para me manter ocupada.

Não esquecendo que Carl era o pai de Simon, ela acrescentou:

— Quero que compreenda que isso não tem nada a ver com Simon, mas apenas comigo.

Carl tornou a olhar para o caminho. Partiu de novo, mas manteve as sobrancelhas franzidas. Olivia tentou tranqüilizá-lo.

— Tenho certeza de que Simon é um homem maravilhoso. Inteligente. Trabalhador. Olho pela minha janela todos os dias, ao amanhecer, e lá está ele, com seu café, na extremidade do pátio. Simon merece o melhor depois do que sofreu. Não posso sequer imaginar como é perder duas pessoas que se ama tanto.

— Três.

A palavra pairou no ar.

— *Três?*

Os olhos de Carl desviaram-se do caminho apenas pelo tempo suficiente para que ela pudesse ver a tristeza nas profundezas do azul.

— Simon perdeu três pessoas que amava naquele acidente... Laura, Liana e Ana.

— Ana... — Olivia repetiu o nome como Carl o dissera, *A-na,* com cada sílaba distinta. Era um som incrível em sua simplicidade e beleza. — Ana... Quem era ela?

— Minha esposa. A mãe de Simon.

Olivia comprimiu a mão contra o coração. Parara por um segundo, depois voltara a bater. Ela soltou um suspiro.

— *Sua mulher* também estava no barco?

Carl acenou com a cabeça em confirmação. O movimento era impregnado de pesar, um testemunho ao fato de que Simon não era o único que sofrera uma perda... e, subitamente, outro capítulo da história de Asquonset se abria, um capítulo em que Olivia quase não pensara. Seu foco fora Natalie, mas Carl também tivera uma vida durante todos aqueles anos. E Simon não podia deixar de ter uma mãe.

— Que coisa *horrível...* — murmurou ela. — As memórias devem ser tão dolorosas para você quanto são para Simon.

O carrinho de golfe continuava a avançar, lentamente.

— Sou mais velho. Posso ser mais filosófico do que meu filho. Ana e eu tivemos muitos bons anos juntos. Era uma mulher gentil. Compreensiva. Mas não estava bem de saúde. Recebera o diagnóstico de câncer no ano anterior ao acidente. Fazia um tratamento. Não era fácil. Os médicos não lhe davam muito tempo. Mas ela adorava velejar. Todos nós adorávamos.

Com um sorriso gentil, ele se calou.

— Simon também?

— Simon especialmente. Ele ensinou Laura a velejar... e ela era muito boa. Sabia manejar aquele barco. Fazia tudo certo.

— Então, *o que aconteceu?*

Carl guiou em silêncio por mais um minuto, antes de responder:

— Ela sabia como Ana passava mal e achou que um passeio pela baía, ao sol, serviria para reanimá-la. Pôs coletes salva-vidas nas três, içou a vela e deixou o cais. Ana estava feliz. As pessoas que as viram partir disseram isso. Acomodou-se junto da amurada, o braço em torno da pequena Liana. Era um dia perfeito para velejar, apenas uma brisa soprando, o mar estava sereno.

Olivia fitava-o, esperando pelo resto da história, quando o carrinho de golfe saiu do bosque. O mundo ao redor tornou-se mais claro, uma cruel ironia depois do relato tenebroso.

Carl parou o veículo. Abaixou as mãos para o colo. Respirou fundo, os olhos fixados à frente.

— As condições de navegação eram tão boas que Laura foi mais longe do que poderia ter ido em outro dia. Não havia nada de errado nisso. Não foi a única a fazê-lo. Havia outras embarcações nas proximidades, também aproveitando as condições ideais.

Ele fitou Olivia.

— Havia uma lancha ali... uma dessas lanchas enormes e potentes. Dois homens estavam a bordo, altos com alguma coisa. Nem sequer perceberam que seguiam na direção de nosso barco até que estavam quase em cima. Tentaram se desviar, mas a capacidade de julgamento estava tão distorcida que o efeito foi o inverso.

— Oh, Deus!

— Partiram o barco ao meio e depois foram embora, em alta velocidade. Nunca foram apanhados.

— Oh, *Deus*!

— A Guarda Costeira diz que a força do impacto arrebentou tudo e todas. Mesmo com os coletes salva-vidas, elas não tinham a menor chance. Foi como se estivessem de bicicleta nos trilhos de um trem quando uma enorme locomotiva passou. — Ele deixou escapar um suspiro. Inalou devagar e empertigou-se. — Por que contei tudo isso?

— Porque perguntei.

— Não é um assunto sobre o qual costumamos falar. Não há o menor sentido.

— Mas não acha que falar faz com que se sinta melhor?

Carl pensou a respeito por um momento antes de suspirar.

— O que *eu* penso não tem tanta importância quanto o que minha Natalie pensa. Ela acha que é importante e foi por isso que a contratou. Sabe qual é a situação da família?

— Sei.

— Conheço Susanne e Greg desde que nasceram. Sempre gostei dos dois. E eles sempre gostaram de mim. Não eram crianças ricas metidas a besta, tente compreender.

Olivia acenou com a cabeça para indicar que compreendia.

— Os dois se sentem apreensivos — continuou Carl. — Não estavam preparados. E me angustiei por isso.

— Você e Natalie conversaram sobre a melhor maneira de dar a notícia?

— Por *semanas*. Natalie tentou várias vezes abordar o assunto com os dois, mas não tinha coragem. Preocupava-se com a possibilidade de reagirem exatamente como reagiram. Aventamos vários caminhos. Uma visita pessoal. Um telefonema. Nat falando. *Eu* falando. Finalmente adotamos o caminho mais fácil para nós. Eles podem nos criticar por isso, mas tenho a impressão de que não receberiam bem a notícia *qualquer* que fosse a forma da comunicação. Ainda estão absorvendo a morte de Alexander.

Olivia sentiu que ele tinha razão.

— Natalie parece filosófica sobre a reação dos filhos.

— Essa é a imagem de Natalie para você. Ela não é de reclamar e se lamentar. Aceita e segue em frente. É uma *sobrevivente*. Faz as coisas. Foi por isso que a contratou. — Sem desviar os olhos de Olivia, ele assumiu uma expressão determinada. — Quero que Susanne e Greg voltem para nós, mas sei que será um problema. Depois de tantos anos me vendo de uma determinada maneira, será difícil me verem por outro ângulo. Você terá de ajudá-los a entender.

— Tentarei.

— Não estou tentando tomar o lugar de Alexander. Ele era o pai. Não quero ser isso. Quero apenas fazer com que a mãe dos dois seja feliz. É tudo o que sempre desejei.

— Você a ama desde que eram crianças?

— Claro.

— Por que não casou com ela antes?

— Porque ela casou com Alexander.

— Mas por que ela não casou com você?

— Nat não lhe contou?

— Não.

— Então vai contar.

Olivia sorriu.

— Conte-me agora.

Mas ele sorriu.

— Não. Não é minha função. Natalie é a contadora de histórias. Sou apenas o homem que cuida da vinícola. — Ele projetou o queixo para a frente. — E aqui estamos.

Olivia levantou os olhos para o enorme moinho.

— *Essa não!* — exclamou ela, surpresa. — *Isto* é a vinícola?

Ela imaginara uma coisa muito diferente. Carl tornou a ligar o veículo, enquanto dizia com evidente orgulho:

— É sim.

Ele seguiu por um caminho de terra que terminava num estacionamento pavimentado. Havia uma estrada vindo pelo outro lado. Carl parou ao lado de dois carros estacionados, desligou o motor e saltou.

— Eu gostaria de dizer que dirijo esta parte da operação, mas seria assumir crédito demais. Sou um velho. Preciso do cochilo à tarde.

— Isso não significa que não pode dirigir coisas — comentou Olivia, porque Carl era um homem tão vibrante quanto se podia esperar de alguém na sua idade. — Você dirige a vinícola. Natalie cuida do marketing e das vendas. Simon cuida do vinhedo.

Ao dizer o nome, ela imaginou o homem. A imagem era agora influenciada pelo que Carl contara.

— Acha que Simon trabalha tanto para não ter de pensar no acidente?

Pelo que Olivia pudera perceber, ele trabalhava do amanhecer ao anoitecer, sete dias por semana. Carl estava do seu lado do carrinho quando ela saltou. Tocou de leve em seu cotovelo, apenas o suficiente para fazê-la andar ao seu lado.

— É possível. Mas o gerente do vinhedo tem de trabalhar assim. É como ser pai. As uvas precisam de cuidados vinte e quatro horas por dia.

Eles atravessaram o estacionamento e começaram a subir pelo caminho de pedra que levava à porta da vinícola. O nome e o logotipo estavam numa placa, uma versão menor da placa que se encontrava na estrada. Mas Olivia lançou apenas um olhar de passagem.

— Ele deve tirar férias.

— Não em quatro anos. O que ele poderia fazer? Ir para o Caribe sozinho?

— Ele não saiu com outra mulher?

— Não até hoje.

— Mas o que ele faz para se *divertir*?

Carl pensou a respeito por um momento.

— Cuida das uvas.

Ele abriu a porta de tela. Olivia entrou num saguão semicircular cujas paredes de pedra faziam com que parecesse uma caverna. Os corredores que partiam dali, à esquerda e à direita, eram estreitos, mas altos... uma altura de três andares. Enquanto a levava para uma enorme porta de madeira no meio, Carl comentou:

— Cuidar das uvas não é tão ruim assim. Ajudou-me a passar por muitos momentos difíceis.

Olivia já ia perguntar a que momentos difíceis ele se referia quando sentiu uma súbita queda na temperatura. Olhou ao redor e esqueceu o pensamento. Estavam numa vasta sala com imensos tanques de aço inoxidável. Cada tanque tinha mostradores e controles na frente. Havia escadas compridas encostadas em alguns tanques, subindo três ou quatro metros até o alto. O chão era de concreto.

Carl se comportou como um guia turístico. Levou-a ao longo dos tanques até a extremidade da sala, onde mostrou a máquina que esmagava as uvas. Explicou que o vinho tinto era feito com a fermentação das uvas com pele e tudo, enquanto o vinho branco era feito somente do suco da uva. Mostrou a tubulação que levava o suco para os tanques de aço inoxidável onde a fermentação ocorria.

Levou-a para uma segunda sala, quase tão vasta quanto a outra, com várias fileiras de barris de carvalho. Em contraste com a aridez do aço inoxidável e o concreto da sala de fermentação, aquela sala era mais suave e acolhedora. Os barris formavam fileiras perfeitas. O cheiro era de madeira.

— Envelhecemos o vinho aqui — explicou Carl. — O barril... o modo como foi fabricado, de onde veio, há quanto tempo é usado... desempenha um papel importante no processo. Todas essas coisas afetam o gosto do vinho. O tempo que o vinho passa no barril é outra variável.

Essa decisão, ao que parecia, era tomada pelo vinhateiro. Seu nome era David Sperling e sua sala ficava num jirau por cima dos barris, toda fechada, parecendo um laboratório. Olivia foi apresentada a ele e seu assistente. Olivia gostaria de conversar um pouco com os dois, mas Carl levou-a para a sala de engarrafamento. Havia ali os equipamentos mais modernos, instalados no ano anterior. Orgulhoso, Carl explicou como as garrafas eram esterilizadas, subiam e desciam, davam voltas, no processo de serem enchidas, arrolhadas e rotuladas.

Olivia estava fascinada. Ao deixarem o prédio, sentia-se disposta a começar tudo de novo, fazer uma segunda excursão. Carl mostrou-se satisfeito quando ela disse isso, mas tinha planos para a tarde que começavam por resgatar sua noiva da reunião sobre propaganda.

— Vamos deixar para outra ocasião — prometeu ele.

Ainda bem que decidiram assim. O carrinho de golfe atravessou o bosque. Mal saíra do escuro e contornava o lado da casa-grande quando Olivia avistou Tess. A menina estava sentada no mais baixo dos cinco degraus largos de pedra, o corpo todo contraído, quase como uma bola.

Doze

Olivia sentou no degrau, ao lado da filha.

— Oi, querida. Como foi sua manhã?

Tess deixou o queixo tremer, o que não era nada fácil, já que o queixo encostava nos joelhos. Com os óculos no meio do nariz, ela lançou um olhar sombrio para o vinhedo.

Olivia empurrou do rosto uma mecha de cabelos castanhos, na direção da trança, que deveria manter tudo preso. Especulou se Tess se sentia desanimada por alguma coisa específica ou se era mais da mesma depressão de sempre.

— Como foi a aula com a Sra. Adelson?

— Ela está bem, mas eu não estou. Não consigo aprender, mamãe.

Então era uma depressão geral. Talvez mais difícil de enfrentar, com a nova estratégia e esperanças tão altas.

— Vai conseguir. Apenas demora um pouco.

— Ela diz que é totalmente diferente das coisas que as professoras ensinavam na escola.

— Sei disso. Conversei com ela a respeito.

Olivia tentava falar a sós com Sandy sempre que podia. Sentia-se culpada por deixar que as professoras anteriores fizessem tão pouco. Agora, para usar uma palavra de Sandy, queria ser proativa.

— Mas tudo o que ela diz faz sentido, Tess. A sra. Adelson pode ser exatamente o que você precisa.

Tess ergueu a cabeça e virou-a para fitar Olivia, como se a mãe tivesse perdido o juízo.

— Sabe *o que* o mapeamento visual significa? Primeiro, há um mapa da *história*. Depois, há um mapa do *personagem*. Eu poderia passar um ano inteiro fazendo cada mapa, mamãe. Leva uma *eternidade* para mapear as coisas.

— Agora leva mesmo. Porque é novidade. Depois que você pegar o jeito, será fácil e rápido. Vai se tornar uma segunda natureza. Gosta do livro, não é?

Estavam lendo *A Wrinkle in Time*, de Madeleine L'Engle. Constava de três das cinco listas de livros que haviam verificado. Sandy ficara satisfeita. Já trabalhara com aquele livro muitas vezes e dizia que era perfeito para o treinamento de visualização.

Tess murmurou um "gosto" relutante.

— E pense na vantagem que você terá sobre as outras crianças na quinta série.

— Mas terei de ler o livro pela segunda vez quando as aulas começarem. E detesto ler.

— Apenas porque exige um grande esforço. Depois das aulas com a Sra. Adelson não precisará mais fazer tanto esforço. Pode até gostar.

Tess fitou-a através dos óculos de uma maneira que deixava seus olhos ainda mais tristes.

— Mas o que acontecerá se eu for para uma outra escola? O que acontece se não tiver de ler este livro na escola?

Era um dos livros adotados na escola de Sandy Adelson. Olivia começava a pensar em pedir a matrícula de Tess ali. O pessoal de Cambridge Heath ainda não tomara uma decisão, como fora informada ao ligar no dia anterior. Também não havia perspectiva de emprego... *em parte alguma*. Ela poderia, com a maior facilidade, transferir seu foco para Providence, sondar os lugares em que já fizera contato, mandar currículos para outros. Podia efetuar um levantamento num raio de cinqüenta quilômetros em torno da cidade e remeter cartas para todos nessa distância.

— Se isso acontecer, Tess, você terá aprendido a fazer o mapeamento visual para aplicar em todos os outros livros que tiver de ler. —

Ela passou o braço pelos ombros da criança e a apertou. — Pense bem, Tess. Qualquer coisa boa é difícil. Mas, com o passar do tempo, vai se tornando cada vez mais fácil. A Sra. Adelson diz que você é uma das crianças mais inteligentes com quem já trabalhou... e vem trabalhando com disléxicos há vinte anos.

— Mas ela não pode me ajudar no curso para velejar. Dei uma olhada no livro que nos deram, mamãe. Não consigo entender aquelas coisas.

Claro que não podia. Aquelas coisas incluíam palavras como "vela mestra", "gurupés" e "traquete", todas no título de "nomenclatura". Tess não podia seguir adiante.

— Você tentou visualizar? — perguntou Olivia. — Você tentou ver "nomenclatura" com nomes como "camisa", "short", "sapato"?

Olivia apontou para cada palavra enquanto a enunciava. Tess deixou escapar um suspiro injuriado.

— Partes do barco. Foi o que você disse. Mas não posso visualizar se não sei o que são.

— Verificamos no desenho.

— Era apenas uma *ilustração.*

— Você está transtornada. Ficar assim não ajuda em nada.

— Essas coisas não significam nada para mim.

— Apenas porque não está familiarizada com veleiros, Tess. Assim que juntar o nome com a parte do barco na vida real saberá o que é. Disseram que trabalhariam nisso esta tarde, não é?

— É sim. Mas a maioria das outras crianças já sabe.

Olivia calculou que isso acontecia porque as outras crianças eram de famílias que freqüentavam o clube ou tinham avós que as levavam para velejar desde que estavam com idade suficiente para falar.

— Muito bem. Aqui está o que eu acho que você deve fazer. — Aqui está... uma lição básica de socialização. — Deixe a professora falar. Deixe as outras crianças falarem. Fazerem as perguntas. Aprenda com o que disserem.

Tess parecia em dúvida.

— E se me perguntarem *alguma coisa*? O que devo *dizer*?

— Se for sobre partes do barco, diga que é a primeira vez que você entra num veleiro.

— Mas não é. Já saímos num barco a vela para observar baleias. Lá no Maine.

— Não é a mesma coisa, Tess. Você sabe disso. — Olivia olhou para o relógio e depois para as manchas azuis que haviam aparecido no céu. — Já almoçou?

— Já.

Olivia não almoçara, mas podia viver sem almoço. Era meio-dia e meia. Precisava deixar Tess no clube às duas horas e voltar correndo, a fim de fazer o trabalho para o qual fora contratada. Mas uma coisa de cada vez.

— Vamos pegar um pouco de sol. E fazer imagens de coisas.

— Que coisas?

— Uvas. Eu faço as fotos, você desenha. — Olivia inclinou a cabeça para o lado. — Está bem?

— Posso fotografar também?

— Só depois que desenhar.

— Não é justo. Usar a câmera é mais rápido do que usar o lápis. Por que você sempre fica com a parte mais fácil?

— Porque não sei desenhar.

Olivia passou o braço pelo pescoço de Tess. Deu um beijo no alto de sua cabeça.

— Vamos embora.

O ar estava mais quente quando pegaram a câmera, o caderno de desenho e um pedaço de carvão, o último sendo escolha de Tess, em vez do lápis, para demonstrar o mínimo de controle sobre a situação. Tomada essa decisão, ela foi de bom grado, como Olivia sabia que aconteceria. Tess gostava de desenhar porque era uma coisa que fazia muito bem. Não atenuou seu medo da aula no clube, mas pelo menos serviu para distraí-la.

Olivia ergueu o rosto para o sol. Aspirou fundo a fragrância de folhas quentes e terra secando. Forçou-se a relaxar, forçou-se a acreditar que Tess cresceria para ser uma adulta alfabetizada, plenamente funcional, auto-suficiente.

— Estou pronta — disse Tess.

Olivia abriu os olhos. E olhou ao redor. Entre a excursão oferecida por Natalie e seu próprio estudo do mapa do vinhedo, sabia onde cada coisa estava. Simon estaria trabalhando com as uvas mais preocupantes. Pela região em geral e por aquele verão em particular, seriam as vermelhas... ou a Cabernet Sauvignon ou a Pinot Noir.

Ela apontou na outra direção, onde ficava a Riesling. Mal dera cinco passos, porém, quando fez uma meia-volta. Fazia o maior sentido localizar Simon primeiro. Só assim saberiam exatamente o que evitar.

— Para que lado, mamãe?

— Por aqui.

Olivia foi andando pela estrada até alcançar as fileiras de Pinot Noir. Escolheu uma fileira ao acaso e começou a percorrê-la. A terra estava solta. Parecia ter sido arada há pouco tempo. As videiras alcançavam a primeira linha das treliças de arame, com uma outra folha se projetando por cima. As uvas eram maiores do que na ocasião em que Olivia e Tess haviam chegado a Asquonset, mas os cachos ainda eram tristes, como pequenas amêndoas. Simon não se encontrava em qualquer lugar à vista. Tess quase corria para acompanhar a mãe.

— A luz não é boa aqui. Não há contraste. Você sempre diz que é melhor ao amanhecer ou no final da tarde.

— Mas este é o momento que temos, embora seja meio-dia. Veja como você tem sorte. Pode desenhar com qualquer tipo de luz que quiser.

Bem à frente, um passarinho alçou vôo de um ponto por entre as folhas, a pouco mais de meio metro do solo. Poucos segundos depois, outro passarinho voou do mesmo lugar.

Olivia parou de andar. Estudou o lugar de onde os passarinhos haviam saído. Adiantou-se, lentamente.

— É um ninho — murmurou ela. — Pode ver?

Tess avançou mais depressa. Parou perto do ninho e abaixou-se.

— Olhe só! — sussurrou ela, exultante, quando Olivia se abaixou ao seu lado.

O ninho era pequeno e redondo, uma criação milagrosa de folhas secas e gravetos. Mais milagrosos ainda eram os pequenos bicos que se movimentavam entre bolas de penugem.

— *Três* filhotes? — sussurrou Olivia.

— Quatro — informou Tess.

Ela afastou-se, puxando Olivia. Só largou a mãe quando se encontravam a mais de dois metros do ninho. Sentou na terra.

— Se ficarmos muito perto, os pais terão medo de voltar, e os filhotes morrerão de fome.

Tess abriu o bloco de desenho. Olivia observou-a por vários minutos. Nunca deixava de se espantar pelo fato de que uma criança com problema de discriminação visual, que tornava a leitura tão difícil, podia reproduzir com a maior facilidade uma imagem. Mas era o que Tess fazia. Seus desenhos podiam carecer de sombras e nuances, que viriam com a maturidade, mas ela reproduzia as formas com extraordinária precisão e proporção, com uma fantástica habilidade. Seus desenhos podiam ser tão simples quanto os traços minimalistas das uvas no logotipo de Asquonset, mas captavam o assunto... com sentimento.

E *isso* de uma criança que, aos dois ou três anos, tinha dificuldade para pôr a peça redonda no buraco redondo; uma criança que, até hoje, não era capaz de montar um quebra-cabeça, mesmo que sua vida dependesse disso; uma criança que adorava aprender, mas descobria que a leitura era puro tormento.

Tess tinha razão. A luz era uniforme demais para tirar fotos interessantes das uvas. Por isso, Olivia fotografou a filha. A criança era adorável, sentada no chão, as pernas cruzadas, os cabelos anelados. Os olhos deslocavam-se a todo instante entre o papel e o ninho dos passarinhos. Quando os óculos escorregavam pelo nariz, ela empurrava-os com a base da mão. O carvão deslizava com a maior descontração, quase lírico.

Olivia captou a concentração de Tess. Captou a deliberação em cada traço, a mudança de idéia ocasional. Captou o excitamento quando os pais dos filhotes voltaram ao ninho. Também captou a percepção surpresa, depois o horror, quando Tess levantou os olhos e deparou com Buck.

— Oh, não, mamãe! — Tess levantou-se. — O gato vai pegar os passarinhos!

Ela avançou, passou pelo ninho, interpôs seu corpo pequeno entre o enorme gato do Maine e os passarinhos. Estendeu a mão para Buck e murmurou:

— Que gato bonito que você é... que gato bonito...

Abaixando a cabeça peluda, o gato esfregou-a na mão estendida.

— Bom menino... bom menino... quer saber de uma coisa? Acho que há mais coisas para fazer no outro lado deste campo. Não quer me mostrar? Vamos, Buck... vamos, gatinho...

O gato seguiu-a quando ela se afastou, atravessando a fileira de videiras. Olivia fotografou os dois. Subitamente, Buck abaixou-se e correu por baixo de uma videira para a fileira seguinte, o rabo comprido em sua esteira. Tess aceitou o desafio. Fitou Olivia com os olhos arregalados, antes de sair correndo pela fileira, virando-se na extremidade e desaparecendo.

Olivia sorriu. Com a câmera pendurada no ombro agora, ela foi atrás, num ritmo mais acelerado. Não podia ver Tess por cima das videiras, mas o grito estridente ocasional era uma indicação de seu paradeiro. Acompanhou os sons, caminhando pela extremidade do campo, espiando por um espaço entre as fileiras depois de outro, à procura da dupla.

Estava quase na última fileira quando os avistou. Buck se encontrava agora ao lado de Simon, de óculos escuros e suado, acocorado, removendo as folhas mais próximas das uvas. Tess postava-se sozinha na extremidade da fileira.

Olivia aproximou-se por trás da filha, pensando que deveriam ir embora agora que o haviam encontrado. Mas Tess parecia enraizada no lugar. Ao que parecia, a brincadeira ainda não acabara.

Simon lançou apenas um rápido olhar para as duas. Além da brevidade, que sugeria a irrelevância delas em sua vida, a expressão era a de quem não se importava nem um pouco.

— Está podando de novo? — perguntou Tess.

— Estou — respondeu ele, sem desviar os olhos do trabalho.

— É tudo o que sempre faz?

— Não.

— É só o que *eu* vejo você fazer.

— Isso acontece porque você sai para brincar, enquanto trabalho.

— Não estou brincando, mas estudando.

A mão de Simon parou por um instante em pleno ar, antes de baixar com todo cuidado para remover uma folha.

— Tudo bem, enquanto você estuda.

Tess aproximou-se das uvas. Inclinou-se para espiar os pequenos cachos.

— Estas coisas ainda são patéticas. Quando começarão a parecer com uvas?

Simon lançou um olhar contrariado para Olivia. Ela ergueu as mãos e balançou a cabeça. Ele era crescidinho. Podia cuidar de si mesmo. Além do mais, ela própria estava curiosa. Simon estudou a videira por longo momento antes de tirar outra folha.

— Agosto.

— Por que tanto tempo?

— É o tempo de que precisam para crescer.

Tess tornou a examinar o cacho mais próximo.

— Tem certeza de que são mesmo *uvas*?

Simon parou por um instante. Removeu o suor da testa com o antebraço. A voz era tensa quando disse:

— Tenho sim. São uvas.

— Foi uma pergunta legítima — protestou Tess.

Ele a fitou.

— É uma palavra importante, "legítima"... importante demais para uma criança como você. Não deveria usar palavras que não compreende.

— Mas eu compreendo. Não sou estúpida.

Olivia não podia ver o rosto de Tess, mas conhecia aquele tom de voz. Era defensivo. Pisavam em gelo fino ali.

O gato também sentiu, pois tanto olhava para Simon como para Tess.

Olivia já especulava se deveria interferir para desarmar os espíritos quando Tess perguntou calmamente:

— O que mais você faz?

Simon passou para a videira seguinte. Primeiro, deslocou as folhas mais altas para o outro lado da treliça.

— Uso uma charrua na terra em que você está agora.

— Uma charrua?

— Uma máquina que abre sulcos para aerar o solo.

— Por que precisa fazer isso?

Simon suspirou.

— Quanto mais buracos tem, melhor a terra respira. O fato de você ficar parada aí tapa todos os buracos de novo. Está desfazendo meu trabalho.

Por um longo momento, Tess não se mexeu. Depois deu um passo largo na direção da videira mais próxima.

— Tess... — advertiu Olivia.

Mas não era mais possível conter a menina. Ela perguntou a Simon:

— Como sabe que folhas tirar?

Simon lançou um olhar de advertência para Olivia. Pôs as mãos nos quadris e fitou Tess.

— Simplesmente sei.

— Como?

— É instintivo.

— Aposto que você diz isso por dizer. Aposto que não há nenhuma regra. Aposto que você simplesmente pega qualquer folha que quiser.

Num piscar de olho ela se inclinou e arrancou tantas folhas quanto sua mão podia pegar.

— Tess! — exclamou Olivia, adiantando-se.

Quando ela alcançou a filha, Simon também se postava na frente de Tess, com uma expressão sombria.

— Obrigado. — Ele tirou as folhas da mão de Tess. Suspendeu-as. — Sabe o que acabou de fazer?

Tess inclinou a cabeça para trás, a fim de sustentar seu olhar. Tinha o rosto pálido, mas não se intimidou.

— Podei sua videira.

— Você acaba de arrancar a vida e a força das uvas.

— Acho que ela não teve a intenção...

Mas Tess interrompeu a mãe. Ergueu o queixo para Simon.

— *Você* faz isso.

— Não da maneira como você fez, arrancando tantas folhas. É uma arte. Mas você não pode saber disso. Acha que é muito esperta, mas não é.

— Simon, por favor, não...

Mas ele não deixou Olivia continuar, pois tratou de acrescentar, fitando Tess com uma expressão irritada:

— Não é mesmo. O que acaba de fazer foi insensato e mau. Foi uma *estupidez.*

Tess estava ofegante, fazendo um esforço para conter as lágrimas. Prestes a perder a batalha, ela virou-se e voltou pelo caminho por que viera.

— Você é que é mau! — gritou ela enquanto se afastava. — Não me importo se você me odeia!

Tess tornou a se virar, acrescentando:

— Não gostaria de ter você como meu amigo!

— Ainda bem, porque isso não vai acontecer. Quer fazer amigos? Experimente um sorriso. Aposto que não sabe como fazer isso, espertinha!

— Simon... — suplicou Olivia.

— Sei sim! — gritou Tess, rígida de fúria. — Você é mau e... você fede... e não sabe jogar tênis... e... e seu gato é *gordo*!

A menina virou-se outra vez e afastou-se. Olivia foi atrás, praguejando baixinho. Não tinha dado muitos passos quando parou, abruptamente, e virou-se para Simon.

— Foi incrível — disse ela, consternada. — Não dá para acreditar. Posso desculpar Tess, porque é uma criança. Mas você também se comportou como uma criança pela maneira como discutiu com ela.

A julgar pela expressão beligerante em seu rosto, Simon não estava disposto a recuar. Os olhos eram sombrios, o queixo projetava-se para a frente numa atitude agressiva.

— Viu o que ela fez? Essas uvas são uma responsabilidade minha. Gostaria que ela pegasse seus papéis e os rasgasse, arruinando três dias do seu trabalho?

— Ela não sabia o que fazia. Se você tivesse explicado em vez de bancar o *superior*, talvez Tess reagisse de uma maneira mais racional.

— Não tenho tempo para explicar tudo que faço. Caso não tenha percebido, estou cuidando de um negócio.

— Claro que percebi. Como poderia deixar de notar? Você trabalha o tempo todo. Não é de admirar que não tenha nenhuma habilidade social. — Olivia levou a mão ao rosto, mas logo a tirou e a levantou. — Desculpe. Não é esse o problema aqui. O problema é Tess.

— Ela é uma criança detestável.

Simon começou a se virar para encerrar a conversa, mas Olivia não podia parar nesse ponto. Inclinou-se para a frente, em fúria.

— Não é não. É uma criança com um problema, assim como você também tem. O seu é o pesar eterno, o egocentrismo, talvez um complexo de mártir... não sei. O de Tess é a dislexia. Ela tem dez anos e não consegue ler. Saiu de um ano letivo de pesadelo, com uma professora que a menospreza e crianças que riam dela. Reconheço que ela deveria sorrir mais. Mas como fazer uma criança sorrir quando ela se sente um lixo? Ela acha que é burra porque estuda e estuda, mas não consegue tirar mais do que um C. Usa óculos e por isso pensa que é *feia*. Veio para cá com um enorme problema de auto-estima. Eu esperava que o verão pudesse lhe proporcionar uma folga. Você acaba de destruir sozinho essa esperança.

Ela olhou para Buck, que a fitava com uma expressão de surpresa.

— Tess tem razão. Seu gato *é* gordo.

Com isso, Olivia partiu à procura da filha. Correu de volta pelo caminho que haviam percorrido entre as fileiras de videiras, virou ao final e deixou que a raiva a impulsionasse na estrada para a casa. Durante todo o tempo, vasculhava os campos, mas sem avistar qualquer sinal de uma menina com uma camiseta verde de Asquonset e um short de brim desbotado. Em uma questão de segundos, Olivia receou que Tess tivesse corrido para o bosque, se perdido, alcançasse o rio, caísse e se afogasse. Ela parou de correr, subitamente sem fôlego.

— Tess? — chamou, frenética agora. — *Tess*?

Olivia ergueu a mão para proteger os olhos, esquadrinhou o horizonte.

— *Onde você está?*

Chamaria a polícia. Chamaria os bombeiros. Tocaria um sino. Um alarme. Devia haver um na casa-grande.

Ela seguia nessa direção quando avistou uma coisa verde que não combinava com os rododendros. Era Tess, sentada de costas para o mundo, no meio dos arbustos, na frente da casa-grande.

Simon avistou Tess ao mesmo tempo que Olivia. Embora as pernas dela se movessem mais depressa, as de Simon eram mais compridas. Alcançou-a quando ela ainda se encontrava a dez metros da criança.

— Falarei com ela — disse Simon.

— Não, a menos que tenha crescido nos últimos dois minutos — advertiu Olivia, a voz baixa, mas tensa.

Ele merecia o sarcasmo, e sabia disso. Mas compreender era resolver apenas metade do problema. Adiantou-se e ficou na frente de Olivia, obrigando-a a parar.

— Eu gostaria de falar com ela.

Os olhos de Olivia faiscaram.

— Se é para aliviar o sentimento de culpa por ter se comportado tão mal, não precisa se incomodar. Tess sabe que há pessoas no mundo que não se importam com as outras.

— Não sou uma delas.

— Como posso saber?

— Terá de aceitar minha palavra. Eu armei a confusão e agora tenho de desfazê-la.

Simon olhou-a nos olhos, pensando que ela deveria parecer um menino com aqueles cabelos, mas não era o que acontecia. A fúria abrandou e se tornou ainda menor. Quando permitia que um pouco de fraqueza transparecesse, Olivia era bastante feminina.

Seria fraqueza? Ou vulnerabilidade? Ou mesmo confusão? Ele não podia saber.

O que quer que fosse, Olivia dava a impressão de que queria acreditar nele, mas não sabia se podia. E ela tinha todos os motivos para ter aquela reação. Havia mesmo muitas pessoas indiferentes no mundo. Só que ele não era uma delas. Não era mesmo. Ou pelo menos não queria ser.

— Por favor — murmurou Simon.

A fúria voltou, numa expressão que dizia que ela seria capaz de *capá-lo* se piorasse a situação. A mensagem era tão incisiva — tão *obscena* — que ele quase riu. Felizmente, porém, sabia que era melhor não fazer isso.

Ele aproximou-se de Tess em silêncio. Quando olhou para trás e avistou-o, a menina desviou os olhos para a mãe antes de tornar a fitá-lo. Seu corpo ficou tenso. Enfiou um pé por baixo da coxa, na preparação para se levantar. Simon apressou-se em falar, mantendo a voz baixa:

— Desculpe. Eu estava errado. Não deveria ter falado aquelas coisas.

Tess fitou-o em silêncio.

— Eu estava transtornado.

Ela permaneceu imóvel.

— Deveria ter explicado por que fazia aquilo com as folhas. Há uma razão por trás de tudo.

Tess rangeu os dentes.

Ela não facilitava, e Simon sabia que também merecia a resistência da menina. Mas não era fácil. Ele não tinha qualquer experiência de lidar com meninas de dez anos, muito menos de se desculpar.

— Estou acostumado a trabalhar sozinho — murmurou Simon, na esperança de que ela pudesse compreender.

— O problema é comigo. — E, de repente, aflorou à superfície, como Olivia dissera, a questão da auto-estima. — Você me odeia.

Simon sentiu-se angustiado.

— Não, não odeio.

— Nunca me disse uma única coisa agradável. Nem uma só vez.

— Não a odeio. Como poderia odiá-la? Não a conheço.

— Deixo você irritado. Olha para mim e pensa na coisa mais horrível do mundo.

— Não é isso. Olho para você e penso em minha filha. Ela morreu há quatro anos. Sinto muita saudade.

Simon não planejara dizer isso e não podia acreditar que dissera. Tess era uma criança. Não compreenderia a morte. E se perguntasse como Liana morrera? Não podia responder que fora num acidente de barco. De jeito nenhum. Se o fizesse, a menina nunca mais entraria num barco à vela.

Olivia nunca o perdoaria. E *Natalie* também não o perdoaria.

Mas Tess parecia menos hostil. Pelo menos estava escutando.

— Isso não me desculpa. As coisas que eu disse para você foram mesquinhas e inverídicas. Punia você porque não tenho mais uma filha. O que foi errado. Sinto muito.

Ele lançou um olhar hesitante para Olivia, especulando se estaria metendo os pés pelas mãos. Esperava por um sinal de que estava tudo bem, mas viu apenas expectativa, como se Olivia esperasse que ele falasse mais alguma coisa.

Mas o que mais deveria dizer?

Não era bom naquele tipo de conversa. Teria sido um péssimo pai. Simon enfiou as mãos nos bolsos e tornou a fitar Tess.

— Isso é tudo. Eu queria apenas pedir desculpa.

Contrafeito, sentindo-se mais inadequado do que em qualquer outra ocasião de sua vida, ele se afastou, pensando que era melhor não dizer mais nada.

Não olhou para trás, nem mesmo quando sentiu que os olhos de Olivia o acompanhavam. Não queria ver aqueles olhos. Porque faziam com que ele *sentisse.*

Continuou a andar, na direção dos campos de Pinot Noir, até se descobrir envolvido pela fragrância das videiras, até ouvir os suaves estalidos das únicas criaturas que sabia como criar. Era muito bom. E se ateria a isso por algum tempo.

Treze

— Jillian?

— Pois não?

— Aqui é Olivia Jones. Como vai?

Jillian Rhodes era a estudante de direito que sublocara o apartamento de Olivia em Cambridge.

— Muito bem, obrigada. O apartamento é sensacional. Simplesmente adorei.

— Tentei falar com você várias vezes, mas não atendeu. Devem estar exigindo muito trabalho de você.

— Eles acham que não. Mas não posso me queixar. Pagam muito bem. Como você e sua filha estão?

— Estamos bem, obrigada. Eu queria saber o que chegou na correspondência.

— Deixei-a sobre a mesa. Espere um instante.

Houve um estrépito. Em sua imaginação, Olivia viu o fone descer por toda a extensão do fio enrolado e bater na parede da cozinha. Era uma distração tão boa quanto outra qualquer do suspense de especular o que havia na pilha.

— Aqui estão — disse Jillian, voltando ao telefone. — Já mandei as contas.

— E eu recebi.

— A maior parte do que resta não passa de lixo. Uma porção de catálogos. Propostas de cartões de crédito. Está esperando por alguma coisa especial?

— Alguma coisa de uma escola chamada Cambridge Heath?

— Deixe-me ver... não. Nada parecido.

— De algum museu? — indagou Olivia. — Ou de uma galeria de arte?

Houve uma pausa. Depois:

— Tem aqui um cartão-postal de uma galeria de arte de Carmel. É um convite para uma exposição.

— Não é isso. Estou esperando uma carta comercial.

— Lamento, mas não há nenhuma.

Outra decepção. Olivia reprimiu seu desapontamento.

— O que me diz de uma carta pessoal, escrita à mão, talvez do Meio Oeste ou do Oeste, até mesmo do Sul?

A quem ela tentava enganar? Não tinha idéia do paradeiro de sua mãe. A mulher podia até estar no outro lado da baía, em Newport, por tudo o que Olivia sabia!

— Não, não há nenhuma carta assim — respondeu Jillian. — Há uma que parece escrita à mão, mas deixei cair um pingo de água sem manchar a folha. É espantoso o que as pessoas que querem donativos podem fazer hoje em dia. Mas houve telefonemas. Do mesmo homem. Voz séria, tom de urgência. Ele quer saber como entrar em contato com você, mas não dá o nome.

Olivia suspirou.

— Só pode ser Ted. Ele sabe que estou aqui, mas não tem meu número direto. Quando ele liga para o escritório, a pessoa que atende se recusa a fazer a transferência.

— O que devo dizer na próxima vez que ele ligar?

Diga a ele para não me encher mais, Olivia teve vontade de responder. *Diga a ele que acabou tudo. Se mudei de idéia? Não. Se tenho saudade dele? NÃO!*

Mas encarregar Jillian de despachá-lo seria um ato de covardia. Olivia concluiu que, mais cedo ou mais tarde, teria de ligar para Ted pessoalmente.

— Continue a cozinhá-lo. Mas não dê o telefone que lhe dei, em hipótese nenhuma. O número é apenas para emergências. Ligue-me se uma mulher chamada Carol Jones me telefonar. E se a Cambridge

Heath telefonar. E se alguém telefonar para falar de trabalho. De um museu ou galeria de arte.

— Entendido.

— Oi. Aqui é Olivia Jones. Posso falar com Arnold Civetti, por favor?

Arnold Civetti era o curador de um pequeno museu em Nova York que tinha uma grande coleção de fotos. Otis dizia que o homem vinha aventando há anos a idéia de contratar um restaurador exclusivo. Talvez tomasse a decisão logo se a pessoa certa lhe fosse apresentada numa bandeja. Olivia enviara-lhe um currículo no início de sua busca por emprego e recebera em seguida uma carta que dizia, em suma, "Obrigado. Entraremos em contato. Não nos ligue. Ligaremos para você". Três meses haviam passado desde então.

Ela estava cansada de esperar. As engrenagens emperradas precisavam de um pouco de graxa para funcionar melhor, não é?

— Sinto muito, mas o Sr. Civetti viajou para o exterior — disse um homem com um ligeiro sotaque britânico.

— Pode me dizer quando ele voltará?

— Creio que ele não voltará antes do Quatro de Julho. Enquanto isso, há alguma coisa que eu possa fazer para ajudá-la?

Em termos ideais, o homem deveria dizer: *Sei quem é, Sra. Jones. O Sr. Civetti mencionou numa conversa pelo telefone que tivemos na semana passada. Ele viajou para a Europa por três meses, ou já teria entrado em contato. Mas está muito interessado em conversar com você. Temos realmente um cargo para alguém com as suas qualificações. A agenda do Sr. Civetti está bem aqui na minha frente. Vamos marcar uma reunião?*

— Faço restauração de fotos. Trabalhei com Otis Thurman. — Olivia fez uma pausa, mas não houve qualquer reação ao nome. — Como o Sr. Thurman se aposentou, estou procurando uma nova posição. Enviei uma carta para o Sr. Civetti na primavera passada. E queria saber se ele pensou a respeito.

— Costumamos terceirizar a restauração.

— Sei disso. Fiz alguns trabalhos que vocês mandaram para Otis. Ele tinha a impressão de que o Sr. Civetti cogitava de contratar alguém como funcionário.

Houve uma risada rápida.

— Duvido muito. Nosso financiamento está mais apertado do que nunca.

— Neste caso, talvez queiram me considerar para trabalhos independentes.

Não era o ideal. Precisava do plano de saúde para Tess e ela, e fazer um contrato como autônoma custaria uma fortuna. Mas calculava que poderia dar um jeito se tivesse bastante serviço.

— Você tem um estúdio? — perguntou o homem.

— Tenho.

Olivia tinha certeza de que Otis a deixaria usar seu estúdio numa emergência.

— E o nome do estúdio?

— Jones e Burke.

Foi um nome improvisado de repente. Não podia usar Jones apenas. Era comum e prosaico, sem nada de memorável. Jones e Burke era um nome impressionante. Soava até como um pouco britânico. Até mesmo um pouco *familiar*. Por que ela imaginava pastas de couro com abas em duas tonalidades?

— Eu procurava no arquivo enquanto falávamos, mas não consegui encontrar seu currículo — disse o semibritânico. — Talvez pudesse nos enviar outro. Inclusive com uma lista dos trabalhos que fez. Passarei para o Sr. Civetti examinar.

— Eu ficaria agradecida.

— O prazer é todo meu. Não há necessidade de telefonar de novo. Nós ligaremos se precisarmos de seus serviços.

— Oi. Aqui é Olivia Jones. Laura Goodearl está?

Era a mulher que cuidava das aquisições para um museu em Montpelier. Não fazia contratações, mas tinha uma estreita ligação com Otis. Ele garantiu que Laura saberia se houvesse alguma restauração de fotos para ser feita.

— Aqui é Laura.

— Oi. Escrevi no mês passado sobre a possibilidade de fazer alguns trabalhos. Lembra de mim, a assistente de Otis Thurman?

— Otis... — O nome repetido com um sorriso. — Um homem muito simpático. Meu pai era artista plástico. Era muito amigo de Otis. Como ele está?

— Preparando-se para a aposentadoria.

— E é por isso que você procura trabalho. Temos umas poucas coisas adquiridas, mas não chegarão até outubro. Pode me mandar um currículo?

Olivia já enviara. E mandara também um aviso de mudança de endereço.

— Claro — disse ela, fazendo um esforço para não se sentir arrasada. — Porei imediatamente no correio.

— E me dê outro telefonema, talvez no final de setembro, apenas para me lembrar de que espera pelo serviço, está bem?

Olivia prometeu que ligaria, mas encerrou a conversa no maior desânimo. "Umas poucas coisas" não era nada promissor. Se houvesse trabalho ali, seria como freelance e em quantidade mínima. Ela terminaria seu trabalho em Asquonset no Dia do Trabalho, no início de setembro. Com a generosa remuneração de Natalie reservada para a educação de Tess, precisaria ganhar dinheiro suficiente para viver.

— Olivia Jones, por favor.

— Sou eu.

— Aqui é Jillian Rhodes. Achei que deveria saber que o mesmo homem ligou de novo ontem à noite. Disse que era muito, muito, muito importante falar com você.

Olivia até podia ouvir. Era típico de Ted.

— Lamento por isso, Jillian. Ele não deveria incomodá-la tanto. Acho que imagina que tem mais chance de arrancar o telefone de você do que da secretária aqui. Ligarei para ele. — Ela fez uma pausa. — Alguma coisa na correspondência hoje?

— Nada que possa interessá-la.

— Ahn... obrigada, Jillian.

* * *

— Ted...

— *Olivia!* Como... *como soube* que eu estava pensando em você... não pode ser coincidência que tenha ligado logo agora... acabo de voltar do trabalho... o jantar estará pronto no microondas em quarenta e dois segundos... quarenta e um... quarenta... então será como se estivéssemos jantando juntos.

Olivia manteve a voz calma.

— Ted, quero que você pare de telefonar.

— Só liguei uma vez.

— Por favor, não minta.

— Não estou mentindo. — Ted deixou escapar um longo suspiro. — Eu só queria dar um alô. Por que não quis me atender?

Olivia não estava com a menor disposição para discutir sobre a quantidade de ligações.

— Porque não há sentido. Não estamos mais namorando.

— Era uma das coisas sobre as quais eu queria conversar com você... neste fim de semana do Quatro de Julho... estou pensando em pegar o carro e ir até aí.

— Preste atenção, Ted. Não estamos mais namorando.

— Mas ainda somos amigos... isso não mudou só porque você está passando o verão aí... somos grandes amigos... e poderemos conversar sobre tudo.

— Não quero que me ligue mais, Ted.

Houve uma pequena pausa, seguida por uma exclamação surpresa:

— Você parece estar falando sério!

Olivia já se perguntava como poderia deixar mais claro quando ele acrescentou, irritado:

— Conheceu outro... acontece comigo sempre que encontro uma mulher de quem gosto... precisa me dizer o que ele tem que eu não tenho.

Olivia suspirou.

— Não há mais ninguém. Não estou namorando. Só vim até aqui com minha filha para fazer um trabalho. Não tenho tempo para qualquer outra coisa neste momento.

— Então esperarei até o outono... estará revigorada quando voltar.

— Não, Ted. *Acabou*. Não quero mais namorar você. E também não vou querer no outono.

Ela não sabia de que forma podia ser mais brusca.

— Vai se sentir diferente no outono. Por isso não discutirei com você agora... mas é bom ouvir sua voz. Sinto muita saudade, Livie.

— Olivia, Ted... meu nome *é* Olivia. Detesto Livie.

"Olivia" tinha elegância; "Livie" era a mãe dos Waltons, uma mulher que trabalhava como uma escrava.

— Também sei que você gosta de mim mesmo quando diz que não gosta.

Olivia teve vontade de arrancar os cabelos.

— Está enganado, Ted. *Não gosto* mais de você. Por isso, se continuar a me ligar, falarei com a companhia telefônica. Eles têm departamentos especiais agora para cuidar de telefonemas indesejáveis.

— Liguei só uma vez... e não tentei assediá-la... seria uma falsa acusação. Sabe o problema que poderia me causar se usasse a palavra "assédio"?

— Claro que sei... e me pergunto se você sabe. Se sabe, por favor, pense duas vezes na próxima vez em que pegar o telefone com a intenção de ligar para mim.

Olivia desligou.

Ela continuou a apreciar cada amanhecer do banco em sua janela. Levou uma cafeteira pequena para o quarto e fazia café suficiente para encher uma caneca. Não podia imaginar uma maneira melhor de começar o dia do que a mistura das fragrâncias do café mocha e do orvalho do vinhedo.

E observar Simon. Não podia esquecer isso. Ele era parte do cenário, um segmento da natureza-morta fixada em sua mente. Cada dia ele aparecia no mesmo lugar, na mesma hora, um Homem de Marlboro muito vivo, menos o chapéu, o cavalo, as colinas e o cigarro. Restava só a aparência rude e fascinante, que Simon tinha de sobra.

Não que Olivia estivesse se apaixonando por isso. Fazia de tudo para evitá-lo durante o dia e sentia-se grata por Simon ainda não ter participado dos jantares... uma coisa que ela acharia bastante constrangedora. Mas ele era, definitivamente, uma parte de seu idílio matutino.

Era a parte humana. Olivia poderia não ter usado essa palavra antes do problema com Tess. Desde então, porém, sempre aflorava.

Ocorreu de novo agora, quando ele olhou em sua direção. Simon já fizera isso antes, um breve olhar para trás, por cima do ombro, apenas para indicar que sabia que ela estava ali o observando. Desta vez, no entanto, ele virou-se todo para a casa e seus olhos se encontraram.

— Olá — murmurou Olivia, enlaçando os joelhos, que de repente pareciam estranhos, comichando. — O que há com *vocês*, meus joelhos?

Ela prendeu a respiração, especulando se Simon acenaria. Mas ele apenas ficou parado ali, o peso do corpo apoiado numa perna, como fazia com freqüência, olhando em sua direção.

O que ela podia fazer que não sustentar o olhar? Não lhe daria a satisfação de desviar os olhos. Tinha tanto direito a estar ali quanto Simon. E ele não tinha o direito de criticar Tess por não sorrir. Olivia ainda não o vira dar um sorriso. Se ele não tinha a coragem para oferecer pelo menos isso — ou para erguer apenas um dedo em saudação —, o problema era seu.

Mas também era problema de Olivia, porque a fraqueza em seus joelhos ainda não cessara. A vibração fora direto para o fundo do estômago, onde entoava uma canção sensual.

Mas também o que ela esperava de tanto vê-lo, dia após dia, ali em cima, de camisola, recém-saída da cama?

Mas ela não estava se mexendo. Por uma questão de princípio. Tomava um gole do café de vez em quando, mas afora isso mantinha os braços em torno das pernas, contendo todas as vibrações de desejo; e fitava-o, especulando se ele sentia a mesma coisa.

O desejo não era uma coisa sobre a qual pudéssemos conversar quando eu era jovem. Não me passava pela cabeça perguntar sobre sexo para minha mãe, da mesma forma que jamais imaginaria assaltar o banco local... e não pense que eu achava que meus pais não faziam sexo. Claro que eles faziam. Mas não falavam a respeito.

Muito diferente de hoje, não é mesmo? Hoje, tudo é explícito. Mas creio que as pessoas estão perdendo alguma coisa. O sexo deixa de ser tão especial quando se torna tão clamoroso. Há algo de bom em ter de pensar a respeito e esperar. Há algo de bom em não se falar a respeito até a morte.

Carl e eu também não falávamos a respeito, mas sentíamos muito. Tive a primeira menstruação aos doze anos de idade. Juro que ele percebeu a diferença no dia seguinte. Nunca mais esqueci. Foi em pleno inverno. Embora tivéssemos pouca neve — jamais temos muita neve, por causa da proximidade do mar —, fazia frio e ventava, um tempo inclemente. Estávamos todos agasalhados, a caminho da escola. Eu usava um cachecol e um gorro de lã. Quase que só o meu rosto estava à mostra. Carl me fitava a intervalos de poucos minutos, a testa um pouco franzida.

— Qual é o problema? — perguntei depois de algum tempo.

— Não há problema nenhum. Apenas você parece um pouco diferente.

— Não sei por quê.

Mas minhas faces passaram do rosado para o vermelho no mesmo instante, e não foi por causa do frio. Aquele vermelho foi de puro calor.

Foi uma revelação involuntária, é claro. Carl e eu conversávamos sobre todas as outras coisas. Por isso o fato de eu não ter falado sobre aquilo, mais o rubor e uma expressão puramente feminina, como ele disse mais tarde, eram todas as indicações necessárias.

Carl mostrou-se mais solícito comigo naquele dia e nos dias subseqüentes. Nunca perguntou como eu me sentia ou se tinha cólicas, mas juro que sempre sabia quando meu corpo tinha suas reações femininas. A voz de Carl se tornava um pouco mais suave e os olhos mais gentis.

E eu? Sentia-me totalmente apaixonada. Metade ainda era adoração pelo ídolo, já que ele era quatro anos mais velho, mais sensato e mais maduro sexualmente. Mas havia o suficiente da outra metade para me fazer sonhar com o futuro. Planejei tudo. Casaríamos assim que eu me formasse na escola secundária e teríamos uma criança por ano, até acharmos que já era suficiente. Construiríamos uma casa numa colina, com vista para o mar, e cultivaríamos uma porção de coisas. Carl sabia como cultivar tudo. E passaríamos o resto da vida fazendo coisas simples como dançar em cabanas de galhos trançados.

Eu não pensava mais em voltar a Nova York. Aquela vida se desvanecera para uma recordação distante... uma lembrança desagradável ainda por cima. Ali, na fazenda, mesmo em plena Depressão, havia luz... ou pelo menos havia para mim. Quando eu era adolescente, sentia cada vez mais o ritmo da estação. Passei a conhecer a fragrância de fertilidade da primavera, o rico aroma do verão, o cheiro de nozes do outono. Quando os campos se tornavam vazios e desolados, eu compreendia que a terra estava em hibernação, mas também sabia que a primavera voltaria. Carl ainda estaria ali. Eu seria um ano mais velha. E estaríamos um ano mais próximos de vivermos juntos para sempre.

— Carl tinha conhecimento dos planos? — perguntou Olivia.

— Não sei se entendi sua pergunta.

— Conversou com ele sobre a casa e as crianças?

Natalie pensou a respeito por um momento.

— Não. Tinha certeza de que ele queria a mesma coisa.

— Como sabe que ele se sentia assim?

— Pela maneira como olhava para mim. E pela maneira como me tocava.

— Ele tocava em você?

— Eram gestos inocentes, mas carinhosos.

— Estamos falando de tocar em sua mão ou tocar em outras coisas? — Olivia se apressou em acrescentar: — Ou não devo perguntar?

— Não deve perguntar.

Natalie cruzou as mãos no colo. Desviou os olhos. Parecia debater consigo mesma. Ergueu e abaixou um ombro. Contraiu os lábios para relaxar em seguida. Com a decisão tomada, ela tornou a fitar Olivia. Falou depressa, como se tivesse medo de perder a coragem.

— Nós nos acariciávamos. Ele me ensinou coisas.

— Já se beijavam no cinema a esta altura?

Houve uma pausa e, depois, Natalie murmurou:

— Já sim. Eu tinha dezesseis anos, e ele tinha vinte. Eu tinha dezessete, e ele tinha vinte e um.

Ela levou a mão ao peito. Ergueu os olhos cheios de lágrimas para um ponto acima da cabeça de Olivia.

— Só de olhar para ele eu ficava sem fôlego.

Ao que parecia, a lembrança ainda tinha o mesmo efeito. Olivia sentiu-se subitamente como uma intrusa. Como uma *voyeur*.

— Não deveria ter perguntado.

Natalie respirou fundo. Exalou devagar. Baixou os olhos para seu colo. Permaneceu imóvel por um momento. E tornou a levantar a cabeça.

— Claro que deveria. Foi para isso que a contratei.

— Mas essas são coisas íntimas. E me sinto... embaraçada por ouvir você falar a respeito. Não parece certo.

— Porque tenho setenta e seis anos? Porque você não gosta de pensar em sua mãe como uma criatura sexualmente ativa, muito menos sua avó?

— Nunca conheci minha avó e sei que minha mãe é sexualmente ativa. — Olivia crescera com um fluxo de homens entrando e saindo. — Mas você é diferente. É uma dama.

Natalie demonstrou uma súbita irritação:

— Há algum motivo para que uma dama não deva sentir paixão? Há algum motivo para que ela não possa amar com seu corpo tanto quanto ama com o coração? — Ela sacudiu a cabeça num movimento convulsivo. — Não estou lhe pedindo para ser descritiva. E não darei detalhes. Mas todo o objetivo desse esforço é fazer minha família saber como eu me sentia naquele tempo. Antes que me critiquem agora, precisam saber como eu era antes. Carl era a coisa mais importante em minha vida. Meu primeiro pensamento pela manhã e o último à noite. Além disso, quando eu estava na escola, passávamos todos os momentos possíveis juntos. Ele tentava me resguardar do trabalho e me dava as tarefas mais fáceis. Mas eu sempre me mantinha ao seu lado. Eu me sentia tão apaixonada que não sabia o que fazer comigo.

— O que aconteceu? — indagou Olivia. — Por que não *casou* com ele?

— Alguma vez já esteve apaixonada?

— Não desse jeito.

— Amava o pai de Tess?

Olivia conhecera Jared num café em Atlanta, onde ela residia na ocasião. Jared fora à cidade para um simpósio científico. Parecia adoravelmente brilhante, com os cabelos desgrenhados e os óculos. Tinha um jeito tímido de falar que sugeria vulnerabilidade. Olivia também achara que isso era fascinante.

— Pensei que o amava — disse ela para Natalie. — Mas ouvindo-a falar agora, não tenho mais certeza. Ele era uma excelente pessoa. Acho que eu estava mesmo apaixonada.

Mas Jared fora embora antes de Tess nascer. Embora Olivia sentisse sua ausência durante a gravidez, não tivera mais qualquer saudade depois que a filha nascera.

Portanto, ela o amara? Ou apenas amara a *idéia* de amá-lo?

Natalie exibia uma expressão tão afetuosa de avó que Olivia não pôde resistir a contar mais.

— Jared era o tipo de homem que podia ficar tão absorvido em seu trabalho que nem mesmo sabia se eu estava presente. Eu queria que ele soubesse. Queria ser a distração que ele não poderia ignorar. Mas nem sequer fui isso. — Ela deu um sorriso torto. — Ele me deu Tess. Ela era tudo que eu queria e muito mais.

Natalie sorriu.

— Ela era toda sua. Um amor garantido. Não iria embora. *Nunca mais.*

Olivia avaliou as palavras para depois acenar com a cabeça em concordância, lentamente.

— Isso mesmo. Era o que eu sentia.

— Neste caso, sabe o que eu sentia com Carl. Nunca duvidei de seu amor. Nunca tive medo de que ele me deixasse. Carl estava sempre ali, e eu me sentia desesperada por amor.

— Mas tinha seus pais. E tinha seu irmão.

— Você também tinha essas pessoas.

Olivia recostou-se na *bergère*, sentindo-se como uma fraude. Não deveria ter mentido sobre sua família, não ao ponto a que chegara.

— Não fui completamente honesta nesse ponto. Ter quatro irmãos era um sonho. Sempre pensei que seria divertido. Mas... eu só tinha um irmão.

— Um único irmão?

Não era uma mentira tão grande.

— Mas ele era protetor. Meus pais eram ainda piores. Meu irmão era homem. Podia fazer qualquer coisa que quisesse. Eu era mulher. Era resguardada e mantida dentro de casa. Um autêntico duplo padrão. Tive de sair de casa só para provar que não era desamparada.

Sentindo-se culpada, Olivia parou de falar de si mesma.

— Não respondeu à minha pergunta, Natalie.

— Qual era mesmo a pergunta?

— O que aconteceu com Carl. Se o amava tanto, por que não casou com ele naquele tempo?

Meu pai não ia bem. Quando a Lei Seca acabou, o mercado negro também terminou. Isso significava que o nosso dinheiro do vinho secou. Mas não foi o fim da Depressão. Graças a alguns programas do New Deal, *a produção agrícola em outras partes do país foi retomada. Nosso mercado era local e ia muito bem. Podíamos sobreviver sem ajuda federal. Tínhamos o suficiente para nos alimentar e nos vestir. Mas não podíamos progredir. Não podíamos dar um passo à frente do resto do mundo, que era o que meu pai precisava fazer. Ele sabia da importância do crescimento. Foi por isso que comprou as fazendas ao redor. Tinha visões de desenvolver tudo para vender com um grande lucro, recuperar o que perdera no desastre do mercado de ações e voltar a Nova York.*

É curioso como uma pessoa pode perder o contato com a realidade. Não havia a menor possibilidade de papai conseguir isso. Não tínhamos terra suficiente e as colheitas ali não se aproximavam nem de longe do que eram no Meio Oeste e no Sul. Asquonset nunca valeria o suficiente para levá-lo de volta a Nova York, não no estilo anterior à partida. Pouco a pouco ele foi absorvendo esse fato. Trabalhava nos campos do amanhecer ao anoitecer, exigia do corpo uma força quase irracional, mas sem chegar a parte alguma.

Ficava deprimido. Tinha acessos delusórios. Jeremiah e Carl davam a cobertura necessária quando ele não tinha condições de funcionar.

Ainda cultivava uvas, embora não houvesse um grande mercado para as variedades nativas. Desperdiçava um dinheiro precioso com videiras de origem francesa, que definhavam por um ou dois anos e depois morriam. Mas não queria desistir. Como cultivar milho, batata, cenoura e coisas assim não nos tornaria ricos, ele passou a ter a idéia fixa de que as uvas eram a solução. E continuou a insistir, mesmo quando perdíamos um dinheiro que não tínhamos condições de perder.

Era como um jogo. Depois de algum tempo, você perde tanto que tem de continuar, porque a sorte grande espera com certeza logo depois da próxima esquina. Você precisa tanto do dinheiro que não pode mais parar.

Cultivar uvas era assim para meu pai. Ele estava convencido de que era apenas uma questão de encontrar a variedade certa. Tornou-se uma obsessão.

Tente imaginar a situação. Meu pai estava fisicamente exaurido, um homem magro e encurvado. Falava muito pouco e nunca sorria. Sentava com papel e lápis à noite e começava a fazer contas, à procura de um lucro para justificar nosso trabalho. Tinha grandes esperanças, mas sem ter para onde canalizá-las.

Ao mesmo tempo, o mundo ao nosso redor começava a enlouquecer. Hitler agia na Europa, anexava um país depois de outro. Primeiro, foi a Áustria, depois a Tchecoslováquia e a Polônia. Ele deixou claro, desde o início, que seu objetivo era dominar o mundo. Mas era difícil levá-lo a sério. Para nós, não passava de um homenzinho desajeitado, com um bigode quadrado e um pendor para invadir os países vizinhos. Não havia nada de excepcional nisso. A história está repleta de fatos assim.

E depois começamos a ouvir as notícias sobre o que ele fazia nos países que conquistara. Era horrível.

Depois da Polônia, ele conquistou também a Noruega, Finlândia, Dinamarca, Holanda e Bélgica. Isso nos fez pensar ainda mais. Sentávamos em torno do rádio à noite, escutando as notícias.

Mas Hitler estava lá, e nós estávamos aqui. O Atlântico nos separava. Tínhamos toda a proteção necessária. Além do mais, tínhamos outra coisa em que pensar. Afinal, ainda nos recuperávamos da Depressão.

Foi então que Paris caiu sob o domínio do Terceiro Reich e Hitler começou a bombardear a Inglaterra... e de repente não nos sentíamos mais tão distantes. Meu Deus, estava em nossa sala todas as noites, Edward R.

Murrow, com sua voz inimitável, dizendo "Aqui... é Londres". Ouvíamos sirenes de ataque aéreo como se estivéssemos lá e explosões quando as bombas atingiam seus alvos. Vocês foram criados com noticiário ao vivo, mas nós não fôramos expostos a isso antes, pelo menos não daquela maneira. Era novidade para nós... e assustador.

Roosevelt concordou em fornecer armas e matérias-primas para os Aliados, mas foi só depois que os japoneses bombardearam Pearl Harbor é que finalmente decidimos entrar na guerra.

Sua geração lembrava onde estava quando soube da morte de Diana, Princesa de Gales. Minha filha lembra onde estava quando soube que o Presidente Kennedy havia sido assassinado. Meus amigos e eu lembramos onde estávamos quando soubemos que Pearl Harbor fora atacada.

Foi num domingo. Fomos à igreja pela manhã e voltamos para almoçar. Depois, fui para a casa de Carl. Sua casa era muito mais feliz do que a minha. E ele estava ali. Eu tinha dezessete anos e me sentia apaixonada.

Jeremiah e Brida acompanhavam atentamente o bombardeio nazista de Londres. Tinham amigos e parentes na Irlanda e não queriam que o bombardeio se espalhasse. Aplaudiam todas as iniciativas e promessas americanas de ajudar na batalha contra Hitler. Naquele dia, escutaram quando Roosevelt entrou no ar para informar sobre o bombardeio de Pearl Harbor.

Estávamos na sala. Carl e eu sentávamos no chão, ao lado das cadeiras em que seus pais sentavam. Nosso objetivo era ficarmos tão próximos do rádio quanto possível, ao mesmo tempo em que ficávamos tão perto um do outro quanto era possível. Lembro de ouvir a voz do presidente naquele dia e compreender no mesmo instante que havia alguma coisa errada. Carl e eu olhamos um para o outro durante todo o tempo em que ele falou. Acho que já sabíamos que nossas vidas mudariam para sempre com aqueles acontecimentos.

A mente de Olivia disparou à frente, tentando adivinhar exatamente o que mudara, o que interferira na vida de Natalie e Carl.

— Ele foi para o Exército?

— Marinha.

— Embora não fosse um cidadão americano?

— Mas ele era um cidadão americano. Carl e os pais haviam se naturalizado anos antes. Orgulhavam-se de serem americanos.

— Mas Carl era filho único. E sua presença era necessária para ajudar a cuidar da fazenda. Não poderia ter evitado a convocação?

Natalie sorriu.

— Eu disse que ele foi convocado? Não foi. Ele se alistou. Não fique tão surpresa, Olivia. É um péssimo depoimento sobre sua geração.

— Mas pensei... se ele a amava...

— Havia milhares e milhares de casais como nós. Mas de que adianta estar apaixonada se sua família e sua casa são ameaçadas por um homem que despachava as pessoas para campos de concentração e matava-as com a maior brutalidade, ou por um país que matou dois mil e quinhentos militares americanos num único e horrível dia de bombardeio?

Natalie fez uma pausa.

— Sua geração é afortunada. Não teve de enfrentar uma guerra ou pelo menos não uma guerra que ameaçasse nosso território. Estávamos convencidos de que Hitler nunca deixaria o território continental da Europa, mas agora ele bombardeava a Inglaterra. Seríamos os próximos. Os isolacionistas no país se calaram subitamente. Tínhamos agora um inimigo em comum.

O olhar de Natalie parecia perdido no tempo.

— Quanto a Carl, nunca houve a menor dúvida em sua mente. Ele era jovem e corajoso. Queria lutar por seu país. Era uma questão de orgulho. E não estava sozinho. Os homens alistavam-se porque era uma atitude honrosa. Não procuravam desculpas para se esquivarem da guerra e ficar em casa. Havia um homem aqui na cidade... você conhece Sandy Adelson... estou falando de seu pai. Ele tinha a mesma idade de Carl, a idade perfeita para se alistar. Mas era surdo como uma porta. Sentiu-se humilhado quando o Exército recusou-o. Havia outras coisas que podia fazer para ajudar no esforço de guerra, e é claro que ele fez. Mas até o dia de sua morte ele sempre insistiu que a pior parte de ser surdo era não ter podido lutar na guerra.

— Seu irmão também se alistou?

— Claro. E se alistou antes mesmo do bombardeio de Pearl Harbor. Sabia que a guerra era iminente.

Os olhos tornaram a se desviar. Por baixo dos cabelos brancos, a testa se franziu. Subitamente, Olivia compreendeu.

— Ele morreu na guerra, não é mesmo?

Não era sequer uma pergunta de tão óbvia que era a resposta. Natalie levantou-se e foi até a janela. Estaria olhando pelas fileiras de videiras na direção do mar, Olivia sabia... embora tudo que ela pudesse ver, do lugar em que sentava, eram as copas das árvores. E nuvens. Era outro dia nublado em Asquonset. Havia risco para a saúde das uvas, assim como para as festividades do Quatro de Julho.

Natalie se afastou da janela e foi para trás da poltrona em que sentara. Pôs as mãos no encosto. A voz saiu suave:

— A história fala primeiro sobre Pearl Harbor. Todos ficamos consternados quando soubemos do bombardeio. Também ficamos um pouco aliviados. Brad não estava em Pearl, mas em Midway.

Olivia tentava se lembrar de tudo que já lera sobre a guerra quando Natalie acrescentou:

— No momento mesmo em que soltávamos os suspiros de alívio, os bombardeiros japoneses estavam atacando outras bases.

— Midway?

— Entre outras. Vários dias passaram antes de recebermos a notícia. A Marinha ficou tão surpresa com a rapidez e força do ataque que a situação era caótica. Compreensivelmente, os primeiros esforços foram para obter ajuda médica para os feridos. Não se podia mais ajudar os mortos.

Olivia mal podia começar a imaginar. Era muito jovem para saber o que acontecia durante a Guerra do Vietnã, muito menos para ter amigos que lutavam ali. Dois colegas na escola secundária haviam lutado na Tempestade no Deserto, mas nenhum dos dois fora ferido; e sempre que imaginava um pai e irmãos na Marinha ninguém morria.

Mas ela tinha uma filha. Era possível imaginar que, se houvesse outra guerra, Tess poderia ser convocada, dentro da premissa de direitos iguais para as mulheres. Como mãe, ela ficaria desesperada.

— Seus pais devem ter ficado arrasados.

— Ficaram mesmo — murmurou Natalie, numa angústia evidente. — Àquela altura, já fazia bastante tempo que Brad saíra de casa. Ele não voltava em visita mais que uns poucos fins de semana por ano, mas meu pai continuava a ter esperanças. Até que, de repente, toda e qualquer esperança desapareceu.

Ela bateu no encosto da cadeira uma vez, como se confirmasse a finalidade do ato. Respirou fundo para se controlar.

— Depois disso, Carl partiria para a guerra mesmo que não sentisse qualquer patriotismo. Tinha de vingar a morte de Brad.

— Patriotismo...

Olivia pensou numa cena do filme *O Vendedor de Ilusões* (*The Music Man*), com Robert Preston e sua banda em uniforme de gala tocando "Seventy-six Trombones", o que era um bálsamo para a expressão angustiada de Natalie. Aquela expressão deixava-a comovida. Olivia não queria viver durante uma guerra. Não queria perder alguém que amava. Não havia nada de romântico nessa perspectiva.

Natalie sorriu.

— O patriotismo é outra coisa que sua geração não considera da mesma forma que a minha.

— Eu penso como vocês — alegou Olivia.

— Não, não pensa. Quando eu digo "patriotismo", você pensa em George C. Scott como o General Patton ou Mary Lou Retton ganhando a medalha de ouro olímpica. Para você, é um evento. Para nós, é um estado de espírito. Quando hasteamos a bandeira americana na frente de casa, é uma questão de orgulho. Quando veteranos marcham em paradas, é uma questão de orgulho. Quando fazemos coisas em vermelho, azul e branco, é uma manifestação desse mesmo orgulho. Até o dia de amanhã. O Quatro de Julho assinala uma época diferente da nossa história, mas é relacionada com aquela a que me referi. A Guerra da Independência nos deu a liberdade, e queremos tê-la para sempre. Sua geração considera até mesmo isso como um fato consumado, uma coisa líquida e certa. O que não aconteceu com a nossa. Éramos filhos da Depressão. Não consideramos nada como líquido e certo. Podíamos não ter prosperidade, mas queríamos nossa liberdade. Foi por isso que lutamos durante a Segunda Guerra Mundial.

— Você também?

— Quer saber se me alistei? Não. Passei a guerra toda aqui. O que não significa que fiquei ociosa. A mobilização pelo esforço de guerra envolvia tudo. Você não precisava estar de uniforme para ajudar na causa. Não conheço ninguém que não tenha feito alguma coisa.

— O que você fez?

Olivia imaginava Natalie trabalhando na linha de montagem de uma fábrica de armamentos, produzindo bombardeiros. Havia um elemento dramático nessa atividade.

— Muitas coisas.

A modéstia não adiantava com Olivia.

— Por exemplo?

Natalie suspirou.

— Fui uma voluntária da defesa civil... uma observadora. Tinha um gráfico circular com vários desenhos e observava o céu à procura de aviões inimigos. Como estava na Costa Leste, imaginava que seria a primeira a avistar a *Luftwaffe*. Felizmente, é claro que nenhum avião alemão jamais apareceu.

— O que mais você fez?

Desta vez, Olivia imaginou Natalie enrolando ataduras para a Cruz Vermelha ou cuidando de feridos que haviam voltado aos Estados Unidos. Não era tão dramático quanto fabricar bombardeiros, mas teria sido comovente.

Natalie pegou uma foto em cima da mesa. Mostrava pessoas trabalhando nos campos.

— Asquonset tornou-se um enorme jardim da vitória. Com grande parte da produção dos fornecedores tradicionais servindo para alimentar os soldados, as pequenas fazendas como a nossa preenchiam o vazio local.

— Todas as pessoas aqui são mulheres.

— Era só o que restava. Jeremiah nos dizia o que fazer, e nós fazíamos. As outras mulheres na foto eram todas moradoras locais. Uma delas cuidava das crianças enquanto as demais trabalhavam.

As crianças... Olivia fez alguns cálculos rápidos enquanto se levantava para pegar outra foto na mesa. Mostrava Natalie com um bebê.

— Quando esta foto foi tirada?

— Antes desta. — Natalie apontou para as mulheres no campo. — Esse era meu filho Brad. Ele nasceu em 1942, obviamente batizado em homenagem a meu irmão. Susanne nasceu em 1944. E Greg nasceu em 1960.

— Brad não telefonou desde que vim para cá.

— Ele não ligaria de qualquer maneira.

Olivia estava pensando que Brad, o filho, optara por ir embora, como o tio fizera, quando os olhos de Natalie deslocaram-se para a porta. Ela prendeu a respiração por um instante e exibiu um sorriso surpreso.

— Mas que surpresa agradável!

Ela atravessou a sala para abraçar uma loura que não era muito mais velha do que Olivia. Um pouco mais alta do que Natalie, ela usava calça comprida, uma blusa de tricô, brincos de ouro, um colar combinando e dois faiscantes anéis de diamantes. Depois do abraço, Natalie deu um passo para trás.

— Parece pálida, minha nora, mas tão linda quanto sempre. Está tudo bem?

A mulher hesitou por um segundo. Natalie franziu o rosto.

— O que aconteceu?

— Nada. — Houve um sorriso forçado. — Nada *tão* terrível.

Depois de uma breve pausa, ela baixou a voz para acrescentar:

— Greg e eu estamos com problemas. Pensei em passar alguns dias aqui.

Natalie soltou um suspiro, levando apenas uns poucos segundos para absorver as palavras de Jill Seebring e seguir adiante.

— Pensou certo. Pode ficar no mesmo quarto que sempre ocupam e ficar o tempo que quiser. Há um bufê no clube esta noite e um churrasco aqui amanhã. Depois disso, você pode descansar, a menos que tenha vontade de ajudar no escritório. Antes de mais nada, porém, quero que conheça minha assistente.

Catorze

Olivia gostou de Jill Seebring à primeira vista. Não sabia se era pelo sorriso fácil da mulher quando foram apresentadas, a expressão magoada que ela não podia esconder, a proximidade na idade ou o simples fato de Jill ter aparecido ao final da tarde usando um vestido de verão parecido com o de Olivia. Mas ela e Jill acabaram seguindo no mesmo carro para o clube, como se fosse a coisa mais natural do mundo.

— Não sei se conseguirei agüentar — murmurou Jill. — Foi um dia comprido e estou exausta.

Olivia guiava. Tess sentava no banco traseiro, ao lado da nova arrumadeira, que mal completara dezoito anos. Natalie garantia que a garota tinha dez vezes mais entusiasmo do que a concorrente mais próxima. Mas ainda restava conferir se ela seria capaz de fazer o trabalho.

— Uma de nós sempre pode trazê-la de volta mais cedo se não agüentar — disse Olivia. O bufê começaria às cinco horas. — Quanto tempo essas festas costumam durar?

Tess inclinou-se para a frente por entre os bancos. Usava um short branco com uma camiseta azul de Asquonset. Os óculos estavam limpos. Tinha os cabelos presos numa impecável trança francesa.

— Vão fazer um espetáculo de fogos de artifício. Não deve começar antes do escurecer.

— Já conheceu algumas das crianças daqui? — perguntou Jill.

— Algumas estão nas minhas aulas de iatismo.

— Então vai se divertir.

— Não sei. Não as conheço direito.

— Garanto que vai se divertir — insistiu Jill.

E Olivia gostou dela também por sua confiança.

— Onde você mora? — perguntou Tess a Jill.

— Em Washington.

— Por que seu marido não está aqui?

Olivia pensava que deveria ter explicado alguma coisa da situação a Tess quando Jill responde, com uma lógica irrepreensível:

— Ele está muito ocupado, trabalhando. Sempre passei mais tempo aqui do que ele.

— Você trabalha fora? — perguntou Olivia.

Tudo na mulher era profissional, dos cabelos louros lisos esticados por trás das orelhas a outro par de brincos e a ausência de um relógio ou pulseira que pudesse interferir com o manuseio de papéis ou outros materiais.

— Não oficialmente.

— O que isso significa? — indagou Tess.

Jill sorriu.

— Significa que não tenho uma remuneração. — Para Olivia, ela acrescentou: — Faço relações públicas em campanhas de levantamento de recursos para obras de caridade. Ajudo no planejamento e divulgação.

— Por que eles não pagam a você? — perguntou Tess.

— Porque não têm dinheiro.

— Você tem filhos?

— Ainda não.

Pararam no estacionamento do clube, ao lado do carro de Carl. Um terceiro carro de Asquonset chegou momentos depois.

Olivia não viu Simon entre os ocupantes... o que significava que ele não sentira nada naquela manhã; ou sentira, mas se recusava a admitir. Ela pensara que Simon poderia vir. Afinal, comer na sala de jantar da casa-grande era uma coisa — Olivia podia compreender que era íntimo demais —, mas ali havia um grupo maior, com cem pessoas ou mais participando do bufê. Não havia nada de pessoal nas circunstâncias.

Ela não pensava em perguntar qualquer coisa a Natalie e Carl. Não queria encorajar uma coisa que não podia acontecer.

Por isso, Olivia decidiu perguntar a outras pessoas. Começou por Donna Gomez, a assistente de Simon. Era de esperar que ela tivesse vindo com o chefe. Donna era forte e esguia, cabelos escuros, pele azeitonada, mais ou menos da idade de Olivia, embora já tivesse dois filhos no final da adolescência. O marido e as crianças haviam vindo com ela, e Donna alegou que era uma tradição de Asquonset.

— Se é uma tradição, onde está seu chefe? — perguntou Olivia.

— Simon? Provavelmente em casa. Ele quase não sai.

— Desde que a esposa morreu?

— Mesmo antes. Ele sempre foi muito reservado. Já ela era uma força socializadora.

O técnico na produção de vinho, David Sperling, disse quase a mesma coisa quando Olivia conversou com ele pouco depois. Admiravam os barcos atracados. O sol baixava no horizonte.

— Está vendo aquele barco? — indagou ele, apontando para uma lancha com uma cabine. — Pertence ao vinhedo. Tínhamos um veleiro, mas... já deve ter ouvido falar do acidente.

— Aconteceu há quatro anos. Fico surpresa que não tenham comprado outro veleiro.

— Alexander bem que queria, mas procurava um barco maior. — David apontou para outro barco. Era um veleiro, mais comprido e mais largo do que a lancha. — Ali você tem uma vela mestra e uma bujarrona. Alexander queria ainda mais do que isso.

— Posso compreender o motivo — comentou Olivia, recordando a descrição que Carl fizera do acidente. — Um barco maior não seria tão vulnerável.

— Não era por isso que Alexander queria um barco maior — disse David, com um sorriso afetuoso. — Ele queria uma coisa que atraísse atenção.

— Ele era um bom iatista?

— Não muito. Felizmente, sabia disso. Quando levava pessoas para um passeio, entregava o comando a Simon. Diga-se de passagem que Simon era o melhor. Mas desde o acidente que não entrou em qualquer barco. Mais do que isso, nunca mais veio ao *clube*.

— E o que ele fez com seu tempo livre?

A resposta para essa indagação veio de Anne Marie Friar, a recepcionista no escritório. Olivia conversava com ela todos os dias. Era uma pessoa simpática e loquaz, talvez mais do que deveria ser naquele caso. Mas Olivia, no final das contas, era a confidente de Natalie.

— Ele lê — explicou Anne Marie. — Está sempre comprando livros, a maior parte pela Internet. O que deve adorar. Não precisa nem aparecer na livraria. Os pacotes são entregues no escritório. Ligamos para Simon e ele vai buscá-los. Sua casa deve estar repleta de livros.

— Onde ele mora?

Olivia sabia que ele morava em Asquonset, mas em todos os mapas que ela vira da propriedade não havia nenhuma indicação da casa de Simon. Ela bem que procurara. Durante suas corridas, ao final da tarde, seguira por todas as trilhas na propriedade, mas ainda não tinha a menor idéia.

— Fica no lado sudeste.

— Não há nada lá.

— Há sim, só que se pode ver apenas quando se está quase em cima. Há uma estrada estreita, indicada por um refletor numa árvore. A casa fica menos de um quilômetro depois, no terreno que o pai de Natalie deu ao pai de Carl quando os Seebring vieram viver aqui.

Olivia sabia que Carl tinha uma casa na cidade. Presumira que a casa em que ele fora criado havia sido demolida e a terra cultivada.

— Simon mora na casa *dos pais*?

— Não é bem assim. — Anne Marie parecia exultante por ser capaz de dar todas aquelas informações. — A casa antiga foi derrubada e Simon fez outra. Duas vezes maior, se não me engano.

Olivia já ia fazer mais perguntas quando avistou Tess. Ela estava com algumas crianças de sua turma. Isto é, não estava com elas, apenas as seguia... e não parecia nem um pouco satisfeita.

Quer fazer amigos?, dissera Simon. *Experimente dar um sorriso.*

Ele tinha razão. Nada na garota que Olivia via naquele momento poderia atrair outras crianças.

Sorria, ordenou Olivia, mentalmente, concentrando-se com toda sua força e contando com as ondas cerebrais para transmitir a mensagem. Por mais incrível que pudesse parecer, Tess olhou em sua direção nesse instante. Mas amarrou a cara ainda mais. E fez um gesto brusco com a mão, pedindo à mãe para não observá-la. Depois, virou-se e seguiu as outras crianças, deixando o deque e tornando a entrar na sede do clube.

A essa altura, Anne Marie já conversava com outra pessoa. Natalie acenou para que Olivia se aproximasse. Havia amigas para apresentar, várias das quais viviam ali há mais tempo do que Natalie. Uma delas podia ser a mulher misteriosa nas fotos mais antigas. Todas estavam agora na casa dos setenta e oitenta anos, o que tornava ainda mais difícil perceber as semelhanças. Olivia bem que procurou, mas foi em vão. Já ia perguntar a Natalie quando anunciaram que o bufê estava servido.

Olivia nunca vira tanta fartura. Havia sopa de peixe e sopa de mariscos, ambas cremosas, com gotas de manteiga flutuando por cima. Havia salada de lagosta, lagosta à Newburg e lagosta apenas. Havia camarão grande no espeto. Havia filés grelhados e espigas de milho cozidas. Havia hambúrgueres e cachorros-quentes. Havia salada de repolho e salada de batata. Havia o famoso Boston Baked Beans, feijão-branco cozido em fogo lento com carne de porco defumada, melaço e temperos.

Olivia fez seu prato e foi procurar a filha. Tess comia um hambúrguer no cais, à beira do círculo de crianças. Estava de costas para Olivia e talvez fosse melhor assim. O coração de Olivia se partiria ao meio se visse a expressão de profunda tristeza da filha.

Naquele instante, Olivia faria o relógio voltar com a maior satisfação, até a ocasião em que a filha tinha um ou dois anos. Poderia salvá-la naquele tempo, pegá-la no colo para confortá-la. Não podia fazer isso agora. Tess estava grande demais.

Perturbada pelo desamparo desse pensamento, Olivia encontrou um lugar para sentar no deque com o grupo de Asquonset. Era tudo o que ela esperara que seria. Gostava daquelas pessoas. Ajustava-se ao grupo. E Natalie fazia com que se sentisse apreciada e necessária.

Mas, em alguns momentos, Olivia continuava a sentir certa tristeza pelas preocupações que não saíam de sua mente. Concentrou-se ativamente em identificar o que a deixava assim.

A primeira causa era a mais óbvia. Tinha a ver com Tess.

A segunda era mais surpreendente. Tinha a ver com o que Natalie lhe dissera naquele dia. Alguma coisa naquela parte mais recente da história fora mais real do que as outras partes. Era o fato da morte ter entrado em cena, refletiu Olivia. Não havia nada de romântico na morte.

Ela mal conhecia Brad. Ele não desempenhara um papel importante na adolescência de Natalie. Olivia ouvira falar mais de Carl do que de Brad. Apesar disso, sua morte assomava na mente de Olivia.

Na verdade, o que assomava mesmo era a expressão abalada de Natalie. Era isso que a afligia.

A terceira causa da tristeza era mais consternadora. Tinha a ver com Simon, que perdera a maior parte de sua família para o mar e naquele momento estava sentado sozinho em algum lugar.

Ora, foi ele quem quis assim, pensou Olivia. Mas isso não fez com que ela se sentisse melhor.

Nem o aparecimento de Tess mais ou menos na ocasião em que as pessoas se encaminhavam para o bufê, a fim de se servirem pela segunda vez. Ela encostou-se na cadeira de Olivia, dando a impressão de que não queria mais sair dali.

— Está gostando, meu bem?

Tess deu de ombros.

— Já comeu?

A menina acenou com a cabeça numa resposta afirmativa.

— Onde estão as outras crianças?

Ela mexeu a cabeça de uma maneira que podia indicar qualquer direção, mas os olhos logo se fixaram num ponto determinado. Olivia virou a cabeça e avistou Sandy Adelson se aproximando. Usava um vestido comprido e solto com uma flor nos cabelos. Segurava a mão de um menino que Olivia nunca vira antes. Ele era dois ou três centímetros mais alto do que Tess, tinha cabelos escuros e lisos, olhos sérios. Tess murmurou pelo canto da boca:

— Se está trazendo o menino para me apresentar como um prêmio de consolação, nunca a perdoarei.

— Sorria — sussurrou Olivia antes de se levantar.

Era a coisa mais natural do mundo para ela dar um abraço em Sandy. Depois, deu um passo para trás, olhando para o menino.

— Este é o menino mais lindo no clube esta noite. — Quando o garoto ficou vermelho, ela estendeu a mão. — Sou Olivia.

— Este é meu neto Seth — anunciou Sandy, orgulhosa. — Agradecemos o elogio.

Ela bateu de leve no rosto do menino e disse quando ele a fitou:

— Olivia trabalha em Asquonset e esta é sua filha, Tess. Elas moram em Cambridge. Vieram passar o verão aqui.

O menino acenou com a cabeça em compreensão e ofereceu um breve aceno para cada uma.

— Seth e os pais moram em Concord — informou Sandy. — Não fica muito longe de Cambridge. Vieram passar o fim de semana aqui. Espero que Seth fique por mais algum tempo.

Seth olhava para Tess como se quisesse dizer alguma coisa, mas não ousasse. Foi somente quando ele bateu no braço de Sandy e sinalizou alguma coisa que Olivia compreendeu que o menino era surdo.

Ela não teve coragem de olhar para Tess, para evitar o reconhecimento do problema.

— Seth quer saber se você conhece o Border Café.

— Conheço — respondeu Tess.

Seth sinalizou mais alguma coisa. Sandy interpretou:

— É seu restaurante predileto.

Quando o menino sinalizou mais alguma coisa, ela se apressou em explicar:

— Seth está esperando pela sobremesa. Juro que é o único motivo para ele vir aqui. Oferecem o faça-seu-próprio-sundae, com uma dúzia de sorvetes diferentes e todas as coberturas imagináveis. Quer ir até lá conosco, Tess?

A menina pôs a mão na barriga.

— Acho que não posso. Já comi demais.

— E não querem ir com a gente mais tarde? Meu pai... o bisavô de Seth... tem uma Chris-Craft antiga e linda. Vamos sair com ele para assistir aos fogos de artifício do mar.

Olivia já ia aceitar o convite quando houve uma agitação no outro lado do deque. Havia um mímico ali, equilibrado sobre um único pé na tábua superior da cerca do deque, dando a impressão de que se encontrava numa corda bamba a muitos metros do solo.

Sandy lançou um olhar excitado para Olivia e partiu com Seth nessa direção.

Olivia já ia segui-los quando Tess a deteve.

— Não vou com eles, mamãe.

— Por que não? Parece que vai ser muito divertido.

— Acha mesmo? Ele é surdo.

Olivia piscou, aturdida.

— O que isso tem a ver com qualquer coisa?

— Não posso falar com ele. O garoto é *surdo.*

— Assistir aos fogos de artifício não exige que você fale. Não é nenhum compromisso sério, Tess, mas apenas um passeio de barco.

— Mas ela só me convidou porque as outras crianças não me chamaram para acompanhá-las.

— Não acredito que isso seja verdade. Ela nos convidou simplesmente para fazer uma coisa que parece muito divertida.

— Não é o que eu penso. Acho que ela está querendo juntar a disléxica com o surdo. E não estou *tão* desesperada assim.

Olivia fitou a filha com uma expressão aturdida.

— Não posso acreditar que você tenha dito isso.

Tess não respondeu. Olivia levou a mão ao peito e repetiu:

— Não posso acreditar que você tenha dito isso.

Subitamente, ela sentiu uma imensa irritação. Ainda teve o bom senso de pegar Tess pela mão e levá-la para o estacionamento. Mas, ali chegando, toda e qualquer consideração acabou.

— Estou consternada com você, Tess. *Decepcionada.* O que há de errado com aquele menino?

Tess levantou os óculos.

— Ele é surdo.

— E você é disléxica. E eu tenho dificuldade para escrever. E Sandy é uma mulher de espírito livre. E Natalie tem setenta e seis anos. Não há nada de errado com aquele menino que a leitura de lábios e a linguagem de sinais não possam resolver. Ele não é *inferior*, da mesma forma que *você* também não é. Não é isso o que venho tentando lhe ensinar durante todos esses meses... todos esses anos? Você não é inferior. Aprende de uma maneira diferente da maioria das crianças, mas não há nada de inferior nisso. O resultado final será o mesmo. Você vai crescer *igual* a todo mundo, irá para a universidade e terá uma carreira. Aquele menino fala de uma maneira diferente da maioria das crianças, mas vai crescer fazendo as mesmas coisas. Logo você, Tess, entre todas as pessoas, deveria saber que não se pode menosprezar alguém que é diferente.

Tess já não parecia tão arrogante. Tinha os braços comprimidos contra os lados do corpo, o queixo pendendo para o peito.

— E o que dizer da compaixão? — continuou Olivia. — Aquele menino não pode *ouvir*. Não pode ouvir canções. Não pode ouvir palavras. Não pode ouvir o canto dos passarinhos no vinhedo. Não pode ouvir Henri ronronando. Acorda na escuridão da noite e tem de contar apenas com os olhos para descobrir se há alguém em seu quarto. Tem de se esforçar o dobro para obter da vida a mesma coisa que você.

O queixo de Tess pendeu ainda mais. Os olhos por trás dos óculos estavam desconsolados.

— Eu queria ficar com as outras crianças.

— Porque são populares? Não é um bom motivo. A popularidade é superficial, Tess. O que conta mesmo é a substância.

— Não na minha idade.

— Em *qualquer* idade!

Olivia passou a mão pelos cabelos. Começou a virar para se afastar, mas logo voltou e insistiu no argumento:

— Em comparação com aquele menino, você é afortunada. Não percebe isso? Não, não pode perceber, porque está ocupada demais a sentir pena de si mesma.

Ela fez uma pausa, empertigando-se.

— Preste atenção, Tess. Você tem uma opção. Pode ficar sentada sentindo pena de si mesma, atribuindo a culpa de todos os seus problemas à dificuldade na leitura, ou pode seguir adiante. Não é a dislexia que causa seus problemas com as outras crianças. Elas *nem sabem* que você é disléxica. Sabem apenas que você mantém uma atitude beligerante permanente.

Olivia sentia uma súbita exaustão. Abaixou as mãos, com um suspiro cansado.

— Eu amo você, Tess. E amo com toda a força do meu coração. Se me dissesse que não gosta de Seth porque ele é esnobe, egoísta... até mesmo excêntrico, eu poderia aceitar. Mas como pode me dizer que não gosta porque ele é surdo?

Ela sacudiu a cabeça, decidida. Fechou os olhos e respirou fundo. Quando tornou a olhar para a filha, constatou que Tess parecia arrependida.

— Faz sentido o que eu disse?

Ela esperou, sem desviar os olhos, até que Tess murmurou um "Faz".

A vitória foi vazia. Olivia sentia-se esgotada. Tornou a respirar fundo, para depois murmurar:

— Acho que já falei tudo o que precisava. Vamos embora? — Ela gesticulou para que Tess a seguisse. — Precisamos agradecer a Natalie.

Mal haviam chegado à porta da sede do clube, Jill apareceu. Parecia aliviada ao vê-las.

— Fiquei preocupada quando vocês saíram.

— Estamos pensando em ir embora. Só vou avisar Natalie. Você parece exausta.

— E estou mesmo. — Jill arriou num banco de madeira. — Esperarei aqui.

— Não vamos demorar.

Olivia saiu à procura de Natalie. Ainda se sentia bastante aborrecida com Tess para não fitá-la quando passaram pela fila de pessoas esperando para fazer seu próprio sundae. Tess teria adorado. Mas merecia perder aquilo.

Natalie e Carl estavam sentados com amigos no deque externo. O sol derramava-se pelo mar agora, mas ainda passaria uma hora antes que escurecesse. Olivia agachou-se ao lado da cadeira de Natalie.

— Estamos voltando — murmurou ela. — Eu só queria lhe agradecer. Foi uma festa maravilhosa.

— Não vai ficar para os fogos de artifício?

Olivia sacudiu a cabeça, sorrindo.

— Estou exausta. E levarei Jill comigo. Acho que ela teve um dia comprido.

— Não quer deixá-la em casa e voltar? — insistiu Natalie, esperançosa.

Olivia adorou o entusiasmo sincero de Natalie. Era muito agradável sentir que sua companhia era desejada... tão agradável que ela pensou em mudar de idéia. Mas Natalie estava com seus amigos, e as outras pessoas do vinhedo também estavam com *seus* amigos, e talvez, apenas talvez, Olivia ainda se sentisse como uma forasteira.

— Agradeço, mas não dá — murmurou Olivia, gentilmente.

Ela já se levantava quando Sandy Adelson apareceu.

— Ah, aqui está você! Tess me disse que vocês já vão embora. Importa-se se ela ficar conosco? Terei o maior prazer em deixá-la em casa depois.

Tess estava parada num lado de Sandy, com Seth no outro. O primeiro instinto de Olivia foi recusar o convite em nome da filha. Tess não merecia assistir aos fogos de artifício, muito menos de um barco que pertencia àquelas pessoas maravilhosas, não depois do que dissera.

Mas a menina parecia arrependida — um pouco envergonhada ao fitar Olivia — para não dizer insegura. E Seth tinha uma expressão esperançosa no rosto bonito.

— Eu gostaria muito de sair naquela lancha — declarou Tess com o que parecia ser uma sinceridade absoluta.

Passou pela cabeça de Olivia, num momento de ceticismo, que, tendo de escolher entre uma lancha e uma mãe furiosa, Tess escolheria o menor de dois males.

A conclusão, no entanto, era a de que Olivia queria que a filha saísse na lancha. Para Sandy, ela perguntou:

— Não será muito incômodo sair de seu caminho para deixá-la em casa?

— Claro que não. — Sandy passou os braços pelos pescoços das duas crianças. — Estamos de férias.

Quinze

— O que você acha do casamento de Natalie e Carl? — perguntou Olivia para Jill enquanto voltavam para o vinhedo.

Jill mantinha a cabeça no encosto.

— Acho que não tem qualquer problema. Não é a mesma coisa que enganar Al. Ele morreu. Ela está livre para casar de novo. — Jill soltou uma risada. — É fácil para mim dizer isso. Ele não era meu pai.

— E como ele era?

— Divertido, muito social. Um *schmoozer*, se sabe o que isso significa. Gostava de uma conversa. Se as coisas fossem diferentes, ele poderia ser um político. — O tom era afetuoso. — Ele era bom com nomes e rostos. Podia esquecer o próprio aniversário de casamento, mas se encontrava um homem que conhecera cinco anos antes não hesitava em chamá-lo pelo nome e apertar sua mão.

— É uma habilidade extraordinária.

— Eu o vi fazer isso mais de uma vez. Ele costumava nos visitar em Washington. Estávamos num restaurante, ele via um rosto familiar no outro lado e se levantava para ir cumprimentá-lo. Se o homem era veterano, tanto melhor. Al podia passar horas conversando sobre a guerra. E era uma conversa unilateral. A maioria dos homens que passaram pelas trincheiras não queria reviver aquele período. Para Al, no entanto, era uma questão de enorme orgulho. Não que ele tivesse passado pelas trincheiras.

— Não?

Aquilo era uma parte da imagem. Natalie ainda não falara sobre a guerra, mas Olivia já vira fotos de Alexander de uniforme. Ele parecia mesmo orgulhoso... exuberante e orgulhoso.

— Ele era do serviço secreto. — Uma pausa e Jill seguiu por uma direção diferente: — Ele gostava do gesto grandioso. Se dependesse dele, construiria um castelo, em vez de um moinho, para a vinícola.

— Quem optou pelo moinho?

Jill virou a cabeça no encosto para fitar Olivia.

— Natalie. Ela é a força propulsora por trás de toda a operação.

— Greg disse que era Carl.

— Era de esperar — murmurou Jill, tornando a olhar para a frente.

Era óbvio que a questão era bastante delicada. Olivia morria de vontade de perguntar o que saíra errado no casamento, mas não era da sua conta. Afinal, ainda não conhecia Jill com qualquer intimidade. Por isso, limitou-se a dizer:

— Natalie tem setenta e seis anos. O que acontecerá quando ela começar a diminuir o ritmo?

Jill soltou uma risada.

— Não sei se isso acontecerá algum dia. O vinhedo é sua vida. Mas, se quer saber se Greg assumirá o comando, ele diz que não.

— Greg ligou várias vezes. Está consternado porque ela vai casar com Carl.

— Isso acontece porque ele não tem controle sobre a situação. Sempre se sente frustrado quando as pessoas partem sozinhas e fazem o que querem sem a menor consideração por seus desejos.

Outra questão delicada. Mais uma vez, Olivia mudou de assunto:

— Talvez Susanne queira assumir o vinhedo. Como ela é?

Jill sorriu.

— Gosto de Susanne. Greg vê a diferença de idade e imagina que há uma enorme distância por causa disso. Mas ela sempre foi simpática comigo, fez com que eu me sentisse bem-vinda, como se estivesse muito contente por eu fazer parte da família.

— Talvez ela queira que *você* assuma o vinhedo.

— Duvido muito. — Jill olhou para Olivia. O sorriso desaparecera. — Você parece muito preocupada em saber quem vai assumir. Natalie está mesmo bem?

— Está sim, até onde eu sei. Possui uma incrível energia. E uma força incrível. Acontece que penso em Natalie como uma mulher de meia-idade, até que ela começa a falar sobre a década de 1930 e compreendo que é mais do que isso.

— Greg está convencido de que ela *perdeu o juízo*. O que você acha? Natalie ainda mantém as faculdades mentais intactas?

— Totalmente.

Então por que Olivia se preocupava com sua saúde? Porque Natalie não era mais de meia-idade e porque era surpreendentemente sozinha no meio da família. Atraíra Olivia, fizera-a sentir que era parte de tudo, como se estivesse faminta por companhia. Olivia adorava. Mas Natalie tinha o potencial de Susanne e Mark, Greg e Jill, além dos dois netos.

— Eu a vi no clube com as amigas e suas famílias. A impressão é que Natalie, sem qualquer pessoa da família, perdeu uma geração.

— Pode ser porque Simon não estava presente. Você já conheceu Simon, não é?

Olivia entrou no caminho do vinhedo.

— Já sim.

— Acha que ele tem pretensões sobre Asquonset?

— Não creio. — Olivia seria capaz de apostar todo o seu dinheiro nisso. — Acho que ele ama o vinhedo. Provavelmente ficaria feliz em passar o resto de sua vida aqui. Mas ele quer ser o dono?

Ela fez uma pausa. Balançou a cabeça em negativa.

— Simon quer cultivar uvas. Só isso.

Como era a última coisa sobre a qual conversara com Jill, antes de se separarem no vestíbulo da casa-grande, Olivia tinha Simon na mente. Não parava de imaginá-lo sozinho em sua casa enquanto todas as outras pessoas celebravam o Quatro de Julho no clube. Continuava a pensar que ele não deveria ficar sozinho.

Ela pôs um short e uma camiseta, amarrou os cadarços dos tênis de corrida e fez os alongamentos ao lado do carro. Depois, saiu correndo pelo caminho, na direção do sol poente. Na estrada principal, virou à esquerda, sempre correndo num ritmo confortável. Uma brisa soprava do mar, esfriando a pele quando começou a esquentar. O exercício era bastante agradável.

Já correra por aquele percurso antes. Dera a volta por toda Asquonset, sem encontrar o refletor numa árvore que deveria indicar o caminho para a casa de Simon. Não devia estar procurando direito.

Mas desta vez manteve-se atenta, diminuiu a velocidade em todos os trechos de onde podia partir um caminho secundário. Até entrou em um caminho que parecia promissor, mas que era apenas um estacionamento para a casa no outro lado da estrada.

Um reflexo atraiu sua atenção. Era um último raio do sol faiscando num refletor numa árvore, no começo do que parecia ser uma trilha de trator, dois sulcos na terra, separados por relva. Como camuflagem, até que funcionava. Havia um trecho pavimentado dez metros adiante, mas era quase invisível sob uma floresta de árvores. Era sem dúvida o caminho de um homem que não queria ser incomodado.

Com o coração batendo forte, Olivia entrou no caminho. Ela correu até o início do trecho pavimentado, pensou no homem que não queria ser perturbado, virou-se e voltou correndo para a estrada principal. Mas depois pensou no homem que estava completamente sozinho. Correu no lugar por um minuto, imaginando-o. Tornou a entrar no caminho.

Era uma subida na maior parte do percurso. Não era uma corrida fácil para uma mulher que dedicava sua vida a encontrar um terreno plano. Com a respiração entrecortada, Olivia até parou em determinado ponto. Dobrou o corpo, com as mãos nos joelhos, e especulou se estava tendo um ataque cardíaco.

Mais parecia um ataque de pânico, ela decidiu. Simon era mesmo um homem imponente.

Mas Olivia queria descobrir onde ele morava. E como estava escurecendo, era mais do que provável que Simon nem percebesse sua presença. E, se por acaso a visse, também não haveria qualquer problema. Podia dar um jeito. Não o controlara quando ele tivera o problema com Tess? E não controlara Tess quando ela reclamara por causa de Seth? Podia controlar as pessoas. Era firme e decidida.

Ela ergueu-se e continuou a correr, até o ponto em que o caminho terminava. Lá estava a picape prateada de Simon, salpicada de lama. Ao lado de uma casa pequena.

Casa? Era mais uma cabana. Tinha um telhado cinza de telhas de madeira, com janelas que não sugeriam mais do que três ou quatro cômodos, situada no terreno de uma maneira que parecia mostrar o traseiro em desdém para qualquer intruso. Aquela era mesmo a casa de Simon.

Olivia diminuiu o ritmo até parar.

Ela não faria de outra maneira, se fosse construir a casa, decidiu Olivia, quando olhou além da varanda da frente para contemplar a vista. Não percebera que subira tanto. Lá de cima, o mar era nítido. Por baixo do céu em crepúsculo, era de um cinza profundo, quebrado apenas por manchas violetas sob nuvens da mesma cor.

Com as mãos nos quadris, a respiração um pouco mais regular agora, ela se perguntou o que deveria fazer. Não havia qualquer luz acesa na casa. Afora o canto ritmado de um grilo, não havia nenhum som. Se não fosse pela picape, ela poderia pensar que Simon não estava ali.

Alguma coisa peluda roçou em sua perna. Com um grito assustado e visões de um furão, uma doninha, até mesmo um filhote de *urso*, ela deu um pulo para trás. Mas era apenas Buck.

Ela se abaixou e coçou a cabeça do gato. Só porque Buck estava ali, isso não significava que Simon também estivesse. Ele poderia ter sido apanhado por um amigo. Ou até mesmo por alguma *mulher*. Isso mesmo. Ele não queria mais ter relacionamentos... mas os homens não consideravam que fazer sexo era um relacionamento. Por tudo o que Olivia sabia — por *tudo* o que qualquer pessoa podia saber —, Simon e alguma mulher estavam naquele momento empenhados em sexo ardente e intenso, em alguma casinha bonita perto do centro da cidade.

Havia outra possibilidade, é claro. Simon e sua namorada podiam estar engalfinhados no sexo ardente ali mesmo. O que explicaria a presença da picape, até mesmo a casa às escuras, com o pobre gato exilado pela noite.

E Olivia sentira pena do homem?

Ela acalentava um profundo sentimento de indignação quando ouviu um barulho na varanda, o que a deixou paralisada. O rangido de uma cadeira foi acompanhado pelo som de pés descalços no chão de madeira. Ela ergueu-se, prendendo a respiração.

— Está me procurando? — perguntou Simon da beira da varanda.

Tudo era difícil de divisar, com as árvores bloqueando os últimos raios do sol poente. O mundo de Simon era púrpura e se aprofundando para negro a cada minuto que passava. Olivia, por outro lado, sentia-se positivamente néon. Era como se estivesse iluminada por refletores. Tentar negar sua presença não teria o menor sentido.

— Estava sim. Mas acho que vim num péssimo momento. Falarei com você amanhã. Até lá.

Ela virou-se para ir embora.

— Por que não está no clube?

Olivia pensou a respeito por um instante e tornou a se virar. Se a conversa com ela era uma manobra diversionária — se havia mesmo uma mulher nas sombras, vestindo-se —, era tarde demais para se esquivar. Ela tinha de olhar para o humor na situação.

— Essa deveria ser minha fala. Eu estava lá. O jantar foi maravilhoso. Sentimos sua falta.

Ele riu.

— Não é provável. Caso ainda não tenha notado, não sou exatamente o que se costuma chamar de alma da festa.

— Para ser franca, eu não havia notado. A única vez em que o vi com outras pessoas foi com Natalie, naquele primeiro dia.

— E com Tess.

A menos que ela estivesse enganada, Simon a convidava a fazer um comentário a respeito. Para escutar com atenção e compreensão? Era difícil acreditar.

— Você conseguiu se sair bem da situação.

— Ela me perdoou?

— Não sei se eu chegaria a *esse* ponto. O pedido de desculpa ajudou. Ela não está pior pelo que aconteceu.

Olivia teve outro sobressalto, desta vez ao som de uma explosão distante. Olhou para o mar, a tempo de ver uma brilhante flor rosa se abrir e se espalhar pelo céu. Prendeu a respiração quando flores amarelas menores surgiram ao redor.

— Eu não podia imaginar que ela tinha um problema de aprendizado — comentou Simon, enquanto as cores se desvaneciam e sumiam.

— Não havia razão para que você soubesse.

Mas Olivia estava de olho na enseada. Uma segunda explosão foi logo seguida por uma terceira e uma quarta. O céu era alternadamente iluminado por vermelho-branco-e-azul, seguido por verde, amarelo e rosa.

— Até que ponto é grave? — indagou ele, parecendo indiferente ao espetáculo de fogos de artifício.

— Bastante grave para prejudicá-la socialmente. E as coisas sociais são importantes para uma criança de sua idade. Ela passa por momentos difíceis.

— Tem problemas de convivência com as outras crianças.

— Isso mesmo.

Houve outra explosão. Desta vez os fogos de artifício eram multicoloridos, pequenos e retorcidos, como um exército de espermatozóides nadando pelo céu escuro.

Tess estava sob aquele céu, observando o espetáculo de um barco. Olivia se perguntou se fizera a coisa certa ao deixá-la ficar. Nunca se perdoaria se Tess fosse grosseira com Seth. Ocorreu-lhe que deveria ficar perto do telefone, para qualquer emergência.

Pensava em partir quando uma cornucópia de cores patrióticas explodiu sobre a enseada. Ela não pôde conter uma exclamação de admiração.

— Quando descobriu que ela tinha o problema? — perguntou Simon.

A cornucópia dissolveu-se. Olivia olhou para a varanda, raciocinando que não haveria mal algum ficar ali por mais um ou dois minutos e que ele estava estimulando a conversa. Divisou os contornos de um braço levantado, a mão encostada na viga por cima, um corpo esguio tingido de azul pela exibição seguinte da pirotecnia.

Quando Olivia descobrira que Tess era disléxica? Podia lembrar cada detalhe do pesadelo.

— Quando ela entrou na escola e não conseguia aprender nada. Havia dores de barriga, lágrimas, reuniões com a professora. Eu deveria ter percebido mais cedo. Se isso acontecesse, eles poderiam ajudá-la desde o início. Mas não era fácil reconhecer coisas assim. Sabia que ela não era boa com determinados brinquedos, mas eu também jamais gostei de quebra-cabeças. Por isso, só brincávamos com as coisas em que ela *era* boa.

— Lia para Tess quando ela era pequena?

Houve outra explosão, mas Olivia não olhou para o céu. Alguma coisa na voz de Simon acionou sua imagem lendo para a filha, Liana. Ela abriu a boca para perguntar a respeito, mas tornou a fechá-la, abruptamente, pensando: *É um terreno doloroso... não entre aí, Olivia Jones.* Em vez disso, limitou-se a responder à pergunta:

— Durante todo o tempo. E ainda leio. Quando ela era pequena, li todas as histórias que eu havia perdido. Detestava ler quando era criança. Não podia fazê-lo. E, quando pude, já era velha demais para ler contos de fadas. Por isso, só os conheci com Tess, e era muito divertido... para não mencionar que era uma confirmação de que eu podia fazê-lo.

E ainda é, pensou Olivia.

— Provavelmente eu me divertia mais do que Tess. Deveria estar lhe ensinando as letras e as palavras. Se fizesse isso, poderia ter compreendido que ela tinha um problema. Mas eu não queria ensiná-la a ler. Tinha medo de fazer tudo errado. E depois passei a pensar que ela estava aprendendo sozinha. Líamos algum livro e, de repente, Tess começou a ler uma página. Começamos a nos revezar. Eu lia uma página, ela lia a seguinte. Achei que ela era brilhante. E ainda acho. Ela *é mesmo* brilhante. Mas pensei que se encontrava muito à frente de sua faixa etária. Que mãe ou pai não gosta de pensar isso? Até que uma noite, quando estávamos lendo, virei por acaso duas páginas a mais. Tess começou a recitar as frases da página que eu havia pulado. Compreendi que ela não lia. Apenas memorizara o livro inteiro. Mesmo então, pensei que ela era muito inteligente. Não percebi as implicações.

Olivia empurrou para trás os cabelos curtos, embaraçada ainda agora por ter sido tão obtusa. Ela sorriu.

— Recebeu mais como resposta do que pediu, não é mesmo?

Houve outra explosão na enseada, mas não qualquer som por trás de Simon. Provavelmente ela fora obtusa sobre isso também.

— Eu perguntei — murmurou Simon.

Buck miou. Olivia divisou seu corpo escuro e grande entre ela e Simon. A noite era cada vez mais densa, a colina púrpura e Simon se aprofundando. Olivia sabia que teria de descer correndo a estrada no escuro. Refletiu que deveria partir agora, enquanto ainda restava um resquício de claridade. Mas ficou parada, olhando para a cabana.

— Então esta é sua casa?

Ela especulou como seria o interior.

— Não é a mesma em que eu vivia com minha mulher e minha filha. Queimei a outra depois que elas morreram.

— Queimou a casa? Por que fez isso?

— Construí a casa para elas. E elas morreram.

— *Queimou* a casa?

— Por completo.

— E a floresta não pegou fogo?

Afinal, a casa era cercada por árvores. Simon soltou um grunhido, que podia ser uma risada, uma reação de espanto por ela não ter se mostrado mais descontrolada por ele incendiar a casa. Buck miou de novo.

— Está tentando me assustar, Simon?

— Estou conseguindo?

— Não. Não tenho qualquer interesse em você. Não há risco.

— Não se importa que eu possa ter um lado violento?

Olivia viu-se gritando com Tess no estacionamento do clube. Houvera violência em sua atitude. É verdade que não fora física. Em matéria de catalisador, no entanto, a perda de Simon era muito maior do que o desapontamento momentâneo de Olivia com Tess.

— Não posso sequer imaginar o que eu faria se perdesse tudo de repente, como aconteceu com você. Se não pode se recuperar e seguir em frente, acho que a melhor coisa seguinte é destruir uma lembrança dolorosa.

Ele não fez qualquer comentário a princípio. Seu perfil era uma silhueta escura quando olhou para o mar. Havia mais fogos de artifício, mas Olivia tinha a impressão de que ele não os via. Parecia estar num mundo só seu, de volta ao passado pelo menos por quatro anos.

É tempo de partir, pensou Olivia.

Depois ele falou e o pensamento de Olivia se desvaneceu. Sua voz era menos segura, até mesmo angustiada:

— Eu não deveria ter feito isso. Estava furioso. Sentia-me desamparado. E precisava fazer alguma coisa. O que acabei fazendo, no final das contas, foi apagar todos os vestígios da minha vida com elas. As lembranças dolorosas desapareceram junto com todas as coisas boas. Tudo destruído pelo fogo. Só restaram cinzas, mais nada.

— Não restou absolutamente nada? Nem mesmo fotos?

— Carl tinha algumas. Natalie também. Insistiram em me dar. Algum tempo passou antes que eu conseguisse suportar ver as fotos. Ainda tenho dificuldades até hoje. Parte de mim diz que só preciso das recordações.

Ele tinha mesmo as lembranças. E eram como um fosso ao seu redor, mantendo Olivia a distância. Ela estava aqui... e Simon estava ali, com a esposa e a filha mortas.

Agradecida agora porque a escuridão escondia seus cabelos horríveis e o corpo suado, Olivia disse:

— Se Tess incomodá-lo de novo, diga a ela para não encher.

— Isso seria uma maldade.

— Diga que está ocupado. Diga que está pulverizando alguma coisa perigosa nas plantas e que ela não deve andar pelos campos. Tentarei impedi-la de se intrometer quando você estiver cuidando do vinhedo.

Outro miado de Buck. Olivia perguntou:

— Ele está bem?

— Está.

— Não se preocupa por Buck circular à solta pelo mato?

— Ele é duro na queda.

— Mas não há outros animais mais duros por aqui?

— Não muitos. Você não saiu mais da casa pela manhã.

Olivia demorou um instante para engrenar. Passou os braços pela barriga.

— Não. É a sua hora. É o seu lugar.

— Eu me perguntava se havia mais alguma coisa.

Simon fitava-a. Havia um certo desafio em sua voz. Ela tratou de oferecer outro desafio em resposta:

— Por exemplo?

— Vejo-a sentada junto da janela. Em que está pensando?

— Estou pensando que sou uma afortunada por me encontrar aqui.

— Mais alguma coisa?

— O que mais poderia haver?

Ele não disse nada, mas Olivia podia sentir sua resposta todas as manhãs, no fundo do estômago. Era uma pontada de ansiedade, mínima, indesejável e irritante... mas *existia*. Ela deu um passo para trás, erguendo a mão.

— Se está pensando que deve haver mais alguma coisa, o problema é seu. Eu sou franca e objetiva. Concordamos que, se alguém pensasse que poderia haver alguma coisa, seria um equívoco total e absoluto. Não há nada, absolutamente nada. — Olivia respirou fundo. — E, mesmo que houvesse *alguma* coisa, eu não agiria com base nisso. Caso ainda não tenha percebido, Tess me absorve demais.

Ela começou a recuar para a estrada, lentamente.

— Sou mãe, em primeiro lugar e acima de tudo. Isso não significa que não sinto coisas. Claro que sinto. Mas não vai além disso. — Ela começou a correr, as palavras saindo em fluxos entrecortados. — E, mesmo que eu me sentisse atraída por você, é uma questão irrelevante. Posso ser fascinada por pernas bonitas, mas não sou masoquista.

Ela virou-se e passou a correr mais depressa, concentrando-se em permanecer na estrada no escuro.

Não acabara. Na manhã seguinte, ao amanhecer, ela estava sentada no banco na janela, depois de dormir menos de cinco horas. Tess só voltara para casa às dez e meia. Passaram duas horas conversando sobre sensibilidade, respeito pelos outros e a tolerância do amor maternal. Depois disso Olivia ainda permanecera acordada por algum tempo, antes de finalmente adormecer... e acordara à primeira claridade do amanhecer.

Ocorreu-lhe que Simon poderia dormir até mais tarde, já que hoje era Quatro de Julho.

Mas lá estava ele, na hora habitual, saindo de baixo do toldo e se encaminhando para a beira do pátio. Só que não havia uma caneca com café em sua mão... o que acontecia pela primeira vez. Curiosa, ela o observou pôr as mãos nos quadris. Ele correu os olhos pelo vinhedo, como fizera tantas vezes antes. Tinha as costas empertigadas, as pernas esticadas. Não havia naquele dia a postura descontraída, o peso do corpo apoiado numa perna ou outra. Para Olivia, isso indicava que havia alguma coisa errada, e ela se perguntou o que poderia ser.

Depois, ele virou a cabeça para fitá-la, inclinou a cabeça na direção das videiras e partiu pela trilha.

O coração de Olivia disparou. O gesto fora um convite... não podia haver a menor dúvida quanto a isso.

Ele queria conversar? Tinha alguma coisa para lhe mostrar?

Olivia ficou olhando para o caminho, pensando que ele poderia voltar e dar uma indicação. Como isso não acontecesse, ela tomou uma decisão. Em dois segundos, tirou a camisola, vestiu um short e uma camiseta. Pegou sandálias de dedo e foi descalça até o banheiro para verificar se Tess ainda dormia. Voltou logo ao seu quarto e desceu correndo pela escada.

Chovera pouco antes. As pedras do pátio ainda estavam molhadas. Ela calçou as sandálias e partiu.

A umidade era intensa no ar quente de julho. Acrescente-se a chuva a isso e a uvas não podiam estar mais satisfeitas. Talvez a chuva indesejada fosse a causa da tensão de Simon. O que ela imaginara como um convite podia ter sido apenas um gesto de frustração.

Mas ela alcançou a trilha no vinhedo e seguiu em frente, olhando para cada fileira, sem saber como poderia encontrar Simon. E de repente ocorreu-lhe que provavelmente estava bancando a tola ao sair daquele jeito. Deveria ter permanecido na janela. Ou, melhor, *na cama*.

Ainda assim, ela continuou. Alcançava o final de um bloco de videiras quando o avistou, encostado num velho bordo, os braços e tornozelos cruzados.

Esperava por ela. Olivia aproximou-se mais devagar. Parou a três ou quatro metros de distância. Enfiou as mãos nos bolsos.

— Você me chamou? — perguntou ela docemente.

Simon soltou um grunhido, lançou um olhar para o lado e quase sorriu.

No momento em que ela começava a pensar que, se um quase sorriso podia deixá-la tão fraca, um sorriso completo poderia fazer com que se derretesse toda, Simon fez um sinal com o dedo para que chegasse mais perto.

O coração batendo forte, Olivia deu um único passo largo para a frente e parou de novo.

— O que é?

Simon descruzou os tornozelos, afastou-se da árvore e cobriu a distância que os separava. Os olhos eram sérios quando se fixaram nos de Olivia. Segundos depois, ele pegou a cabeça dela entre as mãos e ergueu seu rosto para um beijo.

Não havia nada de gentil naquele beijo. Foi duro, de boca aberta, revelando uma fome antiga.

Olivia sentiu a mesma fome até as pontas dos pés. Admirara-o por vezes demais, observara o jeito de andar, firme, os quadris estreitos, e vira seus bíceps em ação. Havia um mistério naquele homem que lhe aumentava a fome. Havia um quê de proibido. O beijo era ainda mais excitante pelo fato de que não deveria acontecer.

Ele não era suave. Não havia a menor gentileza na maneira como segurava sua cabeça, como manipulava sua boca. Mas a fome intensa não permitia a gentileza. Olivia, no entanto, não se importava, pois ansiava pela saciedade muito mais do que por classe. Enlaçou-o pelo pescoço e retribuiu o beijo. Tess tinha razão ao dizer que ele cheirava... um cheiro maravilhoso de limpeza, totalmente masculino. Tinha os cabelos úmidos, o pescoço quente, os ombros fortes. Ela passou as mãos pela saliência de seu peito, mas logo tornou a enlaçá-lo pelo pescoço. Tinha de se segurar em Simon, pois receava que as pernas não fossem mais capazes de sustentá-la.

Olivia pensara que era apenas ela. Pensara que a comichão que sentia todas as manhãs era unilateral. Mas não era o que acontecia agora. O corpo de Simon estava tenso, quase tremendo.

O que talvez significasse que ele passara tanto tempo sem mulher que qualquer uma serviria agora. Quando afastou a boca do beijo, Simon puxou-a de encontro ao seu corpo e manteve-a assim, com um braço estendido pelas costas, a outra mão em sua bunda. O excitamento de Simon era intenso. Uma coisa incrível para uma mulher sentir. Mas qualquer mulher seria capaz de causá-lo?

Olivia não queria isso. Não queria sexo anônimo. Não queria um sexo *substituto*.

Mas foi seu nome que ela ouviu, murmurado por uma voz rouca e trêmula segundos antes de Simon inclinar a cabeça para trás. E eram seus olhos que ele fitava... e Olivia descobriu nos olhos dele surpresa e confusão. Viu o tesão. Ele tinha a respiração pesada, a testa úmida de suor. O queixo era quadrado, e ele fizera a barba há tão pouco tempo que havia apenas uma sombra. A boca estava entreaberta. Os olhos eram de um azul profundo.

Olhos enormes, que sabiam de tudo. Era verdade, ele sabia que era Olivia. Podia parecer inacreditável, já que não era nenhuma mulher exuberante, mas Simon sabia que ela era.

O que fez com que fosse ainda mais doce quando ele tornou a beijá-la, mais gentil desta vez, saboreando mais do que devorando. A língua penetrou em sua boca, subindo, voltando, enroscando-se com a sua. Os movimentos de Simon eram lentos e excitantes, cada vez mais tentadores. Olivia doía por dentro.

Entregou-se à ânsia, moveu-se em busca de alívio, procurou a boca de Simon para o que pudesse encontrar. Mas assim como não fazia sexo anônimo, também não admitia a transa única de uma noite... ou de uma manhã, que era o curso que pareciam seguir. Era excitante demais e muito assustador. E absolutamente impossível.

Ela aplicou uma pequena pressão nos ombros de Simon, rompeu o beijo e deu um passo para trás. Fitou-o nos olhos, respirando com dificuldade.

Simon sustentou seu olhar, a respiração também pesada.

Desta vez ela não tinha condições de fazê-lo desviar os olhos primeiro. E baixou os olhos, comprimiu o punho contra o coração disparado e respirou fundo, o que deveria acalmá-la. Mas isso não aconteceu. Sentia que pegava fogo por dentro. Respirou fundo outra vez, e depois uma terceira. Sem fitá-lo de novo, ergueu a mão.

Deveria ter esperado mais um pouco. As pernas não tinham a menor firmeza. Mas ela receava mudar de idéia e voltar para mais, o que não seria certo.

Ela era a mulher. Exercia o controle. Podia dizer quando queria ser beijada e quando não queria... e naquele momento não queria.

Virou-se de uma maneira que fez o calcanhar sair da sandália, mas conseguiu manter o equilíbrio, ergueu o queixo e afastou-se, com tanta dignidade quanto uma mulher com as pernas trêmulas podia demonstrar.

Dezesseis

— Por que não casou com Carl em 1942?

— Porque casei com Alexander.

Olivia fitou Natalie em silêncio por um longo momento, depois balançou a cabeça e sorriu.

— Por que não fiquei surpresa com essa resposta?

Natalie também sorriu.

— Por que não ficou? Explique.

— Porque você sempre acha que a taça está cheia pela metade. E porque não gosta de falar sobre coisas que são dolorosas.

— Ou embaraçosas.

— É embaraçoso o motivo pelo qual casou com Alexander em vez de Carl?

Olivia só podia pensar num motivo embaraçoso: ela engravidara de Alexander. Mas não havia possibilidade de que isso pudesse acontecer. Natalie amava Carl.

— Isso mesmo, embaraçoso.

— Por quê?

Natalie revirou os olhos. Quando voltaram a se fixar em Olivia, exibiam um brilho de lágrimas. O sorriso era agora de constrangimento.

— Porque...

Ela parou de falar. Levantou-se da cadeira de vime e começou a recolher copos e pratos de papel sujos da mesa ao lado.

Era o final da tarde do Quatro de Julho. Ondas de calor elevavam-se da grelha a gás enquanto queimavam os restos de hambúrgueres e salsichas. Madalena e Joaquim haviam levado as saladas, pães e condimentos para a cozinha. A dúzia ou mais de amigos que vieram almoçar já haviam partido. Carl levara Tess e Jill para tomarem um sorvete.

Simon não aparecera. Haviam perguntado por ele a Carl, embora mais para saber como estava do que para descobrir seu paradeiro. Ao que parecia, ninguém esperava encontrá-lo ali. Olivia achava isso triste, mas também sentia um profundo alívio. Ainda tentava decidir o que exatamente acontecera naquela manhã.

Era muito mais fácil concentrar-se na história de Natalie.

Ela também se levantou e foi ajudar Natalie a tirar a mesa. Por baixo de manchas de mostarda e ketchup, de ocasionais batatas fritas ou migalhas de pão, a toalha de papel tinha cores patrióticas, azul, vermelho e branco.

— Por que é embaraçoso?

Natalie esvaziou as sobras do ponche de frutas num único copo, empilhando os copos vazios por baixo.

— Talvez "embaraçoso" seja a palavra errada. Seria melhor dizer "envergonhada". — Ela lançou um olhar rápido para Olivia. — Não que a decisão que eu tomei tenha sido errada ou que Alexander não fosse um homem de bem. Não quero que meus filhos pensem assim, porque não é verdade. Alexander era um bom homem. Eu gostava dele. E passei a *amá-lo*. Tivemos uma boa vida juntos. Se estivesse na mesma situação, diante da mesma opção, eu faria agora exatamente a mesma coisa que fiz naquele tempo.

O fogo se extinguiu em seus olhos. Ela franziu o rosto, virando os copos nas mãos.

— O que foi? — estimulou Olivia, gentilmente. — O que você fez?

— Pelos padrões de hoje, o que fiz parece superficial. Parece uma traição de primeira ordem. Parece materialista.

Olivia só podia pensar em uma forma para que fosse assim.

— Casou com Alexander por *dinheiro*?

Os incêndios mal haviam sido apagados, os corpos removidos e os danos avaliados em Pearl Harbor quando todos os homens aptos na cidade começaram a pensar em se alistar. Carl foi um dos primeiros. Estava mais do que determinado. Antes que eu pudesse encontrá-lo e dizer que achava que deveríamos casar, antes de sua partida, Carl já estava de uniforme, pronto para ser transportado para o exterior.

Era o início de 1942. Um dia horrível de fevereiro. Para ser mais precisa, dia 8 de fevereiro... nunca mais vou esquecer essa data. Combinamos que eu não iria à estação ferroviária. Seria doloroso demais. Estávamos no galpão dos tratores e passamos a noite inteira acordados, sempre abraçados. Não nos importávamos com o frio que fazia. Não tínhamos outro lugar para ir.

O sol nasceu... um sol cruel num dia tão desolado. Os campos estavam vazios. O gelo cobria todas as hastes de relva morta, todas as plantas, de uma maneira que poderia ser linda se as circunstâncias fossem diferentes.

Não conversávamos. Não havia nada para dizer. Carl estava fazendo o que tinha de fazer, e eu não podia deixar de apoiá-lo. Mas ele estava prestes a ser enviado só Deus sabia para onde, para sofrer só Deus sabia o quê. Nunca havíamos nos separado antes.

Por três vezes ele foi até a porta com intenção de partir. E por três vezes voltou. Depois, não pôde mais adiar. Foi até a porta pela quarta vez. Parou ali, uma das mãos na enorme tranca de ferro, a outra inerte no lado do corpo. Olhou para trás. Lembro dos detalhes, tão nitidamente quanto recordo a primeira ocasião em que o vi, quando tinha cinco anos de idade. As roupas eram maiores, mas com exceção da calça em vez do macacão ele se vestia quase da mesma maneira... chapéu e casaco parecidos, botas parecidas. Os cabelos caíam sobre a testa. Sabíamos que seriam cortados antes que o dia terminasse. A camisa pendia para fora da calça, o que também seria pela última vez em muito tempo. Seus olhos se encontraram com os meus, foram fundo, me amaram. Depois, ele abaixou a cabeça e saiu.

Meu coração foi com ele. Corri até a porta e observei-o se afastar. Quanto mais longe ele ficava, menor parecia, até que virou na curva que levava à sua casa e desapareceu de minha vista.

Arriei no chão e chorei. Apenas chorei. Se não soubesse da intensidade do sentimento de Carl pelo que estava fazendo, teria corrido em seu encalço e suplicado para que ficasse. Mas isso não ajudaria qualquer dos dois. Apenas... fiquei sentada ali... e chorei.

Não se preocupe... estou bem. Dê-me só um instante.

Foi apenas... hum... apenas um momento de angústia.

Pronto. Já estou bem. Mas não é isso o que você quer saber. Perguntou por que não casamos antes de sua partida.

Acredite ou não, Carl não me pediu. E eu não pensei a respeito. As coisas aconteciam muito depressa. Era como se ele estivesse aqui num dia e longe no outro. Simplesmente presumi que casaríamos quando ele voltasse para casa. Se ele voltasse para casa. Claro que sempre vejo a taça como se estivesse cheia pela metade, mas a realidade daqueles dias tornava isso mais difícil. Hitler era um monstro. Podíamos não conhecer todos os detalhes naquele tempo, como acontece hoje, mas sabíamos que ele era o mal encarnado.

Quem era Carl para lutar contra isso? Era um homem gentil. Não-violento. Eu dizia a mim mesma que ele era forte e determinado, e que essas qualidades o levariam ao longo da guerra, permitindo que voltasse inteiro. Mas havia bombas caindo. Podíamos ouvir pelo rádio todas as noites. Como Carl seria capaz de se proteger de uma bomba?

Eu tinha dezessete anos e me sentia apavorada por ele. Claro que gostaria que ele tivesse me pedido em casamento antes de partir. Isso poderia me proporcionar um argumento para não casar com Alexander... e, mais uma vez, não quero que minhas palavras sejam mal interpretadas. Alexander era um bom homem.

Mas eu amava Carl.

Estava furiosa por ele não ter me pedido em casamento? Não.

Ou, melhor, estava sim. Os dias subseqüentes foram tão tumultuados que era natural que a raiva fosse uma das emoções que senti. Mas... e isso é importante, Olivia... não casei com Alexander como uma reação. Havia outras razões para o casamento.

Mas estou me antecipando. Vamos voltar ao fato de eu não ter casado com Carl. Como eu disse, não pensei a respeito na agitação de sua partida. Depois que ele foi embora, no entanto, comecei a pensar. Outras garotas que eu conhecia estavam casando com seus namorados. Ocorreu-me que poderíamos ter casado também, e de repente me senti desesperada por isso. Mas Carl não me pedira para casar. Durante anos, especulei por quê. Só indaguei a respeito recentemente... levei todo esse tempo para tomar coragem.

Sua resposta me surpreendeu. Pensava que o momento fora sua única restrição... minha idade e a pressa de seu alistamento. Mas ele tinha outras razões para hesitar. Carl era católico, e nós éramos protestantes. Seus pais eram imigrantes, os meus eram aristocratas. Ele não tinha instrução. Não era rico. Não era um proprietário de terras. Sentia-se inferior ao homem que meu pai fora em seu apogeu. Disse que durante todos os anos em que meus pais o conheceram, por mais gentis que fossem com sua família, jamais o haviam considerado como um possível genro.

Ele tinha razão. Meus pais deixaram isso claro para mim quando Alexander me pediu em casamento.

Só que eu não percebia isso na ocasião. Era tão apaixonada por Carl que simplesmente presumi que meus pais sabiam como me sentia e o que queria. Não havia motivo para conversar a respeito. Eu tinha apenas dezessete anos. Ainda nem terminara a escola secundária.

Mas meus pais vinham conversando sobre o meu futuro. Nos meses anteriores a Pearl Harbor, enquanto eu acalentava meus sonhos adolescentes de casar com Carl, eles tinham outros pensamentos. Alexander Seebring era filho de um bem-sucedido homem de negócios. Sua família passava o verão em Newport no tempo em que também passávamos. Por isso, eu sabia quem era Al. Mas não éramos amigos. Al era dez anos mais velho.

Naquele outono antes de Pearl Harbor, nossas famílias começaram a se encontrar. Lembro dos preparativos... a limpeza, o polimento, a arrumação para impressionar os hóspedes. Fiquei aturdida ao descobrir que tudo parecia maravilhoso. Mamãe passava o tempo todo doente e não fazia qualquer esforço para manter as aparências. Por isso eu estava acostumada com coisas mais simples. Quando tudo ficou pronto, porém, não parecíamos tão pobres.

Mesmo assim, não pensei em nada demais quando os Seebring apareceram. Alexander estava ajudando meu pai. O negócio dos Seebring era o ramo de sapatos, o que significava que Al fazia viagens regulares à Europa. E ajudava meu pai na busca pela uva certa.

Eu costumava fazer perguntas a Al sobre essas viagens. Ele podia falar por horas e ser totalmente encantador. Não me ocorreu que nossos pais encorajavam essas conversas para algo mais profundo.

Eu sabia que meu pai se sentia melhor quando os Seebring estavam presentes. Assim que eles partiam, papai tornava a afundar na depressão. Isso foi antes da guerra ser declarada. Depois de Pearl Harbor, depois que Brad morreu, a depressão de papai aumentou. Ele passava dias sem dizer uma única palavra, deixando o trabalho nos campos para Jeremiah e nós enquanto sentava e definhava ao lado de suas videiras.

Minha mãe entrou em pânico. Não podia falar sobre Brad, porque sua morte era dolorosa e recente, enquanto meu pai piorava a cada dia que passava. E ela também. Mais tarde, descobrimos que era um tumor o que pensávamos ser um caso de indigestão crônica. Tudo o que eu sabia, na ocasião, era que mamãe se tornava cada vez mais magra e mais frágil.

Carl partira há um mês apenas quando mamãe sugeriu que eu casasse com Alexander. Ela sentia-se tão desesperada que nem mesmo disfarçou as razões. Precisávamos de dinheiro, ela disse. E Alexander tinha dinheiro. Alegou que ele poderia investir enormes recursos no vinhedo se casasse comigo. Meu pai poderia comprar muito mais videiras e fazer com que prosperassem desta vez. Precisava disso desesperadamente. De outra forma, morreria.

Isso mesmo. Foi o que ela disse. Se eu não casasse com Alexander — se não houvesse uma infusão de recursos —, meu pai morreria. Mas eu pensava que minha mãe morreria primeiro; e se esse fosse seu último pedido, como eu poderia negá-lo?

Alexander alistou-se. Queria casar comigo antes de partir para o exterior. Eu tinha uma semana inteira para tomar a decisão.

— Deve ter sido um *pesadelo* para você.

Pela primeira vez Olivia especulou se gostaria mesmo de ter vivido naquele tempo.

Haviam acabado de limpar a mesa no pátio e agora vagueavam pelo vinhedo. Fazia sentido que Natalie precisasse das videiras ao seu redor para contar aquela parte da história. As videiras desempenhavam um papel importante... e eram mesmo lindas. Olivia podia perceber a mudança acarretada pela passagem de junho para julho. As folhas tinham agora um verde mais intenso, alcançando o arame mais alto em maior quantidade. As uvas continuavam pequenas e duras, mas havia um ar de promessa no sol daquele dia.

— Aconteceu muito depressa — murmurou Natalie, angustiada.

— Onde Carl estava na ocasião?

— Guadalcanal.

— Ele sabia o que acontecia aqui?

Natalie não respondeu por um longo momento. Deixou o caminho e enveredou por uma fileira de videiras. Estendia a mão para tocar em uma folha e outra.

— Só soube depois do casamento — disse ela, finalmente.

— Tentou entrar em contato com ele?

Natalie fitou-a.

— Para quê? Carl não falara em casamento... o nosso... antes de partir, nem nas primeiras cartas. Minha mãe me pressionava. Meu pai me pressionava. Alexander me pressionava.

Sempre romântica, Olivia lembrou:

— Mas você amava Carl.

— Eu tinha dezessete anos. Estava confusa. E me sentia sozinha. Quando mais precisava de ajuda, meu maior amigo... minha alma gêmea, minha outra metade... havia partido. Mamãe insistia que se eu não casasse com Alexander Asquonset afundaria e meu pai morreria. Ela se tornava mais fraca a cada dia que passava, e haviam acabado de perder Brad. Eu era tudo que lhes restava. A única esperança.

Olivia podia ver a angústia em seus olhos mesmo agora. Eram de repente olhos idosos, injetados de sofrimento, ao peso de décadas de desespero íntimo. Pela primeira vez Natalie parecia ter sua idade.

— Comecei a orar para que minha mãe compreendesse que eu me sentia dividida, mas ela vivia atormentada demais para perceber qualquer coisa. Apresentei os argumentos usuais... mal conhecia Al, era jovem demais para casar, Al era muito velho para mim. Finalmente, quando ele queria uma resposta imediata e eu me sentia frenética, contei para minha mãe que amava Carl. Saiu num fluxo só. Ela não hesitou. Perguntou onde Carl se encontrava em nosso momento de necessidade e se ele poderia trazer dinheiro suficiente para salvar a fazenda. Eu não tinha como responder. Alexander pressionava para um casamento ainda naquela semana. Eu não sabia o que fazer.

— E Jeremiah e Brida? — indagou Olivia. — Eles não se manifestaram em defesa de Carl?

Com um sorriso triste, Natalie envolveu com a mão um cacho de uvas pequenas.

— Conversei com Brida, mas eles se encontravam numa situação muito difícil. Trabalhavam para meu pai. Ele punha o teto sobre suas cabeças e a comida em sua mesa. Ambos sabiam disso muito bem... e eram gratos. Brida tinha artrite grave. Não era muito idosa, mas a umidade era terrível para suas articulações. Não podia mais fazer algumas das coisas que sempre fizera, mas ninguém se queixava. Jeremiah e Brida sentiam uma certa lealdade a meus pais por isso.

— E não pelo filho? — indagou Olivia, consternada.

— Claro que também sentiam pelo filho.

— E o que eles fizeram?

— Os dois me amavam. Mas havia uma moça na Irlanda, filha de amigos queridos. Sempre sonharam no casamento de Carl com ela.

— Ele a conhecia?

— Não.

— Então era uma falsa alegação.

Natalie sorriu.

— É o que você pensa? Como sabe?

Olivia fitou-a em silêncio por um momento. Deixou escapar um suspiro.

— Não sei.

— Pelo que vale, também tive meus momentos de especular se Brida não inventara aquela história para tornar minha decisão mais fácil. Era uma mulher inteligente. Sabia que eu me encontrava entre o mar e o rochedo. Brida me amava, mas também amava meus pais. Estava convencida de que o dinheiro ajudaria e que Asquonset saudável seria bom para sua família também. Além do mais, sua história não era falsa. Havia mesmo uma moça prometida na Irlanda. Mas só anos depois da guerra é que Carl considerou o casamento, e mesmo assim não foi com essa moça.

— Então você concordou em casar com Alexander — disse Olivia, fazendo um esforço para evitar qualquer insinuação de julgamento em sua voz.

Natalie tornou-se defensiva.

— Tentei ganhar tempo. Disse que deveríamos deixá-lo partir e preparar o casamento para a ocasião em que ele voltasse, em licença. Continuava a pensar que Carl poderia aparecer e casar comigo primeiro... e que meu pai descobriria antes a videira de seus sonhos e não precisaria mais do dinheiro. Mas era como nadar contra a correnteza. As moças casavam a torto e a direito. Tornou-se uma atitude patriótica... mandar os nossos homens para a guerra com mais razões ainda para querer vencer. Isso mesmo, concordei em casar com Alexander. E depois foi como um fato mal consumado. Mal aceitara e já estava na igrejinha da cidade, prometendo amar Alexander para sempre, para o melhor e para o pior.

— O que você sentia por ele?

Natalie não respondeu. Continuou a andar pelas fileiras de videiras, murmurando palavras gentis de encorajamento para as uvas. Simon não estava nas proximidades. Olivia podia ouvir o zumbido distante de uma máquina, indicando que ele se encontrava em outro campo. Trabalhava no feriado. Ela conhecia pessoas assim.

Não que ele fosse como Ted. Aquele tipo de vício em trabalho era nocivo. Não podia dizer que era isso que acontecia com Simon. No caso dele, era mais dedicação.

Além do mais, Olivia também estava trabalhando no feriado. Só que aquilo não parecia trabalho.

— Natalie?

A mulher mais velha parou de andar. Estudou os cachos nas videiras por um momento, antes de perguntar a Olivia:

— Sabe que uvas são essas?

— Sei. São Gewürztraminer.

— Aposto que não sabia qual era o nome antes de vir para cá.

— Não, não sabia.

— Muitas pessoas não sabem. A palavra *gewürzt* significa "tempero". O vinho que produzimos com estas uvas é leve, mas picante. Esta foi uma das primeiras variedades que cultivamos com sucesso. A Gewürztraminer adora um clima frio. É mais cultivada na Alsácia, na França. Foi de lá que meu pai trouxe a matriz.

— Com o dinheiro de Alexander?

Natalie soltou um murmúrio zombeteiro.

— Não... claro que não.

— Por que não?

Ela lançou um olhar irônico para Olivia.

— Essa é outra história. Ainda não acabamos a anterior. Creio que você me perguntou o que eu sentia por Alexander. — Ela franziu o rosto. — A resposta é complexa.

Como ela não dissesse nada por um longo momento, Olivia tratou de estimulá-la:

— Como foi seu casamento?

Eu me sentia atordoada. Não conseguia respirar direito. Alguma vez já foi arrastada por uma onda violenta na praia? Ou empurrada por uma multidão? Foi mais ou menos assim. Depois de dizer que casaria com Alexander, fui arrastada por uma onda poderosa de acontecimentos. Antes mesmo de pensar, lá estava eu no altar, de vestido branco, ao lado de Alexander, em seu uniforme novo. Formávamos um belo casal. Digo isso sem arrogância. Posso fazê-lo na minha idade.

Você viu as fotos. Eu sorria, não é mesmo? Não parecia feliz? Não era uma encenação. Cada moça sonha com o dia de seu casamento. Eu estava casando com um bom homem, de uma boa família. Estava casando com um homem maduro. Ele cuidaria de mim... cuidaria de todos nós depois que voltasse da guerra. Era a resposta para todos os problemas de minha família.

Se eu pensei em Carl naquele dia? Não. Não podia. Teria sido angustiante demais. Não me permiti pensar em Carl durante toda a semana. Simplesmente... o apaguei.

O que mais podia fazer? A decisão estava tomada. Meu casamento era um fato consumado. Não havia propósito em especular onde Carl se encontrava e o que estava pensando.

Não me orgulho de admitir isso. Não diz muito sobre o amor que sentia por ele o fato de ser capaz de apagá-lo de minha mente e sorrir durante o casamento com outro homem. Muitas vezes me perguntei como pude fazer isso. Carl também me perguntou, quando finalmente conversamos, o que só aconteceu quatro anos depois. Ele passou todo esse tempo no exterior. Mas já estou me antecipando outra vez.

Meu casamento, naquele dia de março de 1942, não teve nada de requintado. Meus pais não tinham condições e contavam com uma desculpa perfeita para a modéstia, a morte de Brad, a guerra, o prazo tão curto. Houve uma cerimônia na igreja, seguida por um jantar em nossa casa. Alexander e eu fomos de carro para Boston, numa lua-de-mel de dois dias, antes de sua partida para a frente de combate.

Muito bem. O que eu sentia por meu marido? Sentia todas as coisas que as jovens casando nos primeiros dias da guerra podiam sentir. Eu era jovem. Antecipara a data de meu casamento por causa da guerra, mas acreditava que fazia a coisa certa. Era recém-casada e me sentia excitada por isso. Assumi o papel. Tinha um marido e um novo nome. Tinha as maiores esperanças para o futuro, mesmo com a partida de meu marido para a guerra... e era filosófica a respeito. Alexander lutava por nosso país. O que me deixava orgulhosa. Pus uma bandeira estrelada na janela para indicar que tínhamos um homem na guerra.

Fiquei com minha família em Asquonset. Muitas moças faziam isso quando seus maridos recentes partiam para a guerra. A família de Alexander possuía fábricas de sapatos em New Bedford e Fall River, duas cidades próximas da fazenda. Ele prometeu construir nossa própria casa quando voltasse. Enquanto esperava, eu precisava terminar o segundo grau e para isso tinha de morar perto da escola. Além do mais, meus pais precisavam de mim.

No início, escrevia uma carta para Alexander todas as noites. E todas as noites, depois que essa carta era endereçada e o envelope fechado, eu tentava escrever para Carl. Noite após noite, eu lutava com as palavras. Finalmente compreendi que não havia palavras certas para o que tinha de dizer. Por isso, apenas escrevi meus pensamentos. Foi uma carta simples, um tanto brusca, sem qualquer pretensão. A essa altura, porém, já me sentia furiosa. Começara a absorver a realidade da situação. Estava casada.

Presa a outro homem pelo resto da minha vida. Um casamento legal. Um casamento religioso. Um casamento permanente.

Mas deveria ter sido Carl.

Porque não era, ele tornou-se o bandido em minha mente. Decidi que ele pusera seu sentimento pela guerra acima do sentimento por mim. Raciocinei, com absoluto egoísmo, que ao correr para se alistar, sem pensar em meu bem-estar, ele me traíra, da mesma forma como eu o traíra... e as cartas que recebia de Carl, todas as semanas, reforçavam essa convicção. Eram cheias de notícias, falando sobre os homens de sua unidade, a comida, até mesmo os banhos de chuveiro. Não eram pessoais. Não eram cartas de amor.

Carl e eu conversamos sobre isso na semana passada. Ele achava que devia ter escrito sobre amor, porque se lembrava de que era o que pensava e sentia. Mas mostrei a ele as cartas guardadas. Não havia palavras nesse sentido. Ele franziu o rosto, numa perplexidade genuína, abençoado seja, e comentou que devia ter sentido medo de que os censores riscassem qualquer coisa pessoal.

Não tenho certeza se os japoneses empenhavam-se em coletar informações pessoais sobre os militares americanos, mas concedi-lhe o benefício da dúvida.

Seja como for, mandei minha carta em 1942. Nos dois meses desde a partida de Carl, havia recebido seis cartas suas. Depois disso, nunca mais recebi outra.

— Nenhuma? — indagou Olivia. Elas voltavam para casa agora, andando devagar, sob um céu cinzento e ameaçador. — Nem mesmo um pequeno bilhete de congratulações?

Natalie tinha as mãos cruzadas nas costas, numa pose que sugeria impotência.

— Nada. Era minha punição. Carl estava furioso e magoado. Destruiu todas as evidências de minha existência que tinha com ele.

— Como Simon incendiando sua casa? — perguntou Olivia.

Natalie fitou-a com uma expressão curiosa.

— Quem lhe falou sobre isso?

— Simon.

Ela compreendeu seu erro quando Natalie alteou uma sobrancelha e apressou-se em acrescentar com um sorriso irônico:

— Você me conhece. Mencione alguma coisa sobre o passado e minha boca começa a espumar com perguntas. Interroguei-o sobre a esposa e a filha. Ele não ficou nem um pouco satisfeito.

— Ele não se sente satisfeito com muitas pessoas. Continue perguntando.

— Nada disso. Um terapeuta pode passar *anos* tentando fazer com que Simon fale. Só vou passar o verão aqui, e não sou terapeuta.

— Ele merece a felicidade.

— Todos nós não merecemos? — Olivia resolveu mudar de assunto. — Como foi a primeira vez que você viu Carl?

— Depois da guerra? Foi difícil, mas não tão difícil quanto eu imaginara que seria.

— Por que não?

— Porque precisávamos dele. Todo o inferno estava à solta aqui. Jeremiah tentava cuidar de tudo pessoalmente, mas sentia uma necessidade desesperada de ajuda.

— Onde estava seu pai?

— Em casa. Quase não saía da cama depois que mamãe morreu.

— Quando foi isso?

— Um ano depois de meu casamento. Eu já tinha um filho a essa altura; e graças às licenças de Alexander já eram dois antes do final da guerra. Eu administrava a casa, tomava conta das crianças, cuidava de meu pai, trabalhava com Jeremiah, que também andava desanimado.

Elas chegaram ao pátio e pararam.

— A artrite de Brida era do tipo que deixava a pessoa entrevada. Ela fazia cada vez menos coisas, embora tentasse. E quanto mais tentava... e mais fracassava... mais aflitivo era para as pessoas que assistiam. Jeremiah tornou-se seu enfermeiro, além de todas as outras coisas que tinha de fazer. Mas ele não podia... não tinha condições... não podia fazer tudo.

— Onde estava Alexander?

— Na Inglaterra.

— Depois da guerra.

— Ele continuou na Inglaterra. E depois foi para a França. Passou quase cinco anos na Europa. Até hoje, acho que ele amou o trabalho no serviço secreto mais do que outra coisa que fez. Dia da Vitória na Europa... Dia da Vitória no Japão... nossos soldados começaram a voltar. Mas não Alexander. Ele continuou na Europa, procurando provas dos julgamentos dos crimes de guerra.

— Mas você precisava dele aqui — argumentou Olivia.

— Carl voltou.

Carl voltou... Como se isso dissesse tudo. Mas não dizia, na opinião de Olivia.

— E como foi tê-lo aqui?

— Embaraçoso, a princípio — respondeu Natalie, depois de pensar por um momento. — Não sabíamos o que dizer um para o outro. Tínhamos de redefinir nosso relacionamento.

Olivia tentou imaginar como fora para Carl.

— Estou surpresa por ele ter voltado para Asquonset. Ver você deve ter sido um terrível sofrimento.

— Ele acreditava na causa. Isso é o mais importante em Carl. Para ele, Asquonset não era apenas um emprego. Ele acreditava realmente que um dia teríamos sucesso como cultivadores de uvas e fabricantes de vinhos. Queria ajudar para que isso acontecesse. Além do mais, ele queria ficar perto dos pais.

— A romântica em mim diz que ele queria também ficar perto de você.

Natalie olhou para a casa no momento em que Madalena e Joaquim passavam pela porta.

— Podia haver isso também — murmurou ela, distraída.

Ela hesitou por um momento, antes de chamar, cautelosa:

— Madalena? Você e Joaquim estão indo para algum lugar?

Os dois se vestiam de uma maneira como Olivia nunca vira antes. Não era para o trabalho. Nem para a igreja. Vestiam-se... para uma viagem.

A expressão de Madalena era de culpa. Num inglês de forte sotaque, Joaquim explicou:

— Minha irmã está doente. Vamos para o Brasil.

— Brasil... — murmurou Natalie, consternada, enquanto atravessava o pátio para pegar a mão de Madalena. — Por quanto tempo?

Madalena olhou para o marido, que disse:

— Minha irmã tem sete filhos e doze netos.

— Sei disso, Joaquim. Há anos que mando roupas para a família.

— Ela está doente agora. Precisa de ajuda.

— Não podemos contratar alguém? Pagarei com a maior satisfação.

— Ela precisa da família.

— Por *quanto* tempo? — repetiu Natalie.

Como nenhum dos dois respondesse, ela acrescentou:

— Estão me deixando. Vão embora por causa do meu casamento, não é mesmo?

Joaquim tornou a falar pelos dois:

— É tempo. Estamos cansados.

— Está certo — disse Natalie, acenando com a cabeça. — Posso compreender isso. Mas pelo menos esperem até o casamento.

Joaquim sacudiu a cabeça em negativa.

— Minha irmã...

— Então viajem durante uma semana. Pelo resto do mês de julho. Mas voltem em agosto. — Como nenhum dos dois dissesse mais nada, ela virou-se para Olivia. — Tente convencê-los, por favor.

Olivia fez o melhor que podia. Disse que o pato assado de Madalena era o melhor que já comera e que Joaquim tinha um jeito incomparável com as rosas. Disse que Tess recusava-se a comer salada até provar o molho de alho de Madalena e que seu velho Toyota jamais funcionara tão bem quanto agora, depois que Joaquim o consertara. Disse que os dois eram necessários em Asquonset agora, mais do que em qualquer outra ocasião. Perguntou se o problema era dinheiro.

— Não — responderam ambos, com tanta veemência que ela sentiu que era uma causa perdida.

Era o que dizia o olhar que lançou para Natalie. Mas Natalie já sabia, a julgar por sua expressão resignada. Comprimiu vários dedos contra a testa, fazendo um esforço para recuperar o controle. Depois, sempre a dama, ela disse:

— Vamos entrar. Pagarei tudo a que vocês têm direito.

Olivia permaneceu no pátio, não tanto porque esperasse que Natalie voltasse, mas porque se sentia intranqüila.

Intranqüila? Não, não era isso. Desapontada. Compreendia por que Natalie casara com Alexander. Nas circunstâncias, ela achava que poderia fazer a mesma coisa. Mas sem arrependimento? Sem pensar em Carl dia e noite? Ela seria capaz de fazer isso também? Aquele tipo de amor poderia terminar *assim*?

Olivia arriou em sua cadeira, recostou a cabeça, fechou os olhos e pensou nos homens que haviam passado por sua vida. Revisitou cada relacionamento à procura de alguma coisa que pudesse não ter percebido na ocasião. Nenhum caso chegara perto do que Natalie e Carl haviam vivido.

Olivia daria seu braço direito por esse tipo de amor. Se algum dia amasse alguém assim, nunca o deixaria.

— Eu a desapontei.

Olivia teve um sobressalto. Não ouvira a volta de Natalie.

— Não. Eu estava apenas pensando. Madalena e Joaquim foram mesmo embora?

— Foram.

— Sinto muito não ter podido ajudar. Pareciam já ter tomado a decisão.

— E tinham as malas prontas. Não valia a pena argumentar. Mas se está pensando que aceitei isso com a mesma facilidade com que aceitei a perda de Carl... que simplesmente cedi e segui em frente... devo dizer que está muito enganada.

— Eu não pensava nisso.

— Mas pensava em alguma coisa parecida. — Natalie sentou na ponta da espreguiçadeira. — Meus filhos também pensam a mesma coisa. Acham que enterrei Alexander e segui adiante...

Ela fez uma pausa, estalando os dedos.

— ... Desse jeito. Mas não é assim. O que sinto aqui... — Natalie tocou em seu coração — ... nem sempre combina com o que tenho aqui.

Ela levou a mão à cabeça, antes de continuar:

— Você pode saber, em termos intelectuais, que um caminho é o certo, mesmo quando não quer que seja. Neste caso, sei que Madalena e Joaquim precisam mesmo ir embora. A irmã dele está realmente doente. Ele precisa ajudá-la. O momento pode ser suspeito, mas eles não devem continuar aqui se estão infelizes com a perspectiva de meu casamento com Carl. Depois de tudo o que Carl deu para a fazenda, não posso admitir que as pessoas pensem menos que o melhor dele.

— O que me diz de Susanne e Mark?

Não restava a menor dúvida de que os dois se enquadravam nessa categoria.

— O caso deles é diferente, porque são da família. Você saberia se estivesse mais ligada à sua família.

Olivia sentiu-se mais baixa do que baixa. Natalie partilhava coisas íntimas, dava respostas honestas, mesmo quando não a mostravam sob a melhor luz... e por duas vezes agora Olivia dissera mentiras sobre sua situação. Subitamente, isso parecia muito errado.

— A verdade é que eu saberia se tivesse uma família. Mas só tenho minha mãe. Queria que houvesse um pai. Queria que houvesse irmãos, mesmo que fosse apenas um. Mas não há.

A expressão de Natalie abrandou. Onde podia haver raiva, por ter sido enganada, havia apenas compaixão.

— Vê sua mãe com freqüência?

Olivia sacudiu a cabeça em negativa.

— Ainda se encontra com ela?

Olivia hesitou. Podia dizer uma última pequena mentira, apenas para se apresentar a uma luz mais favorável. Mas estava cansada de mentir para Natalie... cansada de mentir *para si mesma*. Mais uma vez ela sacudiu a cabeça em negativa.

— Onde ela está? — perguntou Natalie.

— Não sei.

— Posso descobri-la. Basta contratar um investigador. As pessoas não desaparecem da face da Terra sem deixar a menor pista.

— Não faça isso — disse Olivia no mesmo instante. — Acho que ela não quer ser encontrada. Fui uma criança difícil. Eu a prendi por anos. Ela merece sua liberdade.

— Mas você quer uma mãe... e uma avó para Tess.

— Desde que não seja de má vontade. E se a encontrássemos, mas se ela se ressentisse por isso? Seria ainda pior.

— Ahn... — Natalie ofereceu um sorriso gentil. — É uma questão de pesar e avaliar. Você está disposta a deixá-la de lado porque saber com certeza pode ser pior do que não saber. A verdade pode ser mais dolorosa do que viver na ignorância. Agora você sabe o que eu senti. Estava disposta a empacotar meu amor por Carl e guardá-lo no fundo do armário, porque contemplá-lo todos os dias me mataria.

— Mas você tinha de olhar para ele todos os dias. Ele estava aqui, depois da guerra. Como podia deixar de pensar em tudo aquilo a que renunciara?

— De que poderia adiantar? — indagou Natalie, alteando a voz, emocionada. — Eu poderia pensar a respeito noite e dia que nada mudaria. Além do mais, não tinha tempo para pensar nisto dia e noite. Afinal, não passava o tempo todo sentada num palheiro, babando ao ver o homem que sempre pensara que seria meu marido. Tinha dois filhos, um pai catatônico, uma casa para limpar, comida para fazer e um negócio para dirigir. Tente encontrar o romance *nisso*, Olivia Jones. De manhã à noite, eu estava ocupada. Tinha o peso do mundo em meus ombros. Isso não significava que eu não pensava no que havia perdido. *Claro* que pensava. Sou humana.

Ela levantou-se e foi até a beira do pátio. Parou ali, com as mãos na nuca, de costas para Olivia. Sentindo-se culpada, Olivia também se levantou e foi atrás.

— Desculpe. Eu não deveria ter pressionado assim.

— Não é com sua pressão que me importo, mas com sua condenação.

— Não se preocupe. Não estou condenando-a. Como poderia? Você não me condenou quando menti sobre minha família. Como eu poderia condená-la agora?

— Mas pode me condenar. — Quando Natalie virou a cabeça, havia lágrimas em seus olhos. — Porque *eu* me condeno. Traí Carl. Renunciei a uma coisa tão maravilhosa que ainda me deixa atordoada e sem fôlego até hoje. Pelo que isso vale, quero que saiba que sofri muito. E sofri de maneiras que ninguém jamais saberá.

Natalie parou de falar. Passou o dorso da mão pelos cantos dos olhos. Parecia subitamente murcha e trêmula, uma mão que indicava toda a sua idade.

— Sinto muito — murmurou Olivia.

— Não precisa sentir — respondeu Natalie, estendendo a mão para o ombro de Olivia. — Está fazendo exatamente aquilo para que a contratei. Não gosto de conversar sobre sofrimento. E não sinto que mereça a simpatia de qualquer pessoa. O problema é que meus filhos pensam que minha vida sempre foi um passeio pelo parque.

— Mas a situação não melhorou depois que seu marido voltou? — perguntou Olivia.

Natalie a olhou nos olhos.

— Não. Essa foi a ocasião, se me perdoa falar assim, em que a merda caiu no ventilador.

Dezessete

Olivia não queria ver Simon. Não sabia como lidar com o que sentia. Era uma intensa atração física, sem qualquer vínculo emocional, totalmente errada naquele momento de sua vida. Mas Natalie tinha razão: a mente de uma mulher nem sempre estava em sincronia com o corpo.

Na verdade, a analogia de Natalie tinha a ver com a mente e o *coração* de uma mulher, mas o resultado era o mesmo. Olivia não confiava em si mesma. Por algumas manhãs subseqüentes, ela permaneceu na cama, até que Tess passasse pela porta do banheiro, acompanhada por um ou dois gatos. A esta altura, Simon já deixara o pátio.

Olivia pensava nele?

Não deveria ter tempo. Quando não falava ao telefone, estava escrevendo, olhando para a tela do computador, lendo o que escrevera, mudando tudo. Relatava a história em voz alta e digitava enquanto falava, numa tentativa de fazer o texto fluir. Mas o fluxo era apenas uma parte do problema. As palavras podiam significar uma coisa num contexto, mas mudavam de sentido em outro. E ela tinha de transmitir o sentimento certo em cada momento.

Natalie tinha razão. Olivia não tinha o direito de fazer julgamentos. Mas o oposto também era negativo. Se adoçasse demais a história, perderia a autenticidade.

A chave era encontrar um meio-termo feliz. Com esse objetivo, ela escrevia, reescrevia e reescrevia. Continuava a trabalhar depois que

Tess ia deitar e mantinha um bloco na mesinha-de-cabeceira para anotar os pensamentos que lhe ocorriam durante a noite.

Pensava em Simon? Claro que pensava. Que mulher de sangue quente não pensaria? Poderia ser seduzida a fazer alguma coisa a respeito se ele demonstrasse alguma inclinação. Mas Simon permaneceu tão ausente quanto antes. O que tornava mais fácil removê-lo de sua mente.

O caos na casa também ajudava. Uma criada fora despedida e outra contratada, o que significava que uma nova pessoa precisava de treinamento. Claro que seria mais fácil se Madalena estivesse ali para se encarregar de tudo, mas ela e Joaquim também haviam ido embora. Na ausência dos dois, a cozinha ficara desorganizada. Natalie vinha entrevistando possíveis substitutas, mas ainda não encontrara alguém que a agradasse. Enquanto isso, todos se viravam como era possível. Jantavam fora. Mandavam trazer o almoço. O café da manhã era cada um por si. Ou pelo menos deveria ser assim. Mas Olivia gostava de preparar o café da manhã. Era a única refeição que sabia fazer muito bem. Por isso, um dia ela decidiu fazer panquecas; no dia seguinte, omelete; no outro, torradas francesas. Cortava uma banana média para misturar com os cereais e fazia um bule de café. Estava adorando, até que Jill desceu na quarta manhã e disse que queria apenas chá e torrada.

O primeiro pensamento de Olivia foi o de que alguma coisa que fizera não caíra bem. O segundo pensamento foi mais intuitivo.

— Você deve ter falado com Greg.

Jill sorriu, curiosa.

— Como adivinhou?

— Está parecendo um pouco pálida.

Era na verdade uma atenuação da verdade. A pele de Jill era quase tão incolor quanto o roupão branco que ela vestia. Os cabelos louros estavam escorridos, empurrados para trás das orelhas, numa indicação de que ela não tinha ânimo para fazer mais do que isso.

— Greg pode ser muito difícil.

Ela largou um saquinho de chá numa caneca. Encheu-a com água e pôs no microondas.

— Ele está chateado porque você veio para cá?

— Não é isso. Ele gosta quando eu venho. Se estou aqui, ele não precisa vir. — Jill marcou o tempo e pôs o microondas para funcionar.

— Mas eu bem que gostaria que ele viesse. Não o vejo há mais de um mês. Parece uma separação.

— É mesmo? — indagou Olivia, aventurando-se mais fundo no pessoal do que já fizera antes com Jill, mas queria pensar que eram amigas.

Jill devia ter concordado, porque respondeu sem hesitar:

— Não... pelo menos formalmente. Passei algum tempo com minha mãe. Queria conversar com ela. E queria dar um susto em Greg. Ele me quer de volta em Washington. — Ela abriu a geladeira. — Mas precisamos conversar primeiro sobre coisas importantes. Se eu voltar agora, acho que vamos recair na antiga rotina.

Jill pegou um pão de forma com passas e pôs na torradeira.

— Ele está disposto a conversar?

— Greg diz que sim. — Ela encostou-se no balcão e cruzou os braços. — O problema é que sua definição de conversa é diferente da minha. Ele tem problemas com qualquer coisa mais profunda.

— Talvez seja uma característica dos Seebring — comentou Olivia, pensando em Natalie. — É difícil conversar sobre algumas coisas.

— Difícil *conversar*? — O microondas apitou. — É difícil até *pensar* a respeito.

Jill tirou a caneca do microondas e começou a balançar o saquinho de chá.

— Tal pai, tal filho. Alexander também não era um pensador profundo.

Ela tirou o saquinho e jogou-o no lixo. Pegou a caneca com as duas mãos. Seus olhos se encontraram com os de Olivia por cima da beira.

— Natalie está mesmo apaixonada por Carl?

— É apaixonada por ele desde os cinco anos de idade.

Natalie dera permissão a Olivia para conversar livremente com Jill. Até parecia ansiosa por isso.

— É mesmo? — indagou Jill, parecendo completamente surpresa.

— É sim.

— Muito interessante... — Ela franziu o rosto. — Isso me revela um novo ângulo. E levanta uma porção de perguntas. Por exemplo, a questão da fidelidade.

— Natalie sempre foi fiel a Alexander.

Olivia não sabia com certeza, é claro. Nem sequer perguntara, e Natalie não fizera qualquer comentário a respeito. Mas achava que uma mulher devia ser considerada inocente até prova em contrário.

— Durante todos esses anos? — A torrada saltou. — Amando *outro* homem?

Jill pegou a torrada.

— Ele era fiel?

Jill mordeu o canto da torrada.

— Não sei.

— Dê um palpite.

— Aqui entre nós? — Ela baixou a voz. — Não. Acho que ele tinha alguém por fora. Al adorava conversar, adorava viajar, adorava ser o centro das atenções. Passava mais tempo em Washington do que precisava. Acho que tinha uma mulher lá.

Olivia sentiu-se profundamente ofendida.

— O que havia de errado com sua esposa?

— Se você perguntasse aos filhos, eles diriam que Natalie não se mostrava muito interessada. Diriam que ela passava tempo demais aqui em Rhode Island. Diriam que ela era muito provinciana.

— Ela é uma mulher *incrível*.

— Você e eu podemos perceber isso, Olivia, mas os Seebring não podem. É espantoso como a dinâmica da família causa a cegueira. Susanne e Greg não vêem o que nós vemos. Suas próprias necessidades moldam sua visão. Queriam ser mimados enquanto cresciam, mas Natalie estava sempre muito ocupada. Susanne costumava trazer as crianças para cá e esperava que a mãe tomasse conta. Mas Natalie não tinha tempo.

Jill fez uma pausa.

— A ironia é que ela mimava Alexander. Satisfazia todas as suas pequenas necessidades. Mesmo com tudo isso, ele a menosprezava. Era terrível quando fazia isso na presença de outras pessoas. Dizia coisas assim: "Estes guardanapos não estão maravilhosos? Dobrar guardanapos é a especialidade de Natalie." — Jill gesticulou com a torrada na mão. — "Não estou desdenhando do ato de dobrar guardanapos, mas Natalie faz muito mais do que isso por aqui. Sempre que fico em casa por mais que um fim de semana, ela me põe para trabalhar. E se não é para planejar uma festa é para fazer relações públicas de um negócio de milhões de dólares. O mais espantoso é que ela faz tudo sozinha até quando não estou aqui."

— E fazia mesmo?

Olivia sabia que Natalie tinha o dedo em uma porção de coisas. Atender seus telefonemas por um dia deixava isso bem claro. Mas dirigir tudo era diferente. Jill não deu uma resposta direta.

— Alexander menosprezava-a porque não podia aceitar o fato de que ela era uma mulher competente. Isso o ameaçava. Preferia deixar Natalie aqui, dirigindo tudo no dia-a-dia, enquanto viajava como um herói, apresentando-se como a cara de Asquonset. Eu não ficaria nem um pouco surpresa se ele encontrasse pelo caminho uma mulher que não o ameaçasse para alimentar seu ego.

Os olhos de Jill assumiram uma expressão angustiada.

— Por que os homens têm problemas com mulheres fortes? Seus egos são tão frágeis assim? Meu marido é cauteloso para discutir coisas substantivas comigo. Isso se aplica a questões políticas, mas também a assuntos como amor e responsabilidade. Ele sempre disse que o trabalho deixava-o tão cansado que não gostava de falar a respeito, e durante muito tempo acreditei. Mas é uma desculpa. A verdade é que ele se sente ameaçado por minhas opiniões. Greg não quer pensar que podem ser diferentes das suas, porque podia haver uma possibilidade de que eu estivesse certa.

Olivia estava fascinada. Não contara em descobrir tanta coisa. E Jill ainda não acabara.

— Tenho trinta e oito anos. Sempre trabalhei, até que casei com Greg. Ele não queria que eu continuasse, e achei que era uma atitude muito doce. Mas depois compreendi que era uma questão de poder. Greg se preocupava com a possibilidade de eu ter uma carreira de sucesso. Ele é o homem. O provedor. Deve estar sempre certo. Deve liderar. Era o que seu pai fazia.

Jill parecia subitamente abalada.

— Greg também tem alguém quando está viajando para alimentar seu ego?

— Tem? — indagou Olivia, pronta para condenar o homem, em termos inequívocos, se fosse o caso.

Jill lançou um olhar para o céu.

— Por Deus, espero que não!

No instante seguinte, ela soltou um suspiro, levou a mão à garganta e resmungou baixinho. Fechou os olhos e aspirou fundo pelo nariz. Engoliu em seco uma vez, depois outra. A pele pareceu passar de pálida para verde. Olivia adiantou-se.

— Você está bem?

Um minuto inteiro passou, tendo de engolir em seco várias vezes antes que Jill abrisse os olhos e oferecesse um sorriso tênue.

— Isso depende do que você chama de bem. Se é estar grávida de seu marido insensível, que não sabe de nada, amado mas apartado, então estou bem.

Olivia arregalou os olhos.

— Grávida? E ele não sabe?

— Natalie também não sabe. E eu gostaria de manter assim, pelo menos por enquanto.

Exultante por ser a confidente de Jill, Olivia cruzou dois dedos sobre a boca.

— Meus lábios estão lacrados.

Simon queria ver Olivia. Não queria conversar com ela. Não queria sequer beijá-la de novo. Isto é, queria. Mas isso era secundário. Por enquanto, queria apenas vê-la. Queria contemplá-la. Queria saber se ela era mesmo diferente, de uma maneira revigorante ou... apenas... esquisita.

Quando ela não apareceu na janela por três manhãs consecutivas, não saiu para sentar no pátio ou passear pelo vinhedo ao amanhecer nem uma única vez durante os dias subseqüentes, Simon compreendeu que Olivia queria evitá-lo.

O que já não acontecia com Tess. Ele estava de joelhos na terra, removendo as folhas indesejadas ou aparando as sebes com a máquina operada pelas mãos enluvadas e de repente ela aparecia, como se viesse do nada, uma criança fantasma a observá-lo trabalhar.

Ele não tinha tempo para brincar. Sem Paulo, tinha de fazer um trabalho extra, e o tempo não ajudava. Por causa da falta de sol, precisava podar as plantas ao máximo para controlar todas as projeções laterais. Por causa da chuva, tinha de aerar outra vez as colheitas de cobertura, que impediam a invasão do mato e evitavam a erosão do solo. Queria fazer uma rodada extra de fertilização, com mais pulverização de inseticidas, mas a umidade persistia. E havia sempre a necessidade de arrancar folhas uma de cada vez, videira por videira, fileira por fileira, bloco por bloco. Ele andava ocupado demais para entrevistar substitutos, ainda mais para treinar alguém.

Mas lá estava Tess, observando-o, com os óculos a meio mastro.

Óculos a meio mastro... A mãe costumava dizer isso quando ele era pequeno. Usava agora lentes de contato, mas ainda se lembrava daqueles dias.

E Simon lembrou também outra coisa a respeito da mãe. Ela detestava cachorros. A família tivera um labrador amarelo. Deveria ser o melhor amigo do homem, mas sempre pairava ao redor da mãe. Ninguém entendia por quê. Ela não o alimentava, não escovava seu pêlo, não dava banho. Nem mesmo o afagava. Mas quanto mais ela o afugentava, mais o cachorro se aproximava. Ela finalmente cedera e deixara que o labrador a acompanhasse. Depois de algum tempo, ele perdera o interesse.

Simon especulou se o mesmo poderia acontecer com Tess. Ele estava na máquina de poda quando a viu na próxima vez. Pôs o motor em ponto neutro e gesticulou para que ela se aproximasse. Ela sacudiu a cabeça e saiu correndo.

Mas voltou no dia seguinte. Buck parecia gostar dela. Sentou ao seu lado, olhando para ela, enquanto ela olhava para Simon. Desta vez Simon não estava sentado numa máquina, mas a pé.

— Pode chegar mais perto — disse ele. — Eu não mordo.

— Minha mãe disse que eu não deveria.

Ele calculou que Olivia dissera à filha para não chegar perto dele, significando que *nem deveria* entrar no campo em que ele estivesse trabalhando. E concluiu que ela não ficaria nada satisfeita se soubesse que Tess estava ali. Ficaria preocupada com a possibilidade de ele magoar a criança de novo.

Só que Simon não faria isso. Ainda se sentia mal pela primeira vez.

Já ia dizer que queria mostrar o que estava fazendo quando Tess desapareceu.

Ocorreu-lhe que ensinar à criança sobre as videiras poderia atrair a mãe. Mas Tess não chegava perto... e o que ele poderia dizer para Olivia? *Não quer ver minhas uvas? Esta máquina não é espetacular? Não quer segurar uma lagarta?*

Ele não era bom em iniciar uma conversa. Não precisara de uma com Laura. Haviam se conhecido em Cornell e ela ficara fascinada por seu trabalho desde o início. Antes de Laura, as garotas simplesmente chegavam. Ele não precisava de nenhuma frase de abertura.

Para uma mulher da cidade grande, como Olivia, seu trabalho seria muito chato. As tarefas podiam mudar com as estações, mas era uma labuta constante, dia após dia, ano após ano. A beleza de tudo, para ele, era o fato da rotina nunca ser a mesma. Os botões nunca começavam a surgir na mesma data por dois anos consecutivos. Esperar por isso, observar atento, experimentar o intenso excitamento quando as videiras irrompiam de repente no mais pálido verde era... era incrível. O mesmo acontecia com os poucos dias críticos em que os botões se transformavam em flores. Que eram, na verdade, pouco mais que felpas. Ele se lembrava de ocasiões em que haviam perdido todo um bloco de uvas porque o vento e o frio destruíam as pétalas antes que pudesse ocorrer a autopolinização. Uma safra especial era uma coisa preciosa, dependia de variáveis como o tempo, a idade de uma videira específica, o tamanho da população de abelhas japonesas. As práticas viticultoras estavam mudando tão depressa que ele sempre experimentava alguma coisa nova, mas o quadro geral permanecia o mesmo. Ele adorava ver as uvas crescerem e amadurecerem, e nunca deixava de sentir um fluxo de emoção quando o equilíbrio de açúcar e ácido era certo, e tomava a decisão de fazer a colheita.

Não, não havia nada de chato no que ele fazia. Apenas não era propício para frases de abertura.

O que fazer, em vez disso? Podia ficar esperando no pátio. Mas não era do tipo de esperar no pátio.

Podia se juntar a todos para o café da manhã ou o almoço, talvez sair junto para o jantar. Porém, não fazia isso há quatro anos. Fazê-lo agora seria como acenar uma bandeira vermelha na frente de Natalie. Porque tinha certeza, apesar *do que* Olivia dissera, de que Natalie queria os dois juntos... e Carl também. Ele bem que tentava ser sutil. Mas fazia comentários demais sobre Olivia para Simon.

O único outro pensamento de Simon era convidá-la para sair. Mas seria um encontro romântico. E ele não queria isso. Queria apenas *olhar* para Olivia. Porque ela era fascinante.

Ao final, a solução que se apresentou nada teve a ver com qualquer recurso inventado. Foi obra de Buck e aconteceu no meio da noite. Simon cochilara no sofá, os óculos pendendo de uma das mãos, um livro aberto, quando um ruído estranho o acordou. Abaixou os pés para o chão, sentou, esfregou os olhos e pôs os óculos.

Escutou o ruído de novo. Era um miado queixoso, como ele nunca ouvira Buck soltar antes. Vinha da direção do quarto. Mas ele nem precisou chegar lá. Havia três cestos de vime no pequeno corredor que levava ao quarto. O primeiro estava cheio de livros esperando para serem lidos. O terceiro estava cheio de roupas esperando para serem lavadas. Entre os dois, o segundo cesto continha roupas limpas esperando para serem usadas. Buck, sensatamente, escolhera esse cesto para fazer... o que estava... fazendo.

Simon observou em incredulidade por um longo minuto. Houve mais miados queixosos e vários olhares angustiados de Buck, que podiam ser de espanto, dor ou pânico total. Mas o pobre gato podia estar também suplicando por ajuda. Só que não havia nada que Simon pudesse fazer.

Com um sorriso aturdido agora, ele foi até o telefone... só para concluir que o telefone não ajudaria. Acordaria todo mundo que ele não queria acordar. Seria como levantar uma bandeira vermelha.

Com uma lanterna na mão, ele correu através do bosque, pelo atalho que levava à casa-grande. Entrou no pátio e subiu a escada da ala de Olivia de dois em dois degraus. Atravessou o corredor.

A porta estava trancada. Não havia qualquer sinal de luz por baixo. Ela dormia.

Mas valia a pena acordá-la para aquele evento. Era uma coisa que só acontecia uma vez na vida.

Ele bateu de leve e esperou, o ombro encostado no batente, a lanterna apontada para o chão. Depois de vários segundos, Olivia apareceu. Simon deslocou o facho da lanterna para que ela pudesse ver quem era. Mas o facho iluminou-a também. Ele viu uma camisola, os cabelos projetando-se em ângulos estranhos, uma pequena marca de ruga na face e olhos sonolentos e surpresos.

— Há uma coisa que vocês precisam ver — disse ele, gesticulando para o quarto ao lado. — Chame Tess.

Olivia dava a impressão de que pensava que ele enlouquecera por completo.

— Já passa de uma hora da madrugada.

— Sei disso. Mas é uma coisa incrível. Buck está dando à luz.

Ela não disse nada por um momento. Depois, cautelosa, perguntou:

— Dando a luz a quê?

— Gatinhos.

Outro silêncio, seguido por um murmúrio confuso:

— *Buck?*

Simon lançou um olhar para a parede.

— Isso mesmo. Acho que nós cometemos um erro.

— Nós?

— Eu. Vamos embora. Quer ver ou não?

— Não sabia que você usava óculos.

— Só quando tiro as lentes de contato. Observei-o... isto é, observei-a ter um gatinho, e ela parecia prestes a ter outro. Não sei quantos serão, ou se você quer que Tess veja. Mas é uma coisa extraordinária e ela parece adorar gatos. Mas não creio que Buck retarde o espetáculo por muito tempo. Se quer que Tess veja, é melhor se apressar.

— Se eu quero que ela veja... Buck ter *gatinhos*? Claro que quero!

Sem mais comentários, nem promessas de que se apressaria, Olivia fechou a porta. Mas ele ouviu sons no outro lado, pés correndo, vozes abafadas, o estalido da porta do banheiro. Por isso, sabia que elas iriam.

Buck, você é demais, pensou Simon. E não pôde deixar de especular se não deveria ter ficado com a gata em seu momento de necessidade. Não que soubesse o que fazer se ele... se *ela* tivesse problemas. Mas eram amigos. E sua presença era uma demonstração de apoio.

Ansioso em voltar, Simon olhou para o relógio. Dez minutos haviam passado desde que saíra de casa. Ele se encostou na parede, cruzou os braços e tentou se sentir apenas tão excitado quanto se justificaria assistir a sua gata tendo cria.

Dezoito

Simon não podia deixar de admirar Olivia pela rapidez. Não deve ter esperado por ela no corredor mais que um ou dois minutos. Ela não levava tanto tempo para vestir um short e uma camiseta. Ela havia se vestido quando tornou a abrir a porta. Um olhar para Tess, no entanto, e ele teve de fazer um esforço para não rir. Se os cabelos da mãe estavam espetados, os da filha se encontravam numa situação muito pior. O rostinho sonolento quase se perdia no emaranhado de cabelos.

Mas talvez isso fosse bom. Porque ela até parecia uma doce criança.

Infelizmente, ela se tornou menos sonolenta e mais cautelosa quando o viu no corredor. Mas não havia como evitar. Simon não podia permitir que elas atravessassem o bosque sozinhas no escuro.

Gesticulando para que o seguissem, ele apontou o facho da lanterna para trás. Desceu a escada e passou pela porta. Cruzou o pátio e levou-as pela trilha no bosque. Olhava para trás de vez em quando para ter certeza de que as duas continuavam bem.

Não havia luar. Afora o facho da lanterna, a escuridão era total, a mais densa naquela época do ano. Quase alcançavam a clareira quando avistaram a luz da cabana.

Simon abriu a porta e deixou-as entrar. Depois, seguiu na frente para mostrar onde deixara Buck. O corredor se encontrava na semi-escuridão, iluminado apenas pela luz acesa na sala. Mas era apropriado para a gata e havia claridade suficiente para que pudessem observar.

Tess ficou aturdida. Soltou um pequeno grito de alegria e se aproximou do cesto, nas pontas dos pés. Olivia também se adiantou. E se agachou, fascinada.

E Simon? Ele via apenas uma pilha de roupas sujas no cesto ao lado de Buck. Com tanta discrição quanto era possível, empurrou o cesto de roupa suja com o pé, até o quarto, e fechou a porta. Depois olhou para a gata. Havia três gatinhos no cesto agora; e a julgar pela retomada dos miados e olhares suplicantes, o quarto se achava a caminho.

— Puxa, mamãe, eles são tão pequenos! — murmurou Tess. — Nem mesmo se parecem com gatinhos!

Ela estendeu a mão, apontando na direção de um dos filhotes.

— Está vendo estes caroços? Acho que são as orelhas. E os olhos ainda estão fechados. Quanto tempo vai passar antes de poderem ver?

— Talvez três dias. — Olivia olhou para Simon, inquisitiva. — É isso mesmo?

Ele estava a menos de um metro, inclinado para a frente, observando.

— Não me pergunte. Fui eu quem pensou que ele era macho.

— *Olhe*, mamãe!

— Ela está lambendo os filhotes. Limpando.

— Não. Ali. — Tess apontou para o outro lado. — Acho que ela vai ter outro filhote.

— Tem razão.

— É a maior sujeira.

— Tudo é bastante limpo — sugeriu Simon. — Buck engole tudo depois.

— Eu acho uma nojeira. — Tess ficou de cócoras. — Quantos filhotes ela deve ter?

— Não sei — respondeu Olivia. — Teremos de esperar para ver.

Tess olhou para Simon. Ele teve a impressão de que havia um pouco menos de desconfiança.

— Como soube que ela teria filhotes?

— Ouvi os miados e fui ver o que era.

— Foi você que a pôs no cesto?

— Não. Mas é um ótimo lugar. Com muito algodão. Quente, confortável e limpo. E todos os filhotes ficam dentro do cesto até que ela esteja pronta para tirá-los.

— Quando isso vai acontecer?

Simon deu de ombros.

— Uma ou duas semanas. Talvez três. Talvez *quatro.*

Olivia riu.

— Boa resposta.

— E *você* sabe?

— Quem é o pai? — perguntou Tess a Simon.

— Não sei.

— Aposto que é Bernard. Não... Maxwell. Ele tem mais o tamanho de Buck. Como você não viu que era uma fêmea?

— Nunca prestei atenção. E ele não está aqui... *ela* não está aqui há muito tempo. Não tem nem um ano. E não fui o único que se enganou. — Simon precisava partilhar a culpa para não se sentir tão tolo. — Foi Natalie quem escolheu o nome Buck.

— Isso explica por que ele era tão gordo — comentou Tess.

Simon acenou com a cabeça em concordância.

— Tem razão.

Tess sentou no chão e cruzou as pernas.

— Posso pegar um?

Simon pensou que ainda era muito cedo para isso, mas não queria dizer a Tess quando Olivia respondeu:

— Não por alguns dias, querida. Os filhotes ainda são muito frágeis.

Tess permaneceu calada por um longo momento.

— Lembra daquela história que vimos na TV quando alguém meteu quatro gatinhos num saco plástico e tentou afogá-los? — Sua voz se elevou. — Como alguém pode fazer isso? São filhotes... os filhotes de *Buck.* Seria horrível se alguém fizesse isso com eles.

Simon entendeu o recado.

— Não farei isso.

— O que fará quando eles ficarem grandes?

— Não sei. Encontrarei uma solução.

— Vai soltá-los no mato?

— Não. Eles precisam de um lar. — Simon ergueu-se. — Estou com sede. Alguém quer alguma coisa?

Tess devia ter achado sua resposta aceitável, porque perguntou:

— O que você tem?

Ele visualizou o interior da geladeira. Não estava abastecida para crianças.

— Suco de laranja. Suco de tomate. Água.

— Não tem Coca-Cola?

— Não.

— Nem suco de uva?

— Não. Sinto muito.

— Como você pode fazer o que faz e não ter suco de uva?

— Está sendo grosseira, Tess — interveio Olivia.

Mas Simon declarou:

— Ela tem razão. Acontece apenas que não estou acostumado a ter crianças aqui. Você é a primeira.

As sobrancelhas de Tess ficaram mais altas do que os óculos.

— *Jura?*

— Juro.

— Onde sua filha morava?

— *Tess...* — murmurou Olivia.

— Morávamos em outra casa.

Simon se perguntou quais seriam as chances de Tess parar por aí. Em matéria de curiosidade, ela tinha a mesma superabundância da mãe. Provavelmente era por isso que Olivia se mantinha calada agora. As duas não podiam falar ao mesmo tempo. A menos que fosse outro o motivo, como o fato de Olivia estar cansada. Ou se sentindo constrangida. Talvez ela não fosse uma pessoa noturna.

Era ótima pela manhã. Simon já sabia disso.

— Não tem nem mesmo *vinho*? — perguntou Tess.

Aliviado por ela não insistir em falar de Liana, ele sorriu.

— Não para você.

Simon olhou para Olivia. Na semi-escuridão, seria capaz de jurar que ela estava surpresa.

— O que foi?

Ela ficou em silêncio por um longo momento, depois balançou a cabeça e olhou para o cesto.

— Aceita um vinho?

— Água, por favor.

— Quero suco de laranja — disse Tess. — Mas só se não tiver bagaço. Detesto bagaço.

— Detesto bagaço... — murmurou Simon enquanto se encaminhava para a área da cozinha, na extremidade da sala.

Ele serviu água num copo, e estava no processo de despejar o suco de laranja por um coador quando Olivia se aproximou.

— Não precisa fazer isso — disse ela, a voz gentil.

Ele balançou o coador para o suco passar.

— Ela detesta o bagaço.

— Mas podia passar sem o suco. Ver Buck ter os gatinhos já foi um presente maravilhoso. Ela não vai sair do lado daquele cesto.

Ele largou o coador na pia e virou-se para Olivia. Sua cabeça mal alcançava os ombros de Simon. Os cabelos tinham uma dúzia de tonalidades diferentes de louro. Pareciam naturais.

— Alguma coisa a surpreendeu há pouco — comentou ele.

Olivia lançou-lhe um breve olhar e deu de ombros.

— O que foi?

Ela deu de ombros de novo.

— Você sorriu. Mudou seu rosto.

Simon seria capaz de jurar que ela se mostrava subitamente tímida, mas depois decidiu que era apenas suavidade. A noite podia causar essa atitude.

— Obrigada por ter ido nos chamar. — Olivia virou-se, encostada no balcão e olhando para fora. — É uma bela casa.

Ele também se encostou no balcão, ao seu lado.

— É pequena. Eu não podia construir uma casa em que ouvisse ecos.

— Não há a menor possibilidade de que isso aconteça com todos esses livros. Nunca vi tantos. Mas aposto que não há nenhum sobre a criação de gatinhos.

— Dê-me três dias. — Simon entregou o copo com água e disse bastante baixo para que Tess não ouvisse: — Não a tenho visto nos últimos dias.

Ela tomou um gole da água.

— Tenho dormido até mais tarde.

— Deliberadamente?

— Trabalho à noite. Às vezes pela noite afora.

Ela estudou a borda do copo. Finalmente, ergueu os olhos para fitá-lo, com uma expressão inescrutável.

— Não sei como lidar com a situação. Não foi por isso que vim para Asquonset.

A honestidade de Olivia deixou-o aturdido.

— Foi apenas um beijo.

Ela alteou uma sobrancelha e lançou um olhar para a calça de Simon.

— Mas com certeza parecia que podia ser muito mais.

E aconteceu de novo. De repente, sem mais aquela. Bastou um olhar para causar um fluxo de sangue denunciador. Embaraçado, Simon dobrou um joelho e encostou o pé na porta do armário por baixo do balcão. A suavidade não era tanta assim.

— Falei sério — sussurrou ela, tornando a desviar os olhos. — Vim para cá apenas pelo verão. Depois, irei embora. Este lugar... este vinhedo... é um oásis para mim.

— Uma analogia equivocada. Com tanta chuva, é mais como um buraco lamacento.

Olivia fitou-o com uma expressão preocupada.

— Há alguma possibilidade de perder a colheita?

— Sempre há uma possibilidade. Mas não acontece com freqüência. É mais provável apenas alterar a qualidade do vinho para pior ou melhor.

Tess veio correndo, os olhos arregalados.

— Ela está tendo outro! São *cinco* filhotes! Pode imaginar ter cinco bebês?

— Eu não posso — murmurou Simon.

Olivia não pôde conter uma risada. Mas Tess olhava atentamente para Simon.

— Por que está usando óculos?

— Uso todas as noites.

— O que você faz durante o dia? Usa lentes de contato?

— Isso mesmo.

— Também vou usar lentes de contato, mas tenho de esperar até meus olhos pararem de mudar. Quando começou a usar as suas?

— Quando eu tinha catorze anos — respondeu Simon, entregando o suco de laranja.

— Não posso esperar tanto tempo.

Tess olhou para o copo.

— Não tem bagaço — assegurou Simon, antes que ela pudesse perguntar. — O bagaço ficou no coador.

— Ainda bem.

Ela segurou o copo com a mão esquerda, e com a direita fez um gesto que poderia ser uma onda, antes de se afastar. A voz de Olivia acompanhou-a:

— Tess?

— Eu *sinalizei.*

— Ahn... — Olivia explicou para Simon: — O neto de Sandy é surdo. Não tenho certeza se ela fez o sinal certo, mas o pensamento existe. Obrigada pelo suco.

Simon avançou pela sala e foi olhar Tess no corredor. Tentou imaginar Liana em seu lugar, observando Buck ter gatinhos, bebendo suco, lembrando-se de agradecer.

— Estávamos começando a entrar nisso. Sabe como é, boas maneiras e o resto.

Ele começou a gesticular para que Olivia sentasse numa poltrona, mas depois se lembrou de que ela poderia querer observar Buck. Mudou o gesto, sacudindo o polegar nessa direção, as sobrancelhas alteadas.

Olivia sacudiu a cabeça em negativa. Acomodou-se numa poltrona tirando os tênis e cruzando as pernas sobre o assento. Parecia ter dezesseis anos.

— Incomoda-o a presença de Tess aqui? — perguntou ela.

Simon olhou para Tess e os cestos no corredor. Depois, olhou para trás. Empurrou o livro para o lado e sentou na beira do sofá. Considerou a questão. Incomodava-o a presença de Tess em sua casa? Não fora uma coisa premeditada. Não previra que chamaria as duas. Mas Buck lhe oferecera uma oportunidade de ouro e as duas estavam ali.

Isso o incomodava? Ele pensaria antes que sim. Deliberadamente, não convidara Olivia a entrar na última vez. Aquele era seu reino particular. Não havia lugar ali para mulheres e crianças.

Mas era curioso. Olivia e Tess não eram apenas uma mulher e uma criança. Não eram... genéricas. Eram... Olivia e Tess, cada uma com sua própria personalidade e aparência. Eram totalmente diferentes de sua esposa e filha.

— Ou eu não deveria ter perguntado? — acrescentou Olivia.

— Não, não me incomoda tê-la aqui. Eu poderia tentar imaginar Liana na idade de Tess, mas o fato é que continuo a vê-la em minha mente como uma menina de seis anos, a idade que tinha ao morrer. Ela sempre será assim. Tess é uma espécie diferente... e não digo isso de uma maneira negativa. Ela é mais velha. Mais verbal. Mais esperta.

— Isso é um eufemismo para "tagarela"? — perguntou Olivia com um meio-sorriso.

— Ela é assim às vezes, mas pelo que você diz há uma boa razão. Ela está se saindo melhor?

Olivia acenou com a cabeça numa resposta afirmativa, mas não parecia muito convencida.

— Sandy é ótima, e Tess começa a pegar o jeito do método que ela ensina. Seria perfeito se eu conseguisse matriculá-la numa escola particular especializada nesse tipo de ensino. Pedimos a matrícula numa escola assim em Cambridge... — Olivia baixou a voz para um sussurro — ... mas acabo de receber uma carta informando que não há vaga. Ainda não tive coragem de contar para Tess.

— Ela estava ansiosa em ir para essa escola? — perguntou Simon, também num sussurro.

— Ela está ansiosa em *não* voltar para a escola em que estudava. Solicitei a matrícula em várias outras escolas, mas talvez só tenhamos a resposta no último minuto. É angustiante.

— Ela fez amizades aqui?

— Ninguém que telefone. Esse é o grande indicador, caso você ainda não saiba.

Mas ele sabia, é claro.

— Algumas coisas nunca mudam. E quem está ligando para *você*?

— Para mim?

Simon não planejava perguntar, mas a indagação saiu antes que pudesse se controlar.

— Eu estava no escritório outro dia quando um cara ligou. Anne Marie teve a maior dificuldade em convencê-lo de que você não estava aqui.

Olivia soltou um grunhido irritado.

— Só pode ter sido Ted. Ele jura que não tem telefonado, mas não há mais ninguém. Saímos algumas vezes em Cambridge. Ele continua interessado. Eu não estou mais.

— Por que não?

— Ted é tenso demais. Cria problemas onde não existe nenhum. Não posso lidar com isso. Já tenho problemas *reais* em quantidade suficiente. Além do mais, ele pensa que estou aqui sem fazer nada, refestelada na praia, comendo uvas. Se ao menos...

Olivia soltou um suspiro cansado, recostando a cabeça na poltrona.

— O livro de Natalie deveria estar no estágio de compilação no primeiro dia de agosto. Ela queria que a família o recebesse antes do casamento. Mas não contava em ter tantas distrações.

— É uma mulher muito ocupada.

— É o que estou descobrindo. Acho que deveria me sentir grata, pois de outra forma não conseguiria acompanhar seu ritmo. Não escrevo muito depressa.

— Mas consegue acompanhar o ritmo de Natalie.

Olivia sorriu nesse instante... e se o sorriso de Simon a surpreendera, o mesmo aconteceu com ele agora. Foi um sorriso exultante e radiante. Um sorriso feliz. E *contagiante*. Ela se orgulhava de si mesma, mas sem o ego.

— Isso mesmo. Para ser franca, estou ansiosa por mais. Sua história me fascina. A questão é se também vai fascinar Susanne e Greg. Mais importante ainda, a questão é saber se eles vão ler.

— Acho que vão. Não são más pessoas.

— Se isso é verdade, onde eles estão agora? — indagou Olivia, a dúvida evidente em sua voz. — Por que não vieram para cá? É verão, temos um tempo deslumbrante. Se minha família tivesse uma propriedade como esta, eu teria uma reserva permanente para um quarto aqui.

Ela baixou a voz para acrescentar:

— Por falar em quartos, você bateu direto na porta certa esta noite. Sabia qual era o meu quarto.

— Não há mistério nenhum. — Simon fazia questão de acabar com a suspeita logo no início. Não queria que Olivia pensasse que tinha o maior interesse por *ela*. — Natalie sempre põe os hóspedes naquela ala. Você me observava de um banco na janela. E somente um daqueles quartos tem um banco na janela.

— Mas quem fica na parte principal da casa? — indagou Olivia, sem qualquer pausa, como se esse fosse o seu maior interesse desde o início. — Natalie tem um quarto. Jill tem outro. Presumo que o terceiro é para Susanne e o marido. O que há por trás da porta fechada do último quarto?

Simon hesitou. Sabia o que havia ali, mas achava que cabia a Natalie contar.

— Lembranças. Troféus. Livros antigos e outras coisas.

— Onde está Brad?

— O irmão Brad?

— O filho Brad. É o único que não telefonou. Natalie disse que ele não vai ligar. Presumo que houve uma tremenda briga. O que é muito difícil para alguém como eu aceitar. Daria tudo para ter uma família. Essas pessoas têm e jogam fora. Por que não querem saber de Asquonset? Ou o problema é apenas o casamento?

— Neste verão é apenas o casamento.

— Mas é uma história de amor tão *extraordinária*! Você sabia... Carl contou...

— Que foram namorados na adolescência? Contou.

— Você sempre soube?

— Não. Ele amava minha mãe. Tratava-a bem. Trabalhava com Natalie, mas sempre voltava para minha mãe.

Olivia tornou-se pensativa.

— E a amava.

— Isso mesmo.

— Acha então que é possível amar duas mulheres ao mesmo tempo?

— Ele as amava de maneiras diferentes.

Olivia refletiu sobre o que ele acabara de dizer. Simon a observava, enquanto ela se inclinava para a frente e passava os braços em torno dos joelhos. Finalmente, ela se recostou. Não parecia nem um pouco ansiosa em partir, embora fossem quase duas horas da madrugada. Parecia satisfeita.

Simon concluiu que esse fato era gratificante. Indicava que ele acertara ao chamá-las. Fora certo construir uma casa livre de mulheres e crianças, mas algumas coisas aconteciam para serem partilhadas. Buck ter filhotes era uma delas. O sossego da noite era outra.

E foi então que lhe ocorreu que talvez o sossego fosse demais. O rosto franzido, ele inclinou-se para a frente e olhou pelo corredor. Tess encostara a cabeça na beira do cesto.

— Ela está bem? — perguntou Simon.

Olivia sorriu.

— Deve ter adormecido. É o que costuma acontecer quando fica quieta por tanto tempo.

Tess estava mesmo dormindo. Despertou, mas por pouco, quando Olivia tocou em seu ombro. Olivia já se preparava para pegá-la no colo quando Simon interferiu:

— Pegue a lanterna — sussurrou ele, levantando a menina.

Caía uma chuva fina. Simon resmungou baixinho, pensando primeiro em suas uvas.

— Devemos ir de carro? — indagou Olivia, interpretando o desprazer de Simon da maneira errada.

— Não. Será mais rápido se formos a pé, e ela não pesa muito. Uma chuva assim não vai encharcar as árvores por algum tempo e ainda estaremos secos quando chegarmos. — Ele começou a seguir pela trilha, mas parou para deixar Olivia passar na frente. — A previsão era de chuva, mas eu esperava que seríamos poupados.

— Não está frio, nem ventando.

— Não precisamos do frio. O vento é ótimo, desde que seja apenas uma brisa, que contribui para secar as uvas. Se não for assim, a umidade persiste.

A chuva caía nas folhas por cima, mas eles só se molharam quando deixaram a cobertura das árvores e correram para a casa. Simon inclinou-se sobre Tess, protegendo seu corpo enquanto corriam. Quando ficaram sob o toldo do pátio, ele transferiu a menina para Olivia e abriu a porta.

Ninguém disse nada. Olivia e Tess se afastaram antes que ele pudesse pensar em qualquer coisa apropriada para dizer. Enquanto voltava pelo bosque, ele compreendeu que se sentia satisfeito.

Também tinha o maior tesão quando deitou na cama, mas continuava satisfeito.

Dezenove

Susanne ouviu o telefone tocar no instante em que virou a chave na fechadura. Pensou que podia ser uma ligação importante e se apressou em abrir a porta e desligar o alarme. Largou suas coisas na cadeira e pegou o fone, um momento antes da ligação cair na caixa de correspondência.

— Alô?

— Oi, Susanne. Sou eu, Simon.

Não era um convite para almoçar no Palio, como ela esperava, mas podia ser interessante.

— Simon, meu futuro irmão. Como tem passado?

— Nada mal. E você?

— Muito bem. Não podia estar melhor. Não o vejo desde que nossos pais deram a notícia. O que você acha?

— Acho ótimo.

Era de esperar. Afinal, o pai estava casando com alguém superior. O que melhorava sua posição, para não mencionar a segurança no emprego.

Mas ela estava sendo injusta. Dos amigos de infância do irmão, sempre gostara mais de Simon. Ele sempre fora leal a Greg... e leal a seus pais também, se as horas dedicadas ao vinhedo contavam. Devia-lhe o benefício da dúvida.

— Você ficou surpreso, Simon? Ou pressentiu o que estava para acontecer?

Ele devia ter percebido. Afinal, passava os dias em Asquonset. Teria notado uma mudança em Natalie e Carl... veria os olhares trocados, mãos dadas, beijos soprados. E poderia ter ouvido as confidências.

— Não. Não percebi nada. Mas também não estava observando. Tenho me mantido absorvido em outras coisas nos últimos anos.

Susanne arrependeu-se no mesmo instante. Mais gentilmente, ela murmurou:

— Eu compreendo.

Independentemente do papel que Simon podia ou não ter desempenhado na união de suas famílias — quer fosse inocente ou não —, era trágico o que ele sofrera com sua própria família.

— Natalie e Carl parecem felizes, Susanne. E é isso o que conta.

— Isso significa que *você* não está feliz?

Ela não considerara essa possibilidade. O que havia para não gostar, do ponto de vista de Simon?

— Claro que estou feliz. Sempre pensei o melhor possível de Natalie.

— E ela de você — disse Susanne, invejosa. — Natalie sempre quis que alguém da família assumisse o vinhedo. Agora, seu desejo será satisfeito.

Simon era a voz da razão:

— Nada disso. Ela sempre desejou que você ou Greg assumissem. E ainda é a sua vontade. Além do mais, não vou assumir coisa nenhuma. Sou gerente do vinhedo há seis anos. Isso não vai mudar.

— Não agora, mas a situação pode mudar daqui a algum tempo.

Tinha de ser dito. Era nisso que ela acreditava. Simon deixou passar um momento. A voz era cautelosa quando disse:

— Não preciso disso, Susanne.

— Não precisa de quê? De possuir Asquonset? Ou de que eu mencione o assunto?

— As duas coisas — disse ele com mais veemência. — Estou trabalhando para ter uma boa safra, sem que o tempo coopere. Não tenho tempo para esta conversa.

E Susanne também não gostava de falar a respeito.

— Então por que ligou?

— Porque Natalie precisa de você. Tem problemas demais para enfrentar. E achei que você deveria saber disso.

— Então você quer que eu vá para Asquonset.

Mark também achava que ela deveria ir. E as crianças pensavam da mesma maneira.

— Acho que seria ótimo se alguém da família viesse ajudá-la.

— Mas ela tem uma nova assistente — lembrou Susanne, gentilmente. — Ela não pode ajudar?

— Ela ajuda, mas Natalie precisa de você.

— Como se eu não tivesse mais nada para fazer com minha vida?

No final, sempre se resumia a isso. Simon suspirou.

— Sei que você tem coisas para fazer. Mas como pode se preocupar que eu assuma o comando do vinhedo se você e Greg nem querem chegar perto?

— Ligou para ele? Disse que ele deveria estar aí?

— Não. Achei que ele não gostaria.

Susanne ficou irritada.

— Porque ele trabalha enquanto eu fico sentada aqui sem fazer nada? É isso o que você pensa? Mas tenho coisas para fazer, Simon. E tenho mais do que suficiente para me manter ocupada. Minha mãe sempre fez o que bem quis. Não me consultou antes de decidir casar de novo. Para que poderia precisar de mim agora? E, se ela precisa de mim, por que não pode pegar o telefone e me dizer?

— Não sei. Talvez ela não goste de pedir ajuda.

— Exatamente. Natalie em primeiro lugar.

— Não foi isso que eu quis dizer, Susanne. Acontece apenas que ela prefere fazer uma coisa sozinha antes de pedir ajuda.

— Quer dizer que agora você a conhece melhor do que eu? Isso é *muito* interessante, Simon. E muito *presunçoso*. Diga-me uma coisa: por que acha que isso é da sua conta?

Houve uma longa pausa antes de Simon responder, a voz suave:

— Tem toda razão. Não é da minha conta. Ela é sua mãe, não minha. A minha morreu. Isso deve estar prejudicando minha visão. Sinto muita saudade. Se pudesse tê-la de volta, juro que faria tudo o que estivesse ao meu alcance para tornar seus anos dourados mais fáceis.

* * *

Simon estava furioso ao sair de seu escritório e descer a escada. Não compreendia por que as pessoas que tinham tanto se sentiam compelidas a jogar tudo fora. Ele e Olivia pensavam da mesma forma nesse caso. Asquonset era o lugar mais lindo que já conhecera, e viajara bastante. Houvera uma época de sua vida — um breve período, quando estava na universidade, e sentia-se um provinciano — em que considerara a possibilidade de trabalhar em outro lugar. Mas nada do que vira em suas buscas sequer chegava perto de Asquonset em beleza física ou filosofia viticultora.

Não que quisesse a presença de Susanne e Greg, se pretendiam tratar seu pai e ele como meros aproveitadores. Não estava atrás de dinheiro. O dinheiro tinha seus limites. Não podia de jeito nenhum trazer os mortos de volta.

Na sala de suprimentos, no térreo, ele pegou as ferramentas, um rolo de arame e luvas de trabalho. O arame superior precisava ser trocado em uma das fileiras de Chenin Blanc. As folhas já o haviam alcançado. Haviam sido aparadas uma vez e precisavam de uma segunda rodada. Primeiro, porém, precisava estender o novo arame. Era um bom trabalho, em que não precisava pensar.

Simon pusera as luvas e usava um alicate para soltar o arame antigo do pino que ainda o segurava quando avistou Tess.

Ontem à noite fora uma coisa. Hoje era outra. Assim como as manchas em algumas uvas indicavam problemas, ele não sentia a menor disposição para tratar com uma criança.

Naturalmente, porque ele não queria, Tess aproximou-se. Só que parecia mais cautelosa do que intrometida.

— Onde está Buck?

— Em casa. — Simon continuou a trabalhar. — Não quer sair de perto dos gatinhos.

— Nasceu mais algum depois que fui embora?

— Não. Foram cinco.

— O que você está fazendo?

— Consertando a treliça.

— Para que serve a treliça?

— Serve para sustentar a videira. — Era a resposta mais simples. Num esforço para ser mais gentil do que na última vez, Simon acrescentou: — Dirige a videira para cima, na vertical, em vez de na horizontal. Quero que as videiras cresçam para o alto, não para os lados.

— Por quê?

— Porque se ficarem largas as folhas vão cobrir as uvas. Com isso as uvas não receberão o sol nem a brisa. Se não tiverem sol, não amadurecem. Se não tiverem a brisa, não secam e, se não secam, apodrecem.

— Apodrecem... — repetiu Tess, como se gostasse do som da palavra.

Mas Simon não gostava.

— O problema também é conhecido como fungo ou mofo, e é uma coisa terrível.

Ele olhou para o relógio. Tess dava a impressão de que poderia passar a manhã inteira ali, puxando conversa. E ele não tinha tempo para atendê-la.

— Você não tem aula de manhã?

— A Sra. Adelson está doente. Posso ir ver Buck?

— Não agora. Tenho de trabalhar.

— Não tem importância. Você pode ficar trabalhando enquanto eu vou ver Buck.

— Mas não tenho tempo para levá-la até lá.

— Posso ir sozinha. É só você me dizer onde começa o caminho.

— Onde está sua mãe?

— No sótão, trabalhando. Mas não tenho de pedir a ela, se você concordar.

Simon a fitou de alto a baixo. A menina estava limpa e arrumada... mas também o dia mal começava.

— Ela disse para você não me pedir?

— Ela me disse para não atrapalhar.

O rosto de Tess se suavizou. Ou ela se esquecera de ser beligerante por um momento ou estava sendo manipuladora. De qualquer forma, era convincente.

— Se você está aqui e eu estou lá, não posso atrapalhar. Acha que Buck deve passar o dia inteiro sozinho? Ele me conhece. Gosta de mim. Acho que gostaria de me mostrar seus filhotes. Além do mais, quero ver os gatinhos para poder contar tudo à minha turma no clube.

Ah, uma oferenda para os amigos...

— Você tem de sorrir.

— Como?

— Você tem de *sorrir* quando contar para os outros sobre os gatinhos. Isso fará com que eles saibam que está sinceramente animada, não apenas tentando se integrar na turma.

— Aposto que *eles* não têm gatinhos.

— E você também não tem.

Simon arrependeu-se de ter dito isso no instante em que o rosto da menina murchou. Sorriu enquanto tirava as luvas.

— Você tem. Foi a primeira a notar como Buck havia engordado. Vamos embora. Eu lhe mostrarei o caminho. Mas tem de permanecer nele. Se não o fizer, pode se perder. E tem ursos no bosque.

— Não tem não — protestou Tess, de uma maneira que indicava que sabia que ele estava zombando. — Tem marta e guaxinim, cervo e faisão, mas eles têm mais medo de mim do que eu deles.

Ela teve de correr para acompanhar o ritmo de Simon.

— Não é verdade?

— Claro que é. É ali. Está vendo o caminho ao lado daquele velho bordo?

— Estou.

Tess saiu correndo.

— Espere um instante. O que devo dizer se sua mãe vier procurá-la?

Ela virou-se e voltou correndo.

— Diga a ela que você me convidou. Foi o que aconteceu, não é mesmo?

Simon poderia ter argumentado, mas não o fez.

— A que horas pretende voltar?

— A aula no clube começa às duas.

— E o que vai fazer quando contar às crianças sobre os gatinhos?

Ela mostrou os dentes, numa interpretação espástica de um sorriso, antes de se virar e sair correndo.

Susanne passou uma hora chafurdando sob o peso da culpa por arruinar os anos dourados da mãe antes de pegar o telefone e ligar para Greg no escritório.

— Este é o pior momento possível — protestou ele.

Mas Susanne não se deixou intimidar. Seu tempo era tão precioso quanto o do irmão. Sua paz de espírito era tão valiosa quanto a dele. Além do mais, qualquer ocasião era o pior momento possível para Greg.

— Acabo de receber um telefonema de Simon. Ele alega que mamãe precisa de ajuda. Sabe alguma coisa a respeito?

— Que tipo de ajuda?

— Não sei. Tudo o que ele disse foi que mamãe podia precisar de alguém para ajudá-la.

— Ela já tem ajuda. Jill está em Asquonset.

— Eu não sabia. Isso é ótimo. Mas por que Simon me ligou?

— Olhe, Susanne, tenho uma reunião dentro de vinte minutos e cinqüenta páginas de dados para revisar antes de começá-la.

— Vai se encontrar com Jill lá?

— Não se eu puder evitar.

— Talvez um de nós deva ir. Para verificar o que está realmente acontecendo.

— Vá você. Tem mais tempo do que eu.

— Mas sua mulher está em Asquonset. Isso lhe dá uma boa desculpa para ir.

— Por que você precisa de uma desculpa? Diga apenas que está preocupada.

— É você quem está preocupado. É você quem acha que os Burke querem se apropriar do vinhedo. Pode conversar com Carl se for.

— Não tenho tempo para isso, Susanne.

— Também não tenho. E se alguma coisa acontecer? Você é o homem. Está sintonizado com os negócios. Perceberá tudo no mesmo instante.

— Susanne, minha reunião começa... daqui a dezoito minutos.

— Ora, por favor! — Ela estava cansada de se sentir insignificante. — Seu trabalho é mais importante do que a família? Estou pedindo sua ajuda nisso, Greg.

— Eu *não vou* para *Asquonset* — declarou ele, com uma súbita veemência. — Se Jill quiser conversar, ela sabe onde pode me encontrar!

Susanne ficou aturdida. Falou mais suave:

— Vocês dois andam com problemas?

Ele soltou um grunhido.

— Nada que um pouco de tempo e espaço não possa resolver. Esqueci de mencionar uma coisa, Susanne. Estou cansado e estressado. Jill queria visitar Asquonset e eu não pude dissuadi-la. Ligue para ela. Pergunte o que ela está vendo. Se isso não a satisfizer, pode ir até lá pessoalmente. Mas eu não posso. Não agora. É impossível.

Vinte

— Há ocasiões em que tenho dúvidas sobre minha família.

Natalie parou de falar, aparentemente para refletir a respeito. Olivia deixou passar um longo momento antes de tentar estimulá-la gentilmente:

— Em que sentido?

A mulher mais velha parecia perturbada.

— Aquela história de que o sangue é mais grosso do que a água. — Ela olhou pela janela. — Sempre pensei que era uma coisa positiva... que os vínculos familiares são mais fortes e mais profundos. Mas pode-se, em teoria, interpretar de uma maneira diferente, ou seja, é possível argumentar, em teoria, que o sangue mais grosso retarda o funcionamento do cérebro, e por isso a razão fica em falta quando se trata de questões de família.

Seus olhos procuraram os de Olivia antes que ela acrescentasse:

— Para assumir um compromisso. Às vezes especulo a respeito.

Às vezes? Olivia não podia deixar de pensar que era mais do que isso. Ter uma mãe ausente era propício para essa reação. Mas Natalie sempre estivera presente enquanto as crianças cresciam. E continuava disponível.

— Talvez você devesse tentar ligar de novo — sugeriu Olivia.

— Não. Eles ainda estão aborrecidos.

— Então precisam ler o que escrevi.

— Mas você ainda não escreveu a melhor parte. Não ouviu a melhor parte.

A mesa estava coberta por fotos, tiradas durante e logo depois da guerra. Olivia restaurara algumas... em geral as mais formais, mostrando a vida elegante que incendiara sua imaginação. Outras — algumas que ela via pela primeira vez — eram fotos de trabalho. Ocorreu-lhe que Natalie não quisera que essas fotos fossem embelezadas.

Natalie pegou uma dessas fotos. Mostrava-a com duas crianças, uma em cada quadril. Alexander tinha o braço estendido por seus ombros e exibia um sorriso largo. Era o único na foto que sorria.

Com Alexander permanecendo no exterior mesmo depois que a guerra acabou, passamos quase cinco anos separados. É verdade que houve algumas licenças, mas eram bem poucos dias e frenéticos demais para se poder conhecer alguém mais a fundo. Acrescente-se a isso o fato de que eu o conhecia muito pouco quando casamos. Quando ele finalmente voltou para casa, descobri que vivia com um estranho. As crianças não o conheciam e se mantinham desconfiadas, o que tornava as coisas ainda mais difíceis. Mas pelo menos ele estava em casa. A situação ia melhorar. Alexander salvaria Asquonset. Fora por isso que eu casara com ele.

Alexander salvaria Asquonset. Fora por isso que eu casara com ele.

Com que freqüência eu disse isso durante os anos que ele passou no exterior, anos em que senti mais saudade de Carl que de Alexander. Foi um período terrível para mim. Sofri muito. Depois que a novidade do casamento se desgastou e a situação aqui piorou, eu queria a volta de Carl.

Mas Alexander salvaria Asquonset. Fora por isso que eu casara com ele.

Tornou-se meu mantra. Era a única coisa que me mantinha durante aqueles dias tão desolados.

Desolados?

Talvez seja a palavra errada. Eram dias difíceis. Eram dias dominados pelo trabalho e preocupação. Estávamos sempre esperando por cartas. Os carteiros davam prioridade às cartas que vinham das frentes de combate e as entregavam assim que chegavam. O que significava que sempre nos mantínhamos em alerta. Claro que também podia haver uma visita inesperada do reverendo. Temíamos essas visitas. Já passáramos por isso uma vez. Todas as noites sentávamos na frente do rádio, na sala, e ouvíamos as notícias do front. *Estremecíamos cada vez que sabíamos que outro homem da região havia morrido.*

Foram dias de solidão para mim. Meus filhos eram muito pequenos para me proporcionar companhia. Eu não tinha ninguém com quem conversar, ninguém para me queixar, ninguém a quem pudesse pedir ajuda. Estava sozinha.

Mas Alexander ia salvar Asquonset. Fora por isso que eu casara com ele.

Então, onde estava o dinheiro?

Era uma boa pergunta. Não que eu a fizesse. Não me cabia. Era a mulher. Era a filha. Cabia a meu pai. Afinal, fora ele quem negociara o acordo.

— Virá logo depois da guerra — declarou ele, com um grunhido infeliz, na única vez em que ousei perguntar.

Depositei toda a minha esperança nessa perspectiva. Alexander salvaria Asquonset depois que a guerra acabasse. E ao fazê-lo também salvaria a vida de meu pai. Só precisávamos esperar e agüentar firme por mais algum tempo.

Foi o que fizemos, Jeremiah e eu. Continuamos a tocar tudo, até que Carl voltou e assumiu alguma responsabilidade. Para mim era ao mesmo tempo melhor e pior... melhor porque havia alguém para ajudar, pior porque esse alguém era Carl. Eu tinha de vê-lo todos os dias. Tinha de me lembrar do que poderia ter sido, e finalmente explicar para ele por que nunca seria.

Alexander salvaria Asquonset. Assim que voltasse da guerra ele investiria em videiras que dariam ao meu pai uma vida nova. Asquonset cresceria como um vinhedo, como nunca crescera como plantação de outras colheitas.

Em teoria, a promessa de Alexander não era vazia. Sua família tinha duas fábricas de sapatos bem-sucedidas, que permaneciam em plena atividade apesar das dificuldades enfrentadas durante a Depressão. E depois que a guerra começou, as fábricas dos Seebring deixaram de fabricar sapatos para uma população sem dinheiro e passaram a fabricar botinas, não apenas para os soldados americanos, mas também para os nossos aliados. E não conseguiam fabricar com a rapidez necessária, de tão grande que era a demanda.

A guerra acabou com a Depressão. Por mais terrível que possa parecer, foi verdade. As fábricas dos Seebring foram apenas duas das inúmeras beneficiadas. Não apenas nossos soldados precisavam ser vestidos, mas também tinham de ser alimentados. Tinham de ser armados. Tinham de receber veículos para combate em terra, no mar e no ar. Muitas empresas que antes enfrentavam dificuldades se tornaram subitamente prósperas. As fábricas da família de Alexander não foram as únicas.

A guerra terminou. As mesmas pessoas que economizavam moedas à sombra da Depressão agora sentiam otimismo e contavam com um dinheiro de reserva. As mesmas fábricas que faziam uniformes passaram a produzir ternos para os homens usarem na vida civil ou vestidos para as mulheres usarem nas comemorações da paz. As mesmas fábricas que faziam botinas para o combate passaram a produzir sapatos de passeio.

Era o que deveria ter acontecido nas fábricas dos Seebring. Se tudo fosse planejado, eles teriam feito a conversão para a produção em tempo de paz e se tornariam ainda mais prósperos.

O que aconteceu? O pai de Alexander morreu no meio da guerra. Alexander escolheu um diretor para supervisionar tudo até a sua volta. Ele estava fascinado pelo jogo da espionagem e permaneceu na Europa por mais tempo do que eu gostaria.

Não. Não. É injusto de minha parte dizer isso. Não escreva essas palavras, Olivia. Alexander não brincava de espião. Fazia uma coisa que precisava ser feita. Recolher provas para os julgamentos dos crimes de guerra era importante. As atrocidades do Terceiro Reich tinham de ser punidas.

Mas a presença de Alexander ali criou um vazio aqui. Se ele voltasse ao final da guerra, junto com os outros soldados, as fábricas poderiam ser salvas. Mas, quando ele voltou, o dano já era irreversível. O diretor escolhido por ele fugiu com os lucros, e a conversão que aproveitaria a prosperidade do pós-guerra nunca ocorreu. Quando Alexander voltou, as fábricas já haviam fechado.

Já lhe falei sobre o primeiro dia em que vi Carl. Sobre o dia em que ele partiu para a guerra e sobre o dia em que casei com outro homem. Agora me deixe falar sobre o dia em que descobri que tudo não passara de um desperdício, que renunciara a Carl por nada.

Foi num domingo. Alexander voltara há um mês, mas saía quase todos os dias para ver suas fábricas. Pensávamos que estavam em plena operação e que ele apenas efetuava ajustamentos no que fora feito durante sua ausência. Ele partia com um sorriso pela manhã e voltava com um sorriso à noite.

Na verdade, nós éramos a menor de suas preocupações naquele momento. Perdera a empresa da família. Quebrara. Alexander levou um mês tentando salvar alguma coisa, qualquer coisa, antes de aceitar esse fato. E precisava nos dar a notícia. E que melhor dia para fazer isso do que num domingo? O domingo era sagrado. Era um dia para ir à igreja, um dia para compreender e perdoar.

Fomos à igreja e voltamos para o almoço em casa. Meu pai estava muito fraco para ir à igreja — a esta altura, quase nunca saía de casa —, mas se juntou a nós à mesa do almoço. Alexander esperou até acabarmos de comer. As crianças foram tirar seus cochilos. Arrumei a cozinha.

Al escutava o rádio com meu pai. Assim que voltei, ele desligou o rádio. Voltou à sua cadeira, inclinou-se para a frente, abaixando a cabeça apenas um pouco.

— Tenho más notícias — anunciou ele.

E nos contou tudo o que o diretor fizera. Falou durante muito tempo, relatando suas tentativas de recuperar o prejuízo. Repetiu em detalhes as conversas que tivera com os operários. Contou que procurara a polícia, mas de nada adiantara. Reconheceu a raiva e a frustração que sentia.

Escutei atentamente, mas levei algum tempo para absorver as palavras. Afinal, Alexander ia salvar Asquonset. Daria o que meu pai mais precisava. Fora por isso que eu casara com ele, em vez de esperar por Carl. Só que Alexander não tinha dinheiro. Não podia salvar Asquonset.

Meu pai ficou totalmente branco. Depois de três tentativas, e mesmo assim só com a minha ajuda, conseguiu se levantar. Estava magro demais, encurvado, e tremia tanto que comecei a falar em voz alta o que me passava pela cabeça apenas para tranqüilizá-lo.

— Arrumaremos o dinheiro — garanti. — Conseguiremos suas videiras. Não se preocupe. Daremos um jeito. Vá deitar agora. Precisa

recuperar as forças para dizer a Jeremiah, quando as videiras chegarem, onde quer que sejam plantadas.

Ele não disse nada. Mantinha a cabeça virada para o outro lado, os olhos vazios. Compreendi que havia acabado; ele desistira.

Fiquei desesperada. Era meu pai, eu o amava, e podia vê-lo morrendo diante de meus olhos. Ajudei-o a deitar e fiquei sentada ao seu lado até que as crianças acordaram. A esta altura, Alexander já exibia de novo sua personalidade exuberante.

O que não acontecia comigo. Precisava pensar. Precisava ficar sozinha.

Pedi a ele para tomar conta das crianças. Mas Alexander precisava sair para se encontrar com um companheiro do tempo de guerra em Newport.

Arrumei as crianças para sairmos. Brad tinha quase cinco anos. Podia andar sozinho e em geral corria na frente de todo mundo. Levei Susanne no colo. Ela só tinha dois anos.

Segui na direção do mar. Andamos e andamos. Era uma tarde agradável de setembro, ensolarada, mas fresca. Ao chegarmos na praia, subimos pelos rochedos, até um ponto em que podíamos sentar e contemplar as ondas sem sermos atingidos pela espuma.

Lembro que fiquei impressionada pela força das ondas lançando-se contra os rochedos, com os estrondos repetidos, impressionada com a beleza da cena. Claro que beleza era a última coisa que eu sentia por dentro. Sentia-me vazia e desolada. Sentia-me impotente. Sentada ali, naquele rochedo, fui dominada pelo desespero.

Pensei em saltar no mar.

Por um minuto inteiro... pensei em me jogar no mar.

E foi então que Brad passou os braços por meu pescoço. O mar o assustava. Ele precisava de uma segurança.

E isso foi suficiente para me fazer recuperar o controle.

Antes que pudesse pensar em me jogar no mar outra vez, peguei os dois no colo e voltei. Não sei onde encontrei forças para carregar os dois, mas foi o que fiz. E quando voltei para a casa da fazenda já havia encontrado uma nova determinação.

Foi uma experiência de epifania.

* * *

Foi uma experiência de epifania, escreveu Olivia. Recostou-se na cadeira. Natalie sempre lhe parecera otimista. E as pessoas otimistas não pensavam em suicídio.

Ela levantou e inclinou-se para a janela. Podia avistar Natalie a distância, uma figura elegante, circulando por entre as fileiras de videiras junto com a designer que estava criando novos rótulos para os vinhos. Passeavam pelo vinhedo há quase uma hora. Natalie queria que a mulher tivesse uma noção da propriedade antes de começar o trabalho.

Uma experiência de epifania. Olivia procurara a palavra no dicionário para saber a grafia certa. Ao mesmo tempo, verificara o significado. Uma experiência de epifania era uma percepção profunda. Um evento simples com um significado profundo podia ser considerado uma epifania. E o acontecimento que mudava a vida de uma pessoa era sem dúvida uma epifania.

Ela queria ouvir mais. Natalie prometera que voltaria, mas ainda estava com a diretora de arte.

Tess teria de almoçar antes de ir para o clube. Uma cozinheira chegara e fora embora no mesmo dia, uma doce mulher vinda de uma lanchonete, que não agüentara a pressão. Natalie estava no processo de contratar outra. Enquanto isso, depois de muitos dias comprando comida na lanchonete na encruzilhada, Olivia chegara à conclusão de que podia pelo menos fazer sanduíches de atum. Natalie e Carl haviam gostado.

Ela encontrou latas de atum na despensa e maionese na geladeira, misturou as duas coisas, passou no pão e acrescentou alface. Cortou cada sanduíche ao meio. Nada de luxo. Nada de *gourmet*. O almoço não era sua especialidade.

Lia o jornal, à espera de Tess, quando Simon entrou. Ele hesitou quando a viu, mas depois atravessou a cozinha até a geladeira, pegou uma garrafa de água mineral, abriu-a e bebeu tudo.

Ele estava suado, a camiseta molhada, gotas de suor aparecendo na pele. Os cabelos molhados pareciam mais escuros do que castanho-avermelhados agora. As faces estavam coradas por cima do bronzeado de julho.

Olivia sentiu o sangue subitamente quente. Especulou por que essa química funcionava com alguns homens, mas não com outros. Não restava a menor dúvida de que sentia uma intensa atração por aquele.

— Está quente lá fora — disse ele quando terminou de tomar a água. — Quem fez esses sanduíches?

— Fui eu. — Olivia largou o jornal. — Pode comer, mas o risco é seu. Não sou uma boa cozinheira.

Embora ela gostasse de ser. Seria maravilhoso se pudesse fazer pratos incríveis. Os homens adoravam a chamada comida de casa. Mas também adoravam cabelos louros compridos, o que ela também não tinha. Simon abriu um sanduíche.

— Nada pode sair errado com pasta de atum.

— Tem razão, mas também se pode fazer muito mais do que eu fiz. Madalena fazia uma coisa maravilhosa. Mas não quis me dizer o que era.

— Ela acrescentava coentro.

— Coentro?

— Misturado com a maionese.

— Ahn...

Inibida, Olivia cruzou os braços. Mas logo os descruzou. Cruzou as mãos no colo. Simon observava-a. Todo suado, ele era deslumbrante. Sentindo-se o oposto, Olivia desejou ter deixado os cabelos crescerem um pouco, pelo menos até a gola.

— Como estão os gatinhos? — perguntou ela, ansiosa em escapar daquele momento de constrangimento.

— Bem pequenos. — Ele esticou o queixo na direção do sanduíches. — Posso?

— À vontade.

Coentro... Ela não sabia como era o coentro, mas isso podia ser resolvido com a maior facilidade. Misturaria o coentro com a maionese. De qualquer forma, com ou sem coentro, Simon parecia estar gostando do sanduíche. Ansiosa em preencher o silêncio, para que ele não pensasse que esperava por um elogio, Olivia comentou:

— Natalie adorou saber que Buck era fêmea.

— Sei disso. Ela já me falou três vezes. Acho que não vou poder esquecer.

Mas ele não parecia aborrecido. Ao contrário, parecia divertido, e embora não estivesse sorrindo dava a impressão de que poderia sorrir a qualquer momento.

Olivia esperou, na expectativa de contemplar o sorriso.

Mas logo os olhos de Simon fixaram-se em sua boca e ela esqueceu a expectativa de um sorriso.

— Onde está Natalie? — perguntou ela, precisando de uma distração. — Ainda lá fora?

— Isso mesmo.

Simon pegou outra metade de um sanduíche. Olivia olhou para o relógio.

— Onde está Tess?

Era uma pergunta retórica, e por isso ela ficou surpresa ao descobrir que Simon tinha a resposta.

— Em minha casa. Ela queria ver os gatinhos. Mostrei o caminho pelo bosque.

— Talvez não tenha sido uma idéia sensata. Ela pode aparecer em sua casa mais do que você gostaria. Está fascinada pelos gatinhos. Não falou de outra coisa durante o café da manhã.

— Por que não leva um quando puderem ser desmamados? Melhor ainda, leve dois. Ou os cinco.

— Não podemos. Não temos uma casa nossa. E nem sei onde poderemos estar no outono. Alguns senhorios detestam gatos.

— Tem seis semanas para decidir. — Simon ergueu a metade de sanduíche enquanto se encaminhava para a porta. — Está ótimo. A verdade é que nunca fui fã de coentro. Obrigado pelo almoço.

— Foi uma experiência de epifania.

Olivia leu em voz alta para lembrar a Natalie onde haviam parado. Afastou-se da tela do computador e foi se acomodar numa das poltronas com papel e caneta. Dera comida a Tess e levara-a para o clube. Tirara Simon dos pensamentos. Era tempo de trabalhar.

— Pensou mesmo em suicídio?

Natalie alisou o short de linho enquanto franzia a testa.

— Por um minuto. Apenas por um minuto. Sentia uma horrível angústia, um imenso vazio, uma sensação de perda. Estava cansada. E com medo.

— De quê?

— Do futuro. Durante toda a ausência de Alexander, eu imaginara como seria nossa vida. Talvez não fosse um quadro dos mais bonitos, mas era uma das maneiras de racionalizar a perda de Carl. A perda seria compensada pelo que eu teria. Subitamente, não seria mais. E todo o quadro... — ela gesticulou, frenética — ... todo o quadro se dissolveu.

Natalie abaixou as mãos. Seu rosto refletia a lembrança daquele sofrimento antigo.

A vida de Olivia não fora desprovida de sofrimento. Sentira o vazio e a perda, o cansaço e o medo. Mas Natalie devia ter sentido muito mais se chegara a ponto de cogitar o suicídio.

A diferença, ela compreendeu, estava nos altos e baixos. Natalie sentira os extremos. Fazia sentido que alguém que conhecera o tipo de felicidade que ela tivera com Carl descobrisse que era insuportável a baixa da desilusão total.

— Seja como for, aconteceu apenas por um minuto e logo passou — continuou Natalie. — Durante a volta para casa, naquele dia, carregando as crianças, reformulei minha perspectiva da vida. Até aquele momento, depositara minhas esperanças em outras pessoas. Contara com meu pai, depois com Carl, depois com Alexander. Acatara o que minha mãe dissera e tomara uma decisão que não deveria ter tomado. Mas a decisão foi minha. Quero que isso fique bem claro no que você escrever. Minha mãe não me obrigou a casar com Alexander. A decisão foi minha.

Natalie fez uma pausa.

— É mesmo? — estimulou Olivia, depois de um momento.

— Mas a decisão mais importante foi naquele dia. Sentada naquele rochedo, com o vento soprando forte e as ondas explodindo lá embaixo, descobri-me numa encruzilhada. E optei pela vida. Mas não apenas qualquer vida. Queria uma vida boa. E prometi a mim mesma que a teria.

Olivia viu a parte seguinte da história se abrindo, mas se conteve. Uma importante questão persistia.

— Considerou o divórcio?

— Não. Eu casara com Alexander por minha livre e espontânea vontade.

— Mas fez isso com base nas falsas promessas que ele fez.

— Não eram falsas na ocasião em que foram feitas. Ele tencionava mesmo desenvolver o vinhedo com o dinheiro dos sapatos. Não mentira para nós.

— Mas ele a desapontou depois. Não ficou furiosa?

— Furiosa? Talvez com a situação, não com Alexander. Como podia ficar com raiva de alguém que agira de boa-fé? Alguém que também sofrera uma grande perda? Presumira que ele era um bom administrador, o que não era o caso. Mas ele tinha o coração no lugar certo.

— Disse que ele permaneceu na Europa por mais tempo do que deveria.

— Não foi bem assim — corrigiu Natalie, paciente. — O que eu disse foi que as coisas poderiam ter sido diferentes se ele não passasse tanto tempo longe. Mas ele não permaneceu na ociosidade lá. O que fazia na Europa era importante.

— E seu pai? Sua mãe disse que seu pai morreria se não tivesse mais dinheiro e novas videiras. Não culpou Alexander pela morte dele?

Natalie deu um sorriso triste.

— Alexander não teve nada a ver com o dinheiro que meu pai perdeu quando o mercado de ações entrou em colapso. Esse foi o começo do declínio de meu pai, mas foi obra sua. Ele era o presidente do banco. Aprovava todas as grandes decisões. Alexander nada teve a ver com os erros de meu pai como agricultor. Quanto às matrizes da Europa, ele apenas comprava o que meu pai determinava. Não foi culpa sua que aquelas videiras fossem inadequadas para o microclima daqui. E não foi ele quem disse a meu pai para investir mais e mais dinheiro nisso. Além do mais... — Natalie deixou escapar um suspiro gentil — ... meu pai não morreu. Resistiu durante mais alguns anos, provavelmente por causa de Alexander.

Olivia ficou surpresa.

— Ele continuou a viver?

— Isso mesmo. Alexander era bom para ele. Sentava com meu pai e falava... e quando Alexander falava, a pessoa ouvia... e acreditava e sorria. Ele dizia que Asquonset estava à beira da grandeza e que as novas videiras produziam uvas incomparáveis. Apontava para uma garrafa de vinho francês e garantia que era apenas uma questão de tempo antes que o nosso vinho tivesse a mesma demanda. A maior parte era invenção...

Natalie fez uma pausa, dando um sorriso afetuoso.

— Mas meu pai não saía mais para os campos, e por isso não podia saber a diferença. Escutava e sentia-se melhor. Alexander até o levava à cidade, o que eu nunca pude fazer, porque ele era frágil demais. Carl também não podia, porque sempre tinha muita coisa para fazer. Mas Al tinha o tempo e a paciência, podia levantá-lo e levá-lo para o carro. Instalava-o numa cadeira no Pindman's. Admito que Alexander ganhava alguma coisa com isso. Meu pai era uma audiência cativa garantida. Mesmo assim, à sua maneira, Al proporcionou a meu pai uma nova razão para viver.

— Fico contente em saber disso.

— Mas ainda não aceita que eu não tenha me divorciado dele para casar com Carl.

— Não — declarou Olivia, determinada a não fazer julgamentos. — Você tinha suas razões. Apenas não sei se eu faria a mesma coisa.

— Isso acontece porque os tempos mudaram. As pessoas se divorciam por qualquer coisa. Vemos isso acontecer durante todo o tempo, nos jornais e na televisão, e lemos nos livros. Tornou-se comum. Parece natural que um dos dois saia de casa ao primeiro sinal de problema. Minha geração não era assim. Reconheço que era mais difícil se divorciar naquele tempo, mas não foi por isso que continuei com Alexander. E também não foi pelas crianças... embora eu deva admitir que, se não fosse por elas, Al e eu poderíamos ter nos afastado. Permaneci com ele porque era meu marido. Respeitávamos a instituição do casamento naquele tempo. Talvez fosse por causa da guerra. Nossos maridos haviam lutado para que pudéssemos ser livres.

Haviam arriscado a vida. Testemunhado horrores que só podíamos imaginar. Devíamos nossa lealdade a eles. O divórcio não era uma opção.

— Mesmo que ele fosse abusivo?

— Ele não era. Não bebia. Não jogava. Era um bom homem, embora sem tino para os negócios.

— Mas você nem sequer *pensou* em divórcio?

— Não era uma opção viável — insistiu Natalie. — Eu amava Carl. Se fosse capaz de voltar no tempo, teria casado com ele. Mas não podia mudar a situação. Era casada com Alexander. Tinha de viver com isso. E tinha de tirar o melhor proveito possível. Olhe para você. Não fez a mesma coisa?

Olivia ficou perplexa com a mudança de foco.

— Eu?

— Queria que sua mãe a amasse, mas ela partiu para algum lugar desconhecido. Queria que o pai de Tess a amasse, mas isso não aconteceu. Por isso, ficou sem apoio familiar e teve uma criança que era totalmente dependente de você. Não podia mudar as coisas. Não podia pedir à sua mãe para tomar conta da criança nos momentos de tensão. Não podia simplesmente... recrutar outro homem para pôr pão na mesa e bancar o pai de Tess. Por isso, foi trabalhar. Cuidou de Tess sozinha. Respeito isso.

— Respeita? — indagou Olivia com um sorriso.

— Claro. Foi uma das razões pelas quais a contratei. Posso não saber dos detalhes, mas senti uma independência em você.

O sorriso de Olivia se desvaneceu.

— Nem sempre é divertido ser independente. Parece que passei toda a minha vida procurando alguém em quem me apoiar.

— Mas não caiu sem isso.

— Não. Não podia cair. Tinha Tess. Ela precisava de mim.

— Assim como eu tinha Asquonset. Que também precisava de mim.

Creio que foi isso que me manteve à tona, mais do que qualquer outra coisa. Eu amava meus filhos, mas sabia que eles cresceriam apesar de mim. As crianças fazem isso. Independentemente do que seus pais que-

rem, tornam-se adultas, adquirem mentalidade própria. Asquonset era diferente. Não tinha um cérebro. Não podia funcionar por conta própria. Se não fizéssemos nada, o mato invadiria tudo. Para dar frutos, era preciso que alguém assumisse o comando.

Quem podia fazer isso? Meu pai era frágil e doente. Jeremiah tinha de cuidar de Brida. Alexander ficava paralisado em questões de dinheiro, e Carl recusava-se a assumir um papel superior a ele.

Assim, eu era a única que restava. Trabalhara na fazenda durante a guerra e conhecia todos os aspectos da operação. Ou seja, tinha conhecimento e tinha determinação... e a determinação tinha pouco a ver com o cultivo de batatas e milho. Queria cultivar uvas. As uvas haviam sido a razão para o meu casamento com Alexander. Que melhor maneira de justificar esse casamento do que alcançar o sucesso no cultivo das uvas?

Mas não podíamos comprar as videiras certas. Não tínhamos dinheiro.

Isto é, não tínhamos o tipo de dinheiro que esperávamos, mas contávamos com outra coisa. As fábricas dos Seebring estavam silenciosas e escuras, mas eram estruturas sólidas, em terrenos sólidos, no meio de uma abundante força de trabalho. Alguém devia querer tirá-las de nossas mãos.

Alexander relutava em vender. Aquelas fábricas tinham o nome da família. Até hoje, acho que uma parte dele sonhava que poderia reabrir as fábricas, de alguma forma, e fazer com que voltassem a prosperar. Não me pergunte como ele pensava que isso poderia acontecer, mas também Alexander nunca foi de procurar soluções. Mas sonhava. E era orgulhoso. Enquanto possuísse aquelas fábricas, possuía alguma coisa.

Convenci-o de que possuir Asquonset era alguma coisa. Pintei imagens grandiosas do que a propriedade poderia se tornar se investíssemos toda a nossa energia. Disse-lhe que viajaria pela Europa para comprar videiras, como fizera para meu pai, só que desta vez seríamos mais cuidadosos com nossas escolhas. Mostrei uma planta da fazenda, com os campos que achava que poderiam produzir uvas, e expliquei por quê.

Como eu sabia de tudo isso? Meu pai tinha livros. Tinha cartas. Escrevera tratados.

Infelizmente, era um banqueiro. Era um matemático, bom com números, mas não era capaz de ler o material e interpretá-lo em relação às nossas terras. Carl podia e foi o que fez. Passou o material para mim e também compreendi. Fazia sentido que uma uva que prosperava no vale de Napa não se daria bem aqui. Nem uma uva que vicejava nas regiões mais quentes da Itália e da França. São climas mediterrâneos, mais estáveis, com verões quentes e secos, invernos frios e chuvosos. Nosso clima não é assim. É mais parecido com o clima do cultivo na Borgonha, Champagne e Reno, onde o ar é mais frio e a temporada do cultivo é mais curta. Precisávamos de videiras que prosperassem nessas regiões, porque seu clima era comparável ao nosso.

Expliquei tudo isso para Alexander, e ele compreendeu. Percebeu o potencial de sucesso no cultivo de uvas aqui. Mais importante ainda, gostou da imagem que descrevi de sua participação.

Por isso, ele desistiu de manter as fábricas. Tivemos reuniões com banqueiros locais, e Alexander apresentou meus argumentos sobre os prédios, os terrenos e a força de trabalho. Convenceu-os de que as duas fábricas valeriam um bom dinheiro para um empresário querendo aproveitar o surto de prosperidade do pós-guerra. Ele era veemente e persuasivo. Mas também esse era seu forte. Também era um jogador de pôquer e sabia como blefar.

Conseguimos cinqüenta por cento a mais na venda dos prédios do que pensáramos que poderíamos obter... o que não chegava a ser grande coisa, mas já era um começo. Tomamos emprestado do banco o resto de que precisávamos.

Falo no plural, mas Alexander cuidou dessa parte sozinho. Ele era um homem. Eu era uma mulher. Quando se tratava de empréstimos bancários, isso fazia uma enorme diferença.

E me incomodava? Não. O importante era obter o dinheiro. Eu não fazia aquilo por orgulho. Fazia por Asquonset.

Além do mais, eu tinha sorte. Muitas mulheres que conhecia estavam desempregadas. Haviam ingressado na força de trabalho durante a guerra, quando os homens eram poucos e os empregos, abundantes. Mas os homens voltaram para casa e as mulheres ficaram sem emprego. Era uma injustiça. O que eu experimentava era apenas um contratempo. Há uma enorme diferença.

Além do mais, Alexander precisava se sentir importante. Ele deixou para trás o fechamento das fábricas e se concentrou no vinhedo, como se a primeira coisa fosse uma operação deliberada para facilitar a última.

Isso mesmo, havia uma questão de orgulho para ele. Tinha um ego considerável.

Por favor, Olivia, tome cuidado quando escrever essa parte. Posso parecer crítica, mas não é assim que me sinto. Susanne e Greg tinham a maior consideração pelo pai, e ele merecia. O que Alexander fazia, fazia bem. Foi um poderoso instrumento de relações públicas para Asquonset. Eu nunca seria capaz de viajar tanto quanto ele. Não me interessava. Sentia-me mais feliz quando ficava em casa.

Por quê? Por causa de Carl?

Não. Por causa do vinhedo. À medida que meus filhos cresciam, as uvas tomaram seu lugar.

Mas voltemos a Alexander. Seu ego não era uma coisa excepcional. Muitos homens precisam de adulação. É importante para as mulheres compreenderem isso e usarem em seu próprio benefício.

Você parece consternada. Por quê? Acha que parece uma atitude manipuladora?

Não é manipuladora, Olivia. É apenas uma questão de bom senso. Alexander era bom em determinadas coisas. Queria pensar que também era bom em outras. Se eu o deixava pensar assim, ele sentia-se melhor em relação a si mesmo. E, quando se sentia melhor em relação a si mesmo, não apenas fazia melhor aquilo que já fazia bem, mas também era de convivência mais fácil.

O que tornava minha vida mais fácil. É simples assim. Satisfeitas as necessidades de seu ego, ele sentia-se à vontade para me deixar fazer o que quisesse. E quando eu fazia o que queria sentia-me no controle. Apoiávamos um ao outro.

— Mas isso é fazer um jogo — comentou Olivia. — Por que temos de agir assim?

— Não temos — respondeu Natalie. — Mas se entramos no jogo podemos vencer. Se recusamos, não temos a menor chance.

— Então o movimento feminista foi uma perda de tempo?

— Claro que não. Ensinou as mulheres a aspirarem. Abriu seus olhos para as possibilidades. Mas deixou de ser realista nos métodos para chegar lá. Num mundo ideal, as mulheres têm direitos iguais aos homens. Mas nosso mundo não é ideal. Ser realista significa trabalhar no sistema. Significa compreender as psiques envolvidas e usá-las. É o caso de Simon.

Olivia lançou um olhar perplexo para ela.

— O que Simon tem a ver com qualquer coisa?

— Ele é uma pessoa complexa. As mulheres querem que ele seja sensível e aberto, mas ele não é. Há razões para isso. Se compreendermos as razões, poderemos trabalhar para contorná-las e encontrar a abertura e o afeto.

— Presumo que esteja falando sobre a esposa e a filha.

— Em parte. Ele ficou desesperado quando elas morreram. Não quer ser vulnerável a esse tipo de dor outra vez. Por isso ergueu um muro.

Olivia percebera esse muro. Simon quase que o pusera na frente de seu nariz assim que chegara ao vinhedo.

— Qual é a outra parte?

— Sua infância. A mãe era uma pessoa adorável. Ana era daqui mesmo, uma mulher que casou tarde. Mas sabia o que queria, um marido e um filho. Desconfio de que era bastante sensata para saber o que Carl sentia por mim, mas também foi bastante sensata para casar com ele assim mesmo. Ganhou um marido e um filho que a amavam. Isso dito, não tenho certeza de se algum dia ela acreditou plenamente nesse amor. Sempre se conteve até certo ponto.

— E acha que Simon também é predisposto a se conter?

— É possível.

— Ele fazia isso com Laura?

— Desconfio que sim. Ela era retraída. Não estava em sua natureza pressioná-lo.

Natalie fitou Olivia e sorriu por um minuto a mais do que o necessário. Olivia também sorriu.

— E está na minha?

Ela sacudiu a cabeça, devagar, deliberada.

— Claro que está — insistiu Natalie. — Você me pressiona durante todo o tempo.

— Não é sobre isso que estou falando. Se quer bancar a casamenteira...

— Não quero. Estou apenas apresentando um argumento em relação aos homens.

— Deveria estar oferecendo uma sugestão sobre as mulheres.

— E estou. Porque as mulheres podem se sair muito melhor com os homens se compreendem como eles são. Tudo correu bem depois que compreendi que Alexander precisava ter seu ego afagado. Simon não precisa disso. Ele precisa ser *estimulado*.

— Não por mim. — Olivia pegou a caneta. — Quer falar mais agora ou prefere que eu volte a escrever?

Vinte e Um

O verão estava na metade. Olivia continuava a pensar naquela noite. Como podia deixar de pensar com o rumo que as perguntas de Tess assumiam? Estavam lendo *À beira do riacho (On the Banks of Plum Creek)*, de Laura Ingalls Wilder, um dos livros prediletos de Tess. Mas os pensamentos da menina sempre voltavam aos gatinhos. No meio de um capítulo, ela levantava os olhos para a mãe e perguntava se podia ficar com um. Olivia repetia o argumento sobre apartamentos e gatos.

— Mas se nos mudássemos poderíamos encontrar um apartamento em que nos deixariam ter um gato. Quando saberemos se vamos nos mudar?

— Assim que eu souber onde vou trabalhar.

— E quando será isso?

— Em breve.

— Quando teremos notícias das escolas?

Olivia não sabia. E de repente, sem mais provocação do que as poucas perguntas de Tess, ela ficou preocupada. Com mais tempo em Asquonset à frente do que para trás, ela se mantivera tranqüila. Assegurara a si mesma que alguma coisa aconteceria, que os problemas sempre eram resolvidos, que teria um novo emprego no outono e Tess teria uma escola.

Agora o verão estava na metade e ela ainda não tinha nada. Precisava encontrar alguma coisa. Se não conseguisse, estaria perdida.

Com esse objetivo ela levantou antes mesmo do amanhecer no dia seguinte. Subiu para o sótão, tomando cuidado para não acordar ninguém. Acendeu a luz, depois ligou o computador. Em poucos minutos estava surfando na Internet. Desta vez não poria todos os seus ovos no mesmo cesto. Nem mesmo em uma dúzia de cestos. Imprimiu os nomes e endereços de todos os museus que pôde encontrar. Fez a mesma coisa com as galerias de arte. Inseriu seu próprio disquete e imprimiu todas as cópias do currículo de que precisaria. Preparava uma nova carta de apresentação quando a porta foi aberta. Seu coração bateu forte — em grande parte de alívio por ter se vestido — antes mesmo de ver quem estava ali.

Era Simon.

— Por que eu sabia que era você?

— Porque ninguém mais é bastante doido para levantar tão cedo — murmurou ele fechando a porta. — Vi a luz acesa. O que está fazendo?

Ele foi se postar atrás de Olivia e olhou para a tela. Ela quase a cobriu com as mãos, mas se conteve. Não seria uma atitude adulta.

— Não leia. Sou péssima na ortografia, totalmente dependente da verificação. Se ler isto, vai perguntar como posso escrever a história de Natalie. Mas o produto final é sempre...

— Psiu!

Ele pôs a mão no ombro de Olivia, que não disse mais nada. A mão permaneceu onde estava, mesmo depois que ele acabou de ler e se empertigou.

— Preciso de um emprego — murmurou Olivia, os olhos na tela. — Natalie me contratou só até o Dia do Trabalho.

— Seu trabalho terá terminado até lá?

— Claro.

— Para onde você quer ir?

— Qualquer lugar serve. Mendigos não podem ser exigentes.

A mão se deslocou. Teria sido uma carícia... ou apenas um gesto de conforto?

— Por que fala assim? Possui uma habilidade. É uma artista.

— Artistas têm o hábito de viver à beira da inanição. Preciso alimentar, vestir e educar Tess.

Ela respirou fundo, assumiu um sorriso e levantou-se. Simon retirou a mão, o que tornava mais fácil para ela conversar.

— Arrumarei um emprego. Posso tentar alguma coisa inteiramente diferente.

— Por exemplo?

— Ser recepcionista.

Ele parecia divertido.

— Num hotel?

— Por que não? Sou uma pessoa sociável. Posso arrumar ingressos para o teatro e limusines. Posso informar às pessoas sobre os lugares que devem ver e os que devem evitar. Posso recomendar restaurantes e fazer reservas. — Olivia sorria, deixando a imaginação viajar. — Não seria divertido experimentar todos os restaurantes para saber quais devo recomendar?

— Creio que a maioria das recomendações é comprada e vendida.

— É uma posição cética. Eu não desempenharia minhas funções dessa maneira e faria com que todos os hóspedes soubessem disso. Não há comissão em meu turno. Direi sempre a verdade.

— E se o gosto dos hóspedes para restaurantes for diferente do seu?

Ela deu de ombros.

— É inevitável que isso aconteça de vez em quando. Não se pode satisfazer todas as pessoas durante todo o tempo. E poderíamos residir ali mesmo, no hotel. Pode imaginar? Tess seria outra Eloise. Ela adorou essas histórias. Queria ir para Paris depois que leu *Eloise in Paris*. Mas acho que ela se contentaria com Nova York. Não seria sensacional viver no Plaza...

Simon silenciou-a com um beijo. Não foi uma surpresa total porque ele olhava para sua boca poucos segundos antes, mas isso não serviu para deixá-la preparada. Foi quente e terno, familiar de uma maneira como não deveria ter sido, com apenas um beijo antes.

Olivia sempre gostara de beijos assim. Quente e terno como uma gravura em tom de sépia de uma torta de maçã que acabara de sair do forno ou sentar com uma louça que já testemunhara gerações de uso. Era um fogo dançando e secando um par de luvas de lã com seu nome tricotado ou uma enorme caneca com chocolate quente, uma bola de creme boiando no meio. Quente e terno era o tipo de beijo tão gentil e doce que você sentia vontade de derreter, o tipo que fazia a mulher se encolher toda, o tipo que parecia se prolongar de uma maneira interminável, sem perder nem um pouco do calor. Era o tipo que fazia você se comprimir, ansiosa para que nunca mais acabasse, e depois provocava um sobressalto de surpresa quando terminava, porque você não entendia o que acontecera.

Simon também parecia surpreso, o que não respondia a qualquer questão.

— O que foi *isto*? — sussurrou ela.

— Não tenho a menor idéia.

Envolvendo-a com um dos braços, Simon passou os dedos da outra mão pelos cabelos de Olivia. Estavam crescendo, mas não bastante depressa.

— Eram compridos, desciam além dos ombros, até maio último. Eram bonitos, mas esquentavam muito. Fiquei impaciente uma noite e cortei tudo. Sou assim... impaciente e impulsiva. Talvez seja esse o meu problema.

Ele tornou a passar o polegar pela boca de Olivia, lentamente. Não parecia uma coisa impulsiva. Era excitante, da maneira mais profunda, mais incrível... tão quente quanto o beijo... e depois ele fez uma coisa tão incrível quanto o beijo. Olhando para a própria mão, ele deslizou-a da garganta para o peito, virou-a e passou o dorso pelo seio.

Olivia mal podia respirar. Pegou a mão de Simon e apertou-a com força contra seu corpo. Fechou os olhos e encostou a testa em seu peito.

— O que é *isso*? — murmurou ela.

— O que é *isso*? — repetiu uma voz... e não era de Simon.

Olivia levantou o rosto para descobrir que ele olhava para a porta. Também olhou, receando que Natalie os tivesse flagrado. Mas não era Natalie quem estava parada ali. A semelhança era grande — mesma altura, mesmo formato de corpo, a mesma postura admirável, a mesma pele que parecia tão macia. Até o estilo de penteado era o mesmo, embora aquela mulher tivesse cabelos castanho-avermelhados, em vez de brancos. Olivia teve a sensação de que via Natalie como ela devia ter sido vinte anos antes. Susanne sorriu, divertida.

— Pensei que era mamãe aqui em cima, trabalhando desde cedo na lista de convidados. Você ficou vermelho, Simon.

— É você... — Simon postou-se na frente de Olivia, como se quisesse protegê-la. — Não sabia que viria.

— Mamãe também não sabe. Cheguei ontem à noite, bastante tarde. Pensei em subir até aqui, abrir a porta e surpreendê-la.

Os olhos fixaram-se em Olivia, as sobrancelhas arqueadas em indagação. Olivia já saíra de trás de Simon. Não queria ser protegida, o que era um ritual machista, embora copiasse o exemplo do controle de Simon. Estendeu a mão e disse:

— Sou Olivia.

— Calculei que era você. — O tom era sarcástico, mas o aperto de mão foi cordial. — Era isso ou uma nova criada, uma nova contadora ou uma nova trabalhadora nos campos.

Susanne deu um passo para trás.

— Mais alguma deserção?

— Madalena e Joaquim — respondeu Olivia.

Ela observou Susanne franzir as sobrancelhas e olhar para Simon. Ele tornou a se postar na frente de Olivia.

— Natalie já contratou uma substituta.

— A segunda substituta — corrigiu Olivia, emparelhando com Simon. — Ela começa na próxima semana. Parece promissora. Trabalhou num restaurante em Pawtucket. A primeira só sabia fazer fast food. Não era capaz de preparar um jantar mais substancial.

Mas Susanne parecia não estar prestando atenção. Fitava Simon com uma expressão furiosa.

— Você é insuportável. Foi por isso que me telefonou. Disse que Natalie precisa de ajuda... mas o que ela precisa mesmo é de uma *cozinheira.*

— E você é a melhor — declarou Simon. — Mas não foi por isso que liguei. Outra cozinheira já está a caminho.

— Acreditarei quando ela chegar. — Susanne enfiou as mãos nos bolsos, como Olivia vira Natalie fazer dezenas de vezes. — Quer dizer que você e Simon...

— Não há nada demais entre Simon e eu.

Ele a apoiou.

— Não há nada acontecendo.

— Só estarei aqui durante o verão.

— E eu não posso aceitar nada mais profundo.

— O sexo não precisa ser profundo.

Mas o comentário de Susanne era inaceitável para Olivia.

— Precisa sim. Deve ser.

— O que acabou de ver aqui não foi sexo — acrescentou Simon. — Foi apenas...

— Um abraço — propôs Olivia. — Eu me sentia desanimada porque ainda não arrumei um emprego para o outono. Por isso comecei a trabalhar aqui antes do amanhecer. Simon apenas tentava fazer com que eu me sentisse melhor.

— Posso apostar — murmurou Susanne. — E devo dizer que é um novo uso desta sala para mim... mas, por tudo o que sei, pode ser um ninho de amor há anos. Preciso tomar um café.

Ela saiu fechando a porta.

Cinco minutos depois, Olivia encontrou Susanne na cozinha, com um bule de café já pronto.

— Desculpe — disse ela. — Não deveria ter encontrado uma cena como aquela em sua própria casa.

Susanne abriu o armário de mantimentos.

— Então admite que era alguma coisa?

— Admito. — Seria um absurdo negar. — Mas, por minha própria vida, não quero que aconteça de novo.

Olivia encostou a mão no queixo.

— Estou até aqui com outras coisas na cabeça, além de Simon. Pelo que vale, ele nunca esteve antes naquela sala comigo. E não creio que sua mãe tenha ido até lá com Carl, pelo menos não para um amasso.

— Mas não pode ter certeza, não é mesmo? — Susanne segurava a porta do armário. — Um amasso... é uma noção absurda para alguém da idade de mamãe.

— Não acho. — Olivia sorriu. — Não é nem um pouco absurda. Espero poder fazer uma porção de coisas quando tiver a idade dela. Pode imaginar a liberdade de ter setenta e seis anos? Reconheço que é preciso ter saúde para aproveitar a maior parte. Mas mesmo que você não tenha há um lado positivo nas coisas. Não precisa se preocupar com o que as pessoas pensam. Pode fazer o que quiser.

— E acha que isso é um aspecto positivo? — perguntou Susanne. — O que me diz das pessoas que você magoa no processo?

— Eu não me referia a Natalie. Falava da idéia de... usar rosa-shocking aos oitenta e cinco anos.

— Isso é diferente de casar de novo seis meses depois de enviuvar?

Susanne abria a geladeira agora, avaliando o conteúdo. Como Olivia não respondesse, ela acrescentou:

— Peguei você.

Ela tirou ovos e leite da geladeira. Olivia acomodou-se na beira de um dos bancos no balcão.

— Precisa ler a história de Natalie. Depois que o fizer, seis meses não vão parecer tão depressa assim. Posso lhe mostrar o que escrevi até agora, se quiser.

Susanne pegou tigelas num armário por baixo do balcão.

— Obrigada, mas tenho muita coisa para ler antes disso.

— Explicaria o que está acontecendo.

— Se minha mãe quiser explicar as coisas, pode fazê-lo pessoalmente.

— Ela tem dificuldades para falar sobre algumas coisas. Tive de pressionar e persuadir. — Olivia sorriu. — Ela ficará contente de vê-la aqui. Seu marido também veio?

Susanne pegou um copo de medidas no armário.

— Não. Ele está trabalhando.

— Seus filhos virão?

— Não. — Ela passou manteiga na assadeira. — Também estão trabalhando. Caso ainda não tenha percebido, sou a única na família que não trabalha. Cuidar da casa não é considerado trabalho hoje em dia.

Ela espalhou a manteiga com uma toalha de papel.

— Isso demonstra o quanto eles sabem — comentou Olivia. — Cuidar da casa é a profissão mais antiga do mundo.

— Pensei que fosse a prostituição.

— Não é. A mais antiga é cuidar da casa. Pense um pouco a respeito. Os homens de Neanderthal saíam para caçar enquanto suas mulheres faziam... o quê? Mantinham a caverna arrumada, cozinhavam as refeições, criavam os filhos. Se não fizessem isso, morreriam de fome. Afinal, a carne crua fazia mal; e se os filhos não fossem criados não haveria descendentes. Seria o fim da espécie. Os homens poderiam ter filhos sem nós? Não. Seus corpos são *totalmente* mal-equipados para isso. E nós? Podemos fazer qualquer coisa que quisermos. Podemos limpar, cozinhar e criar filhos. Podemos fazer roupas e vender roupas... e *lançar* roupas. Voltando à minha analogia, podemos também caçar... não sei quanto a você, mas eu, diga-se de passagem, tremeria toda se tivesse de matar um veado. Mas é claro que nunca tive de fazer a opção entre caçar e morrer de fome.

Susanne fez uma pausa, prestes a medir uma xícara de farinha de trigo.

— Optar entre caçar e morrer de fome? *Minha* mãe?

— Não exatamente essas duas coisas, mas há correlações em sua vida. Eu também não pensava assim. Vim para cá pensando que tudo em Asquonset sempre foi elegante e luxuoso. Mas descobri que não era bem assim.

— Sei disso. — Susanne continuou em seus preparativos. — O vinhedo demorou a prosperar. Mas não creio que, enquanto isso, Natalie estivesse no bosque matando perus para o jantar.

— Há perus selvagens por aqui? — perguntou Olivia.

Mas, antes que Susanne pudesse responder, Natalie apareceu na porta.

— Ouvi sua voz.

Ela atravessou a cozinha com um sorriso e os braços abertos. Só esperou que Susanne limpasse as mãos na toalha de prato para depois dar um abraço apertado.

— Estou tão contente em vê-la! — Natalie deu um passo para trás. A voz assumiu um tom acusador quando ela acrescentou: — Quando chegou? Não dirigiu durante a madrugada, não é?

— Já era meia-noite quando cheguei. Sua porta estava fechada e eu não quis incomodá-la.

— Eu dormia sozinha — disse Natalie, irônica. Mas o tom tinha uma insinuação de humor e logo ela sorria de novo. — Vejo que já conheceu Olivia.

— Já sim. Ela estava em seu escritório quando subi para fazer uma surpresa. Depois, ela me seguiu até aqui e ficamos conversando, de uma maneira como eu nunca conversaria com uma estranha.

Olivia sentiu-se imensamente grata por Susanne não ter mencionado a cena no escritório. Não queria ter de explicar.

— Ela tem sido uma grande ajuda. — Natalie recuou para estudar a filha. — Você está linda, Susanne. Jovem, jovem, jovem. Adoro seus cabelos. Como estão as crianças? Melissa? Brad?

Olivia escutou apenas por um momento. Não porque não quisesse ouvir, mas sim porque parecia ser um momento particular entre mãe e filha. Ela se retirou, admirada pelo relacionamento que parecia tão fácil e agradável entre duas mulheres que tinham uma enorme barreira a separá-las.

Vinte e Dois

Simon não foi embora. Permaneceu à espreita no fundo da mente de Olivia pelo resto do dia, puxando-a de um lado e de outro. Era um cabo-de-guerra, tinha o sexo num lado e a lógica no outro.

A lógica venceu. Independentemente da atração, ela não podia se desviar do rumo escolhido... e foi o que disse a Simon na manhã seguinte. Saiu assim que ele apareceu no pátio. Mesmo sentindo atração física naquele instante, lançou-se em seu discurso sem sequer cumprimentá-lo antes. Simon escutou sem pestanejar. Ao final, perguntou calmamente:

— Qual é o seu rumo? Para onde está indo?

— Não sei. Esse é um problema. Mas preciso ter o máximo de flexibilidade, o que significa ausência de envolvimento. O que significa me concentrar em Tess e em mim mesma. Estou numa encruzilhada em minha carreira... uma encruzilhada em minha vida. É um momento crucial.

Eles seguiam pelo caminho que dividia as uvas Cabernet Sauvignon das Chenin Blanc. O sol começava a se levantar no céu de verão sem nuvens.

— Qual é o seu sonho? — perguntou Simon.

— Meu sonho? Como um emprego ideal?

— Além de morar no Plaza e ser recepcionista — comentou ele, provocante.

Olivia não respondeu por um longo momento. O tom zombeteiro era uma coisa que não esperava de um homem que fora tão frio no começo. E ele era a gentileza em pessoa... o que não ajudava a causa de Olivia nem um pouco. Ela teria preferido que Simon fizesse coisas grosseiras, como se coçar ou arrotar. Faria com que sua decisão fosse mais fácil.

— Meu sonho? — repetiu ela, mobilizando toda a sua determinação. — Sério?

Ele confirmou com um aceno de cabeça.

— Eu gostaria de ter uma subvenção para fazer um ensaio fotográfico sobre os idosos.

Simon ofereceu um meio sorriso curioso.

— Os idosos?

Ela também acenou com a cabeça.

— Nossa sociedade está sintonizada para a juventude e a beleza. Os idosos não se enquadram nessa escala, mas têm uma riqueza de experiência para transmitir. Está estampado em seus rostos, se você tiver paciência para ler nas entrelinhas. E seus rostos podem ser os mais expressivos. Eu gostaria de captar isso em filme.

Constrangida por ter demonstrado tanto entusiasmo, Olivia sorriu e acrescentou:

— É apenas um sonho.

Mas Simon não estava rindo.

— As videiras também são assim. Quanto mais velhas ficam, mais caráter possuem. Uma videira tem de crescer por quatro anos antes de produzir uma colheita regular. Depois, como o vinho, torna-se melhor com a idade. Como as mantemos sempre aparadas durante o período de crescimento, não temos noção de sua individualidade. Isso só fica patente durante os meses de inverno. Depois que as folhas caem, você pode constatar a singularidade de cada videira.

Olivia queria que ele continuasse a falar, quanto menos não fosse para ouvir a emoção em sua voz.

— Depois que as folhas caem, o vinhedo não parece árido?

— Não, porque não é o que acontece. A dormência é um tempo muito importante. É quando as videiras descansam do trabalho numa temporada e ganham forças para a seguinte. Nós as podamos nessa ocasião, o que também é crucial. A produção pode ser arruinada se a poda for errada.

— Você faz tudo isso sozinho?

— Donna ajuda. Paulo também ajudava. Contratarei alguém no outono, mas terei de passar a maior parte do primeiro ano treinando a pessoa.

Uma expressão distraída aflorou nos olhos de Simon, um pequeno sorriso desmanchou seu rosto.

— O que foi? — perguntou Olivia, fascinada pelo sorriso.

— O som é espantoso.

— Que som?

— O vinhedo no inverno. Há um rangido no vento. O som de madeira estalando quando cortamos um galho, o eco quando cai na pilha. O ar é revigorante, a respiração sai branca. O sol é fraco, mas bom para as videiras.

A gentileza no sorriso estava agora nos olhos também, junto com a expectativa.

— E depois os botões aparecem. Você espera por isso, especulando quando vai acontecer. Você levanta todas as manhãs, olha para fora, pronto para o final do inverno... — a voz tinha suspense agora — ... e lá está. De repente. Pode acontecer ao amanhecer, às dez horas da manhã, ou mesmo às duas da tarde, aquele momento singular em que os botões afloram o suficiente para serem vistos. É como se uma neblina verde, muito clara, se espalhasse pelas videiras. Os botões são tão pequenos, tão pálidos, quase frágeis... não, totalmente frágeis. Uma geada a esta altura pode acabar com a colheita.

— Acabar com tudo? — perguntou Olivia.

— Conheço casos em que isso aconteceu. Nunca tivemos aqui. O mar modera o clima. Por isso, depois que fica bastante quente para os botões aflorarem, quase nunca ocorre uma geada. Mas o ar frio também é terrível. Já perdemos algumas fileiras numa encosta quando a temperatura caiu. Um ou dois graus podem fazer a diferença. Mas tomamos todo cuidado quando fazemos o plantio. Algumas variedades são mais resistentes ao frio do que outras. Algumas se dão melhor mais altas ou mais baixas numa colina. Algumas preferem ficar voltadas para o leste em vez do sul, ou o sul em vez do oeste.

— Como sabe o que dá certo onde?

— Pela tentativa e erro.

— Deve ser dispendioso.

— Não necessariamente. Quando quisemos produzir a Chenin Blanc, plantamos umas poucas videiras em diferentes lugares. — Simon lançou um olhar para as videiras ao lado. — Foi aqui que elas cresceram melhor. Encomendamos mais mudas e plantamos um bloco inteiro. Este bloco já está aqui há uma dúzia de anos.

— Teve de arrancar alguma coisa para abrir espaço?

— Não neste caso. Tentamos a Gewürz aqui e não deu certo, embora prosperasse no outro lado. O que é bom para uma videira não é necessariamente bom para outra. E temos de considerar também a questão do tempo. Os padrões do tempo mudam. Uma videira pode se dar bem num lugar por três anos consecutivos para depois ficar horrível por dois anos. Quando uma videira definha e morre, você sabe que a plantou no lugar errado, no momento errado.

Os dois continuaram a andar, a esmo agora, devagar. *O lugar errado, no momento errado.* As palavras pairavam no ar.

— Como nós — murmurou Olivia.

Ele parou de andar e acenou com a cabeça.

— O lugar errado, no momento errado — acrescentou ela.

— Isso mesmo.

Simon correu os olhos pela colina. Olivia pensou, observando-o, que ele estava mais bonito do que nunca, com os cabelos castanho-avermelhados recém-lavados, o queixo quadrado recém-barbeado, os ombros largos e musculosos relaxados, prontos para o trabalho.

— Talvez dentro de cinco anos — disse ela para romper a solenidade do momento —, quando eu for uma recepcionista famosa no Plaza, minha filha terá encantado tanta gente que as editoras vão bater na porta suplicando para que eu escreva sobre suas experiências. Ela pode ser a próxima Eloise. Teria quinze anos de idade, é verdade, mas isso não importaria. Há um mercado grande para aventuras de adolescentes... ou para seus medos e ansiedades. Ela escreveria *O diário de Tess Jones*, e eu seria sua assistente. Receberíamos um enorme adiantamento que nos permitiria freqüentar o Starbuck's e tomar os cafés mais sofisticados por muitos e muitos anos. Eu poderia me aposentar e nos mudaríamos para cá. Não teria mais preocupações com o emprego que preciso arrumar e a escola em que Tess vai estudar...

Ela poderia desenvolver sua visão ainda mais se Simon, rindo, não passasse o braço em torno de seu pescoço e começasse a levá-la na direção da casa. Era o gesto de um amigo afetuoso, sem nada de predatório... o tipo de gesto pelo qual Olivia podia se apaixonar sem hesitar.

Olivia tomou um banho de chuveiro pensando em Romeu e Julieta e vestiu-se pensando em Antonio e Cleópatra. Pensava em Scarlett e Rhett enquanto se servia do lauto café da manhã que Susanne preparara. Seguiu para o escritório de Natalie pensando em Gwyneth e Brad.

Ela e Simon não eram trágicos, mas Olivia sentia alguma tristeza naquela manhã. Não ajudou o fato de trabalhar sozinha ou que o trabalho fosse a restauração de algumas fotos mais recentes de Natalie. Os pincéis e tintas estavam arrumados em cima da mesa e ela adorava o trabalho, mas não exigia a concentração que precisava ter para escrever. Sua mente vagueou em várias ocasiões. O cabo-de-guerra entre o que era e o que poderia ser era muito forte.

Natalie percebeu no mesmo instante que havia alguma coisa diferente quando foi se encontrar com ela, no meio do dia.

— Você parece preocupada. Posso ajudar?

Olivia tapou as tintas. Soltou um suspiro.

— Não. Estou apenas começando a pensar onde estarei no outono. O verão está passando muito depressa.

Enquanto limpava os pincéis, ela tratou de mudar de assunto:

— Estou contente que Susanne esteja aqui. Ela é adorável.

Se Susanne tinha pensamentos negativos sobre Olivia e Simon — ou sobre Olivia e Natalie —, não deixava transparecer. Era cordial cada vez que se encontravam.

— E ainda por cima ela é uma cozinheira maravilhosa — acrescentou Olivia.

— Melhor do que eu, com toda certeza. Eu cozinhava quando as crianças eram pequenas, mas minha comida era mais para funcional do que para *gourmet*. Preparar as refeições era apenas mais uma tarefa que eu tinha de fazer num dia movimentado.

— Mas você tinha uma cozinheira — lembrou Olivia, feliz por voltar às lembranças de Natalie.

— Não quando as crianças eram pequenas. Naquele tempo, era a minha comida ou nada. Infelizmente, abri mais latas do que deveria. Meus filhos cresceram com espaguete americano. Os meninos não se importavam, desde que houvesse em grande quantidade. Mas sempre desconfiei que Susanne decidiu desde cedo que alimentaria seus filhos muito melhor. Foi o que ela fez. E ainda faz. Para ela, cozinhar é uma arte. Para mim, é um inconveniente. Contratei uma cozinheira antes de termos condições, mas estava desesperada. Tinha muitas outras coisas para fazer.

Aqueles primeiros anos depois da guerra não foram fáceis. Tínhamos dinheiro, da venda das fábricas e do empréstimo bancário. Decidimos que tipos de vinho julgávamos que dariam bem aqui. Alexander viajava para a Europa e voltava com nossos pedidos, mas ainda não havia qualquer lucro. Estávamos experimentando. Vivíamos de sonhos de prosperidade futura, vendendo milho e batatas para pagar as roupas e o óleo para as máquinas. Sob alguns aspectos, nossa existência era tão pobre quanto fora durante a Depressão.

A diferença era na atitude. Durante a Depressão, a mentalidade pública predominante era de desespero. Durante a guerra, a fragilidade da vida fazia as pessoas prenderem a respiração. Depois, com a vitória recente e o dinheiro da venda dos produtos militares despejados nos empreendimentos em tempo de paz, havia otimismo.

Eu vivia e respirava. Tinha de fazê-lo. Era a pessoa que tocava o vinhedo agora. Tinha a responsabilidade de fazer com que desse certo.

Alexander concordava com isso? Não. Ele se via como o líder. Mostrava-se mais do que disposto a aceitar a responsabilidade quando plantávamos uma videira que fracassava. Mas Carl e eu sentíamos esse fracasso mais profundamente.

Alexander queria criar uma reputação para Asquonset. Carl e eu queríamos apenas fazer com que as uvas crescessem.

— Alexander alguma vez desconfiou de seus sentimentos por Carl? — perguntou Olivia.

— Não.

— Então você escondeu bem.

— Escondi? O motivo para estarmos sempre juntos era tão legítimo que Alexander aceitava sem pensar duas vezes. Além do mais, não havia nada que não pudesse ser aceito. Em meados dos anos 50, Carl administrava a fazenda. Fazia todas as coisas que Alexander não queria fazer. A presença de Carl aqui permitia que Alexander viajasse pela Europa, provasse vinho em Nova York ou fosse se encontrar com os amigos em Newport. Alexander gostava de Carl. Confiava nele. Nunca teve qualquer suspeita. E eu não lhe dava motivos para ter.

Ali estava a grande questão.

— Hum... dá para perceber que há alguma coisa que você não quer perguntar — acrescentou Natalie.

Olivia ergueu a mão e balançou a cabeça.

— Não vou entrar nesse ponto.

— Mas não pode deixar de especular.

— Estou pensando no que seus filhos podem especular.

Ela não pensava apenas. Tinha certeza. Susanne já não sugerira a possibilidade de relações sexuais ilícitas?

— A resposta é não — declarou Natalie erguendo o queixo. — Nunca traí meu marido. Nem uma única vez em todos aqueles anos. Podia passar mais tempo com Carl do que com Alexander, mas era pelo trabalho. Carl e eu nos empenhávamos no mesmo projeto, por assim dizer. Meus filhos podem me achar culpada por isso, mas nunca traí os votos que fiz no dia do casamento.

— Não queria?

Olivia pensava em Simon agora, na química que havia entre os dois, e imaginava que a mesma coisa devia ocorrer entre Carl e Natalie.

Natalie ponderou a questão. Em determinado momento, franziu o rosto e balançou a cabeça. Mas o rosto logo se desanuviou, sem que ela dissesse qualquer coisa. Finalmente, ela suspirou.

— Não me permiti querer. E me condicionei a ter Carl como um parceiro no trabalho.

— Um casto casamento durante o dia.

— Não — disse Natalie no mesmo instante para depois fazer uma pausa e considerar as palavras de Olivia. — Isto é, acho que era isso mesmo. Mas nunca pensei dessa maneira. Pelo menos era alguma coisa... melhor do que nada. E se tornou satisfatório.

Ela fez uma pausa, seus olhos se encontrando com os de Olivia.

— Mas nunca traí meus votos. Estava empenhada em fazer com que meu casamento desse certo.

— E conseguiu?

— Consegui. Mas não foi fácil. Alexander estivera em seu elemento durante a guerra. Falava a respeito sempre que podia, e era o ângulo de espionagem que eu mais ouvia. Presumi que era isso o que ele mais amava... o segredo e a emoção. Ao conviver com ele, no entanto, descobri que havia mais. Alexander apreciava a disciplina, a hierarquia, a pompa. Gostava de ser um oficial superior.

Ela lançou para Olivia um olhar irônico, de mulher para mulher.

— E ele queria controlar a família da mesma maneira. Como você lidou com a situação?

— Eu o atendia. Mantinha a casa tão limpa quanto podia e ordenava nossas vidas da maneira mais impecável possível. Servia-lhe o café da manhã na sala de jantar, com o jornal dobrado. Dava o primeiro corte da carne no jantar e cuidava para que as crianças não fizessem barulho quando ele tirava um cochilo. Elas se lembram disso. Costumavam se queixar, como se fosse culpa minha, quando era apenas a mensageira. Deixava Alexander dar as ordens, sabendo muito bem que em breve ele estaria ocupado com outra coisa e esqueceria. É verdade, era um jogo. Mas dava certo. Alexander sentia-se contente, e eu podia trabalhar com Carl para desenvolver o vinhedo da maneira mais promissora possível. — Ela recostou-se, sorrindo. — O resto, como costumam dizer, é história.

Olivia esperou até que o silêncio se prolongasse por mais de um minuto. Depois soltou uma risada, surpresa.

— Não vai parar por aqui, não é?

A expressão de Natalie era de serenidade.

— Você já tem os elementos básicos. Eu amava Carl, mas Alexander nunca soube. Sempre respeitei suas necessidades. Ele morreu acreditando que era o centro da minha vida. Se meus filhos souberem disso, na bondade de seus corações, talvez aceitem meu casamento com Carl agora.

— Não falou sobre os anos 50.

— O que você quer saber?

— Quero saber como o vinhedo prosperou. Quero saber sobre sua participação e a de Carl. Quero saber sobre os anos 60. E quero saber como a casa-grande cresceu e quando decidiu construir a vinícola. Quero saber se as crianças alguma vez estiveram envolvidas e, se não, por quê. Quero saber o que eles pensavam sobre o seu trabalho numa época em que as mulheres só cuidavam dos afazeres domésticos. Quero saber o que aconteceu entre você e Brad.

Olivia parou. Natalie comprimia um dedo contra seus lábios, com uma expressão suplicante. Com voz suave, Olivia acrescentou:

— Quero saber por que ele não foi convidado para o casamento.

Os olhos de Natalie estavam úmidos. Olivia quase abandonou o assunto. Mas começava a parecer que era uma coisa muito importante.

— O que aconteceu? — sussurrou ela.

Natalie não se mexeu por um longo momento. Nem a umidade em seus olhos se transformou em lágrimas. Depois, ela respirou fundo, empertigou-se e abaixou a mão.

— Foi há muito tempo — murmurou ela, estudando a articulação de um dedo.

O telefone tocou. Olivia ignorou.

— Ele não aparece em nenhuma das fotos mais recentes. Eu costumava pensar que ele apenas estava ausente.

Natalie levantou-se para olhar as fotos em que Olivia trabalhava. Quando o telefone tocou de novo, ela pediu:

— Pode fazer o favor de atender?

Foi o que Olivia fez.

— Alô?

— Olivia, aqui é Anne Marie. Seu amigo tornou a telefonar. Insistiu que tinha uma coisa *muito* importante para lhe dizer e ficou furioso quando me recusei a transferir a ligação.

Olivia esfregou a testa. Não podia acreditar que Ted ainda a procurava, mesmo depois que o tratara de uma forma tão agressiva. Mas quem mais podia ser?

— Tem certeza que é o mesmo homem?

— Tenho. Já conheço a voz.

— Ele ameaçou vir até aqui?

— Não. Mas é provável que seja apenas uma questão de tempo. Se ele tem o número do telefone, pode descobrir o endereço. Devo chamar a polícia?

Olivia já ameaçara isso uma vez e depois experimentara o mais profundo sentimento de culpa. Mas não queria acarretar qualquer risco para a carreira de Ted agora, como também não quisera antes. Pelo menos ainda não.

— Ted é um chato, Anne Marie, mas não é perigoso. Se ele ligar de novo, pode bater o telefone.

Depois que ela desligou, Natalie perguntou:

— Seu admirador secreto?

— Meu admirador *irritante*. Pobre Ted. Espera para ligar do trabalho, sem dúvida olhando para o relógio... — Ela olhou para o relógio na mesa de Natalie. — Essa não! Estou atrasada. Tenho de sair correndo para levar Tess ao clube.

Consternada por ter perdido completamente a noção do tempo, ela pediu desculpa a Natalie, que acenou com a mão para dispensá-la.

— Eu não queria mesmo falar mais agora.

— Voltaremos a conversar sobre isso — advertiu Olivia a caminho da porta.

Natalie não respondeu. Ficou imóvel, outra vez com uma expressão suplicante, o que deixou Olivia ainda mais curiosa. Se não estivesse tão atrasada, ela teria insistido. Mas Tess era sua maior prioridade. Mães responsáveis não se atrasavam quando tinham de levar suas crianças para uma aula.

Dominada pela culpa, ela desceu correndo a escada, especulando por que Tess não fora chamá-la. Pensou que a filha já devia estar no carro... a menos que tivesse deliberadamente deixado o tempo passar. Tess gostava de velejar, mas permanecia cautelosa em relação à turma.

Nada de Tess nos degraus de pedra na frente da casa. Nada de Tess na estrada. Nada de Tess no vinhedo... não que ela pudesse ser visível ali, com as videiras tão mais altas e mais densas. Também não havia sinal de Simon, o que era bom.

— Susanne levou-a — avisou Jill, passando pela porta de tela da varanda e descendo os degraus.

Olivia esperou-a lá embaixo.

— Susanne? Ela não deveria ter feito isso!

— Ela adorou a oportunidade — comentou Jill, sentando. — Tinha de fazer compras de qualquer maneira, e o transporte de Tess acrescentou um propósito. "Como nos velhos tempos", ela disse. Susanne está pronta para os netos.

— Tess deve ter pensado que a esqueci.

Jill sorriu.

— Atribuímos a culpa a Natalie. Dissemos a Tess que tínhamos a obrigação de fazer o transporte, já que Natalie a segurava lá em cima.

— Como se vocês não tivessem mais nada para fazer — murmurou Olivia, sentando ao seu lado. — Passa o tempo todo trabalhando no escritório da vinícola.

— A opção é minha. Ajuda a me manter ocupada.

Olivia sentia afinidade por Jill, já que as duas não eram Seebring, ambas estavam na casa dos trinta anos, ambas tinham problemas com os homens.

— Conversou com Greg?

— Conversamos... mas não conversamos, se entende o que estou querendo dizer.

— É a atitude típica de um Seebring. Eu estava com Susanne quando Natalie a viu pela primeira vez. Os cumprimentos foram absolutamente cordiais. Não houve qualquer referência a divergências ou ressentimentos. — Com voz mais baixa, Olivia perguntou: — Como você se sente?

— Melhor, para ser franca. Ainda tenho momentos difíceis, mas Asquonset é um lugar tranqüilizante.

— Mesmo trabalhando no escritório?

— Mesmo assim. — Jill olhou para as videiras que ladeavam a estrada. — Sempre adorei este lugar.

— Greg não gosta? Nem um pouco?

Jill pensou por um momento.

— Ele gosta, mas naquele jeito de amor e ódio. Sentia toda a pressão quando era jovem.

— Que tipo de pressão?

— Para brilhar, se destacar. Sabe como são os pais nessas coisas.

— Na verdade, não sei. Minha mãe sabia que eu jamais seria brilhante. Não tinha a menor esperança de se orgulhar da filha. Por isso, foi embora.

— A mensagem é que ela teria ficado se você se destacasse Eu chamaria isso de pressão.

Olivia não analisara por esse ângulo.

— Mas era diferente. Minha mãe e eu não éramos nada. Esta família tem um nome importante. E quanto maior a reputação, maior a pressão.

— Discordo. Todo mundo quer a aprovação do pai e da mãe. Nome importante, sem importância, *sem nome*... não faz diferença. Queremos agradar nossos pais. Greg não foi o único assim. Ele diz que as expectativas eram desproporcionais, em particular de Natalie. Mas ele não é o primeiro filho a ter de viver à sombra de um irmão mais velho.

— Brad?

— Isso mesmo, Brad.

— Você o conheceu?

— Eu? O próprio *Greg* não o conheceu. A diferença entre os dois era de dezoito anos. Brad partiu antes mesmo de Greg nascer. Isso fez com que fosse melhor ou pior? Acho que pior. Natalie comparava Greg com um modelo de fantasia.

— Só Natalie? E Alexander?

Jill franziu o rosto.

— Não — murmurou ela. — Era apenas Natalie.

Ela virou a cabeça ao barulho de um carro se aproximando.

— É Susanne.

Olivia não pôde deixar de notar que Susanne guiava o utilitário do vinhedo, com o logotipo de Asquonset, em vez de seu BMW. Isso significava alguma coisa, pensou ela.

Ela se levantou e estava junto do veículo quando Susanne abriu a porta.

— Desculpe, Susanne. Perdi por completo a noção da hora. Obrigada por ter levado Tess.

Susanne acenou com a mão, como se isso não tivesse a menor importância.

— Não foi problema. Eu ia mesmo naquela direção.

Ela deu a volta para abrir a porta traseira. O espaço estava cheio de compras.

— Ela ficou chateada por eu não estar aqui? — perguntou Olivia, pegando uma sacola.

Susanne também pegou uma sacola.

— Não. Só ficou chateada porque não a deixei fazer compras comigo. Presumo que Tess não gosta muito de velejar.

— Ela adora velejar, mas não conseguiu se dar bem com as outras crianças.

Jill aproximou-se. Inclinou-se para dentro do carro, e Susanne deu um tapinha de leve em seu braço.

— Não pegue peso — murmurou ela, lançando um olhar indeciso para Olivia.

— Ela já sabe. — Jill testou as sacolas, até encontrar uma mais leve. — E jurou que guardaria o segredo.

— Estávamos falando de Brad.

— Ah, o santo Brad... — Com uma das mãos ela entregou uma segunda sacola para Olivia e depois também pegou outra. — Ele não andava sobre a água, mas chegava perto.

Olivia olhou da irmã para a cunhada.

— Ele não está aqui, mas está aqui.

— Sempre esteve. — Susanne seguiu para casa na frente das outras. — Não que fosse tão terrível para mim quanto foi para Greg. Eu era mulher. Não precisava ser como Brad... nem ele como eu. Ele nunca teve de lavar a louça, fazer as camas ou passar roupa. Puxa, como nós brigávamos por causa disso! Mamãe sempre o mantinha um pouco apartado... um pouco superior. E eu detestava.

— Mas deu o nome dele a seu filho — lembrou Olivia enquanto subiam os degraus.

Susanne não parecia nem um pouco arrependida.

— Era a coisa certa a fazer... sabe como é, o primogênito em cada uma de três gerações... mas pode ter certeza de que meu Brad sabe agora como se lava louça. E também sabe cozinhar. Se houve uma coisa que pude lhe ensinar, foi isso.

Ela olhou para Olivia enquanto atravessava a cozinha.

— Jill jura que não sente o gosto da comida. Portanto, a escolha é sua. O que vai ser para o jantar... lombinho marinado, purê de batata com alho e salada ou salmão grelhado, arroz selvagem e legumes?

Olivia sorriu.

— Salmão grelhado — disse ela, sentindo-se quase uma irmã e adorando.

O salmão estava delicioso, com bastante molho, bem temperado, muito bem apresentado, sobre uma camada de arroz selvagem, cercado de pedaços picados à juliana de abóboras vermelha e amarela. Para acompanhá-lo Susanne escolheu um Chardonnay em que se podia sentir o gosto das uvas, da série Asquonset Riverside White. A sobremesa foi uma musse de chocolate.

Olivia insistiu que ela e Tess limpassem tudo, como um agradecimento por Susanne ter prestado serviço de motorista. Mas estava pensando em fazer mais do que isso. Depois que tudo estava limpo e arrumado, as luzes da cozinha reduzidas, ela subiu correndo para o sótão. Pegou a pasta com as páginas que escrevera até aquele momento e desceu com a mesma pressa. Susanne usava a luz baixa na cozinha para planejar as refeições do dia seguinte. Olivia pôs a pasta no balcão, ao seu lado.

— Isto é o que escrevi até agora sobre a história de sua mãe. Provavelmente precisa de mais revisão, mas dá para ler. Se você quiser dar uma olhada.

Ela se retirou antes que Susanne pudesse responder se queria ou não. Mas, quando voltou à cozinha, mais tarde, a fim de pegar um copo de leite para Tess, descobriu que Susanne e a pasta não estavam mais ali.

Vinte e Três

O tempo melhorou. Com a chegada de agosto, o sol brilhava com mais freqüência, moderando a maresia e esquentando os dias. As videiras se tornaram mais altas e de um verde mais intenso. Os cabelos de Olivia haviam crescido o suficiente para esvoaçarem ao vento, em vez de ficarem apenas desmanchados.

— Sol e calor — murmurou ela, um pouco inibida, quando Simon fez um comentário a respeito uma manhã. — Bom para a cabeça, bom para as uvas.

— Não sabia que você conhecia essas coisas.

Se ela conhecia, era graças a Simon. Natalie sabia de tudo, mas andava mais ocupada do que nunca organizando uma equipe básica para ajudá-la à medida que o casamento se aproximava. E quando Olivia podia conversar com Carl sobre as uvas, ele estava ocupado jogando tênis com Tess. Ela até escutava sua conversa sobre forma física e sentia-se bastante bem consigo mesma para prestar atenção. As aulas se prolongavam além da hora e muitas vezes recomeçavam depois que Tess voltava do clube, até mesmo depois do jantar. Os dias ainda eram bastante longos para isso.

E aquele dia prometia ser escaldante, pois já fazia calor ao amanhecer.

E por que, perguntou-se Olivia, estava ali com Simon, na hora do dia em que se sentia mais vulnerável? Porque eram amigos agora, decidiu ela, sentindo-se segura com esse pensamento. Tinham assuntos para conversar, como sua busca por emprego, as dificuldades de

Tess para ler e os gatinhos de Buck. O tema predileto, no entanto, era sempre o das uvas.

Não que a tentação desaparecesse por completo. Com o retorno do sol, a pele de Simon ardia, como acontecera em junho. O nariz descascou, os ombros descascaram... tudo muito atraente, ao estilo do macho. Ele levantara os óculos escuros para o alto da cabeça, pronto para o trabalho. Os olhos eram de um azul quase tão profundo quanto o sol a oeste.

Não havia como negar que a atração ainda persistia, às vezes tão intensa que ela tinha de fechar os olhos e, conscientemente, redirecionar os pensamentos. Mas Simon cooperava. Não contemplava mais sua boca ou os seios. Fitava-a nos olhos ou olhava para o chão.

— Agosto e setembro são ótimos para o crescimento — comentou ele agora, enquanto caminhavam entre as fileiras de videiras. — Se tivermos sol e calor, poderemos compensar a chuva e o frio que tivemos em junho e julho.

— Neste caso, a chuva não afetaria o vinho? — perguntou Olivia, encorajando-o a falar mais.

Ela adorava observá-lo quando falava sobre seu trabalho, pois era evidente que amava o que fazia. Seu rosto era gentil, os olhos azuis escuros extraordinariamente afetuosos.

— Tudo afeta o vinho. É por isso que a safra de cada ano é diferente. Mas, a chuva não será um fator negativo se tivermos o sol agora. Mas, se as uvas só amadurecerem pela metade, a situação se torna diferente.

— O que você faz quando isso acontece?

— Faço vinho rosé e suco de uva.

— E se não tiver mais nenhuma gota de chuva daqui até a colheita?

— Nem uma única gota em dois meses? Seria um problema. Se o terreno fica muito seco, as folhas fecham os poros para conservar a água disponível. Mas o dióxido de carbono tem de entrar através desses poros para que a fotossíntese possa ocorrer. Se os poros fecham, não há fotossíntese, e sem a fotossíntese as folhas não produzem açúcar para passar para a fruta.

Ele parou de andar para deslocar gentilmente um feixe de folhas.

— Está vendo aquela estaca?

Olivia viu, mas apenas porque ele apontou. Não chegava a ter um metro de altura, era fina, e tão próxima do poste que sustentava os arames da treliça que parecia quase invisível.

— É parte do sistema de irrigação — explicou Simon. — Tira água fresca do rio. Se o solo fica muito seco, podemos regá-lo de uma maneira que não encharque as uvas. Não temos de fazer isso com freqüência, mas precisamos adotar todas as precauções se queremos atender nosso mercado.

— O que me diz de um calor muito forte? Pode arruinar uma safra?

— É possível. Plantamos as videiras que se desenvolvem bem no tipo de clima frio que temos aqui na costa. Mas, de um modo geral, o calor mais forte apenas significa um amadurecimento precoce e uma colheita antes do prazo previsto. Posso dar um jeito.

— O que você não pode dar um jeito? — indagou Olivia, duvidando que houvesse muita coisa.

— Furacões — disse ele sem hesitar. — As previsões são de que teremos uma temporada terrível.

— Aqui?

Nos sete anos em que Olivia vivera em Cambridge houvera apenas alguns vendavais. É verdade que Rhode Island ficava na costa. Ainda assim, a Nova Inglaterra era a Nova Inglaterra.

— Já ocorreram dois no Caribe.

— Mas em geral esse problema não acontece por aqui, não é mesmo?

— Pode acontecer. Não que eu esteja esperando... — Simon sorriu — ... mas você perguntou.

— Como protege as videiras de um furacão?

— Não é possível. Você apenas constata que estão saudáveis, o que significa que faz a mesma coisa que costuma fazer em agosto. Estende as folhas sobre as treliças. Monitora as pragas. Desse momento em diante, tenho de ser cuidadoso com as pulverizações. Algumas não podem ser feitas quando faltam alguns dias determinados para a colheita. Se a colheita é feita mais cedo e uma pulverização é proibida num prazo de sessenta e seis dias antes, o momento é *agora*.

Olivia pensou na colheita e por um instante lamentou não estar ali para ver, para participar.

— Como sabe quando colher as uvas?

— Pelo gosto e pelo refrator. É um aparelho que registra o conteúdo de açúcar e ácido. Colhemos quando as uvas apresentam um equilíbrio ideal entre as duas coisas. Se acontece em um grupo de videiras antes de outro, colhemos apenas o bloco que já amadureceu.

— Usa uma máquina na colheita?

— Podemos fazê-lo, se tivermos de correr por causa de uma geada prematura. Mas prefiro fazer a colheita à mão. Contratamos trabalhadores extras. Serão mais este ano, já que alguns de nossos empregados foram embora. — Ele a fitou de lado enquanto andavam. — Por falar nisso, como vai a nova cozinheira?

— Susanne? — perguntou Olivia, apenas meio de brincadeira.

— Não. *A cozinheira.*

— Está se referindo a Fiona. — Olivia demorou um momento para encontrar as palavras certas. — Jovem... determinada. Orgulha-se de saber cozinhar e não gosta da interferência de Susanne... mas Susanne é muito melhor. Está tentando ensinar, mas Fiona resiste. A verdade é que não creio que ela fique muito tempo em Asquonset.

— E Susanne pretende ficar? — perguntou Simon, cauteloso.

— Ela não está falando em partir. Acho que tem se divertido, mesmo que não admita.

— Falta apenas um mês para o casamento. Alguma notícia de Greg?

— Falei com ele ontem à noite — disse Jill a Susanne, as duas sentadas no pátio, de manhã, tomando café. — Ele está com um cliente em Dallas.

Susanne inclinou a cabeça para trás. Sentia-se indolente com o calor.

— Ele vem para cá?

Não era mais uma questão de fazê-lo partilhar a culpa. Ela não se sentia culpada agora. Estava ali, sempre ocupada, e, para dizer a verdade, vinha se divertindo. Preenchia seus dias fazendo do que mais gostava, e para variar tinha uma audiência apreciativa. Mas Jill não parecia muito contente.

— Ainda não.

— Mas virá para o casamento?

— Ele diz que não. Acho que está errado nesse ponto. Mas, quando ouso sugerir isso, ele cai na defensiva. O que me diz de você?

Mark fizera a mesma pergunta há menos de uma hora.

— Se quer saber se me sinto melhor em relação ao casamento ao ver mamãe com Carl, a resposta é não. Eles formam uma boa dupla e estão apaixonados... tudo isso é evidente. Também é um escárnio para o relacionamento de Natalie com meu pai. Por isso só ficarei até que o problema da cozinheira seja resolvido.

Jill inclinou-se para a frente.

— Fiona *não* vai dar certo aqui.

Susanne sabia disso.

— Talvez o problema dela seja comigo. Talvez mude depois que eu for embora e ela assumir o comando.

— Ela pode ficar mais feliz, mas nós também ficaremos? De onde ela tira aquelas combinações? Costela de ovelha com molho de cardamomo? Camarão com figos cozidos? Sorvete de kiwi com amendoins? A inovação é uma coisa, mas exagerar a esse ponto é intragável. Pode haver bons motivos para que seu restaurante tenha fechado. Acho que você deve ficar mais um pouco, Susanne.

Um lado de Susanne queria isso. Quando as crianças eram pequenas, ela passava a maior parte do verão em Asquonset. As crianças adoravam a vida ao ar livre, o calor, a brisa que soprava do mar. Adoravam brincar com o avô.

Brincar com o avô... não com a avó, refletiu Susanne. Era Alexander quem punha as crianças no cangote e jogava bola. Era verdade que só fazia isso nas horas que escolhia, e sempre era um disciplinador se a brincadeira escapava ao controle. Mas era ele quem levava as crianças ao clube e comprava balas no Pindman's. As crianças teriam continuado a passar o verão ali se Susanne não tivesse mudado de idéia. Mas ela não podia relaxar ali... porque seu modelo, Natalie, nunca relaxava. Se Natalie não estava cuidando do jardim, limpava armários com Marie, verificava as ferramentas no galpão, reunia-se com o contador ou se encontrava com amigas para almoçar. Parecia ter sempre alguma coisa para fazer, o que a afastava de Susanne e das crianças. E fazia com que Susanne se sentisse supérflua.

Era óbvio que algumas coisas nunca mudavam. Natalie não passara mais de vinte minutos em sua companhia desde que chegara. Era verdade que ela não saía para se encontrar com amigas no clube nem planejava festas antes do casamento. Quando não ficava no sótão, estava lá fora, muitas vezes falando pelo celular. Claro que tinha de acertar a limpeza dos tapetes ou arrumar alguém para cuidar dos rododendros. Ainda assim, Susanne era sua filha e viera para ajudá-la. Se Natalie não se dispunha a passar algum tempo com ela, qual era o incentivo para ficar?

— Só ficarei aqui até que Fiona esteja integrada — declarou ela. — Mamãe não pode ajudar. Não está bastante concentrada.

— Ela sente a pressão sobre o novo rótulo. É uma importante iniciativa de marketing. E está muito envolvida, Susanne.

Susanne riu.

— Pelo menos gosta de pensar que está.

— Mas é verdade — insistiu Jill. — Vou ao escritório todos os dias. Ela é fundamental na operação de marketing... e não apenas desde a morte de Alexander. Sempre esteve envolvida. Leu alguma coisa do que Olivia escreveu?

Susanne fechou os olhos e ergueu o rosto para o sol.

— Não.

— Pois deveria. É esclarecedor.

— E unilateral. Meu pai não está aqui para contar a sua versão.

Ela exultou ao constatar que Jill não tinha resposta para isso... mas a satisfação foi de curta duração. Quando Jill finalmente respondeu, sua voz era mais razoável do que Susanne poderia gostar.

— Não há adversários aqui. Ninguém está tomando partido. Natalie não está denegrindo Alexander. Apenas conta sua participação no crescimento de Asquonset. Por que sempre soubemos tanto de Alexander e tão pouco sobre ela? A resposta verdadeira é que ele sempre falou, ao contrário de Natalie. Agora ela começa a se abrir. Acho que você deve ler sua história, Susanne.

Começamos devagar. No início, parecia que as rodas giravam sem sair do lugar, mais do que qualquer outra coisa. Onde quer que fosse, Alexander criava um vinhedo na mente das pessoas que escutavam. Mas em Asquonset ainda era em grande parte experimentação e orações.

A imagem era importante. Alexander dizia isso e eu concordava. Acrescentamos os andares superiores à casa-grande no início dos anos 50, talvez antes mesmo de contarmos com as melhores condições para isso. Mas precisávamos do espaço com duas crianças muito ativas em casa e devo admitir que ficou ótimo. Passamos a incluir uma foto da casa em nosso material de vendas. Mais uma vez, isso era cultivar a imagem do sucesso antes de alcançá-lo. Não se podia dizer que nem estávamos no caminho. Afinal, tínhamos uvas para vender.

Os Chardonnay foram os primeiros vinhos que ficaram bons. Plantamos um acre, depois dois, depois quatro, em anos sucessivos. Não pensávamos em produzir o vinho diretamente. Não pensávamos sequer em ser auto-suficientes. Nosso objetivo era aumentar a área cultivada, ao mesmo tempo em que procurávamos outras variedades que pudessem prosperar aqui. Com esse objetivo vendíamos o suco de nossas uvas para vinhedos na Europa.

Por que isso a surpreende? Os vinhedos europeus também têm anos bons e anos maus. Mas na década de 1950 os métodos de cultivo eram menos sofisticados. Num ano ruim, um vinhedo podia misturar o suco de nossas uvas com as suas, produzindo um vinho que era bastante respeitável. E se o produto de nosso trabalho só entrasse em seus vinhos inferiores? Não haveria problema. Recebíamos pelo que vendíamos. Isso significava que tínhamos dinheiro para comprar mais videiras.

E como nos sustentávamos? Com milho e batata.

Mas você tem razão. Isso não era suficiente. Não para cuidar de uma família cada vez maior. Não para pagar as despesas de Alexander. Não para as máquinas, fertilizantes, pesticidas e fungicidas.

Como conseguimos? Perdi muitas noites de sono até encontrar uma solução. Depois, quando agi, perdi muitas noites de sono com a preocupação de que pudesse fracassar. Felizmente, não fracassou. O que chamamos de Subúrbia, a vida em prósperas comunidades suburbanas, era uma idéia cujo momento chegara.

Mas deixe-me voltar atrás. Havia um homem na cidade que fora criado com meu irmão e Carl. Ele nos visitou quando Brad morreu e depois também foi para a guerra. Mas foi ferido e voltou em menos de um ano. Perdera a visão de um olho e teve baixa, embora insistisse que podia continuar a lutar. Costumávamos nos encontrar no Pindman's. Eu partilhava meus sonhos de ter um próspero vinhedo, e ele partilhava seus sonhos de desenvolver uma cidade.

Perdemos o contato quando a guerra acabou. Eu andava muito ocupada, tentando evitar que minha vida sofresse um colapso, e ele se mudou para Nova York. Em nosso próximo contato, ele já havia voltado e subitamente seu sonho fazia o maior sentido. Ele olhava ao redor e via aqueles soldados de volta da guerra, muitos dos quais com diplomas universitários graças ao programa da GI Bill. Inúmeros eram casados, começavam a ter filhos e tinham empregos que pagavam bons salários. Esses homens queriam comprar casas em lugares em que seus filhos pudessem brincar na rua e suas esposas pudessem cultivar flores.

Henry sabia construir casas. Sabia como planejar uma incorporação com centenas de casas e sabia que queria fazer isso. Havia pequenas cidades com fácil acesso a Providence e vastos terrenos que ele podia comprar. As comunidades suburbanas começavam a surgir em outros estados. Ele não via qualquer razão para que não surgissem também em Rhode Island.

Só precisava de dinheiro para comprar os terrenos e financiar a aquisição do material de construção.

Eu tinha o dinheiro. Não era muito — eu seria apenas uma de muitos investidores —, mas separara uma parte do empréstimo bancário e guardara. Não sabia por que na ocasião. Acho que era pelo sentimento de segurança. Vivera durante a Depressão. Gostava de saber que tinha alguma coisa guardada para qualquer emergência.

Não, Alexander não sabia que eu tinha esse dinheiro.

Por que não?

Ora, minha cara, como explicar? Talvez eu sentisse que merecia alguma coisa depois de ficar tão decepcionada. Talvez me preocupasse com a possibilidade de que ele gastasse tudo, perdesse o dinheiro. Acho que era mesmo uma questão de confiança. Eu precisava saber que tinha uma coisa que era só minha.

Não contei para Alexander a proposta de Henry Selig. Pelo que vale, nem mesmo disse a Carl. Trabalhava tanto quanto qualquer homem em Asquonset para tornar o lugar um sucesso. Para mim, aquele dinheiro me pertencia.

Foi um sábio investimento. Em um ano, o primeiro lote de casas foi construído. Tudo foi vendido. Tive um retorno de cinco vezes o investimento. Deixei no banco a quantia original e mais alguma coisa, e investi na fase seguinte do projeto de Henry. O sucesso foi ainda maior. Mais uma vez, deixei uma parte no banco e reinvesti o resto. Henry nunca me decepcionou. Passou da construção de casas para a construção de prédios de escritórios e centros comerciais. Até hoje ainda recebo dividendos de alguns desses investimentos.

Se fiquei preocupada? Sentia-me apavorada durante a primeira fase. A lógica dizia que seria um sucesso, mas, se não fosse, eu perderia todas as minhas economias. Depois que constatamos que aqueles empreendimentos imobiliários podiam ser um sucesso espetacular, não houve mais medo.

Isto é, houve em determinado momento. Durante o tempo que passara em Nova York, Henry convivera com o pessoal de teatro — escritores, diretores, atores, atrizes. Já voltara a Rhode Island — com algum do meu dinheiro na mão — quando Joe McCarthy e seu comitê começaram a interrogar os membros daquela turma à procura de tendências comunistas. O nome de Henry apareceu. Falaram que ele poderia ser convocado para prestar depoimento. Isso nunca aconteceu. Acho que concluíram que ele podia ter amigos de tendências esquerdistas, mas era um capitalista tão convicto que sua presença transformaria em escárnio a caça às bruxas. Mas foram uns poucos meses assustadores. As pessoas eram condenadas por associação. Henry foi denunciado porque era amigo de outros que haviam sido denunciados, e eu era amiga de Henry.

Tudo está bem quando acaba bem, como dizem. McCarthy foi censurado, Henry enriqueceu e eu recebi o dinheiro para fazer a diferença em nosso estilo de vida enquanto esperávamos que as videiras produzissem ouro. Tornamos a ampliar a casa-grande, e desta vez também redecoramos. Contratamos uma cozinheira e começamos a receber. Contratamos um homem para trabalhar nos campos, aramos novas áreas e plantamos três vezes mais videiras. Compramos máquinas novas e aumentamos o galpão. E começamos a engarrafar vinho.

Não estou dizendo que não poderíamos fazer essas coisas sem meus lucros no mercado imobiliário, mas acho que seria mais difícil e com certeza levaria mais tempo. Aqueles ganhos fizeram a diferença. Foram o pequeno impulso de que precisávamos. E me sinto satisfeita por ter feito isso por Asquonset.

Natalie recostou-se, parecendo aturdida.

— Estranho... Há muito tempo que eu não pensava nisso. Não foi uma coisa em que me detive. E não conversei a respeito com Alexander, nem mesmo anos depois.

— Por causa do ego dele? — perguntou Olivia.

— Porque era *irrelevante*. Eu poderia ter investido *dez* vezes mais no vinhedo, mas se não tivéssemos todas aquelas horas extenuantes no plantio, no cuidado com as videiras, na pesquisa de novos métodos de treliças, no teste de novos programas de pesticidas, todo o dinheiro teria sido em vão.

Ela ficou calada. O silêncio era parte da rotina entre as duas. Olivia aprendera a aproveitá-lo para organizar seus pensamentos. Ao fazer isso agora, sentiu que faltava alguma coisa. Repassou suas anotações, mas não conseguiu determinar o que era. Por isso, limitou-se a fazer um pedido:

— Descreva um dia comum.

Natalie sorriu.

— Não havia um dia comum, não quando você cria filhos e cultiva uvas, não quando você tateia pelo caminho, desenvolvendo um negócio sem ter antes a menor idéia do que deve fazer.

— E foi você quem fez o negócio crescer, não Alexander.

Natalie pensou a respeito por um momento.

— Se você tem de rotular as coisas, pode dizer que eu era a pessoa do que fazer, enquanto cuidava de como fazer. Alexander era o nosso homem de fachada. Ele viajava. Espalhava a notícia. Quando começamos a engarrafar vinho em quantidade suficiente para lançar no mercado, sabíamos a quem procurar. Alexander era maravilhoso nessas coisas. Não era bom com dinheiro e não era bom em plantar, podar ou enxertar, mas era um poderoso instrumento de publicidade.

— Ele era bom com as crianças?

No mesmo instante Olivia compreendeu que era isso que faltava. A história de Natalie carecia do elemento pessoal.

— Ele era *maravilhoso* com as crianças. — Mas o sorriso de Natalie logo se desvaneceu. — É verdade que a princípio foi difícil. Já falei sobre isso. Quando Alexander voltou da guerra, era um estranho para as crianças e vice-versa. Depois de um ou dois anos, quando as crianças se tornaram mais velhas e mais familiarizadas, a situação mudou. Acho que ele descobriu que não eram diferentes dos adultos. Se brincava com elas, as crianças gostavam dele. Claro que Alexander queria que as regras da casa fossem seguidas, mas era eu quem impunha o cumprimento. Como nos filmes, eu era o bandido e ele, o mocinho. Provavelmente ajudava o fato de viajar com freqüência, porque era uma novidade quando voltava para casa. Alexander nunca voltava de uma viagem sem um brinquedo ou uma lembrança para as crianças.

Natalie fez uma pausa. Suspirou e sorriu de novo.

— As crianças adoravam-no, o que o deixava feliz... e Alexander feliz tornava minha vida mais fácil.

— Era uma vida difícil?

— Difícil? Em termos *físicos*?

— Viver numa pequena fazenda na costa.

— Tornou-se mais fácil nos anos 50. Subitamente, passamos a ter máquinas de lavar e secar roupa. E lavadoras de pratos. Aspirador de pó. Aquecimento a óleo e um termostato. Tínhamos dois carros. Três aparelhos de televisão. Não era uma vida tão ruim.

— Você era feliz?

— Muito feliz.

— Era mesmo *feliz*?

— Eu... era. — Mais pensativa, Natalie acrescentou: — Está querendo saber o que eu sentia por Carl nessa ocasião.

— Por Carl. Por Alexander. Pelas crianças. Já me deu os fatos sobre o crescimento do vinhedo. Quero ouvir agora o lado emocional.

Natalie continuou pensativa.

— Sentia-me encantada com o vinhedo. Era sempre uma fonte de alegria para mim. Até hoje. Sinto-me mais animada só de andar por entre as videiras.

— Com Carl?

— Com ou sem Carl. — Houve uma pausa e depois ela emendou: — Com ele é melhor. Ele adora o vinhedo tanto quanto eu. Ele investiu seu trabalho e sente orgulho.

— E você o ama.

— Isso mesmo.

— O que me diz de Alexander? Como era seu casamento?

Natalie refletiu por um momento. Quando começou, falou devagar:

— Não era fácil. Al e eu tínhamos perspectivas muito diferentes. Eu aceitava isso na maior parte do tempo. Às vezes me incomodava. Às vezes me sentia frustrada com ele. Queria que Alexander fosse mais como... como...

— Mais como Carl?

O suspiro foi uma confirmação.

— Mas ele não era, é claro. Nunca poderia ser. E, se acontecesse de repente, acho que eu ficaria completamente desnorteada. Havia estruturado nossas vidas de maneira a atender às necessidades de Alexander e as minhas.

Ela fez outra pausa, franziu o rosto e comprimiu os lábios.

— Houve momentos de tensão. Mas sempre passavam. No esquema geral das coisas, tivemos um casamento satisfatório. — Natalie ergueu os olhos, solene. — E eu fui feliz, Olivia. Alexander não era Carl, mas Carl estava em minha vida. Eu tinha o melhor de dois mundos. Era zelosa quando se tratava de fazer as coisas de que Alexander gostava, mas também as apreciava. Gostava de ir a festas. Gostava de jantar fora. Gostava de viajar até Nova York para ir ao teatro. *Não quero* parecer uma mártir no livro.

— Era feliz como mãe? — perguntou Olivia, porque lhe ocorrera que Natalie não dissera isso uma única vez.

Também não disse agora. Baixou os olhos para o próprio colo por um longo momento, antes de tornar a fitar Olivia. A expressão era de consternação.

— Eu amo meus filhos. E sofro quando acontece alguma coisa com eles. — A voz tremia. Ela expirou fundo para recuperar o controle. — À medida que os anos passaram, fomos nos afastando.

— Por quê?

Os olhos de Natalie tornaram a se fixar no colo. Ela alteou as sobrancelhas.

— Provavelmente porque eu fazia muitas outras coisas. Nossa vida social foi mais ativa nos anos cinqüenta e sessenta. Ficamos sócios do clube e começamos a dar festas. Eu era ativa nos grupos comunitários. Tudo isso exigia tempo, além do que eu fazia no vinhedo. Quando as crianças se tornaram mais velhas, havia menos necessidade de cuidados diretos e me concentrei nas outras coisas.

— Mas se encontrava com seus filhos todas as manhãs e todas as noites. — Olivia daria qualquer coisa para que isso acontecesse com sua mãe. — Havia uma presença física.

Natalie não se desculpou.

— Uma presença física, mas ausência mental. Eu... acho que não dispensei às crianças o tempo e atenção de que precisavam. E tenho a impressão de que se ressentem por isso até hoje.

Olivia concordava com ela nesse ponto. Susanne falara de um tratamento especial dispensado a um filho, mas não aos outros.

— Como era seu relacionamento com Brad?

Natalie mudou de posição na poltrona. Parecia preparada quando tornou a se acomodar.

— Brad era o mais velho.

— Sei disso.

— O primeiro filho.

— Eu sei.

— Greg nasceu dezoito anos depois. Nossa vida se tornara muito diferente. Éramos mais prósperos.

— Greg foi uma surpresa?

— Não. Queríamos outro filho.

Mas havia alguma coisa diferente na maneira como ela falou, uma ligeira hesitação. Natalie apressou-se em acrescentar, dando a impressão de que também sentira:

— Amo Greg. Amei-o desde o instante em que ele nasceu. Acompanhei sua carreira por meios que ele nem sabe.

Olivia tentou ler nas entrelinhas.

— Mas não sentiu um conflito por ter um terceiro filho?

Um longo momento passou antes que Natalie respondesse.

— Eu tinha trinta e seis anos. E tinha os dias sempre cheios de coisas para fazer.

— Então, por quê?

— Alexander e eu passávamos por um desses períodos de tensão que mencionei.

— Teve um filho para salvar o casamento?

— Eu sei, eu sei. As pessoas de sua idade acham que é a pior razão possível para ter um filho. Mas não é, Olivia, não é. Alexander queria outro filho. Disse que sentia falta da convivência nos primeiros anos das crianças. Ficou feliz quando engravidei, o que também me deixou feliz. E tive Greg ainda por cima.

Greg, que nunca conhecera o irmão mais velho. Olivia adiantou-se e perguntou:

— O que aconteceu com Brad?

Por um momento Natalie manteve-se absolutamente imóvel. Depois, mexeu a boca, os lábios se contraindo e relaxando. Umedeceu os lábios antes de fitar Olivia. A tristeza em seus olhos era comovente.

Brad nasceu durante aqueles primeiros dias sinistros, depois que os homens foram para a guerra. Nas circunstâncias, a maternidade estava bastante animada. Havia muitas mulheres na mesma situação, jovens e um pouco assustadas, dando à luz uma criança sem a presença do pai. Formávamos uma espécie de fraternidade, e até nos mantivemos em contato por anos depois.

Passei quase um dia inteiro em trabalho de parto antes de Brad nascer. Mas desse momento em diante ele foi uma imensa alegria. Era sereno e meigo. Sorria desde um mês de idade... não, não era por espasmos. Aqueles sorrisos eram autênticos. Juro que ele sabia o quanto eu precisava de seu sorriso durante aqueles dias com tanta preocupação e medo.

Sempre foi assim... Brad sintonizado com meus ânimos e necessidades. Quando eu me sentia solitária, ele se mostrava ainda mais carinhoso.

Quando eu me sentia desanimada, ele sorria com a boca cheia de cereal. Como deixar de rir com Brad? Como deixar de pensar que havia alguma coisa certa com o mundo? Aquela criança era uma dádiva. Em muitos domingos, sentei na igreja dando graças por Brad.

Susanne nasceu dois anos depois. Foi um parto muito mais fácil e eu já conhecia a rotina de cuidar de um bebê. Por isso, ela se ajustou na família com perfeição. E Brad teve a melhor reação possível. Não houve explosões de ciúme nem acessos de raiva para chamar atenção. Claro que, de qualquer maneira, ele tinha sua quota de atenção.

Susanne diria que ele tinha mais que sua quota. Talvez ela tenha razão. Talvez eu a considerasse fácil demais. Ela não era exigente. Fazia o que tinha de fazer sem reclamar... comia, dormia, crescia. Sempre a vi como igual a mim. Presumi que ela cresceria para fazer as mesmas coisas que eu fazia.

Brad era diferente. Era homem. Tinha um mundo de oportunidades. Eu queria todas as chances para ele... e ele demonstrava todas as promessas possíveis. Aprendeu a ler quando tinha quatro anos e se destacava na escola. Mas sabia como lidar com essa situação. Tinha uma modéstia inata e uma gentileza exterior, o que o tornava bastante popular. Era o capitão de qualquer time que se formasse no recreio. Tinha amigos, amigos e mais amigos. Era generoso. E as outras crianças gravitavam ao seu redor.

Tenho de dizer uma coisa nesse ponto. Não creio que Susanne tenha percebido toda a cena. Eu podia favorecer Brad. Podia tratá-la com alguma desatenção. Mas, depois que desapareceu a estranheza inicial entre um e outro, ela se tornou a paixão do pai. Alexander era mais rigoroso com Brad do que jamais foi com ela. Se Brad estivesse aqui hoje, poderia confirmar o que estou dizendo.

Mas ele não está e você quer saber por quê.

Dê-me um minuto. Perder uma criança é a coisa mais dolorosa que um pai e uma mãe podem experimentar. É sempre difícil para mim falar a respeito.

Foi inesperado demais. Brad sempre foi a própria imagem da saúde. Nunca teve cólicas. Nunca teve resfriados. Era grande e forte, alto e confiante para sua idade aos nove e dez anos. Menos de um mês depois de completar onze anos, ele teve uma febre alta.

O medo foi imediato. Ao nosso redor, a poliomielite alcançava proporções epidêmicas. Mandamos Susanne para a casa de amigos que não tinham filhos. E oramos para que estivéssemos enganados.

A febre prolongou-se por seis dias antes que percebêssemos outro sintoma. Depois foi terrível, porque sabíamos. Tínhamos certeza. Nosso filho tão saudável, tão forte, não conseguia erguer a cabeça nem levantar as pernas da cama. Foi um caso clássico. Eu passava com ele todas as horas do dia, pondo toalhas quentes em suas pernas quando os músculos tinham espasmos. Mas não era suficiente. Nem de longe. Quando ele começou a ter problemas de respiração, nós o levamos para o hospital.

Jamais esquecerei a visão de meu filho num pulmão de aço. Jamais esquecerei a impotência que senti quando ele me fitou, suplicando em silêncio que o fizesse melhorar. Brad sabia o que havia de errado com ele. Sabia o que podia acontecer. Já tinha idade suficiente para saber.

Lembra daquele terrível desastre de avião que ocorreu há não muito tempo, em que o avião começou a mergulhar sem qualquer razão aparente? De todas aquelas pessoas que morreram, depois de uma espiral da morte, durante a qual deviam saber, deviam compreender o que estava acontecendo? Pense no que as famílias dessas vítimas devem ter suportado pensando em seus entes amados... sabendo que iam morrer, mas incapazes de ajudar.

Vivi isso com Brad. Ele foi se tornando mais e mais fraco. Lutava para respirar, lutava para abrir os olhos, mas sabia de tudo até o fim. Seu corpo cedeu antes do cérebro. Foi... a pior experiência da minha vida.

Natalie acabou de falar. Continuou sentada, em silêncio, por vários minutos, exibindo no rosto a dor dessa experiência. Depois, sem dizer mais nada, levantou-se e deixou o escritório.

Olivia não se mexeu por muito tempo, e quando o fez não foi para escrever o que ouvira. Deixou o papel e o lápis na mesa do computador e saiu à procura de Tess.

Vinte e Quatro

Natalie perder Brad foi como Simon perder Liana, ambos ainda mais trágicos por serem crianças, todo um potencial perdido. Ninguém passava pela vida sem conhecer a morte. Mas uma criança... uma criança era toda inocência e esperança.

Olivia sentia uma necessidade compulsiva de abraçar Tess. Foi só depois de ter saído, quando parou ao lado do mastro, que ela se lembrou de que Tess estava velejando... e mesmo assim a necessidade permaneceu bastante forte para que considerasse a possibilidade de pegar o carro e ir para o clube, a fim de esperar a filha no cais. Poderia ter feito isso se Susanne não abrisse a porta de tela nesse instante e gritasse:

— Telefone, Olivia!

Em seu estado de espírito, o primeiro pensamento de Olivia foi o de que acontecera um acidente de barco. Voltou correndo para casa e subiu os degraus de pedra. Devia parecer apavorada, porque Susanne disse, tranqüilizadora:

— É apenas Anne Marie.

Apenas? Os pensamentos de Olivia deslocaram-se para Ted, uma perspectiva que nada tinha de tranqüilizadora. Se Ted estivesse ligando de novo, talvez ela fosse obrigada a agir. Apreensiva, ela passou por Susanne e foi atender.

— O que aconteceu?

— Há um homem aqui. Ele diz que precisa falar com você.

Olivia abaixou a cabeça. Fechou os olhos e os apertou com força.

— Ele tem menos de um metro e oitenta de altura, meio magro e forte, cabelos escuros bem curtos?

— Não — respondeu Anne Marie baixinho. — Deve ter mais de um metro e oitenta e cinco, corpulento, sessenta e poucos anos. É o homem que tem telefonado. Reconheci sua voz.

Olivia empertigou-se. Se não era Ted, então seria um amigo dele?

— Qual é o nome?

— Ele não quer dizer.

— Pois avise que não falarei com ele se não disser seu nome.

Anne Marie passou a falar para o homem, que estava obviamente ao seu lado.

Com metade da conversa inaudível, Olivia fitou Susanne com uma expressão aturdida. As duas levantaram os olhos quando Natalie começou a descer a escada. Mas Olivia mal notara sua palidez quando Anne Marie voltou a falar.

— Ele diz que você não o conhece. Diz que tem uma coisa para você de sua mãe.

O coração de Olivia começou a bater forte. E aquele era o homem que vinha ligando?

— Pergunte de onde ele é. E peça um documento de identidade.

Mordendo a bochecha, ela olhou nervosa de Susanne para Natalie, que pareciam não ter noção do sentido da conversa.

— Ele é de Chicago — informou Anne Marie. — Seu nome é Thomas Hope. E estou com sua carteira de motorista na mão.

— Estou indo para aí — murmurou Olivia, a voz trêmula.

Ela desligou e disse para Natalie e Susanne enquanto se encaminhava para a porta:

— Ele conhece minha mãe.

As duas também foram para o carro. Olivia pensou em protestar, mas depois refletiu que era certa a presença das duas. Tomara conhecimento de alguns dos aspectos mais íntimos da história dos Seebring. Era razoável que elas também soubessem do aspecto mais íntimo de sua vida... para não mencionar o conforto que poderia ter da simples presença. Carteira de motorista ou não, Chicago ou não, ela não tinha a menor idéia de aquele homem ser quem dizia ser. Podia ser uma fraude, um vigarista. Podia ser um ladrão.

Ela sabia como se proteger. Era bastante experiente, bastante capaz. Mas sentiu-se comovida pelo fato das duas se interessarem o suficiente para querer acompanhá-la.

Ninguém disse nada durante a curta viagem até o escritório, à beira da estrada. As mãos de Olivia tremiam. Apertava o volante com toda força, tentando pensar no que a mãe poderia ter enviado. Havia apenas uma coisa que queria. Mas quando parou no estacionamento do escritório e olhou para o carro com placa de Illinois não viu nenhuma mulher lá dentro.

Ela saltou e seguiu direto para o escritório. Thomas Hope estava na pequena área de recepção em que ficava a mesa de Anne Marie. Ele virou-se da janela assim que Olivia entrou.

Era mesmo grande, mas seu corpo não representava qualquer ameaça. Parecia mais aborrecido do que zangado, e mesmo isso desapareceu quando a viu.

— Sou Olivia — anunciou ela num tom de desafio.

— Seria difícil deixar de reconhecê-la — comentou ele, a voz esganiçada. — Parece com ela. E tem a mesma teimosia, obrigando-me a vir até aqui porque não quis atender minhas ligações. Mas prometi a ela que lhe entregaria isto.

Ele estendeu um envelope volumoso. Olivia olhou. Um envelope assim podia conter um programa de férias de uma semana. Talvez Carol quisesse que se encontrassem em algum lugar adorável, como San Francisco... ou algum lugar divertido, como a Disney World. Um envelope assim podia conter vários capítulos de memórias, como Olivia vinha escrevendo para Natalie. Carol podia estar querendo lhe dizer coisas... coisas que Olivia poderia ter lido semanas antes se não fosse tão *teimosa*, convencida de que era Ted quem insistia em lhe falar. Um envelope assim podia conter uma extensa árvore genealógica. Podia conter nomes.

Apreensiva, incapaz de estender a mão, Olivia passou os braços em torno da cintura.

— Por que ela mesma não trouxe?

— Ela morreu há dois meses. Levei algum tempo para descobrir seu telefone...

O coração de Olivia parou.

— *Morreu?*

— Ela sofria do fígado. Liguei para dois números diferentes em Cambridge. Uma pessoa não sabia onde você estava, e a outra não quis me dizer.

— Ela *morreu*? — murmurou Olivia, incapaz de acreditar, apesar do fato de que o homem devia ter dirigido por dois dias para lhe dar a notícia.

Thomas Hope sacudiu o envelope em sua direção.

— O obituário está aí dentro, junto com a caderneta do banco e todo o resto. Tenho alguma caixas no carro.

Como Olivia não fizesse qualquer movimento para pegar o envelope, ele largou-o na mesa de Anne Marie. Contornou as mulheres e passou pela porta no instante em que Simon entrava.

— Quem é ele? — perguntou Simon, olhando para trás.

Subitamente, Olivia também queria saber. Correu para o estacionamento. Thomas Hope estava abrindo o porta-malas de seu carro.

— Como a conheceu?

Olivia não se importou se o tom parecia ou não acusador. Tinha o direito de saber depois da bomba que o homem lançara.

— Vivemos juntos.

— Eram casados?

Ele pegou uma caixa pequena.

— Não com Carol.

— Com outra?

— Minha esposa não quis me dar o divórcio. — Ele pôs uma caixa pequena em cima de outra maior e levantou as duas. — Carol sabia disso. Nunca menti a respeito. Sempre fui franco. Onde você quer que eu ponha isto?

— Doença do fígado... Que tipo de doença do fígado?

— O tipo que se pega de beber demais. Sabia que ela bebia?

— Não, não sabia. Ela recebeu as cartas que mandei?

— Tudo o que ela tinha está nestas caixas. Onde você quer que eu ponha?

— Pode deixar que eu levo — disse Simon, aliviando-o da carga.

— Por que ela nunca me escreveu? — perguntou Olivia.

Thomas Hope pegou outra caixa.

— Provavelmente porque achava, quando estava sóbria, que não tinha o direito.

Não tinha o direito? Não tinha o *direito*? Uma mãe sempre tem o *direito*.

— Ela sabia de Tess?

— Sabia.

Olivia ficou aturdida.

— Como ela podia saber e não querer conhecê-la?

Simon pegou a terceira caixa e desapareceu. O homem fechou o porta-malas do carro.

— É só isso. Ela limpou tudo antes de morrer. Há fotos e livros nas caixas. Quando estava sóbria, ela tricotava. Por isso, também tem algumas roupas que ela fez. Acho que Carol queria que ficassem com você. — O homem tirou as chaves do bolso. — Ela não fez testamento. Você terá de aceitar minha palavra de que isto era tudo o que ela tinha.

Ele abriu a porta, entrou no carro e ligou o motor.

Espere!, Olivia teve vontade de gritar, enquanto permanecia imóvel, as pernas paralisadas. *Como ela era? O que fazia? Tinha um emprego? Ela ria? Falava de mim? Você a amava?*

Mas as palavras não saíram. Atordoada, ela observou-o manobrar o carro e deixar o estacionamento. Olhou para Simon, que estava parado ao seu lado.

— Talvez seja uma encenação — murmurou Olivia. — Talvez ela queira que eu reaja.

Natalie aproximou-se com o envelope na mão.

— Ele disse que havia um obituário aqui.

Olivia hesitou antes de pegar o envelope. Deixou passar um longo momento antes de verificar o que havia dentro. O recorte de jornal estava na frente dos papéis, quadrado, pequeno, cortado de uma forma inepta. O obituário era breve. Só havia duas pessoas indicadas como familiares, Olivia e Tess.

Olivia releu o texto. Sentia-se de repente vazia e perdida. Só pôde pensar em uma coisa para dizer:

— Sempre pensei que havia mais alguém.

Natalie pôs a mão em seu braço, num gesto de conforto.

— Há alguma coisa que possamos fazer? — perguntou Susanne.

Olivia tentou pensar em alguma coisa. Mas não havia um funeral para planejar. Nem sequer telefonemas a dar. A única coisa a fazer agora era contar a Tess. Até que ponto isso seria difícil? Tess não conhecera a avó. Carol nunca fora parte de suas vidas. Olivia só falava de passagem a seu respeito. Nunca fomentara as esperanças de Tess, nunca partilhara o sonho de que um dia haveriam de se reconciliar, três gerações de uma família, juntas e felizes.

Mas o sonho era uma impossibilidade agora. E, à medida que essa realidade prevaleceu, Olivia sentiu uma necessidade em pânico de fazer alguma coisa... qualquer coisa. Frenética, ela olhou para Simon, depois para Susanne e Natalie.

— Eu acho... preciso correr.

Ela foi para seu carro. Simon acompanhou-a. Inclinou-se pela janela depois que ela sentou ao volante.

— Você está bem? — perguntou ele, com tanta gentileza que Olivia ficou com os olhos cheios de lágrimas.

Ela forçou um sorriso.

— Estou.

Olivia ligou o carro e esperou que ele desse um passo para trás antes de fazer a manobra e deixar o estacionamento. Chegou na casa-grande em poucos minutos. Correu pelos degraus de pedra, atravessou o vestíbulo, subiu a escada e foi para sua ala. Desceu num instante, de camiseta, short e tênis. Saiu e começou a correr, sem se dar ao trabalho de fazer um alongamento.

Desceu pelo caminho num ritmo firme e acelerou quando alcançou a estrada. O ar era quente, o sol da tarde ainda forte. O calor irradiava-se do sol, impulsionado em ondas pelos carros que passavam de vez em quando.

Seus pulmões começaram a doer depois de algum tempo, em seguida as pernas, mas Olivia não se importou. Pensou que a dor era mais apropriada do que o torpor e acelerou. Suava agora. Removeu uma gota da ponta do nariz com o dorso da mão.

Com o barulho ritmado dos tênis batendo no pavimento, ela passou pela entrada para a casa de Simon e continuou a correr, um quilômetro, depois outro. Ao alcançar um caminho à direita que levava à praia, ela o seguiu, por um terceiro quilômetro. Ali, na terra, o barulho dos tênis era mais seco. Foi diminuindo à medida que se aproximava do mar, até ser completamente abafado pelas ondas quando deixou o caminho para o promontório rochoso.

Correu de um bloco rochoso para outro, até alcançar uma fenda larga demais para pular. Ficou correndo no lugar, respirando com dificuldade, suando muito. Havia vários barcos à vela nas proximidades. Especulou se Tess estaria em algum. Esperava que sim... esperava que a ausência da filha se prolongasse mais um pouco, porque ainda não se sentia preparada para falar, explicar, lidar com suas emoções. As ondas explodiam contra os rochedos, a espuma se elevando para atingi-la. Era uma água fria e revigorante, logo se misturando com seu suor e lágrimas.

Ela foi diminuindo o ritmo, até que parou. Ofegante, Olivia sentou no rochedo. Quando os ofegos se transformaram em soluços, ela comprimiu o rosto contra os joelhos.

Não podia se lembrar da última vez que chorara. O ato parecia estranho... ou talvez o que parecia estranho fosse a sua profundidade. Aqueles soluços começavam no fundo de seu coração. Eram profundos e angustiantes, refletindo um sentimento que não deveria experimentar, mas que a dominava por completo.

— Olivia...

Ela virou-se para o outro lado ao ouvir a voz de Simon, mas não pôde parar de chorar. Depois que havia começado, ao que parecia, ela estava impotente para controlar as lágrimas ou a angústia que as causava.

Simon não disse qualquer coisa. Apenas sentou junto dela, olhando para o outro lado. Estendeu o braço em torno de Olivia e puxou-a. Ela chorava contra o braço de Simon agora, em soluços que sacudiam todo seu corpo.

Depois de algum tempo, os soluços foram diminuindo, mas em grande parte por causa da exaustão. Mas a angústia continuou intensa.

Não tinha qualquer controle, dominada por uma emoção poderosa. A respiração acontecia em ofegos trêmulos. Estava exausta, emocional e fisicamente, infinitamente grata pelo apoio de Simon.

— Você corre um bocado depressa — murmurou Simon.

Olivia teria rido se não estivesse tão cansada. Simon tinha o braço molhado, embora ela não fizesse a menor idéia de se era do suor ou das lágrimas. Sua respiração continuava ofegante.

— Ela não deveria... morrer... até conversarmos.

Ele acariciou a cabeça de Olivia, passando os dedos por entre os cabelos.

— Eu queria que Tess a conhecesse e gostasse dela. E eu também queria gostar dela. Queria que ela me visse como adulta... e também gostasse de mim.

— Eu sei.

— Podia haver... todo um outro lado dela. Eu não sabia que ela bebia.

— Acabou, Olivia. Você não pode se torturar.

Mas ela se torturava.

— Que relacionamento *desperdiçado*! — exclamou ela, sentindo-se quase tão furiosa quanto estava desconsolada.

Simon não argumentou, apenas continuou a acariciá-la. Quando Olivia virou o rosto, ele sustentou sua cabeça por trás. Ela precisava desse apoio. Amortecia a dor.

— Ela não podia me amar.

— Não é isso, Olivia.

— Como sabe?

— Não há possibilidade de uma mãe *não poder* amar sua filha. Às vezes ela simplesmente não demonstra.

— Mas por que *não*?

— Às vezes ela tem seus próprios problemas.

— O grande problema de minha mãe era eu. Nasci no momento errado e fiz todas as coisas erradas.

— Não era você.

— *Como sabe?*

Sempre a amparando, Simon admitiu gentilmente:

— Não sei. Não conheci sua mãe. Só sei que as mães são feitas para amar. Vejo você e Tess. Você a ama, embora ela não seja perfeita e nem sempre seja fácil. Mas você não a trocaria por nada neste mundo. O amor de mãe é isso. Sua mãe a amava. Se não tinha capacidade de demonstrar, o problema era com ela, não com você.

Olivia queria acreditar. Os olhos de Simon eram do mesmo azul do céu ao final da noite. Ela queria acreditar nele... e queria desesperadamente.

— Talvez se ela pudesse me ver agora... ver o tipo de mãe que sou, o tipo de trabalho que faço e o tipo de pessoas para as quais trabalho... talvez ela me amasse *agora*...

Mas Carol Jones havia morrido. O obituário dizia isso. E Thomas Hope também. Olivia não tinha motivos para duvidar. Por uma vez não podia nem fingir. As fantasias não a ajudariam. Não podia imaginar uma única história que pudesse mudar a situação.

A dor em sua mente estendeu-se para o coração. Mais uma vez, ela sentiu uma tremenda necessidade de contar a Tess.

— Tenho de voltar — sussurrou ela.

Olivia separou-se de Simon e passou as mãos pelo rosto para apagar os sinais das lágrimas. As pernas tremiam quando se levantou, mas Simon estava ao seu lado; e como acontecera antes com a companhia de Susanne e Natalie no carro foi um conforto.

Angustiada, ela deixou que fosse assim. Nada mais.

Naquela noite ela e Tess abriram as três caixas. Encontraram fotos de Carol e Olivia e fotos de Olivia sozinha. Havia papéis da escola de Olivia... o melhor de tudo, decidiu Olivia, já que mostravam mais notas B do que D. Havia uma pulseira de identificação de hospital, tão pequena que era difícil acreditar que coubera no tornozelo de Olivia. Havia também o gesso que Olivia pusera no braço fraturado quando tinha sete anos.

E havia também um pequeno buquê de flores ressequidas. Olivia chorou ao vê-lo. Usara aquele buquê no vestido de baile de formatura da escola secundária... um vestido que Carol não ajudara a escolher, nem a vira usar, embora ela não dissesse isso a Tess.

— Não posso acreditar que ela tenha guardado — murmurou Tess impressionada. — Foi um gesto extraordinário!

Olivia não argumentou. Pensou no que Simon dissera... sobre Carol querendo estar presente para a filha, mas tendo problemas que a impediam. Talvez fosse verdade. Se Carol perdera seu próprio baile de formatura por estar grávida de Olivia, poderia se sentir angustiada demais para se envolver com o baile de formatura da filha. Se fora isso mesmo, pegar o buquê de Olivia na lata de lixo e guardá-lo durante todos aqueles anos fora, como Tess dissera, um gesto extraordinário.

Havia algum mal em acreditar nisso? Havia algum mal em deixar que Tess acreditasse? Olivia abraçou a filha.

— Foi mesmo um gesto extraordinário, de imensa ternura.

— Não chore, mamãe, por favor. Detesto quando você fica triste.

— Tenho sorte de ter você.

— Ei, está apertando com muita força!

— Desculpe. — Relutante, Olivia largou a filha. — O que mais temos?

Havia dois casacos de tricô, um verde e outro azul. Olivia sentiu um calafrio ao pegá-los, especulando como Carol soubera quais eram suas cores prediletas. Procurou no fundo da caixa por um bilhete, mas não havia nenhum.

Encontraram um pequeno saco com zíper, com várias jóias dentro. Nenhuma era valiosa, mas Tess adorou todas. No mesmo instante pôs um pequeno relógio Timex no pulso. Encontraram um diário com um fecho de metal. Tess ficou curiosa.

— Abra, mamãe.

Olivia não tinha a menor intenção de abrir o diário na presença da filha, por recear o que Carol tinha a dizer. Meteu-o debaixo da coxa. Segundos depois, no entanto, sua curiosidade prevaleceu, e ela tornou a pegar o diário. O fecho se abriu sem qualquer dificuldade. A primeira página estava em branco, assim como a segunda e a terceira. Ela folheou as outras páginas, procurando por alguma coisa escrita.

— Nada? — perguntou Tess, espantada.

Olivia tornou a folhear as páginas. Voltou à primeira. Numa letra meticulosa, a caneta, a mãe escrevera "Carol Jones" ali. Pareciam ser as únicas palavras escritas em todo o diário.

— Por que ela tinha um diário se não queria escrever nada? — indagou Tess.

Olivia pensou a respeito. Era uma farsa cruel oferecer esperança num momento para tirá-la no seguinte. E não queria pensar que Carol pudesse ser tão cruel.

As palavras de Simon ressoaram em sua mente: *Sua mãe a amava. Se não podia demonstrar, o problema era com ela, não com você.*

— Talvez ela fosse disléxica — comentou Olivia. — Você detesta escrever.

— Mas escreveria nesse diário.

Subitamente o passado não tinha mais a menor importância. Havia tristeza num diário em branco, mas talvez pudesse proporcionar um resultado positivo.

— Talvez tenha sido esse o motivo para que ela deixasse o diário em branco... porque queria que fosse seu.

Os olhos de Tess faiscaram.

— Acha mesmo?

Olivia não podia imaginar um legado melhor.

— Tenho certeza.

Com um enorme sorriso, Tess comprimiu o diário contra o coração.

Animada por esse pequeno prazer derivado de uma dor tão grande, Olivia tirou o último objeto da caixa. Era uma pequena pasta de couro, que mal dava para caber uma foto de oito por doze centímetros. As fotos dentro eram mais ou menos desse tamanho. Havia duas, uma em cada lado. Tess respirou fundo.

— Quem são essas pessoas?

Olivia não tinha a menor idéia. Nunca vira qualquer dos rostos antes — nem quando era pequena, nem em qualquer das fotos de Natalie —, e nesse instante a idéia de que tinha algum parentesco com Natalie se tornou absurda. Era tempo de encarar os fatos.

— Talvez minha avó?

— E seu avô? No dia do casamento?

Era o que parecia para Olivia. Mais do que as roupas, no entanto, ela ficou fascinada pelos rostos. Ambos exibiam sorrisos gentis.

— Eles parecem muito simpáticos — comentou Tess.

Olivia acenou com a cabeça em concordância. Sentia um aperto na garganta.

— Acha que ainda estão vivos?

Olivia engoliu em seco e respirou fundo para se controlar.

— Não, segundo o obituário de sua avó.

Mas Tess não estava disposta a renunciar a toda e qualquer esperança.

— Talvez haja um endereço no envelope. Se houver, poderemos ir até lá e encontrá-los.

O envelope era a única coisa que restava para explorar. Olivia não o abrira desde que tornara a guardar ali o recorte do obituário naquela tarde. Não havia nenhum bilhete pessoal junto com as outras coisas. Se Carol escrevesse algum, estaria no envelope.

Um bilhete pessoal poderia oferecer explicações. Poderia conter palavras de amor. Poderia revelar o nome do pai de Olivia.

Ela queria essas três coisas desesperadamente, a tal ponto que até pensava em guardar o envelope num cofre, sem abri-lo. Dessa maneira, sempre poderia acalentar a esperança de que houvesse um bilhete, mesmo que não houvesse.

Mas a razão prevaleceu, porque Olivia estava cansada de fingir.

Ela abriu o envelope. Tirou a carteira de motorista de Carol e o cartão da Previdência Social. Tirou a caderneta de uma conta bancária fechada há três anos. Tirou vários recortes de jornais. O primeiro era uma crítica de uma exposição de fotos "restauradas por Otis Thurman e Olivia Jones".

Olivia mal se recuperara de ver isso quando encontrou os avisos de falecimento dos pais de Carol, as mortes separadas por seis anos, ambas ocorridas na última década. Isso significa que os dois ainda viviam quando Tess nascera.

Furiosa com Carol por isso também, Olivia pegou o último objeto no envelope. Era um papel tamanho ofício, dobrado em três, com certeza um bilhete. Mas o papel estava em branco, usado apenas para proteger outra caderneta bancária.

Esta não era de uma conta encerrada. A anotação de juros mais recente tinha três meses, ou seja, um mês antes da morte de Carol. Mas a data não prendeu a atenção de Olivia por muito tempo. Tess estava ao seu lado.

— Cento e cinqüenta e três dólares?

Atordoada, Olivia murmurou:

— Não, querida. São cento e cinqüenta e três *mil* dólares, mais uns quebrados.

Tess ergueu a cabeça e levantou os óculos.

— Puxa, é um bocado de dinheiro!

— É sim.

Olivia pôs a mão no peito. Piscou e olhou de novo para os números, mas não houve qualquer alteração. Largou a caderneta e abraçou Tess. Fechou os olhos e aspirou a fragrância do xampu de aloés enquanto balançava a filha para a frente e para trás.

— Sua avó nos deixou uma pequena fortuna. Isso significa que você poderá ter a melhor educação que o dinheiro for capaz de proporcionar.

— E as melhores roupas?

— As roupas sou eu quem dá. A educação vem dela.

— Ela disse isso?

— Não. Mas tenho certeza de que ela gostaria que fosse assim.

— E as melhores roupas *para você*?

— Este dinheiro é para os seus estudos.

— Que tal as melhores *férias* para você?

— Não.

— Por que não? — insistiu Tess, recuando.

Foi só várias horas depois, quando Tess dormia e o resto da casa estava em silêncio, que Olivia compreendeu por que não queria qualquer parte do dinheiro que Carol deixara. Com a compreensão vieram a raiva e uma necessidade urgente de desabafar.

Ela meteu a caderneta no bolso do short, saiu de casa e encontrou o caminho através do bosque. A lua iluminava um céu que fervilhava de estrelas. Olivia meio andava, meio corria na direção da casa de Simon. A raiva foi aumentando ao longo do percurso. Tremia toda quando chegou.

Simon estava esparramado no sofá, lendo, no momento em que ela bateu na porta. Ao vê-la através da porta de tela, ele levantou-se de um pulo. Parecia receptivo e quase sonolento, os cabelos despenteados, os óculos descendo pelo nariz. Ele levantou-os com uma das mãos e abriu a porta com a outra.

Olivia entrou e estendeu a caderneta bancária. Ficou de braços cruzados enquanto ele dava uma olhada. Simon leu a quantia, impassível. Parecia prestes a dizer alguma coisa, mas mudou de idéia, sensato, quando percebeu a expressão de Olivia. Fechou a boca e fez um aceno de cabeça quase imperceptível. Era toda a permissão de que ela precisava.

— Estou furiosa. Como ela pôde fazer isso comigo? Pensava que eu queria dinheiro? Toda a sua vida se resumiu a isso? Onde ela esteve durante os últimos vinte anos? Não ouviu toda aquela conversa sobre tempo de qualidade? Não assistiu a *Laços de Ternura*... ou à série de televisão *The Cosby Show*? Não entendeu nada?

Olivia olhou ao redor, perplexa. Pôs as mãos nos quadris e ergueu o queixo.

— De onde ela tirou esse dinheiro? Quero saber, mas é claro que ela não está aqui para me dizer. Por isso, só posso adivinhar. Ela não tinha uma carreira e não ganhou na loteria... e se bebeu até morrer gastava muito dinheiro com bebida. Então, de onde veio o dinheiro?

Ela pôs a mão na testa e olhou para o chão.

— Dos pais? Duvido muito. — Os olhos se encontraram com os de Simon. — Não houve nenhum depósito vultoso na conta, apenas uma porção de pequenos depósitos ao longo de uma dúzia de anos. E só tem *essa* caderneta. O depósito inicial parece indicar que houve outras antes, fechadas para a abertura desta, provavelmente com outros pequenos depósitos.

Bufando, Olivia foi até a janela.

— Ela devia estar guardando dinheiro desde o tempo em que eu era criança... e isso é ótimo, muito bem, honroso, e quase todas as outras palavras favoráveis que você quiser dizer. Mas não se pode falar que é "compreensivo", "perceptivo" ou "sensato". — Ela virou-se num movimento brusco. — Eu tinha de comprar todas as minhas roupas. Trabalhava num supermercado às vezes sete dias por semana, nos feriados e depois das aulas. E não tinha o que vestir. Estou falando do básico. Eu comprava meus próprios jeans. E minhas camisetas. E as roupas de baixo. Saí sozinha para comprar meu primeiro sutiã. Com o dinheiro que ganhava tomando conta de crianças!

Olivia ainda se lembrava da grande vergonha que sentira ao comprar esse sutiã, sem coragem de olhar para a pessoa que o vendera. A mágoa era mais intensa agora, recordando-se da perspectiva de uma mãe com sua própria filha. Olivia nunca mandaria a filha sozinha, mas *nunca* mesmo, para fazer uma coisa assim. Era uma coisa de mulher... um marco que tinha de ser partilhado. Ela não perderia essa oportunidade com Tess por nada neste mundo!

Ela passou a mão pelos cabelos. Foi até o vestíbulo. Buck estava no cesto, mas os gatinhos brincavam no chão, ao redor. Olivia mal olhou. Virou-se para Simon, tentando analisar o problema.

— Sei que as crianças precisam aprender o valor do dinheiro, mas eu tinha de me virar sozinha. Pode imaginar o que significaria se ela tivesse me dado uma nota de dez dólares para comprar o suéter que eu tanto queria porque todas as outras garotas na turma tinham um? Ou se ela me acompanhasse para comprar aquele primeiro sutiã? Pode imaginar o que uma pequena ajuda representaria? Tive de arrumar outro apartamento quando Tess nasceu, porque o antigo não permitia a presenca de uma criança. Lá estava eu com uma recém-nascida, e o primeiro apartamento que consegui alugar não tinha uma geladeira. Sabe quantos apartamentos mobiliados não têm geladeira? Mas eu não tinha tempo para brigar e não tinha força para procurar outro apartamento. E Tess precisava da mamadeira guardada na geladeira porque eu não tinha leite suficiente para alimentá-la. Por isso comprei uma geladeira. Paguei vinte e cinco dólares por mês durante quase dois anos, porque os juros da compra a prazo quase dobraram o preço.

Os olhos de Olivia estavam cheios de lágrimas. A solidão doía.

— Era uma lição que eu precisava aprender? Ela morreria se me ajudasse um pouco? Ou se mandasse roupas de bebê? Lá estávamos nós, eu empurrando Tess num carrinho de segunda mão pelas melhores ruas de Atlanta que podíamos encontrar, cercadas por mães empurrando os carrinhos mais modernos, os filhos parecendo tão graciosos em Baby Gaps. Eu também queria vestir minha filha assim, mas não tinha condições. Teria matado se ela me mandasse um pequeno blusão? Se comprasse a mais barata passagem de avião para vir nos *visitar*?

Olivia soltou uma risada desdenhosa.

— Mas não era possível. Ela estava ocupada demais, fazendo suas pequenas excursões ao banco para guardar dinheiro. E não posso deixar de pensar de onde ela tirava o dinheiro. Era de seu salário? De roubo? Ou era dinheiro de sexo, deixado numa mesinha-de-cabeceira imunda por algum homem imundo depois que acabavam de fazer uma coisa imunda?

Ela estremeceu. Simon estava na sua frente nesse momento.

— Olivia...

Ela fitou olhos que compreenderiam.

— Não quero, Simon. Não quero o dinheiro dela. Não tinha nada a ver com dinheiro antes, não tem nada a ver agora. Eu queria seu tempo. Queria ter uma mãe ao meu lado nas reuniões das escoteiras, como acontecia com minhas amigas. Pode ser maravilhoso pensar que ela guardava as notícias sobre meu trabalho com Otis, mas a teria matado se ela me telefonasse? Meu nome estava na lista telefônica. Durante muitos anos fiz questão de incluí-lo para que ela pudesse me encontrar se quisesse. Mas, ela não queria. Não era capaz de me dizer que eu estava indo bem, nem agora nem no tempo em que eu era criança. Digo isso a Tess o tempo todo, mesmo quando ela não vai bem. Mas, se está se esforçando para conseguir, merece o elogio. Eu não merecia alguma coisa? — Olivia deixou escapar um suspiro trêmulo. — Não era uma questão de dinheiro, mas sim uma questão de amor.

Simon abraçou-a, comprimindo o rosto dela contra seu peito.

— Ela amava você, meu bem. Apenas não demonstrava da maneira como você queria.

Olivia tentou sacudir a cabeça, mas não havia espaço para o movimento entre a mão e o peito de Simon. Ele acrescentou, a voz profunda, mas suave como flanela quente:

— Isso mesmo. Ela a amava. Esqueça o dinheiro. Pense em Thomas Hope. Ela o fez prometer que entregaria suas coisas para você. Isso mesmo, obrigou-o a *prometer*. E não foi fácil para ele. Não foi apenas pegar o carro e atravessar a cidade. Chicago fica bem longe daqui, mas ele a atendeu, porque era o desejo de uma agonizante. O *desejo* de sua mãe antes de morrer. As confissões no leito de morte são aceitas nos tribunais. E consideradas sagradas. A confissão de sua mãe no leito de morte foi a de que queria que você ficasse com todos os seus pertences.

— Não é uma confissão — murmurou Olivia, mas a resistência começava a se desvanecer.

— De uma mulher que se recusava a abrir sua vida para a filha e a neta? Eu diria que é. Ela poderia ter jogado tudo fora. Mas queria que você ficasse com alguma coisa dela. Poderia ter dado o dinheiro para a caridade, mas queria que ficasse com você. Tem alguma importância a maneira como ela conseguiu o dinheiro?

— Claro que tem — respondeu Olivia.

Mas ela sabia que Simon estava certo. Não tinha.

— Pensamos que temos todas as respostas. Que conhecemos um caminho melhor. Passei quatro anos condenando Laura por não ver a lancha se aproximando a tempo de sair da frente. Mas eu não estava no leme. Não tinha o controle. Não conheço o fator surpresa, não sei o que poderia ter feito naquelas circunstâncias. Como não gostei do resultado, digo que teria agido de uma maneira diferente se estivesse lá. Mas não estava.

Ele fez uma pausa. A voz era áspera quando continuou:

— Eu não estava lá, Olivia, e Laura não era eu. Ela fez o que podia. O mesmo aconteceu com sua mãe. Podemos usar a perspectiva posterior para dizer que se podia fazer isso ou aquilo, mas de que adianta? Só serve para macular a memória das pessoas. — Ele soltou um suspiro profundo e murmurou, gutural: — Largue, Simon, deixe para trás...

Olivia enlaçou-o. Ele era forte e, apesar de toda a sua angústia, também sabia controlar seus sentimentos. Compreendia o que ela sentia e a amparava, numa ocasião em que ela podia de outra forma desmoronar. O vazio causava isso numa pessoa. Ela sentia por dentro um enorme buraco negro no lugar em que antes existiam os sonhos sobre a mãe. Nada mais a consolava, exceto Simon.

Ele era substancial. As batidas de seu coração soavam fortes no ouvido de Olivia. Talvez ele fosse apenas outro sonho, certamente um sonho que ela não devia acalentar. Mas naquele lugar, naquele momento, Simon preenchia o vazio que ela sentia.

Ela não teve certeza se ergueu a cabeça ou se foi a mão de Simon em sua nuca que a provocou, mas as bocas se encontraram, com absoluta precisão, seus pensamentos aparentemente iguais. Olivia passou as mãos por suas costas e ombros, pelo queixo e pescoço. Ele era real, um conforto excepcional, e ela se soltou. A boca de Simon tinha o gosto de café e o corpo tinha o cheiro de homem. Parecia um adolescente apaixonado se o tremor que ela sentia naqueles músculos firmes servia como indicação.

Simon sussurrou o nome dela. Olivia ouviu o som em outro beijo profundo. Quando ele a chamou pela segunda vez, no entanto, havia um tom de urgência em sua voz.

— Não devemos fazer isso — murmurou ele, fitando-a com alguma coisa próxima do desespero nos olhos. — Não é justo. Não esta noite. Você está sensível.

— Mas preciso de *ajuda*...

Ela esperou, orava para que Simon não a deixasse, porque isso era parte do sonho. Ficara sozinha por vezes demais. Por uma vez, apenas uma vez, queria que alguém ficasse.

E foi o que aconteceu. Ele ficou. Apertou-a entre seus braços, como se também estivesse no sonho, como se fosse permanecer para sempre. Abraçou-a e beijou-a. Despiu-a com carícias firmes, de uma maneira que a fez sentir-se completa e desejável. Quando Simon tirou suas próprias roupas e Olivia tocou-o, ele parecia ter dificuldade para respirar de tão intenso que era seu excitamento... e isso a fez se sentir mais feminina e forte.

Simon carregou-a para o quarto e estendeu-se na cama, fazendo uma pausa apenas para perguntar se ela estava protegida. Depois, ele assumiu toda a responsabilidade... e até isso foi uma dádiva. Amando-o naquele momento, dispensando toda a sua confiança, Olivia abriu-se para ele, como poucas vezes acontecera. Ele recompensou-a com um orgasmo que envolveu os dois por completo. Olivia devia se sentir triste quando acabou, mas a única coisa de que tinha consciência naquele momento era uma profunda satisfação.

Eles não falaram. As palavras não pareciam se ajustar à sombra da morte da mãe, mas fizeram amor mais duas vezes antes que ele a levasse de volta para casa.

Simon estava encostado no velho bordo na noite seguinte quando ela saiu. Ele não sabia se ela viria, não sabia se realmente queria que ela viesse... mas seu corpo queria. E Simon não podia compreender. Ela era diferente de todas as outras mulheres que já conhecera, mais duende do que feminina. Dava para imaginar que duendes tinham um jeito especial com os homens.

Ele a pegou pela mão e a levou para a cabana. Fizeram amor de novo, e foi tão bom quanto ele lembrava, tão excitante... e talvez tão errado. Mas também era apenas por um momento, e ele merecia um pouco de prazer na vida. Não tinha expectativas, não tinha planos para o futuro. Parara de fazê-los há quatro anos. Mas havia prazer em descobrir o que ela gostava, um puro orgulho masculino no momento em que ela gritava seu nome e arqueava o corpo na cama. Havia a profunda saciedade que o sexo proporcionava, o ligeiro tremor nos músculos que não era causado por nenhum outro ato físico. Ele gostava até do silêncio partilhado da caminhada pelo bosque antes do amanhecer.

Como não voltar cheio de esperança na noite seguinte? E desta vez nem chegaram à cabana. Ela estava nua por baixo da camisola, na maior ansiedade, se as mãos que a livraram da calça significavam alguma coisa. E ele estava pronto. Só precisou se encostar numa árvore. Foi fácil levantá-la, mantê-la suspensa com os movimentos arrebatados. Ele nunca fizera sexo assim antes... e teria dito isso a Olivia se não fosse tão revelador.

Além do mais, o que partilhavam na escuridão não era conversa... era sensação. Quando o sol nasceu, veio a realidade.

E a realidade para Simon, naquele mês de agosto, veio sob a forma de um furacão se formando no Atlântico. Não era o primeiro da temporada, e com certeza não seria o último, mas apresentava sinais de que seria um dos mais fortes. Embora ainda estivesse distante, Simon manteve-se atento ao curso projetado, que naquele momento passava perigosamente perto de Rhode Island.

Pensar num furacão atingindo o vinhedo era melhor do que pensar em Olivia deixando Asquonset.

Vinte e Cinco

Susanne não ficara separada de Mark por tanto tempo desde o verão que passara em Asquonset com as crianças, e naquele tempo ele vinha também por um ou dois fins de semana. Naquele verão, no entanto, ele aproveitava a temporada de Susanne em Rhode Island para fazer as viagens de trabalho que, de outra forma, teriam de esperar até o outono. Embora se falassem todos os dias, Susanne já começava a pensar em voar para Washington para poder vê-lo entre as viagens.

E foi então que ela conjurou sua presença. Estava na adega fria, por baixo da casa-grande, à procura do Pinot Noir da safra certa para acompanhar o filé que faria para o jantar, quando ouviu um barulho na escada e levantou os olhos. A claridade era mínima, mas não havia como se equivocar sobre a visão. Ele estava parado ali, com a mão no corrimão, sorrindo.

— O que uma mulher tão deslumbrante como você está fazendo num lugar tão frio e escuro?

Susanne riu. Não era nenhuma aparição. Ela subiu a escada, esqueceu o vinho e enlaçou-o pelo pescoço.

— Esperando para ser salva — murmurou ela com um beijo estalado. — Você leu meus pensamentos.

— Sentia muita saudade...

— Por causa de Detroit?

Ele sorriu.

— Não. Cancelei a viagem para Detroit quando já estava no aeroporto. O melhor impulso que já tive. — Ele apertou-a com força e disse, com uma falsa severidade: — Não gosto quando você passa tanto tempo aqui.

— Posso sentir — comentou Susanne, passando as mãos pela cintura do marido. — Está mais magro. Deixei toneladas de comida, mas posso apostar que não tem se alimentado direito.

Mark deu um passo para trás.

— Você deveria dizer que também não gosta quando passa tanto tempo aqui.

— E não gosto. Você sempre vem mais cedo.

— Ainda não é o que você deve dizer — insistiu Mark, provocante. — Esperava que dissesse que detesta este lugar, que sua mãe a leva à loucura, que não se importa com o que ela diz e que não está interessada em integrar a equipe.

— E não estou mesmo. Mas não detesto este lugar. A verdade é que estou até me divertindo.

Ele passou o dorso da mão pelo rosto da esposa.

— Seria fácil dizer o contrário, embora eu não fosse acreditar. Você está muito bem, toda bronzeada e descansada.

— Dourada é do sol. Tem sido um mês de agosto perfeito. Quanto a estar descansada, não passa de um sonho. Despedi a segunda nova cozinheira de mamãe.

— Despediu?

— Ela era insuportável... Fiona do mau humor. Desta vez farei as entrevistas. Mamãe não entende nada de culinária e não sabe o que perguntar. Levarei uma semana para encontrar uma boa cozinheira.

— E até lá?

— Posso cozinhar por mais uma semana. É fácil.

— E você adora.

— Sempre gostei.

— Eu gostaria que você tirasse algum proveito disso.

— Por exemplo?

— Diga você. Num mundo ideal, o que faria?

Ela pensou por um momento.

— Num mundo ideal eu abriria um restaurante... mas num mundo ideal eu estaria com trinta e quatro anos.

— Pode abrir um restaurante — disse Mark, confiante.

Mas Susanne era realista.

— Não, não posso. Possuir um restaurante é um grande compromisso. Exige enormes quantidades de tempo e esforço. E estou com cinqüenta e seis anos.

— Não é tão velha assim.

— Não, não sou. Mas por que eu haveria de querer trabalhar tanto na minha idade?

— Então abra um pequeno restaurante. Um bistrô. Pode servir o café da manhã e o jantar uma ou duas noites por semana. E pode ser aqui mesmo. Para a turma de veraneio. Fecharia durante o inverno e poderíamos viajar.

Susanne ergueu o queixo. Parecia que ele falava sério.

— E moraríamos aqui? Ora, Mark, somos nova-iorquinos.

— Nunca tivemos uma casa de veraneio. Pode ser aqui.

— Claro, claro... moraríamos aqui e veríamos mamãe se divertir com Carl.

Os braços de Mark largaram a cintura de Susanne.

— Você está aqui há semanas. Nada melhorou nesse assunto?

— O casamento ainda está marcado. Graças a Deus que ela contratou um bufê para a festa. Eu não faria a comida em hipótese alguma.

— Pare com isso, Susanne.

— Falo sério. Ainda acho que é errado.

— Já leu a história de Natalie?

Susanne suspirou. Arrependia-se de ter falado com Mark sobre essa bobagem. Ele perguntava cada vez que conversavam.

— Não — respondeu ela agora. — Tenho outras coisas para ler.

Mark mordeu o lábio inferior, num gesto que ela conhecia muito bem. Ele se preparava para dizer alguma coisa de que ela não gostaria. Antes que pudesse fazê-lo, Susanne o advertiu:

— *Não diga* que as outras coisas podem esperar.

— Podem mesmo — disse ele gentilmente. — Isto é mais importante.

— Para mamãe. Não para mim.

— Deveria ser para você também. Não se trata de uma estranha.

— Ela está cometendo um grande erro.

— Como? — indagou Mark. — Casando com Carl? O que pode mudar afora o fato de que ela não vai mais dormir sozinha? Por que isso a incomoda tanto?

Susanne franziu o rosto. Mark sempre fora seu maior aliado, e era por isso que ela achava tão desconcertantes suas perguntas agora.

— Por que o incomoda que isso me incomode?

— Porque amo você. Porque sei que é uma pessoa generosa e afetuosa. Porque essa atitude não combina com você.

— Estamos falando de *minha mãe*. As regras mudam quando se trata de mães.

Ele acenou com a cabeça em concordância.

— Tudo bem. Compreendo isso. Mas as regras não deveriam excluir o bom senso.

— Está dizendo que não tenho bom senso?

— Não... isto é, talvez. Mas apenas quando se relaciona com sua mãe. Mas pode não ser uma questão de bom senso e sim de atitude liberal. O que me deixa um pouco assustado.

— Por que deveria assustá-lo? — O tom do marido deixava Susanne cada vez mais apreensiva. — Isso só tem a ver com minha mãe e eu, não com você e eu.

— De certa forma também envolve nosso relacionamento. — Mark mostrava-se outra vez gentil, até mesmo suplicante. — Penso muito sobre a velhice. Penso muito nas coisas que gostaria de fazer quando não tiver mais a pressão do trabalho. Poderia ser como meus pais, sentados à espera da morte, mas vem mais depressa quando você faz isso. Quero viver, Susanne. Quero experimentar coisas novas.

Ele nunca dissera *isso* antes.

— Por exemplo?

— Não sei. Talvez ensinar. Talvez aprender a pintar. Talvez viajar para algum lugar fora dos centros turísticos. Não sei ainda, Susanne. Mas o fato é que quero estar aberto a coisas diferentes. Mas você tem de se abrir também. Se quero que dê certo, nunca poderia fazer qualquer coisa que você também não queira. Mas há coisas que nós dois apreciamos. Há um *mundo* inteiro à nossa espera se tivermos a coragem para aproveitá-lo. Quando vinha para cá, avistei Carl na quadra de tênis com aquela menina. Ele não parecia um dia mais velho que setenta anos. Isso acontece porque se mantém ativo. É assim que devemos ser.

Ele levou a mão à cabeça.

— Mas começa aqui. Se você não pode aceitar essa mudança na vida de sua mãe, como poderá aceitar uma mudança em *nossas* vidas?

Susanne engoliu em seco.

— Há mudanças e *mudanças*.

— Tem toda razão... e não sabemos que tipo de mudança será a nossa. Nossos filhos podem detestar o que decidirmos fazer, mas isso significa que está errado? Significa que não devemos fazer? O que é certo para nós não é necessariamente certo para eles, assim como o que é certo para Natalie pode não ser certo para você. E ela não está pedindo para *você* casar com Carl.

Mark fez uma pausa. Antes que Susanne pudesse argumentar, ele se apressou em acrescentar:

— Posso muito bem morrer antes de você. Se isso acontecer, e se você tiver a oportunidade de encontrar a felicidade com outro homem, eu seria a primeira pessoa a lhe dizer para aproveitar. Se as crianças tiverem dificuldades para aceitar, estarão apenas sendo intolerantes.

Susanne passou os braços por sua própria cintura.

— Como eu?

Ele fez menção de negar, mas se conteve.

— Converse com ela, Susanne. E, se não puder falar, leia a história. Você deve isso à sua mãe.

Simon se encontrava num lugar estranho, que não era aqui nem ali por vários motivos.

Era o caso do tempo, por exemplo. Por um lado, era o ideal. O sol efetuava sua magia sobre as folhas, que passavam açúcar para as uvas, que se tornavam maiores agora, livres de fungos. Por outro lado, a instabilidade tropical no Atlântico se transformara numa tempestade tropical e continuava a crescer.

Era o caso de Susanne, por exemplo. Por um lado, Susanne contava com ele para administrar o vinhedo, como seu pai teria desejado. Por outro lado, recusava-se a conversar sobre qualquer outra coisa que *não fosse* o vinhedo, para que ele não esquecesse seu lugar e pensasse que era da família.

Era o caso de Olivia, por exemplo. Por um lado, ela trazia paixão para sua vida, de formas que ele jamais conhecera. Isso não significava que depreciava Laura de algum modo, apenas dizia que Olivia era diferente. Por outro lado, ela ia embora, dentro de três semanas no máximo.

Era o caso de Tess, por exemplo. A menina era uma peste, embora fosse muito meiga. E naquele momento espreitava da fileira seguinte de videiras.

— Sei que você está aí — disse Simon não muito alto. — Resolveu me seguir por algum motivo?

Houve uma pausa, seguida por uma pergunta:

— Como soube que eu estava aqui?

— Seus tênis são de cor laranja e enormes. É essa a moda?

— Os tênis são do ano passado. — Tess abaixou-se para espiá-lo por baixo das videiras. — Este ano os tênis são ainda maiores, mas mamãe não quis deixar que eu comprasse um novo par.

Ela começou a rastejar por baixo da videira, mas Simon apressou-se em detê-la.

— Não faça isso. Vai esbarrar nas uvas. Dê a volta.

Tess correu, mas era uma coisa que ele podia aceitar. Levantou os olhos quando a menina contornou a extremidade da fileira e se aproximou. Tinha uma das mãos no bolso e parecia bastante inócua.

— Agora se parecem com uvas — comentou Tess. — Qual é o gosto?

— Você vai me dizer.

Simon tirou uma uva do fundo de um cacho. A menina pôs na boca e fez uma careta.

— Azeda.

— Não tão azedas quanto estavam ontem, e mais azedas do que estarão amanhã.

Tess olhou para as videiras, mais altas do que ela.

— Vai podar de novo?

— Não. Só estou verificando. Quero saber se os passarinhos estão comendo minhas uvas.

— O que fará se estiverem?

— Disparo um canhão.

— Atira nos passarinhos? — indagou Tess, horrorizada.

— Não. Apenas os assusto com o barulho. Não é realmente um canhão, apenas uma máquina que faz um estrondo a intervalos de poucos minutos.

Tess mexeu a mão no bolso. Com a mão livre afastou os cabelos que caíam em seu rosto. Fitou-o através dos óculos, de uma maneira que os olhos ampliados deixaram Simon comovido. Pela primeira vez ela parecia hesitante em fazer uma pergunta.

— O que é? — perguntou ele, não querendo se sentir comovido.

— Já decidiu o que vai fazer com os gatinhos?

— Ainda não.

— Não vai levá-los no carro para deixar na beira de uma estrada, não é?

— Já disse que não farei isso.

Ela soltou um suspiro e tirou a mão do bolso. Segundos depois, tornou a enfiar a mão, tentando parecer indiferente. Simon limpou a garganta.

— Quantos você tem aí?

— Quantos o quê? — perguntou Tess, com uma cara de inocente.

Ele revirou os olhos, suspirou, agachou-se. Um conspirador agora, perguntou:

— É Bruce?

Tess dera nomes aos gatinhos, antes mesmo de saber o sexo, alegando que Buck conseguira se dar muito bem como Buck. Tess sussurrou:

— Tyrone.

— Deixe-me ver.

Ela tirou o gatinho do bolso e beijou o alto da cabeça peluda.

— As unhas são afiadas, mas ele é a coisa mais linda que já vi — murmurou Tess, sorrindo.

Simon ficou deslumbrado, e não foi pelo gatinho.

— Alguém lhe disse alguma vez que seu sorriso é lindo?

Ele podia jurar que Tess havia corado.

— As crianças não dizem coisas assim. E não sorrio para elas.

— Nem mesmo quando fala sobre os gatinhos?

Ela ajeitou Tyrone por baixo de seu queixo.

— Outra menina tem uma gata que também teve cria. E foram *seis.*

— Então ela tinha uma história melhor.

— *Tudo* o que ela faz é melhor — disse Tess, solene agora. — Tudo o que todas fazem é melhor. Não sentirão minha falta quando eu for embora.

— Claro que sentirão.

— Se sentirem, será porque faço com que pareçam melhores. Sou quem não faz nada certo.

— O que você não faz certo?

— Sempre empurro a cana do leme na direção errada. Deixo a vela virar contra o vento. Não sei de que lado o vento sopra. Na última vez, a retranca quase bateu na cabeça de uma menina.

— Pelo menos você conhece o jargão.

— Não sou *idiota* — respondeu ela, num reflexo defensivo, para abrandar logo em seguida. — Apenas não é fácil. É preciso pensar em muitas coisas. Gosto mais do tênis. A bola passa por cima da rede e você acerta.

Simon conhecia os dois esportes. Se tivesse de escolher entre um e outro, não teria a menor dúvida.

— Isso mesmo. A bola vem e você acerta. Sempre a mesma coisa. E aquela quadra plana, de tamanho determinado? O mar é muito mais interessante. Tem humores diferentes e sons diferentes. E você não precisa tanto depois que veleja bastante. O tênis é mais fácil para você só porque joga bastante.

— Poderei jogar tênis em qualquer lugar para onde formos. Mas não poderei velejar.

— Depende do lugar em que morar.

Tess murmurou baixinho:

— Ainda não sabemos para onde vamos.

Ocorreu a Simon que as mudanças constantes deviam exigir muito da menina.

— Para onde quer que vá terá habilidades que não tinha antes deste verão. As outras crianças ficarão impressionadas.

— Talvez com o tênis, não na vela.

— Na vela também. Só precisa ter mais tempo no mar. Posso levá-la para treinar.

As palavras ressoaram entre as fileiras de videiras. Simon não podia acreditar que as dissera. Tess exibia quase a mesma incredulidade.

— Fala sério? Jura? Vai me levar?

— Posso levar. — Ele sentia-se indeciso agora. — Mas preciso da permissão de sua mãe, e ela pode não querer.

— Ela vai concordar — garantiu Tess, excitada. — Tenho certeza.

— E também... também tem o problema de arrumar um barco. Não temos um barco igual ao que você está acostumada.

— A Sra. Adelson tem. Seth me mostrou. — Ela começou a andar para trás. — Ele pode ir também. Seth não é capaz de ouvir as ondas e é preciso cutucar seu braço para avisar quando a retranca deve mudar de lado. Mas ele é o máximo.

Tess estava agora correndo.

— Para onde você vai? — gritou Simon, subitamente assustado.

Sem parar de correr, ela virou a cabeça para trás.

— Vou perguntar a mamãe. Se ela disser que sim, falarei com a Sra. Adelson. E se ela disser que sim, podemos ir hoje?

Simon elevou a voz:

— Não... não posso ir hoje.

— Então amanhã.

— Não sei... há um furacão se aproximando... e esse gatinho precisa voltar *para casa*!

Ele podia muito bem ter poupado o fôlego, porque Tess já estava longe.

Olivia, acidentalmente, deixou uma das camisetas de Asquonset de Tess numa leva de roupa para lavar com alvejante. Em conseqüência, a camisa grená à tarde se tornara laranja à noite. Não era uma ocorrência excepcional. Tess há muito que aprendera a encontrar pelo menos uma coisa boa numa roupa que mudava de cor. Neste caso, a coisa boa era o fato de que a camisa agora combinava com os tênis.

Ela pusera as duas peças naquela manhã, e era por isso que Olivia percebeu que a filha fora se encontrar com Simon no vinhedo. As videiras estavam tão altas e viçosas quanto uma planta podada podia se tornar, mas ainda assim a cor laranja se destacava. E Simon? Ora, Simon era bastante alto para se destacar de qualquer maneira.

Além do mais, Olivia tinha a vantagem da posição mais elevada. Estava na janela do escritório de Natalie, observando Simon entre as videiras, quando avistou Olivia. Não podia ouvir o que diziam, mas nem pensou em descer para interferir. Confiava em Simon agora. Quando Tess o deixou e veio na direção da casa, sua corrida era da variedade excitada. Olivia calculou que tinha dois minutos antes que a filha entrasse correndo na sala.

Olivia olhou para os envelopes em sua mão. Haviam chegado com a correspondência da manhã, três cartas no total. Duas eram confirmações do pedido de matrícula de Tess. A terceira era uma oferta de emprego para ela.

As escolas eram em Hartford e Providence. A oferta de emprego era em Pittsburgh.

A vida nunca era simples.

— Você é Olivia?

Ela olhou para a porta. Exceto pelas roupas mais modernas, uma expressão de cansaço e uma tensão nos lábios contraídos, o homem parado ali era a imagem de Alexander. Ela sorriu.

— Você é Greg.

— Como adivinhou. — Não era uma pergunta, e ele não esperava por uma resposta. — Estou procurando minha mulher. Sabe onde ela está.

— Estava no escritório há cerca de uma hora.

Ele ergueu o queixo em agradecimento. Teve de dar um passo para o lado quando Tess passou correndo pela porta, mas desapareceu em seguida.

— Simon vai me levar para velejar! — Tess tinha os olhos arregalados, as sardas brilhando, os lábios contraídos numa doce expressão.

— Seth pode ir também, mas precisamos usar o barco da Sra. Adelson. Pode ligar para ela, mamãe? Por favor? Pode fazer isso agora?

A menina juntou as mãos na frente do nariz, como se isso pudesse conter seu excitamento.

— Ele prometeu que me ensinaria tudo que não sei. Isso significa tanto para mim que nem dá para dizer!

Olivia estava surpresa... e nada tinha a ver com o fato de Achmed ter levantado da cadeira de Natalie e miar baixinho. Sabia há quanto tempo Simon nem chegava perto do clube e sabia também o motivo para isso.

— Ele vai levá-la para velejar?

— Talvez não hoje, mas amanhã com certeza.

— Ele disse isso?

— Não estou inventando. — Tess se controlou. — Sei do acidente. Uma das meninas me contou. Mas ele nada teve a ver com aquilo. Nem estava lá. Não tenho medo de sair com ele.

Não. Olivia sabia que ela não tinha medo. Mas não era isso que a fazia hesitar. Especulava se havia algum significado no fato de Simon encerrar seu exílio do mar por Tess... ou se ela apenas imaginava que tinha de haver um significado mais profundo em qualquer coisa.

Achmed dava uma inesperada volta cautelosa em torno de Tess, e subitamente Olivia compreendeu o motivo.

— Vai ligar agora? — insistiu a menina.

— Assim que você levar o gatinho em seu bolso de volta para a mãe.

Tess revirou os olhos.

— Ele está bem.

— Leve-o de volta e ligarei.

— Está certo. Farei isso agora.

Tess correu para a porta, mas logo voltou e deu um abraço efusivo na mãe.

Depois que ela saiu, Olivia percebeu que ainda tinha as três cartas na mão. Largou-as em cima da mesa para pensar a respeito mais tarde.

* * *

— Lá em cima, segunda porta à direita — disse Anne Marie para Greg.

Ele acenou com a cabeça e subiu a escada de dois em dois degraus. Seguiu por um corredor com um carpete cinza-claro que fora instalado depois da última vez em que estivera ali. O mesmo acontecia com as paredes, exibindo um cinza compatível, e com os móveis, grenás, de alta tecnologia. Asquonset percorrera um longo caminho, pensou ele. Se estivesse um pouco mais cansado, poderia até imaginar que se encontrava no escritório de um dos três últimos clientes que visitara.

A segunda porta à direita estava aberta. Jill sentava a uma mesa ali, mas a visão dela era obstruída em parte pelo homem debruçado sobre o documento que os dois examinavam. Greg bateu no umbral, apenas o suficiente para atrair a atenção.

Quando Jill fitou-o e arregalou os olhos, ele experimentou o mesmo fluxo de prazer que sentira quando a vira pela primeira vez oito anos antes. Jill organizara uma festa de levantamento de recursos para caridade a que ele comparecera. A ligação fora instantânea. Ele teria pensado que o fio se tornara mais fraco com tudo o que acontecera entre os dois ultimamente. Mas não era o caso. Pelo menos não de sua parte. Não tinha certeza em relação a Jill. Olhos arregalados podiam significar uma dúzia de coisas.

Ele deu um aperto de intimidade no ombro de Jill e estendeu a outra mão para o gerente de vendas de Asquonset.

— Como vai, Chris?

— Muito bem, graças à sua esposa. Ela é um presente do céu. — Para Jill, ele acrescentou: — Não me disse que Greg viria.

— Eu não sabia.

O tom de voz de Jill podia refletir surpresa ou prazer... ou até mesmo indignação, por tudo o que Greg sabia. Ele pensara outrora que podia ler os pensamentos da mulher, mas não tinha mais certeza. Aquele livro tinha razão: ela era a Vênus para seu Marte.

— Podemos terminar isso mais tarde, Jill — disse Chris. — Fique com seu marido.

Ele fechou a porta ao sair. Jill baixou os olhos para os papéis na mesa. Greg sentiu o ombro tenso sob sua mão, como se ressentisse o contato. Sentindo-se repelido, enfiou a mão no bolso enquanto perguntava:

— Em que está trabalhando?

Ela passou a língua pelos lábios.

— No lançamento de nossos vinhos em novos mercados. Natalie está trabalhando com uma agência numa nova campanha de propaganda. O slogan é "Autêntico Asquonset". Este é o lado de marketing e vendas. Precisamos do reconhecimento do nome. Queremos caminhar para oeste... invadir o território do vinho da Califórnia.

Jill tomou um gole de uma garrafa de água mineral. Lançou um rápido olhar para o marido.

— O que o traz aqui?

— O que você acha?

— Pode ter vindo para frustrar os planos de casamento de Natalie.

— Posso tentar isso como um acompanhamento, mas o prato principal é você.

Ela fez uma careta.

— É uma analogia repulsiva.

— Você deveria ter rido. E antes disso deveria me enlaçar pelo pescoço e dizer que é uma maravilha eu ter vindo, que está emocionada.

Jill desviou os olhos.

— E é o que sinto. Mas... estava despreparada.

— Sou seu marido. Desde quando precisa estar preparada?

Ela tornou a fitá-lo.

— Desde que compreendi que preciso estar com você, mas também preciso trabalhar. Estou adorando o que faço aqui, me sentindo satisfeita e desafiada. Posso estar cansada à noite, de uma maneira como não ficava desde que parei de trabalhar para me casar com você. Mas também compreendo que serão necessárias, se eu quiser ter alguma possibilidade de trabalhar nos próximos anos, uma grande cooperação e algumas concessões das duas partes.

Greg voltou ao ponto em que se encontrava antes de vir para a casa da mãe: totalmente confuso. Mas naquele momento sentia-se confuso demais para encontrar o caminho através de um labirinto de palavras.

— Por favor, repita isso em cinco palavras, ou menos.

— Estou grávida.

Jill não pestanejou. Apenas continuou a fitá-lo, com as sobrancelhas um pouco arqueadas. As palavras atingiram-no como se fossem um sopro de sais de cheiro.

Grávida... era a última coisa que ele esperava. Jill deixara-o. Não se viam há dois meses.

— *Grávida?*

— Significa que vou ter um filho.

Ele sabia o que era estar grávida, mas ainda assim tinha dificuldade para lidar com o conceito. Ter filhos sempre fora uma coisa projetada para o futuro, algo bastante vago; subitamente, não era mais. Naquele instante, Greg pôde imaginar um filho dos dois em cores vivas. E era... uma visão dourada, surpreendente e brilhante.

Ele tinha vontade de abraçar Jill. Mas ela não dava a impressão de que queria ser abraçada, e Greg não podia se arriscar a sofrer uma rejeição. Por isso perguntou apenas:

— Quando?

— Em fevereiro. Concebi em maio.

Greg pensou depressa. Maio fora um pesadelo de viagens. Houvera apenas uma ocasião — um curto fim de semana — em que haviam estado juntos pelo tempo suficiente para fazer amor.

— Na praia em Delaware?

Ela confirmou com um aceno de cabeça.

— Você estava chateado.

— Não chateado, mas ansioso. Sentia-me estressado por causa de uma pesquisa que não saíra como esperávamos.

Ele passou a mão pelos cabelos. Grávida... Puxa, Jill teria um filho!

— Há quanto tempo você sabe?

— Soube antes de vir para cá.

Greg levou um momento para absorver a informação.

— Desde o início de *julho*? E só agora está me dizendo?

— Eu não queria dizer pelo telefone.

— Poderia ter voado para Washington.

— Não, não podia. Precisava de tempo para pensar.

Ele recuou.

— Se está pensando em fazer um aborto, esqueça. Quero essa criança.

Jill sorriu pela primeira vez.

— É bom saber pelo menos *isso*.

— Não quer um aborto. Então uma separação formal? Esqueça. Se queria isso, não deveria ter engravidado.

No mesmo instante o sorriso transformou-se em lágrimas.

— Seu idiota! — Jill levantou-se de um pulo e passou por ele. — *Eu não deveria ter engravidado?* Fiz isso sozinha? Acha que foi a imaculada concepção? Você usou camisinha? Alguma vez usou camisinha? Não! Nunca sequer se ofereceu, embora seu esperma fosse a coisinha que causava o risco.

Ela abriu a porta e saiu da sala. Mas voltou segundos depois e bateu a porta com toda força.

— E não há lei que diga que uma mulher grávida não pode se divorciar do marido. Entenda uma coisa, Greg. Não sou dependente de você.

— Quer o *divórcio*?

— Não, não quero! Não sei realmente *o que* quero. Só gostaria que nossas vidas fossem diferentes.

Pelo menos era alguma coisa, pensou ele. Diferente era melhor do que acabar com tudo. Ele sentia agora uma dor no pescoço, tenso ao extremo. Massageou os músculos ali.

— Diferente como?

— Já falei. — Jill encostava-se na porta, fitando-o com os mesmos olhos arregalados. Desta vez, porém, ele via um desafio. — Não quero ser ignorada. Não quero ficar em segundo plano para o trabalho durante todo o tempo. Não quero me sentir um apêndice.

Ela queria atenção, pensou Greg. Como se ele tivesse todo o tempo do mundo. Como se ficasse sentado sem fazer nada.

— Como posso ganhar a vida se não fizer o que faço?

— Há outros meios, Greg. Sempre há. Olhe só para você. No meio do verão você continua pálido. Tem olheiras e rugas nos cantos da boca. Está exausto. É assim que quer viver?

— Estou exausto porque minha esposa não ficou em casa para tornar a vida um pouco mais fácil para mim.

— Ora, por favor! Já estava exausto antes mesmo da minha partida.

— Ficou pior agora. Preciso de você em casa, Jill.

— Estou pensando em continuar aqui.

— Aqui? Por quê?

— Porque precisam de mim. Ocupo um papel aqui. Sou alguém. Gosto de ser alguém, Greg.

Ele inclinou a cabeça para trás e fechou os olhos.

— Oh, Deus, não vamos chegar a uma conclusão!

Greg tornou a inclinar a cabeça para a frente. A esposa continuava parada ali, tão perto mas ao mesmo tempo tão longe... uma linda loura, com toda a classe possível. Fora a primeira coisa que amara em Jill. Ela tinha classe sem arrogância. Isso não mudara.

— Você não parece grávida.

— Não dá para perceber quando estou vestida.

— Tire as roupas. Deixe-me ver.

Os olhos de Jill assumiram uma nova expressão, uma certa dureza, que podia ser de ódio. E deixou-o apreensivo.

— Foi a pior coisa que você poderia ter dito — murmurou ela, a voz baixa e tensa.

— Desculpe. Não falei de uma forma negativa. Só queria... é uma coisa tão diferente... meu filho... *nosso* filho. É errado da minha parte querer ver a mudança que causou?

— A intimidade é para as pessoas que se amam.

— E nós nos amamos.

Ela não dissera isso pelo telefone há pouco tempo? Mas havia agora uma expressão diferente em seus olhos, combinando com o queixo erguido. Não podia ser ódio. Era apenas raiva, com toda certeza.

— Ou pelo menos eu amo você, Jill.

— Não, Greg. Você só ama *a si* mesmo. — Ela abriu a porta, com um gesto que o convidava a sair. — Tenho muito trabalho a fazer.

Greg não estava acostumado a ser dispensado. Seu primeiro instinto foi o de desafiá-la nesse ponto. Afinal, só viera a Asquonset para vê-la. A viagem fora um pé no saco, decidida de um momento para outro. Tivera de seguir de carro até Baltimore, de onde partia o único vôo para Providence em que conseguira uma reserva. Ao chegar em Providence, tivera de alugar um carro. E só poderia ficar dois dias. Tinha clientes à sua espera. Não dispunha de tempo para aqueles jogos.

Mas alguma coisa lhe dizia que esse não era o caminho certo. Precisava desarmar a raiva de Jill. Podia dispensar uns dois dias para isso. Mas ainda havia uma questão que precisava ser definida.

— O que devo fazer enquanto você trabalha?

Era como se Jill estivesse esperando que ele fizesse essa pergunta, pois sua resposta foi imediata e direta:

— Vá ver sua mãe. Converse com ela. Pergunte *a ela* o que o amor significa. Melhor ainda, leia o livro de Natalie. Vai compreender os sacrifícios que as pessoas são capazes de fazer quando se importam realmente com as outras.

Greg esfregou a nuca. Sentia frio e solidão, separado de Jill, quando o que queria mesmo era tomá-la nos braços, dar um abraço apertado, dizer todas as coisas que dariam certo. Mas pela primeira vez ele teve dúvidas se isso seria suficiente.

Ela abaixou a cabeça, negando até mesmo o contato visual.

Sem saber o que mais fazer, Greg se retirou.

Vinte e Seis

Simon foi jantar com a família naquela noite. Queria que sua presença fosse sentida. Com a chegada de Mark e Greg, estava tudo armado contra Carl. Ele queria estar à mesa para o caso do pai precisar de ajuda. O mesmo em relação a Olivia. Se a crescente presença da família fizesse com que ela se sentisse uma forasteira, Simon queria que ela soubesse que podia contar com um aliado.

Havia nove pessoas à mesa, embora Susanne passasse mais tempo de pé do que sentada. Simon já sabia que Susanne era uma grande cozinheira, mas naquela noite ela se superou. O jantar começou com uma sopa de milho e mariscos. Depois, veio um filé malpassado temperado com ervas, acompanhado por batata-doce frita e estufada, uma salada de espinafre quente com pedaços de pêra e queijo roquefort. A sobremesa foi *crème brûlée*.

Conversaram sobre a comida e como estava deliciosa. Conversaram sobre o buquê do Cabernet Sauvignon de dois anos que Carl abrira. Conversaram sobre o Cabernet do vale de Napa com o qual aquele vinho era com freqüência comparado. Conversaram sobre a tempestade chamada Chloe, agora atravessando o Atlântico Norte, ganhando cada vez mais força.

Greg não falava direto com Jill. Mark não falava direto com Susanne. E Greg e Susanne não falavam direto com Carl.

Mas Simon não precisava ter se preocupado com Olivia. Como era considerada a pessoa mais neutra à mesa, todos falavam com ela, que respondia sem a menor hesitação. Na verdade, ele experimentou uma certa satisfação ao observar como ela controlava os Seebring, à sua maneira incomparável. O orgulho não a bloqueava. Sentia-se feliz em alegar ignorância e fazer perguntas. A mesma coisa acontecia com Tess. Eram duas das pessoas mais curiosas que ele já conhecera, não restava a menor dúvida.

Deu tudo muito certo com aquele grupo, mas também todos estavam empenhados no bom comportamento. Ninguém queria provocar uma briga. Ninguém queria escarnecer de ninguém. Ninguém disse qualquer coisa que pudesse ser considerada como crítica, mesmo que remotamente. Tudo foi cortês e polido.

A tensão era tão grande, no entanto, que Simon ficou satisfeito quando o jantar terminou. Pôde então pedir licença e sair para a varanda.

Carl foi encontrá-lo ali pouco depois, exibindo a mesma expressão de alívio. Mas em vez de falar a respeito preferiu abordar o problema de Chloe.

— É uma das piores tempestades que já tivemos, não é?

— Pode ser. Está se alimentando com a baixa pressão deixada por Beau, que acabou definhando. Infelizmente tudo indica que não vai acontecer a mesma coisa com Chloe. Não chega a ser uma ameaça para a Flórida ou as Carolinas, a menos que mude o rumo. Mas as correntes de ar não prevêem essa possibilidade. Dizem que vai se deslocar para o norte, passando a oeste das Bermudas, ganhando força até alcançar o continente.

— Onde?

— Aqui. — Era o que dissera o último boletim do Centro Nacional de Furacões. — Mas ninguém sabe com certeza. Os furacões são instáveis. As correntes de ar mudam de direção. Chloe pode permanecer sobre as Bermudas e definhar.

Simon olhou para as videiras que se estendiam em fileiras pelos lados da estrada à claridade decrescente do dia. Estavam saudáveis agora, mas silenciosas e paradas. Nem mesmo as árvores distantes se mexiam. Até os passarinhos permaneciam em silêncio.

Parecia com a calmaria antes da tempestade, embora ele soubesse que ainda era cedo para prever qualquer coisa. Naquele estágio não havia muita coisa para fazer, a não ser orar e esperar.

Seus pensamentos se desviaram por outro rumo. Com a mão na viga da varanda, ele olhou para o pai.

— Ainda sente saudade de mamãe?

Carl continuou a olhar para os campos.

— Ela não era apenas minha esposa. Era também minha amiga.

— Sente-se culpado por casar de novo?

— Culpado? — Carl balançou a cabeça em negativa. — Não. Tentei ser um bom marido para Ana. Acho que ela era feliz. Mas já está morta há quatro anos.

Simon conhecia aqueles anos muito bem. Contara-os dia a dia, mês a mês.

— Talvez o importante seja não se importar demais. Neste caso, você não perde tanto se as coisas saírem erradas.

Carl arriou de lado na grade larga de madeira da varanda.

— Você pode parar de se importar? Eu nunca fui capaz. Quanto à perda, é parte da vida. Aprendi isso desde cedo.

— Quando Natalie casou com Al?

Carl olhou para o crepúsculo cada vez mais denso.

— Eu me fechei emocionalmente durante os anos da guerra. Fui condecorado por uma bravura que não houve. Era apenas temeridade. Não me importava com o que pudesse me acontecer, porque não havia mais ninguém à minha espera.

— O que o fez mudar de idéia?

Carl respirou fundo.

— Todas aquelas mortes. Todos aqueles corpos. Não estava presente quando libertaram os campos de extermínio, mas vi as fotos. E ouvi as histórias. Olhei os olhos daqueles que testemunharam diretamente e compreendi seu horror.

Ocorreu a Simon que o pai quase nunca falava da guerra; e quando falava era de coisas mais amenas, como os bares em Marselha. Sua voz era calma nessas ocasiões. Estava enunciando fatos. Ao interpretar agora, parecia torturado.

— Sempre me perguntei o que era pior... uma família inteira exterminada ou todos os membros, menos um. — Ele passou um longo momento perdido na tragédia antes de olhar outra vez o filho. — E de repente a perda de Natalie não era mais o fim do mundo. O mesmo aconteceu com a perda de sua mãe. Dói. Você nunca se acostuma à dor. Mas em algum momento você põe em perspectiva com o resto de sua vida.

— Em que momento?

Carl deu de ombros.

— É diferente com diferentes pessoas. Como um resfriado. Algumas pessoas superam em dois dias. Outras espirram durante uma semana. Você sabe apenas que em algum momento começa a se sentir melhor. Respira com mais facilidade. Dorme durante a noite toda. Começa a querer fazer coisas.

— É verdade. Mas você trata de se manter a distância do vizinho que está com a garganta inflamada. Não quer ter problemas.

Carl sorriu.

— Se esse vizinho desmaia na frente de sua casa, vai deixá-lo caído ali?

— Isso é levar o exemplo ao extremo — argumentou Simon.

— Não. É apenas levar ao extremo em que assumir o risco é preferível a se manter seguro. Se eu protegesse meu coração e nunca mais casasse, não teria aqueles bons anos com Ana e não teria você. Perdi Ana, senti muita dor e tive a tentação de evitar qualquer coisa que pudesse causá-la de novo. — A voz estava rouca de emoção. — Mas decidi correr o risco de novo, e sou afortunado por ter essa oportunidade. Pode compreender?

No outro lado da porta de tela Susanne estava encostada na parede, no escuro. Não importava a fadiga. O jantar fora *sufocante*. O rosto doía de forçar um sorriso, o coração de fingir que não havia nada errado.

Pensara em respirar um pouco de ar fresco. Seu primeiro impulso ao descobrir que Carl e Simon estavam na varanda fora o de voltar para a cozinha. Mas alguma coisa no tom de voz de Carl a manteve ali.

Não queria escutar, não queria saber o que ele tinha a dizer, mas descobriu que não podia se mexer. Ouviu todas as palavras e, quando voltou à cozinha, sentia-se angustiada, preocupada. Enquanto arrumava tudo, não podia deixar de pensar no que ele dissera.

Não. Não o que ele dissera. Mas a maneira como dissera. Não fora enfático ou defensivo. Não mencionara Alexander ou o vinhedo. Falara apenas em Simon, Ana e Natalie. Eram obviamente o que importava para ele. E o tom que ela sentira em sua voz não era uma novidade, compreendeu Susanne quando acabou de arrumar tudo e apagou as luzes. Estava ali, em sua memória, um fato constante da vida em Asquonset.

Carl Burke nunca fora de falar muito, mas, quando o fazia, suas palavras refletiam a verdade.

Ela subiu a escada e entrou no quarto que era seu desde que o segundo andar fora acrescentado à casa-grande. Teve a sensação de que uma mão apertava seu coração ao ver as coisas de Mark ali. As divergências entre os dois sempre a deixavam transtornada. Mark era uma pessoa extraordinária... muito mais do que ela. Era mais gentil, mais compadecido, uma pessoa *maior*... e não apenas pelo lado físico.

Desapontada consigo mesma, ela foi até a cômoda. O livro de Natalie continuava ali, as folhas soltas dentro de um envelope entre dois números da revista *Food and Wine* que ela trouxera lá de baixo. Susanne pegou tudo e tornou a descer. Mark lia na sala de estar. Levantou os olhos quando ela passou a caminho da sala íntima, mas nenhum dos dois se falou.

Susanne acomodou-se num canto do sofá de couro comprido onde o pai costumava ficar sentado. Recordou as noites de Nancy Drew com ele. Com a sensação de que sua visão do passado estava protegida, ela largou a revista, tirou as folhas soltas do envelope e começou a ler.

Muito mais tarde, Greg saiu da cama. Se Jill estava acordada e percebeu, não fez qualquer comentário; e não dava para saber, porque ela se deitava no outro lado da cama, de costas para ele.

Jill mantinha a respiração firme. Acordado, ele a escutava há horas. A única coisa pior do que não ter Jill ao seu lado à noite era tê-la, mas fora de seu alcance... e era sem a menor dúvida o que acontecia. Desde a camisola, que ia do pescoço aos pés, até o lençol puxado para deixar apenas o rosto de fora, e o fato de não ter se virado nem uma única vez, ou murmurado qualquer palavra de encorajamento... tudo em Jill proclamava *não me toque.*

Ele era um glutão por punição ao permanecer em Asquonset. Não sabia por que não pegava suas coisas e voltava para casa.

Isso era o que tinha mesmo de fazer. Mas se voltasse para casa queria levar Jill. A vida sem ela em Washington era solitária e árida... e a vida na estrada, sem saber que ela estaria ali, à sua espera, ao final da viagem, era também horrível. E seria ainda pior agora que ele sabia do bebê. Não podia deixá-la em Asquonset.

Não conseguia dormir, e tentar só servia para piorar a situação. Ele vestiu um roupão e procurou em sua mala alguma coisa para ler. Só encontrou relatórios... e não queria ler relatórios naquela noite. Não seria capaz de lhes fazer justiça em seu atual estado de espírito.

Seus olhos deslocaram-se no escuro para a cômoda onde a luz iluminava um envelope pardo grande. Sabia o que havia ali, e também não estava interessado em ler. Mas pegou o envelope assim mesmo, desceu e foi para a cozinha.

Largou o envelope na mesa, pensando que sua geladeira era tão vazia quanto ele se sentia sem Jill em casa. Preparou um lanche com sobras do jantar. Tomou sorvete com alguns biscoitos. Esquentou um copo de leite e bebeu, devagar, pensando que isso poderia deixá-lo sonolento, poupando-o da tarefa da leitura.

Mas continuou acordado, sem o menor sono.

Refletiu que não havia ninguém para conversar, e como não tinha absolutamente nada melhor para fazer, ele tirou as folhas soltas do envelope, sentado à mesa da cozinha, e começou a ler.

Olivia acordou à primeira claridade do amanhecer. Ficou ajoelhada no banco na janela até que avistou Simon. Desceu então a escada e saiu. Ele já se afastava entre as videiras quando Olivia o alcançou.

Pegando sua mão, Simon levou-a por uma meia corrida. Já se encontravam sob a cobertura das árvores quando ele parou. Com um sorriso largo, Simon pegou-a no colo. Levou-a pelo bosque adentro por uma boa distância antes de deitá-la numa camada de musgo.

Com a presença dele em seus sonhos, e agora em carne e osso, Olivia sentia um intenso excitamento. Ajudou-o a tirar o short e gritou quando ele a penetrou, não de dor, mas de prazer. E soltou outro grito no momento em que ele levantou a camisola dela para beijar o seio. Não importava com que freqüência fizessem amor, ele sempre a surpreendia com a intensidade; e o mais espantoso era que se tornava cada vez melhor. Já deveria estar acostumada a Simon àquela altura. Já deveria estar acostumada com a fragrância das folhas de videira cobertas de orvalho e com o perfume do bosque. Já deveria estar começando a se sentir entediada. Mas sempre havia alguma coisa nova quando se encontravam pela manhã, sempre uma coisa diferente, mais profunda, mais reveladora.

Hoje foram as palavras. Havia um acordo tácito de não falar sobre o futuro... e ele se ateve a isso. Mas apenas até que ambos alcançaram o orgasmo e ficaram deitados lado a lado, esfriando lentamente, recuperando o fôlego.

Foi então que ele disse, a voz suave:

— Fique mais um pouco.

Olivia virou o rosto para vê-lo. Ele olhava para o céu, o perfil forte, a expressão inesperadamente vulnerável.

— Aqui? Em Asquonset?

— Tem dinheiro no banco. Não precisa se apressar.

— Preciso sim — murmurou Olivia, sabendo que ficar só serviria para piorar a situação. — Tess tem de ir para a escola. E eu preciso assentar em algum lugar.

— Por que não em Providence? Ela poderia ir à escola com Sandy.

— Mas não tenho em emprego em Providence. Só consegui arrumar um em Pittsburgh.

Ele também virou a cabeça. Os olhos dos dois se encontraram.

— Não tinha me contado.

Olivia sentiu-se culpada, hesitante e determinada, nessa ordem.

— Ainda não decidi se aceito.

— É um bom emprego?

— É sim. Eu serei funcionária de um museu. E há uma boa escola para Tess nas proximidades. Mas não podem aceitá-la agora... a turma está completa... mas dizem que pode haver uma vaga no meio do ano. Querem entrevistá-la e fazer alguns testes depois que nos mudarmos. Enquanto espera, ela pode ir para uma escola pública.

— Pittsburgh...

Olivia já dissera o nome uma dúzia de vezes, mas ainda soava estranho.

— Como eu disse, ainda não decidi.

— O que está esperando?

— Uma oferta melhor. — Olivia sentou e abotoou a camisola. — Algum emprego próximo tornaria a mudança mais fácil. Gostaria que Tess começasse logo na melhor escola para ela. Esperarei mais uma semana. Se nada aparecer, iremos para Pittsburgh. Nunca estive lá, mas ouvi boas coisas a respeito.

— Por exemplo? — perguntou Tess.

— Bons lugares para morar e boas lojas para fazer compras. Restaurantes à beira do rio. Sabia que três rios se encontram no centro de Pittsburgh? Tem o Estádio dos Três Rios e o time de hóquei Pirates de Pittsburgh. Há um museu da aviação e um aviário nacional. Há prédios de Frank Lloyd Wright e a Torre do Conhecimento. Sem falar no jardim zoológico.

Estavam na cama de Olivia, onde ela encontrara a filha ao voltar. Tess desenhava em seu bloco, mas largara-o no mesmo instante, perguntando onde a mãe fora. Dar um passeio, respondera Olivia. Depois de pensar um pouco, ela contara a Tess sobre a oferta de emprego.

— Há uma Gap em Pittsburgh?

— Mais de uma.

— E McDonald's?

— Com toda certeza.

— E Pindman's?

— Não. Pindman's só tem uma.

— Já nos conhecem ali, isto é muito bom.

— Essa é a diferença entre a cidade pequena e a cidade grande. É preciso mais tempo para conhecer as pessoas na cidade grande. Mas lembra da Seven-Eleven em Cambridge? Conhecíamos o gerente. E a loja de iogurtes?

— Por que não podemos ficar aqui?

Olivia sentiu um aperto no coração.

— Não tenho um emprego aqui.

— Pode arrumar.

— Não do tipo que eu quero. Ninguém precisa de uma restauradora de fotos aqui.

— Você é escritora.

Com a maior dificuldade. Fazendo o maior esforço.

— Apenas por este verão.

E provavelmente nunca mais. Olivia não tinha a menor idéia de se Natalie estava ou não satisfeita. Ela não fizera qualquer comentário sobre a parte que já fora escrita. Olivia não sabia sequer se ela lera.

— Quero ir para Braemont com a Sra. Adelson — disse Tess. — É a melhor professora que já tive.

— Você sempre contará com as habilidades que ela ensinou. Poderá levá-las para qualquer lugar.

Tess dava a impressão de que não acreditava. Quando franziu as sobrancelhas e ergueu o queixo, Olivia preparou-se para uma discussão. No instante seguinte, a menina. A emoção em seus olhos era profunda.

— Eu gostaria de ficar aqui, mamãe. Seria ótimo se pudéssemos.

— Eu também gostaria, querida.

Mas quando ela estendeu a mão para a filha, Tess saiu da cama. Em segundos, atravessava o banheiro e voltava para seu quarto.

— Eu também gostaria — repetiu Olivia para si mesma.

Ela pôs o bloco de desenho de Tess na mesinha-de-cabeceira e sacudiu os lençóis com mais força do que era necessário.

— Mas não posso fingir. — Ela esticou os lençóis. — Esta não é minha família.

Olivia esticou a colcha, num movimento brusco.

— Meu trabalho está quase concluído. — Os travesseiros foram para o lugar, puxados de um lado e outro. — Tenho de ir embora.

Ela pegou o bloco de desenho, a fim de entregá-lo a Tess, mas descobriu-se atraída para o banco na janela. Passou vários minutos ali, sentindo pena de si mesma por não ser uma Seebring, por não ter um emprego fixo ali, por não ser tão importante para Simon Burke, que preferia morrer a deixá-la ir embora.

Depois, ela pensou em sua mãe. Começava a se acostumar à idéia de que Carol morrera... sem gostar, mas aceitando o que não podia ser mudado. Até começava a se acostumar à idéia de que talvez, apenas talvez, Simon estivesse certo. Talvez Carol a tivesse amado, à sua maneira. Claro que o dinheiro seria ótimo para poder matricular Tess numa escola particular, depois na universidade, talvez mesmo em um curso avançado de arte. A criança tinha todo o talento.

Com um sorriso, sentindo prazer e orgulho, Olivia abriu o bloco de desenho. Havia desenhos do vinhedo e da casa-grande, desenhos dos gatos, de Buck com os filhotes. Havia desenhos de Olivia, mostrando-a alternadamente como um anjo e como uma bruxa. Havia um desenho de Carl com a raquete de tênis e um desenho de Natalie em toda a sua imponência. Havia um desenho de Simon, acocorado, arrancando folhas de uma videira, sentado na máquina de poda, usando luvas de trabalho enquanto consertava uma treliça, segurando um gatinho, lendo um livro, com os óculos no meio do nariz.

Os desenhos de Simon aumentavam em quantidade ao final do bloco, obviamente mais recentes; e eram muitos, para a felicidade de Olivia. Ela não precisava de um diploma universitário para saber que Tess se afeiçoava cada vez mais a Simon. E esse era o melhor motivo para que se mudassem logo para Pittsburgh. As ligações afetuosas deviam ser cortadas na raiz. Longe da vista, longe do coração.

As duas estariam melhor sozinhas, ela e Tess. Mais seguras. Ela podia garantir amor a Tess. Ninguém mais podia.

Simon caminhava por entre as fileiras de videira, à procura de problemas, à procura de *insinuações* de problemas, tentando se distrair com o trabalho nos campos, a fim de não passar o dia inteiro em seu escritório, à espera de novas informações sobre a tempestade. Mas as videiras estavam muito bem. Os galhos estavam aparados, o solo aerado, com a umidade apropriada, as colheitas de cobertura acrescentando os nutrientes, as uvas cada vez maiores e mais maduras. A doçura logo viria. Era o que aconteceria nas próximas semanas... presumindo que um furacão não destruísse tudo.

Ele tinha um mau pressentimento sobre Chloe, e não era uma coisa mística. A tempestade era real, aumentava em violência e se aproximava. Segundo os boletins que recebera por fax, passara a ser um furacão de categoria 3, com ventos de cento e oitenta e cinco quilômetros por hora. Seguia para o norte, num ritmo que levaria quarenta e oito horas para alcançar o continente, sem qualquer indicação de que poderia se desviar ou diminuir de intensidade.

Enquanto Carl e Natalie acompanhavam o curso da tempestade pela televisão na casa-grande, Simon estudava as fotos de satélites tiradas do computador. Estudava mapas de radar transmitidos pelo Centro Nacional de Furacões. Recebia e-mails de amigos desejando boa sorte. Seu contato na Administração Atmosférica e Oceânica Nacional não tinha nada para sugerir além de proteger a casa com tábuas.

Ele faria a mesma coisa com as videiras se fosse possível. Mas as videiras — as mesmas que haviam sobrevivido a uma primavera muito úmida e agora vicejavam — teriam de se salvar sozinhas.

Vinte e Sete

Determinada a separar-se de Simon, Olivia não foi ao pátio para encontrá-lo na manhã seguinte. Nem mesmo olhou para verificar se ele estava ali. Permaneceu no quarto, fazendo uma tabela dos lugares em que pedira emprego. Devia dar alguns telefonemas, tirando da lista os nãos definitivos e concentrando-se no resto.

Só desceu com Tess quando calculou que os outros já teriam levantado. Estavam todos na cozinha, olhando para o pequeno aparelho de televisão em cima do balcão. Olivia não precisava perguntar se Chloe mudara de curso, pois era evidente que isso não acontecera.

E também era evidente que todos torciam para que o curso mudasse. Com pouca conversa e depois de comer ovos pochês despejados sobre um picadinho das sobras do jantar, o grupo se dispersou.

Olivia queria elogiar o picadinho. Jamais comera um picadinho tão bom. Mas também, é claro, nunca comera picadinho de filé. Mas Susanne estava tão transtornada quanto os outros. Por isso ela não insistiu.

Também não havia ninguém que quisesse conversar sobre a tempestade. Ao que tudo indicava, a única coisa a fazer agora era manter um arremedo de normalidade, por tanto tempo quanto possível.

Jill foi para o escritório. Susanne foi ao mercado para fazer compras. Tess foi com Sandy fazer exercícios de leitura na sala íntima. Olivia subiu para organizar as fotos.

Natalie juntou-se a ela pouco depois. Não tinha notícias sobre a tempestade e, como os outros, parecia se contentar em ignorá-la por mais algum tempo. Preferia se concentrar no trabalho. Naquela manhã, em apenas uma hora com Olivia, identificou todos os rostos nas fotos que Olivia não conhecia, inclusive a mulher misteriosa.

Seu nome era June Ellenbaum. Fora amiga do irmão de Natalie, mais do que da própria Natalie, e morrera de pneumonia no início dos anos quarenta.

Olivia deu um sorriso triste ao ouvir isso. Afagou o elegante pescoço de Achmed, bastante tranqüilizada pelo ronronar para confessar:

— Eu costumava olhar para ela quando trabalhava com Otis, e imaginava que era minha avó há muito perdida ou minha tia-avó.

Natalie ficou em silêncio por um longo momento.

— E agora?

Olivia passou a mão pela cabeça sedosa de Achmed.

— Não posso mais fazer isso. Talvez eu esteja finalmente crescendo. Fingir pode ser contraproducente. Impede que você aceite coisas que não pode mudar.

Houve outro momento de silêncio. Depois, Natalie disse:

— Fique aqui, Olivia. Continue depois do casamento.

Olivia fitou-a.

— Como?

— Tess pode ir para a Braemont e você pode ser minha assistente.

Fingir pode ser contraproducente.

— Não precisa de uma assistente. Não depois do casamento, não depois que o livro ficar pronto.

Olivia ainda não ouvira o veredicto de Natalie sobre o trabalho que fizera até agora. Quase que tinha medo de perguntar.

— Mas quero uma assistente. Posso encontrar muita coisa para mantê-la ocupada.

— Não precisa de mim aqui.

— Não é essa a razão. *Quero* você aqui.

Olivia deveria ficar extasiada. Há não muito tempo sonhava que uma coisa assim pudesse acontecer. Mas agora tentava não se deixar envolver pelos sonhos. Fora isso que a morte da mãe lhe ensinara.

— Recebi a oferta de um emprego em Pittsburgh.

Ela relatou a proposta de trabalho no museu. Imperturbável, Natalie sorriu.

— Agora você tem também a oferta de um emprego aqui.

— Mas o emprego em Pittsburgh envolve o trabalho de restauração. Sou boa nisso.

— O trabalho aqui é de lidar com as pessoas. Você é boa nisso também. — O sorriso de Natalie desapareceu. Sua expressão se tornou séria. — Preciso de você, Olivia. Gosto de saber que está aqui. Nunca tive uma assistente pessoal antes. Pense em tudo o que você fez por mim.

— Não fiz muita coisa. Não sou uma grande escritora.

— Fala sério? Li o que escreveu.

Olivia tentou parecer casual.

— Leu?

— Claro. Pensou que eu não leria? Li tudo, em cada estágio.

— Eu não sabia disso.

Olivia prendeu a respiração, estudando o rosto de Natalie à procura de aprovação. Tudo o que viu ali foi surpresa.

— Não lhe disse? Pensei que havia falado. Acho que ando ocupada demais, com muita coisa com que me preocupar.

Ocorreu a Olivia que fora aquilo que Susanne e Greg haviam experimentado. Só que ela não era filha, e não esperaria por mais um minuto sequer.

— E então, o que achou?

— Acho que ficou *maravilhoso* — respondeu Natalie, ainda parecendo surpresa. — Duvidou disso?

— Duvidei. Nunca escrevi nada assim antes. Não cheguei nem perto.

Natalie sorriu.

— Pois eu adorei. O texto é objetivo e fácil de ler. Capta a época e capta toda a emoção. Não posso imaginar que outra pessoa fosse capaz de fazer um trabalho melhor.

Olivia sentia-se inebriada.

— É mesmo? Obrigada. Está sem dúvida sendo gentil, mas gosto de ouvir mesmo assim.

— Não estou sendo gentil, mas honesta. Ninguém poderia fazer melhor, nem com meu livro nem com todas as outras coisas que você fez por mim. Não vou me tornar mais jovem. Preciso de alguém para cuidar dos detalhes e você é *boa* nisso. Pode trabalhar aqui ou no escritório. Sempre precisamos de ajuda lá. Ou na vinícola. Neste momento precisamos de alguém que faça a ligação entre a vinícola e o escritório.

Ansiosa em acreditar e lutando para não fazê-lo, Olivia tentou diminuir a oferta:

— Acho que está exagerando sobre as minhas possibilidades.

— Absolutamente. Seu problema é não compreender o próprio valor. Não percebe o que fez, como tornou as coisas mais fáceis para mim. Estou com setenta e seis anos. Preciso de ajuda. E você ajudou sem me fazer pensar que estava no meio do caminho para a sepultura.

— E não está. Qualquer pessoa com metade de um cérebro pode perceber isso.

— Falo sério sobre o convite, Olivia. — O rosto expressava essa seriedade. — Queria que meus filhos se envolvessem com Asquonset, mas sei que isso não vai acontecer, embora eles gostem daqui. Seus filhos também não se importam, o que pode ser conferido pelo número de vezes em que visitaram o vinhedo neste verão... ou seja, nenhuma. Você está aqui e se importa. Quero que fique.

— Não posso.

— Por que *não*?

Olivia não podia explicar. Como explicar seu pavor por alguma coisa que parecia *ideal*? Natalie suspirou.

— Pense a respeito. Tenho de ir até o escritório agora, mas não deixarei o assunto ser esquecido. Você tem sido boa para mim. Me estimulou e pressionou. Obrigou-me a falar sobre coisas difíceis. E eu precisava fazer isso.

— A porta do quarto de Brad ainda está fechada.

Natalie teve um sobressalto visível.

— Não estou entendendo.

— Nada mudou. Portanto, no final das contas, não fiz muita coisa. Susanne e Greg ainda estão furiosos, e aquela porta continua fechada.

Natalie desviou os olhos.

— Por que está fechada? — insistiu Olivia.

Ela nunca fora tão ousada antes. Não sabia se queria magoar Natalie ou irritá-la para que retirasse sua oferta, ou simplesmente submeter sua aprovação a um teste.

Qualquer que fosse o caso, Olivia preferia falar sobre Natalie do que de si mesma, e Brad era um assunto inacabado.

— Tudo lá dentro continua como era antes da morte de Brad?

Natalie acenou com a cabeça em confirmação.

— Entra ali com freqüência?

Natalie contraiu os lábios. O gesto acentuou as rugas que eram em geral escondidas pelo otimismo.

— De vez em quando.

— Há mais na história de Brad do que me contou?

Natalie levou a mão à boca. Passou as pontas dos dedos pelas rugas como se quisesse alisá-las e, quando abaixou a mão, para exibir um sorriso triste, as rugas haviam desaparecido.

— Há sempre mais na história de uma criança cuja vida foi cortada tão cedo. Mas essa história não é para o livro.

Na hora do almoço, todos se reuniram na cozinha, olhando para a televisão ainda mais atentamente. O tempo de espera já passara. Uma repórter estava na praia, em Newport.

— Como podem observar — disse ela olhando para trás —, as ondas parecem normais neste momento. Mas tudo indica que isso mudará muito em breve. Chloe está castigando as Bermudas, mantém um curso norte-noroeste. Um alerta de furacão está em vigor para a costa sul da Nova Inglaterra. As últimas estimativas são as de que deverá alcançar o continente ao meio-dia de amanhã. É uma tempestade enorme. Esperamos avistar as primeiras nuvens aparecendo nesta região ainda hoje. As pessoas que se lembram dos furacões Gloria, em 1985, e Donna, em 1960, sabem o que fazer. Para os outros que não sabem como se preparar para esta tempestade, vão agora para a sede da Cruz Vermelha local...

Natalie baixou o som e virou-se para os outros.

— Lembro do Gloria. Lembro do Donna. E também lembro de Carol e Edna, em 1954, um depois do outro. Ficamos sem eletricidade. Usamos lanternas e lampiões, mas precisamos ter certeza de que estão funcionando. Greg, precisamos de pilhas extras e de combustível para os lampiões. Se houver inundação, pode contaminar nossos poços. Precisamos também de muita água mineral. Você providencia, Susanne? E alimentos enlatados, se a geladeira parar... e por falar em geladeira é preciso pôr no frio máximo e abrir a porta o mínimo possível. Como as janelas têm venezianas, não precisamos protegê-las com tábuas. Mas os móveis devem ser retirados do pátio. Pode cuidar disso, Mark?

— Claro — respondeu Mark, com a descontração que era sua característica.

Nem Susanne nem Greg tinham a mesma descontração, pelo menos não na presença da mãe. Olivia meio que esperava que um deles acusasse Natalie de ter aumentado a tempestade para proporções desmedidas. Como nenhum dos dois o fizesse, ela ficou apreensiva. Ao que tudo indicava, eles sabiam o que significava ser atingido por um furacão ali. Ou isso, ou estavam cansados. Os dois reagiram apenas com acenos de cabeça. Susanne começou a fazer sanduíches de galinha. Greg e Mark deixaram a cozinha.

— O que posso fazer? — perguntou Jill a Natalie.

Natalie abraçou a nora.

— Você pode cuidar de si mesma — murmurou ela, dando a impressão de que já sabia do futuro neto. — Sente aqui. Almoce. Assista televisão e avise se houver alguma mudança.

— E eu? — indagou Tess. — Também quero ajudar.

Natalie inclinou a cabeça para o lado e franziu o rosto.

— Você pode ser a mensageira entre Simon e nós. Ele estará monitorando a tempestade em seu escritório. Recebe boletins pelo computador. Você pode transmitir qualquer informação nova.

Olivia não teria incumbido Tess dessa missão específica. Preferia manter a filha tão longe de Simon quanto possível... e não era com Simon que estava preocupada.

— Simon vai me levar para velejar — disse Tess a Natalie.

Natalie ficou surpresa, mas logo sorriu.

— Mas não será hoje.

— Por que os furacões têm nome de mulher?

— Nem sempre. Ou pelo menos não mais. Beau foi o que antecedeu Chloe. Começaram a usar também nomes de homens nos anos 70. Agora eles alternam: homem, mulher, homem, mulher.

— Quem são "eles"?

— Não sei. Simon deve saber. Pergunte a ele.

— *Eu* sei — disse Carl ao entrar na cozinha e ouvir a pergunta. — Um comitê das ilhas do Caribe determina os nomes para o ano inteiro. A lista se repete a cada seis anos, a não ser quando há um furacão mais violento. Seu nome é retirado da lista.

— Olá — murmurou Natalie, sorrindo e oferecendo o rosto para um beijo.

Quando Carl deu o beijo e passou a mão pela cintura de Natalie, num gesto de extrema gentileza, Olivia quase suspirou alto. Formavam um casal maravilhoso para se observar.

— Estive no clube — informou Carl. — O barco está tão seguro quanto é possível mantê-lo sem tirar da água.

Tess estava ao seu lado.

— Por que são as pessoas no Caribe que dão nomes aos furacões?

Carl pôs a mão em sua cabeça, sempre gentil.

— Porque os furacões do Atlântico quase sempre atingem o golfo do México. Por isso as pessoas de lá reivindicam o direito de escolherem os nomes.

— Os furacões também atingem os vinhedos na Califórnia?

— Não. Mais do que isso, não há furacões na Califórnia.

— Por que não?

— Porque os furacões se deslocam de leste para oeste. Os furacões aqui vêm das tempestades ao largo da costa da África. Contam com um oceano inteiro para aumentar sua força. A Califórnia só tem terra para leste. Um furacão não se desenvolveria sobre a terra.

— Por que não?

— Porque precisa de água, de preferência quente. É por isso que a maioria dos nossos furacões ocorre em agosto e setembro. O Atlântico é mais quente nessa época.

— Quais são as notícias da cidade? — perguntou Natalie.

— Estão prendendo as escotilhas — respondeu Carl.

— O que isso significa? — indagou Natalie.

Olivia interveio:

— Estão pregando e prendendo todas as coisas para que não sejam arrastadas pelo vento. Está na hora do almoço, querida. — Ela virou para Natalie. — O que eu posso fazer?

Natalie fechou os olhos. Parecia estar repassando uma lista mental.

— Pode telefonar para a firma de paisagismo. Quero nosso nome no alto da lista de limpeza depois da tempestade. — Ela deu um suspiro. — Sinto falta de Joaquim. Este serviço, aquele serviço... devem estar atolados de chamadas, mas não quero o jardim cheio de folhas e galhos quebrados no dia do casamento. Arranque uma promessa... mais do que isso, uma *garantia*... de que eles virão cuidar de Asquonset. E, por favor, ligue também para o pessoal do bufê e o florista, para que não se esqueçam de nada por causa de Chloe. E fale com a calígrafa.

— Passei um fax para ela ontem, informei a disposição dos lugares — respondeu Olivia. — Os cartões estarão prontos dentro de uma semana.

— Ótimo. — Natalie comprimiu a mão contra a testa. — Esqueci alguma coisa?

As ondas cresceram no meio da tarde. A aula de Tess foi cancelada, assim como todas as outras atividades no clube. Uma conferência no Pindman's sobre o enlatamento de vegetais em conserva foi cancelada para que as pessoas pudessem se preparar para a tempestade. O mesmo aconteceu com um jantar na igreja em que cada pessoa deveria levar um prato.

A repórter da televisão, desta vez no píer em Narragansett, segurava os cabelos que esvoaçavam em torno de seu rosto.

— O alerta de furacão passou a ser aviso de furacão. Espera-se que Chloe alcance o continente em menos de vinte e quatro horas. O governador anunciou que todas as repartições estaduais estarão fechadas amanhã, exceto pelo pessoal de emergência. A Guarda Nacional está de prontidão. Muitas empresas também fecharam. Apresentaremos uma lista completa dos cancelamentos ao final desta transmissão.

A porta de tela bateu com um estrondo. Tess entrou correndo na cozinha, foi se apoiar no balcão e informou, ofegante:

— Simon diz que o olho do furacão passará a alguma distância daqui. E não parece nem um pouco satisfeito com isso.

Carl soltou um grunhido.

— Nem poderia. Se você fica no caminho do olho da tempestade, tem uma pequena folga entre os vendavais. O ponto de maior força está em geral a cem quilômetros do olho. Se por acaso você se encontra nesse curso, será atingido com a maior violência.

Tess endireitou os óculos.

— Seremos atingidos com toda essa violência?

— Nada que não possamos agüentar — assegurou Carl.

— Simon diz que algumas pessoas estão evacuando a cidade.

— Devem ser as que moram junto da praia. Com um furacão como este você se preocupa com o fluxo das ondas.

— O que é isso?

— O nível do mar sobe por causa dos ventos do furacão.

— A que altura as ondas podem chegar?

— Depende da tempestade. Simon deve saber qual é a previsão para Chloe.

— Vou perguntar.

Mas antes que Tess pudesse sair, Olivia apontou para uma cadeira. A criança correra entre o escritório de Simon e a casa-grande por mais vezes do que ela podia contar. A pobre coitada merecia uma folga.

— Susanne precisa de alguém para tirar a palha das espigas de milho. — Olivia pegou um saco grande no balcão e pôs na frente de Tess. — Você é a melhor nisso. Eu perguntarei a Simon.

Olivia saiu pela porta da cozinha para um fim de tarde estranhamente escuro. O ar estava denso e pesado, impregnado de umidade. Ela correu pelo caminho até o galpão. Havia uma luz acesa no segundo andar, brilhando como não aconteceria num dia ensolarado. Olivia entrou, subiu a escada e seguiu na direção da luz, até a sala na extremidade do corredor.

Simon sentava na frente do computador, a cadeira inclinada para trás, até o máximo possível. Tinha as mãos cruzadas atrás da cabeça e um joelho por cima do outro. Era óbvio que esperava, não necessariamente por ela.

— Oi — disse Olívia, olhando para o monitor. — O que você tem aí?

— Imagens de radar. — Ele descruzou as mãos e estendeu uma para as costas de Olivia. — São transmitidas pelo Centro Nacional de Furacões. As perspectivas não são nada boas.

Olivia estudou o rosto dele. Conhecia aquelas feições tão bem agora que podia perceber que os olhos estavam mais fundos do que o normal.

— Você está exausto.

Ele a fitou, soltando uma risada.

— E isto é apenas o começo.

A mão dele se movimentou um pouco pelas costas de Olivia. Ela queria pensar que proporcionava conforto. Era por isso que estava ali. Como uma amiga.

— Que danos o furacão pode causar?

Simon deu de ombros.

— Depende da força com que nos atingir. Se enfraquecer até chegar aqui, os danos poderão ser insignificantes... umas poucas folhas, uma ou outra videira. Qualquer outra coisa aumenta o custo.

— Qual é a pior possibilidade?

— O furacão nos atingir com ventos de duzentos e quarenta quilômetros horários e nos arrasar.

— Arrasar como?

— Partindo as videiras ao meio. Esse tipo de vento é terrível. As videiras não são feitas de aço.

— Mas pensei que os furacões perdiam força quando chegam em terra.

— E perdem, mas só depois de algumas *horas* em terra. Vamos suportar o furacão logo depois que sair do mar, ainda com toda a sua força. E o problema não é apenas o vento, mas também a chuva. As chuvas torrenciais encharcam o solo. Se as videiras absorverem a água muito depressa, as uvas incharão e se partirão. E começarão a apodrecer. Se absorverem água demais, sem partirem, o sumo será diluído e a safra será fraca. Em qualquer caso, o prejuízo é certo.

Olivia sugeriu, querendo se agarrar a qualquer possibilidade de salvação:

— Talvez o furacão ainda se desvie da costa.

Simon não parecia muito esperançoso.

— É possível. Mas, se isso não acontecer muito em breve, sentiremos os efeitos dos ventos. Chloe é enorme. Dê uma olhada nisto.

Ele bateu em algumas teclas e projetou outra imagem na tela. Mostrava Chloe como um furacão típico, um cata-vento com um buraco no meio. Simon indicou a largura.

— Tem quase quinhentos quilômetros de largura.

Olivia não tinha uma base para comparação.

— Tão grande assim?

— Enorme.

O computador emitiu um bipe. Simon tirou a mão das costas de Olivia, inclinou-se para a frente e clicou no ícone de e-mail. Segundos depois, uma nova mensagem apareceu na tela. Olivia leu.

— Quem é Pete G.?

— Um amigo na Administração Oceânica e Atmosférica Nacional.

Simon digitou rapidamente uma resposta e enviou-a.

— O que ele está querendo dizer com diferencial esquerda-direita?

— Os ventos no lado direito do olho são mais fortes. Neste momento Chloe sopra a cento e noventa e três quilômetros horários no lado direito e cento e setenta e seis no lado esquerdo. — Ele lançou um olhar irônico para Olivia. — Qualquer lado que você escolher é de um tremendo furacão.

Olivia encostou-se na mesa. Gostaria que houvesse alguma coisa que pudesse fazer.

— Sinto muito, Simon.

Ele sorriu.

— A culpa não é sua.

— Não é justo. O vinhedo finalmente secou. O sol brilhava. Tudo parecia estar bem.

— Tudo estava maravilhoso — corrigiu ele. — O sol vem fazendo as uvas suarem. É como ferver uma calda. Quanto mais excesso de fluido você perde, mais intenso se torna o sabor restante. Mas isso é o óbvio. O problema, porém, é que a parte crucial do estágio de amadurecimento sempre coincide com a temporada de furacões. Acontece todos os anos.

— E não há *nada* que você possa fazer?

— Absolutamente nada.

— Já levamos homens à Lua. Por que não podemos dominar um furacão?

— Já tentamos. Lançamos iodeto de prata no olho do furacão... havia toda uma teoria científica explicando por que deveria dar certo. Só que não deu. Desenvolvemos uma capa líquida para estender no mar sob uma tempestade, a fim de impedi-la de se alimentar com a água. Mas a capa se dissolveu com as ondas. Houve a sugestão de lançar armas nucleares no olho do furacão, mas foi prontamente ignorada. Pode imaginar a precipitação?

Simon deixou escapar um suspiro. Pegou a mão de Olivia, parecendo mais calmo.

— A vida é mesmo assim. Os fazendeiros são jogadores. Não sabia disso?

Ela sacudiu a cabeça, perdida — completamente perdida — nos olhos de Simon. Frios e duros? Fora isso que ela pensara outrora? Mas não havia nada de frio e duro naqueles olhos. Eram do azul mais profundo que se podia imaginar. Eram expressivos e sensatos, afetuosos e compadecidos. Eram gentis, generosos, preocupados e Olivia sentiu-se atordoada.

E apavorada também, como acontecera quando Natalie lhe oferecera um emprego. Simon apertou sua mão.

— Não me olhe desse jeito.

— Não estou olhando *para* você, mas sim *através* de você — murmurou ela, enfrentando o desafio. — E quer saber o que eu vejo?

Ele sorriu.

— O que você vê?

— O reflexo de um monitor de computador. É o que acontece quando uma pessoa senta na frente de uma dessas coisas por tempo demais. O brilho se reflete no fundo do crânio. É um dos motivos para usar protetores de telas. Vamos até a casa-grande. Você precisa de um descanso desse computador.

Simon alteou uma sobrancelha.

— Acho que posso encontrar algum descanso lá? Há uma guerra fria ocorrendo naquela casa... ou será que ainda não notou?

Olivia não pôde deixar de rir.

— Não é tão terrível assim.

— Ninguém está falando com ninguém.

— Conversam sobre o furacão. — Ela apertou nos dedos de Simon. — Venha comigo. Sabe mais do que os outros. Pode nos contar o que está acontecendo enquanto sentamos e esperamos.

Simon foi, mas não precisou dizer nada a ninguém. A cobertura do furacão pela televisão acabara com a programação regular. Um exército de repórteres, especialistas e supostos especialistas estava disponível para responder a todas as perguntas possíveis e imagináveis.

Havia três aparelhos de televisão ligados na casa-grande: o pequeno na cozinha, um de tamanho médio na sala de estar e um grande na sala íntima. O jantar foi servido ao estilo de bufê, na sala de jantar, mas ninguém sentou ali. Houve uma intensa movimentação. Algumas pessoas comiam alguma coisa aqui, iam para outro lugar, comiam um pouco ali. Havia pouca conversa, pouca intimidade entre casais que deveriam ser muito ligados.

Não é nada de mais, disse Olivia a si mesma. *Um furacão se aproxima. E eles circulam de um lado para outro tentando manter a calma.*

Mas havia mais do que isso. Depois do jantar, Susanne pediu licença e subiu para seu quarto. Greg já havia se retirado a esta altura. Natalie ainda permaneceu por mais algum tempo, mas se mostrava aflita. Também se retirou mais cedo, alegando exaustão. Simon lançou um olhar irônico para Olivia e foi embora. Jill deitou no sofá da sala íntima, os braços cruzados sobre o peito, os olhos em toda parte, menos para a televisão. Mark acomodou-se numa poltrona, o punho cerrado sob o queixo.

A tensão aumentava e eles continuaram a esperar.

Susanne estava deitada no escuro, mas acordada, quando Mark finalmente foi para a cama. Em seu lado, virada para fora, ela ouviu seus passos, o farfalhar das roupas, sentiu o colchão baixar, o lençol ser puxado. Houve silêncio por um longo momento, rompido por um sussurro:

— Susanne?

Ela queria fingir que dormia, mas sentia-se inquieta demais. Precisava conversar com alguém.

— Estou acordada — murmurou ela, deitando de costas.

— Pensando no furacão?

— Não. Em mamãe. Estou no meio de seu livro. Ela se apresenta como uma pessoa extraordinária.

— E ela é mesmo extraordinária.

— É mais do que isso. Pelo seu relato, Asquonset seria perdida há muitos anos se não fosse por ela.

Mark virou de lado. Ergueu o tronco, apoiado no cotovelo.

— E é verdade? — perguntou ele, como se a possibilidade não fosse nem um pouco absurda.

— Não sei. É o que ela diz. Ou insinua. Ouviu falar alguma coisa sobre investimentos imobiliários?

— De seu pai?

— Não. De mamãe.

Um minuto passou antes que ele respondesse:

— Lembro que conversei com ela uma ocasião e fiquei impressionado com seus conhecimentos do mercado imobiliário. Natalie não mencionou investimentos específicos, mas não me surpreenderia se ela tivesse. Sabia do que estava falando.

Aquilo era novidade para Susanne.

— Ela nunca me falou sobre investimentos imobiliários.

— Alguma vez você perguntou?

Susanne virou a cabeça para fitá-lo. O rosto de Mark era indistinto no escuro, mas havia um brilho nítido em seus olhos.

— Por que eu faria isso?

— Você não faria. Era onde eu queria chegar. Mas eu tinha uma razão. Investi no mercado imobiliário. Deve ter feito algum comentário a respeito para desencadear a conversa.

Susanne queria argumentar. Mas se havia uma coisa inegável em Mark era a lógica.

— Está bem. — Ela decidiu abordar a premissa de Natalie por um ângulo diferente: — Se você tivesse de atribuir o sucesso deste vinhedo a uma única pessoa, quem escolheria?

Mark tornou a deitar de costas. Olhou para o teto.

— O vinhedo propriamente dito? — Ele virou a cabeça no travesseiro. — Carl.

— Não minha mãe?

— Dou a ela o crédito pelo negócio. Carl fica com o crédito pelas videiras.

— E meu pai? Que crédito daria a ele?

Mark pensou por um momento.

— Um Clio. Pelo melhor anúncio. Ele fez maravilhas com a divulgação do nome. Mencione Asquonset e as pessoas no ramo mencionam Al.

— Acha que ele era esperto? Sabe a que me refiro... inteligente. Sagaz. Um bom homem de negócios.

— Não resta a menor dúvida de que ele era esperto. Sempre achei que Al devia ser teatrólogo. Sempre teve uma vocação para o dramático e um jeito todo especial com as palavras.

— Mas ele era um bom *homem de negócios*?

Mark respondeu num tom afável, afetuoso:

— Não sei... as dicas de investimento que ele me deu nunca funcionaram. Mas não posso falar dos mortos. Ele seria o primeiro a rir dessas dicas, e eu sobrevivi.

Susanne fitou-o na escuridão.

— Por que eu não soube disso?

— Que eu sobrevivi?

— Que as dicas de papai não deram certo.

Mark hesitou, mas apenas por um instante.

— Por que eu deveria lhe dizer? Que sentido poderia haver? Por que eu falaria mal de um homem para sua filha?

— Porque eu deveria saber a verdade.

— A verdade é que ele era um homem sensacional.

— A verdade era que ele não fazia muita coisa por aqui — alegou Susanne, sentindo-se magoada por ter sido mantida na ignorância pelo marido e pela mãe.

— Natalie disse isso?

— Natalie não disse isso — argumentou Jill.

Ela estava deitada de costas, tão longe de Greg quanto podia ficar sem cair da cama.

Contrariado com a separação, ele sentou na cama.

— Mas ela chegou perto. Quase que castrou o cara.

— Li todo o livro, Greg. Ela não fez isso. Apenas ressaltou que todo mundo pensava que ele dirigia o vinhedo quando isso não acontecia. Você foi criado aqui. Você o via tomar as decisões diárias?

— Eu o via promover o vinhedo onde quer que fosse.

— Tem toda razão. E ele era maravilhoso nisso. Mas não sabia muita coisa sobre as uvas. E não era capaz de equilibrar as contas.

— Nem mamãe. Um contador cuidava dessa parte.

— Está bem. Deixe-me reformular a frase. Ele não conferia as contas que o contador apresentava?

— E Natalie conferia?

— *Sim.* Se está lendo o livro *dela* com toda atenção, você vai perceber isso.

Greg olhou para a janela. As cortinas balançavam ao vento, mas o quarto continuava quente. Com uma necessidade súbita de respirar, ele saiu da cama e foi abrir a janela ao máximo possível. Com o antebraço no peitoril superior, ele virou o rosto para o vento. Sentiu-se mais calmo no mesmo instante com o cheiro da tempestade e todo o resto. Com a voz mais suave, ele comentou:

— Ela fala como se tivesse feito pessoalmente este lugar.

— E é uma coisa que você não pode aceitar.

A voz de Jill também era mais suave. O que fez com que a frase soasse menos como um desafio e mais como uma observação, talvez mesmo uma indagação.

Greg continuava a gostar do vento em seu rosto. Trazia o cheiro de terra e de folhas, reavivando memórias há muito esquecidas. Ele ajudara a plantar muitas videiras. Ajudara a podar e a colher. Essas lembranças eram boas.

Procurou o pai nas recordações, mas saiu de mãos vazias.

— Posso aceitar uma parte. Por exemplo, que ele perdeu as fábricas de sapatos. Não foi o único soldado que voltou da guerra e nada encontrou. Posso aceitar que Natalie ganhou dinheiro no mercado imobiliário e que deixou Carl tomar as decisões sobre o vinhedo. Afinal, fora apaixonada por Carl. Nada mais natural que o favorecesse.

Jill ergueu a cabeça do travesseiro.

— Ela não o favoreceu. Deixou-o dirigir o vinhedo porque ele sabia o que fazia. — Ela tornou a abaixar a cabeça. — O amor não teve nada a ver com isso. Foi puro pragmatismo.

Greg encostou a testa no braço.

— Talvez ela quisesse punir meu pai por perder as fábricas. Talvez ela o tenha posto de lado para fazer Carl parecer bem. Talvez o tenha posto de lado para ela própria parecer bem.

— Ela não pôs Alexander de lado — insistiu Jill. — Apontou o caminho em que ele era bom e deixou-o cuidar dessa parte.

Greg empertigou-se.

— Deixou-o... está vendo? Ela deixou. Como se ele fosse um idiota que precisasse receber comida na boca.

Jill virou para o outro lado.

— É inútil continuar. Você é de uma teimosia irremediável.

Ele aproximou-se da cama com um súbito desespero.

— Estou tentando não ser. E tentando partilhar meus pensamentos. Não é isso o que você quer? Não é esse todo o nosso problema, eu partilhar com você?

Como ela não se mexesse, Greg acrescentou, mais gentil:

— Estou tentando ver pelo ponto de vista de minha mãe, mas está em contradição com tudo o que me foi ensinado quando era pequeno.

Aprendi que meu pai era forte. Sempre me identifiquei com essa força... e sempre tentei imitá-la. Agora Natalie diz que ele não era forte.

Jill tornou a se virar.

— Não, não é isso o que ela diz. Apenas diz que *ela* era mais forte do que qualquer de vocês poderia imaginar. É tão terrível assim?

— Não, não é. Aceito isso. Talvez explique algumas coisas. Se ela dirigia o vinhedo, se era absorvida pelo trabalho, isso explica por que não lhe restavam forças para nós. Eu costumava fazer viagens com meu pai. Ele tinha negócios para tratar em Nova York ou na Filadélfia, e tornava a viagem divertida para mim. Fazia com que eu me sentisse apreciado. Por outro lado, sempre era um fardo... uma *tarefa* para Natalie. Meu pai demonstrava mais amor do que ela jamais foi capaz.

E ele sentia saudade disso. Sentia saudade do sorriso efusivo de Alexander, dos tapinhas nas costas, dos abraços que o pai continuara a dar no filho muito depois que entrara na vida adulta. Também sentia saudade do sorriso afetuoso de Jill, da mão que ela deixava em seu peito, da maneira como costumava fitá-lo, apregoando que não havia mais ninguém no mundo tão importante.

Ele queria isso de novo. Mas não podia se projetar em busca. Não podia correr o risco da rejeição. Não tinha coragem.

Quando uma rajada de vento mais forte entrou no quarto e sacudiu as cortinas, ele se apressou em fechar a janela. Depois, sentindo-se desamparado — mais do que isso, sentindo-se impotente —, ele foi arriar numa poltrona no outro lado do quarto e ficou esperando o sono chegar.

Uma hora mais tarde, Greg ainda esperava pelo sono. Acabou cedendo à tentação. Pegou o manuscrito de Natalie e desceu para ler. Quando terminou, o vento assobiava pelos cantos da casa, uivava através das árvores, rangia pelas videiras. O sol mal nascera e a força do furacão já começava a atingir Asquonset.

Vinte e Oito

Simon passou a maior parte da noite em seu escritório. Queria monitorar os últimos faxes e estudar as mais recentes fotos do furacão tiradas por satélites. E-mails partiam de seu computador para outros em Miami, Atlanta e Charleston, mas as palavras em resposta continham mais simpatia do que conselhos. Havia pouco para dizer e menos ainda para fazer.

Por isso ele se preocupava. E se preocupava com as videiras, com a safra. Preocupava-se com Asquonset daqui a dez anos. Preocupava-se com Olivia.

Dormiu por uma ou duas horas no sofá no escritório, e depois voltou à cabana, de madrugada, para fechar as janelas e tomar um banho de chuveiro. Os gatinhos circulavam por toda parte agora. Quando foi fazer um café, quase tropeçou numa dupla que brincava na cozinha. Pegou um deles — Oliver, o menor da ninhada —, tão quente e macio, tão ridículo com as orelhas grandes demais e tão confiante com seus olhos enormes que Simon sentiu-se tentado a mantê-lo.

Mas os filhotes se tornavam gatos adultos, e os gatos morriam. Já era suficiente estar afeiçoado a Buck. Não queria ficar afeiçoado aos filhotes.

Corrija isso. Não queria ficar *mais* afeiçoado do que já estava aos filhotes.

A afeição parecia ser um problema para ele ultimamente. Não podia deixar de especular sobre a mensagem que havia nisso. Carl dissera que ele saberia quando chegasse o momento. Mas não era tão simples assim. Claro que ele poderia ficar com um ou dois gatinhos se quisesse. Mas não podia manter Olivia e Tess, não se elas estivessem determinadas a partir.

Quando ele saiu, o vento soprou para longe todos os outros pensamentos que não fossem sobre Chloe. O furacão se deslocava de acordo com as previsões. A diferença era perceptível, mesmo na hora transcorrida desde que ele entrara no escritório. Os galhos superiores das árvores estavam mais agitados do que antes. O amanhecer viera e passara, mas o céu continuava escuro.

De volta ao escritório, Simon leu o fax mais recente com crescente consternação. Apressado, ele projetou as imagens de radar. Leu dois e-mails à espera.

Suas fontes estavam de acordo e a notícia não era boa.

— É seco — anunciou ele, incrédulo, quando entrou na cozinha.

Ele teve de forçar a porta para fechá-la, por causa da força do vento. Olivia cortava um melão em bolas. Parou no mesmo instante, assustada com a expressão frenética de Simon.

— Quem é seco?

— O furacão Chloe. Encontrou outro sistema de tempestade e perdeu a maior parte de sua água.

Susanne parou de bater a massa de panqueca.

— O vento diminuiu?

— Não. Continua tão forte quanto antes. — Simon passou a mão pelos cabelos, resmungando baixinho. — Um furacão seco. É difícil de acreditar. Sei que faz parte do folclore, mas é o primeiro para mim. Algumas chamam de furacão dos cem anos, o que demonstra como são raros.

— O furacão seco é melhor ou pior? — perguntou Olivia.

— Nenhum dos dois. Apenas acarreta outro problema. Não teremos mais que nos preocupar com chuvas torrenciais inundando as videiras e inchando as uvas. Teremos de nos preocupar apenas com as folhas as sufocando.

— Como assim?

— Num furacão seco, o vento levanta a água do mar — explicou ele com um princípio de pânico na voz. — Sem chuva suficiente para manter a água do mar no seu lugar, ela é trazida pelo vento. Depois que o vento passa, as folhas ficam cobertas de sal. Os poros são obstruídos. As folhas não podem respirar. Fecham-se e morrem. Mas as folhas são vitais para a videira. Sem elas as uvas não receberão um grama a mais de açúcar do que já têm agora. Não poderão mais amadurecer. E a temporada de crescimento termina abruptamente.

— Mas ainda falta um mês para a colheita — disse Susanne, a voz também dominada pelo pânico.

— Sei disso.

— O que você pode fazer? — perguntou Olivia. — Tem de haver alguma coisa. Não pode deixar que tudo acabe desse jeito.

— Teremos de lavar as uvas. — Simon pegou o telefone. Teclou um número. — Assim que o vento diminuir o suficiente para o mar se acalmar, teremos de usar mangueiras para lavar todas as folhas.

Olivia e Susanne trocaram olhares. Não tinham a menor dúvida sobre a magnitude do trabalho.

— Para quem está ligando? — perguntou Susanne.

— Para o Corpo de Bombeiros. — Ele inclinou a cabeça e acrescentou, pelo fone: — Jack? Aqui é Simon Burke. Recebi o aviso de que o furacão é seco. Assim que passar, precisaremos molhar todas as videiras aqui. Pode ajudar?

O Corpo de Bombeiros foi apenas um dos recursos a que Simon recorreu. Enquanto comia panquecas, tão depressa quanto Susanne podia fazê-las, ele ligou para todas as pessoas que tinham um veículo com tração nas quatro rodas, braços fortes e uma mangueira.

Parecia ganhar força a cada telefonema, ou talvez fosse a comida. Olivia encheu seu copo com suco de laranja, pôs mais café na xícara e até passou manteiga e calda nas panquecas quando ele estava ocupado demais para fazê-lo. E, depois, Simon saiu.

A esta altura todos os outros já haviam acordado, a televisão estava ligada e o vento sacudia as janelas, fechadas para evitar a entrada de detritos.

Tess, assustada com o barulho e a escuridão anormal, permaneceu perto de Olivia.

Natalie, preocupada com Carl, que ajudava Simon a mobilizar voluntários para ajudar a lavar as videiras depois da passagem do furacão, permaneceu perto do telefone.

Greg manteve-se apartado do grupo, concentrado em seu laptop, absorvido e distante.

Susanne cozinhava febrilmente... e todos comiam. Mal o café da manhã acabou ela serviu um bolo para ajudá-los a agüentar até o almoço, que seria um ensopado de peixe português com pão. Os pratos mal haviam sido lavados, enxugados e guardados quando ela pôs uma galinha para assar no forno. O cheiro de alho e tomilho começava a se espalhar pela casa quando Carl e Simon passaram pela porta, o vento uivando em suas costas.

Olivia compreendeu o alívio que viu no rosto de Natalie. Também tivera seu pesadelo dos dois ao vento... uma árvore caindo sobre a picape, um fio da rede elétrica se partindo e atingindo os dois com uma violenta descarga enquanto passavam por uma rua da cidade, uma rajada maior soprando-os para fora da estrada, só Deus sabia para onde. Com Chloe alcançando-os agora, ela sentia-se melhor por saber que os dois estavam em casa. Sentia-se mais segura por ser capaz de ver Simon ali e, por se sentir mais segura, podia transmitir mais calma para Tess.

Susanne fez um bule de café, servido com biscoitos de aveia que fizera em algum momento entre o ensopado de peixe e a galinha assada. A televisão mostrava imagens de árvores dobradas ao vento, ondas enormes e abrigos cheios de refugiados. Os baques ocasionais de galhos contra as paredes da casa fizeram os gatos se esconderem. Todos subiram para verificar os danos.

As luzes piscaram e logo se firmaram. Poucos minutos depois, tornaram a piscar. E pouco antes do almoço piscaram de novo e apagaram. Junto com a súbita escuridão veio a cessação abrupta de todos os outros sons, exceto as janelas sacudidas e o uivo do vento.

Em alguns minutos as lanternas foram distribuídas e os lampiões acesos. A cozinha tornou-se o único ponto de concentração, com o rádio de pilha e o aroma que vinha do fogão... e uma certa familiaridade na situação para Olivia. Ela recordou uma das fotos que restaurara para Otis, a família no Dust Bowl, a região do Sul dos Estados Unidos varrida por tempestades de areia na década de 1930, cujos rostos ela retocara, cuja cabana explorara, cuja intimidade invejara.

O tempo e as circunstâncias eram diferentes, mas havia a mesma união de espíritos. As chamas dos lampiões projetavam um brilho sépia, os cheiros eram de sustento e conforto. Ela estava com pessoas de quem gostava, reunida em torno de uma linda mesa de madeira com um pequeno rádio no centro. Tess encostava-se nela. Olivia estendeu o braço pelo peito da menina. Por trás dela, oculto na semi-escuridão, Simon pegou sua mão.

Sua câmera não podia captar a cena. Só a mente podia, guardando-a para a eternidade, como uma memória especial em moldura dourada. Era um momento fora do tempo, um momento em que aquele pequeno fragmento da realidade era sedutor.

Mas a realidade tinha mais fragmentos do que aquele, nenhum tão idílico. Por um lado, havia o vinhedo. O vento que investia contra a casa causava danos incalculáveis nos campos. O destino das uvas estava em jogo. Ninguém naquela família podia esquecer isso por muito tempo.

Por outro lado, havia mais do que apenas Chloe em ação ali. Greg permanecia apartado. Estava também na cozinha, junto com os outros, mas isolado, apesar de não poder mais usar o laptop. E Susanne continuava a cozinhar febrilmente, mas sem o menor prazer visível.

Seria preocupação com Asquonset? Isso seria possível com as duas pessoas do mundo que mais haviam moldado suas vidas para excluir uvas e videiras?

Olivia achava que não. Tinha a impressão de que os dois haviam lido o livro de Natalie.

O rosto de Natalie indicava que ela pensava a mesma coisa. Por mais otimista que se mostrasse ao enfrentar o furacão, tinha dúvidas quando olhava para os filhos.

Qualquer dos dois olhava para trás? Nem uma única vez, ao que Olivia pudesse perceber. Nem mesmo quando Natalie disse alguma coisa e todos olharam em sua direção. Se havia um aviso de problema iminente, foi aquilo.

Preocupação, tensão, correntes de alguma coisa pessoal e explosiva... tudo foi aumentando à medida que a tarde se arrastava.

Olivia tentava permanecer fora do caminho. O que quer que estivesse acontecendo, era problema dos Seebring. Sua presença ali era apenas transitória. Ela leu para Tess na sala íntima. Envolveram-se em jogos na sala de estar. Fizeram incursões ao banheiro, juntas, pelo apoio moral. Mas Natalie a procurava sempre que ela se ausentava por muito tempo, Susanne mostrava-se grata pela ajuda na limpeza, Tess se afligia cada vez que uma telha era arrancada do telhado e jogada contra a parede, e Olivia queria ficar perto de Simon. A cozinha, junto com os outros, era incontestavelmente o melhor lugar da casa para ficar.

As vozes no rádio dominavam a conversa, preenchendo o tempo no ar com histórias que muitas vezes tinham pouca relevância com Chloe, mas eram uma distração bem-vinda. Simon saiu uma vez, apenas para voltar momentos depois, todo desmanchado pelo vento, encharcado da espuma do mar, desanimado por não ter conseguido alcançar as videiras.

— Foi sensato voltar — comentou Natalie.

Simon acenou com a cabeça em concordância. Mas Olivia sentiu que ele não tinha tanta certeza. As videiras eram como filhas para ele. Era angustiante para ele ficar sentado ali, seguro e seco, enquanto as videiras sofriam.

Ela espiou pelas persianas, mas o mundo era uma confusão cinza impenetrável. Quando veio o crepúsculo, até mesmo as tonalidades de cinza desapareceram.

O jantar foi silencioso, mais uma maneira de passar o tempo do que qualquer outra coisa. Ninguém sentia fome. Haviam passado o dia inteiro comendo. Confinadas horas e horas, as pessoas sentiam-se mais nervosas do que nunca. A casa parecia apertada e sufocante. O vinho permaneceu intacto. O barulho de talheres e louça era irritante. As janelas continuavam a ser sacudidas, o vento uivava durante todo o tempo.

A tempestade emocional atingiu o auge pouco depois de dez horas.

Tess adormecera na sala íntima, coberta por uma manta. Jill lia na sala de estar. Mark fazia palavras cruzadas ali. Simon estava lá fora, tentando mais uma vez descobrir a situação das videiras.

Olivia sentava à mesa da cozinha, escutando o rádio, ao lado de Natalie, enquanto Susanne embrulhava com plástico a travessa com os biscoitos que acabara de fazer. Quando Greg entrou para se servir de água, ela ofereceu-lhe um biscoito. Ele sacudiu a cabeça em negativa e foi até a geladeira.

Susanne largou a travessa com os biscoitos, encostou-se no balcão e disse, sem se dirigir a ninguém em particular:

— Acho que é suficiente por enquanto. Tudo está pronto. O que fazemos agora?

Olivia sabia qual era o dilema. Podiam ir para a cama, mas as informações pelo rádio diziam que o furacão começava a se afastar e, no instante em que os ventos amainassem, todos seriam necessários no vinhedo. Podia acontecer dentro de trinta minutos ou haver uma demora de mais duas horas. De qualquer forma, ir para a cama parecia um exercício de inutilidade.

— Você podia ler — sugeriu Natalie, bastante inocente.

Foi a gota d'água que rompeu o dique. Susanne fitou-a.

— Já li sua história. Todas as páginas, até a última palavra que Olivia escreveu.

Greg virou-se, junto da geladeira, sem dizer nada, mas alerta. Olivia fez menção de levantar, mas Natalie pôs a mão em seu braço e balançou a cabeça.

— Fique. Preciso de uma aliada.

— Por que haveria de precisar se disse a verdade em seu livro? — indagou Susanne. — O relato não resistiria por si mesmo se fosse verdadeiro?

— É verdadeiro.

Greg foi se postar ao lado da irmã.

— Não importa se é verdadeiro ou não. Você está condenada de qualquer forma.

Natalie manteve-se firme.

— Por que diz isso?

— Porque, se é verdade o que diz no livro, você mentiu sobre sua vida.

— Você também leu?

— Até a última página. Fala de uma vida baseada em mentiras.

Natalie sacudiu a cabeça.

— Não. Nunca menti.

— Então foi omissão — argumentou Susanne. — Você não disse toda a verdade.

— O que é a mesma coisa que mentir — acrescentou Greg.

— Guardou segredos.

— Manteve papai na ignorância.

Olivia levantou-se.

— Não devo estar aqui. Esta conversa é entre os três.

— *Sente-se*, Olivia — disse Natalie, a voz suave, mas firme.

Olivia sentou. Natalie olhou para o filho.

— O que eu deveria dizer ao seu pai? Que só casei com ele por dinheiro? Que amava outro homem? Que se minha mãe não suplicasse para que eu casasse com ele eu teria esperado para casar com Carl? Qual seria o sentido?

— Honestidade — respondeu Greg.

— Seria mais gentil? Mais produtivo? Faria com que seu pai se sentisse melhor? — Natalie sacudiu a cabeça. — Não creio. Causaria um mal irreparável que continuou para se tornar bastante bom.

— Bom? Mas era baseado em mentiras — insistiu Greg. — E mentiras para nós também. Você nos manteve na ignorância do que acontecia aqui.

Natalie alteou a voz:

— O que você queria que eu dissesse? Que seu pai não era um homem de negócios? Que sua obsessão pela guerra cegava-o para tudo o que ocorria aqui? Que ele não tinha *absolutamente* a menor idéia do que fazer quando voltou e soube que estávamos sem dinheiro?

— Não estavam sem dinheiro — protestou Susanne. — As fábricas valiam alguma coisa.

— Seu pai não percebeu isso até que o lembrei. Estava paralisado.

Susanne insistiu:

— Poderia ter nos contado. Por que precisávamos saber de tudo isso através de um livro?

— Por que eu não podia falar a respeito. — O tom de Natalie era de autocensura e arrependimento. — Porque contar algumas coisas aos filhos é... *difícil*. Porque me sinto mal ao falar de certas coisas. Porque só estou falando nisso agora porque vocês precisam compreender a origem de meu relacionamento com Carl.

Natalie respirou fundo. Abrandou a voz ao continuar:

— Por que eu diria coisas negativas em relação a seu pai? Vocês o amavam. E isso me deixava emocionada. Por que eu contaria o que ele não fazia quando havia tantas coisas que ele realizava? O que havia de *tão errado em* desenvolver a imagem de Alexander aos olhos dos filhos? Ele era um homem maravilhoso. E esta é uma declaração honesta. O que ele fazia, fazia bem.

— Você o manipulava — acusou Greg. — Controlava sua vida.

— Você nos manipulava — acrescentou Susanne. — Dava e omitia informações com base num plano-mestre que só você conhecia.

Natalie exibiu um sorriso triste.

— Não havia nenhum plano-mestre. Nunca há na produção agrícola. Eu queria que Asquonset prosperasse. Esse era o meu objetivo. Apenas fiz o que tinha de fazer.

— Para salvar o vinhedo. O vinhedo era tudo o que importava?

— Não, Susanne. Alexander também importava. Meu casamento importava. Vocês importavam.

— Poderia ter nos enganado — murmurou Greg, cruzando os tornozelos e os braços.

Natalie não disse nada.

— Nunca estava aqui — acrescentou Greg.

Susanne acenou com a cabeça em concordância.

— Sempre estava em outro lugar, fazendo alguma coisa mais importante.

Olivia sentia uma tremenda vontade de fugir.

— É melhor eu me retirar, Natalie — murmurou ela.

Natalie lançou-lhe um olhar firme.

— Você queria ser parte de uma família. Pois uma família é isso. Linhas cruzadas e falta de comunicação. Fazer concessões para coisas que você *nunca* permitiria num amigo. Com um amigo você simplesmente se afasta e ponto final. Com a família, você continua.

Olivia estava surpresa demais para falar, muito mais para se mexer. Natalie virou-se para Susanne.

— Não mais importante. O que eu fazia nunca foi mais importante, apenas exigia mais do meu tempo. Eu estava trabalhando.

— Eu não sabia disso! — exclamou Susanne. — Pensava que era tudo social. Como pôde me deixar pensar assim? Eu queria sua aprovação. Fazia o que pensava que *você* fazia. Fazia o que pensava que *você queria* que eu fizesse. Deve ter pensado que eu era... *nada*, durante todos esses anos!

— Nunca pensei assim — declarou Natalie. — Nem uma única vez. Queria que você tivesse uma vida mais fácil. Era bem difícil o que eu fazia.

— Não foi a primeira mulher a trabalhar — argumentou Greg. — E, com toda certeza, não precisaria fazer isso. Papai encontraria um meio de nos sustentar. Se você não se intrometesse, talvez ele tivesse mais razão para cuidar de tudo.

Natalie suspirou.

— É possível. Talvez ele tivesse mesmo. Talvez você e Susanne fizessem as coisas diferentes do que eu fiz. Talvez eu estivesse errada. Mas a *verdade* é que acreditava que tinha de fazer o que fiz ou não teria feito. Podem me culpar se quiserem, mas eu acreditava. E não estou me queixando do trabalho duro. Estou apenas relatando o que fiz.

— Assumiu muita coisa sozinha — acusou Greg. — Tudo poderia ter dado errado. Os negócios imobiliários poderiam ter fracassado. As videiras poderiam ter fracassado. Papai poderia ter percebido o que você fazia.

— O que eu fazia? — Natalie empertigou-se. — O que eu fazia? Tentava transformar Asquonset num vinhedo lucrativo.

— Assumiu riscos sem consultar papai.

Natalie suspirou de novo.

— Seu pai não estava *interessado* no mercado imobiliário. Também não se interessava por matrizes de videiras. Seu interesse era falar sobre a guerra com qualquer pessoa disposta a escutar... e não sou a única que assumiu o risco. Ele também assumiu quando partiu.

— A guerra é cheia de riscos.

— A *vida* é cheia de riscos — declarou Natalie. — Tudo que é bom envolve risco. Até mesmo agora. Podemos sentar e recostar sobre os louros conquistados. Podemos dizer a nós mesmos que adquirimos uma reputação e estamos com lucro. Em vez disso, lançamos uma nova campanha de propaganda, que custa muito dinheiro... e envolve riscos. Mas não é esse o sentido de crescer? Tudo dito e feito, o crescimento não é o objetivo da vida?

— Mamãe, você tem setenta e seis anos — disse Susanne.

— E daí?

— Quando vai *parar*?

— Quando eu morrer. Até esse dia estarei aqui.

— Assumindo riscos — murmurou Susanne, mais contida agora.

Natalie deu um pequeno sorriso.

— Ora, querida, é isso que me mantém jovem. Riscos... desafios... é isso que me mantém viva. Todo mundo precisa de coisas novas por que aguardar. Não que eu não pudesse encontrar outras... não que eu não pudesse sair daqui agora mesmo, se qualquer dos dois quisesse assumir o controle. Mas sei que não querem.

— Não precisa de nós — disse Greg. — Tem Simon.

Olivia empurrou a cadeira para trás e levantou.

— Vou me retirar agora. A conversa está seguindo por rumos que eu não... que eu não...

— Que você não *o quê*? — indagou Natalie, franzindo o rosto. — Que você não quer ouvir? Eu diria que você tem um interesse em jogo se estamos falando de Simon. Apesar disso, está querendo escapar. Pelo amor de Deus, Olivia, pare de *fugir*. Não acha que já é tempo?

Olivia ficou tão aturdida que não conseguiu encontrar uma resposta. Trêmula agora, ela tornou a sentar, mas na beira da cadeira. Natalie voltou a se dirigir a Greg.

— Simon não vai assumir coisa alguma — declarou ela, com uma veemência que fez com que Olivia não se sentisse excluída. — Ele está preenchendo o papel que era de seu pai. Mas o vinhedo nunca foi de Carl. Sempre foi meu.

Greg não cedeu um centímetro sequer.

— Se o que diz em seu livro é verdade, Carl era um participante em termos de igualdade, para todos os efeitos. Eram você e Carl, com papai sem saber de nada. Os dois riam dessa situação?

— Se Carl algum dia risse de seu pai, eu teria lhe pedido para ir embora — declarou Natalie, a voz firme como aço. — Alexander era meu marido. Não permitiria que *ninguém* risse dele. Eu *nunca* o fiz, mas nunca mesmo. Eu o amava. Se pudesse transformá-lo num vinhateiro, não pensaria duas vezes. Mas ele não se interessava por essa parte do negócio. Não tinha paciência para cuidar de colheitas. Era uma criatura social, muito mais do que eu. Por isso lhe dei a responsabilidade pelo lado do negócio que exigia habilidades sociais. E ele foi feliz. Sentia-se importante. Era *mesmo* importante. Tinha uma boa vida. E eu lhe proporcionava toda satisfação que podia.

Greg mostrou-se subitamente indignado.

— *Ele* lhe deu um nome quando Carl não deu. *Ele* lhe deu uma razão para manter este lugar vivo quando Carl foi embora. Merecia mais do que apenas... satisfação. Tinha esse *direito.*

Natalie se enfureceu. O rosto ficou tenso, cada ruga nítida. Balançou a cabeça de uma maneira quase imperceptível.

— Tinha esse *direito*? É uma expressão perigosa, Greg. Tome cuidado com o modo como a usa. As pessoas não têm direito às coisas. Precisam ganhá-las. Isso se aplica a amor, respeito e dinheiro. Isso se aplica a uma casa e um carro. Isso se aplica a um vinhedo.

Os olhos de Natalie pareciam estar pegando fogo.

— Direito? Seu pai me decepcionou. Quase me destruiu. Mas continuei com ele, e trabalhei para endireitar tudo, mesmo quando significava tirar um tempo que deveria passar com você e Susanne. Trabalhava porque ele não fazia o que era preciso. Dei-lhe mais do que outra pessoa que na minha posição poderia dar. Direito a mais? Acho que não. Se ele pensava assim, estava enganado, e se passou para você esse... esse conceito *horrível*... estava *duas vezes* mais enganado. Você não tem *direito* a qualquer coisa que não fez por merecer, inclusive sua esposa!

Olivia pensou que a conversa ia cada vez mais fundo. Não devia estar ali escutando, mas não ousava se mexer. Era melhor continuar sentada, imóvel, para que esquecessem sua presença.

Apertando a beira da mesa com toda a força, Natalie continuou a se dirigir a Greg, num nível ainda mais pessoal:

— Você parece pensar que Jill lhe pertence, como se fosse um bem material. O que você tem feito para merecê-la? Deu seu nome? Deu um lugar para ela ficar enquanto você viaja? Deu dinheiro para roupas ou comida? *Acorde*, Greg. Os tempos mudaram. Ela não precisa mais de nenhuma dessas coisas. Pode cuidar de si mesma. A única coisa a que você tem *direito*, em relação a Jill, é uma audiência justa e uma segunda oportunidade, porque ela fez um juramento quando casou com você, e lhe deve isso. Pelo que posso perceber, você não fez jus a mais nada. Nunca fará se pensa que o mundo lhe deve. Ninguém lhe deve nada, Greg, muito menos Jill. Se quer continuar com ela, terá de procurá-la. Lutar por ela. Conquistá-la.

Alguma coisa do que ela dissera devia ter registrado, porque Greg parecia abalado. Engoliu em seco, mas não fez qualquer tentativa de falar. Susanne murmurou:

— De onde isso saiu?

Com o rosto franzido, Natalie pôs as mãos no colo.

— Não estou arrependida. Precisava ser dito.

Olivia concordava. Teve vontade de se levantar e aplaudir. Pensou em escrever cada palavra que Natalie dissera e imprimir para que Jill lesse. Também descreveria a expressão abalada de Greg. Era mais do que merecido.

Greg recuperou a voz, embora permanecesse abalado.

— Muito bem. Ouvi tudo o que você disse. Mas há outra coisa que precisa ser explicada.

— O que é? — perguntou Natalie.

— Brad. Por que ele era tão especial?

Olivia olhou para Natalie, que dava a impressão de que mal conseguia respirar.

— Ele era o primogênito?

Susanne perguntou, cética:

— E isso era tudo?

Natalie fez menção de falar, mas parou. Franziu o rosto, atordoada. *Encurralada*, pensou Olivia. Susanne acrescentou, suplicante:

— Ele sempre foi sua luz reluzente. Não podia fazer nada errado. Nem em vida, nem na morte. Não tínhamos a menor chance contra isso.

— Sempre soube que papai me amava — disse Greg. — Mas nunca tive certeza de seu amor.

Natalie suspirou, as lágrimas aflorando aos olhos.

— Eu amava você. Sempre amei vocês dois.

— Mas seu amor por Brad era maior — murmurou Greg num tom de frustração.

Natalie fez um esforço para se controlar.

— Não... foi apenas porque ele morreu... — Ela franziu o rosto, olhando para a mesa. — A perda foi quase insuportável.

Em voz baixa, Susanne perguntou:

— Porque ele era filho de Carl?

Olivia ficou imóvel. Não ouvia o vento nem as janelas sacudidas. O silêncio na cozinha era total. Natalie não disse nada.

— O momento combina — comentou Greg, mais como se tentasse esclarecer um enigma do que fazendo uma acusação. — Se você fez isso com Carl antes de sua partida, teria sido um mês antes do casamento com papai. É possível que o filho fosse de Carl.

Se você fez isso com Carl. Era a pergunta de um milhão de dólares. Olivia não tivera a coragem de perguntar isso a Natalie. Ela esperou, especulando. Susanne também parecia estar raciocinando em voz alta.

— Lembram de Barbie Apgar, minha amiga quando eu era pequena? A mãe sempre dizia que a data de nascimento era três semanas antes da data na certidão. Explicava que havia a maior confusão no cartório por causa da deficiência de pessoal, com todo mundo pensando na Europa. Os Apgar nunca sabiam quando comemorar o aniversário de Barbie. Era uma piada permanente.

— Brad parecia com você — disse Greg a Natalie. — Pode-se ver nas fotos. O mesmo rosto, a mesma cor dos cabelos. Quem poderia saber se fosse filho de outro homem?

— Jeremiah e Brida — respondeu Susanne. — Eles estavam aqui. Saberiam se houvesse uma discrepância nas datas. Mas, segundo o que você escreveu, eles lhe disseram para casar com papai. Queriam que Carl casasse com uma jovem da Irlanda. E como seu pai estava doente não prestaria atenção às datas. Além do mais, ele queria o dinheiro dos sapatos dos Seebring. E sua mãe morreu antes da guerra terminar, o que significava que ela não estava aqui para revelar o segredo.

— Não havia ninguém mais aqui durante aqueles primeiros anos depois que Brad nasceu — lembrou Greg. — Papai estava na guerra. Carl estava na guerra. Quem poderia *saber*?

Todos os olhos fixavam-se em Natalie. O coração de Olivia se confrangia por ela, mas queria ouvir a resposta tanto quanto os outros.

Natalie não negou. Sua expressão era agora suplicante, mas ela não disse nada. Olivia tirava suas próprias conclusões quando um som rompeu o silêncio. Vinha da porta para o corredor.

Ali, nas sombras, à beira da claridade projetada pelos lampiões, estava Carl. Olhava para Natalie, espantado.

— É verdade? — perguntou ele, a voz rouca, dando um único passo lento para a frente.

Natalie levou a mão à boca, mas permaneceu calada.

— Você sabia? — perguntou Susanne a Carl.

Ele sacudiu a cabeça, mas o gesto representava muito mais do que uma simples resposta negativa. Ele parecia atordoado.

— Não podia deixar de saber que era possível — insistiu Susanne. — Não *adivinhou*?

Carl continuava a fitar Natalie. Fez menção de falar, mas desistiu. Franziu o rosto, inclinou a cabeça, estremeceu pelo que explodia em sua mente. Era tão angustiante ver aquele homem gentil e generoso sofrer que Olivia teria pedido um tempo se aquilo fosse um jogo. Olhou para Susanne, depois para Greg, pensando que um outro se compadeceria de Carl. Para crédito de ambos, nenhum dos dois parecia sentir raiva de Carl. Afinal, Carl fora mantido na ignorância sobre aquilo, da mesma forma que Alexander não soubera de muitas outras coisas.

Carl passou a mão pela boca. Olhou para o chão. Depois, ainda perplexo, fitou Susanne.

— Aprendi a me distanciar — disse ele como se falasse de muito longe. — Tinha de fazê-lo. Quando soube que sua mãe casara com outro, eu... todo o meu mundo desmoronou. Durante algum tempo, tudo o que fiz foi lutar. Ajudei o país no esforço de guerra, sem dúvida.

Não havia qualquer insinuação de sorriso quando ele disse isso. Franziu o rosto e pôs a mão atrás da cabeça.

— Voltei e tinha de ver aquela aliança no dedo de Natalie todos os dias. Tinha de ver Brad e você todos os dias. Aprendi a dizer a mim mesmo que era assim que tinha de dizer. Não podia mudar. Era um fato consumado.

— Como pôde continuar aqui? — perguntou Greg.

Olivia sentiu-se aliviada porque o tom era de compaixão. Os olhos de Carl se desanuviaram.

— Quer saber como pude ficar? Como poderia ir embora? Ela estava sozinha. O marido continuava na Europa, ela tinha um pai doente, duas crianças e uma fazenda que precisava de cuidados. Disse a mim mesmo que só ficaria até Alexander voltar para casa. Mas ficou evidente desde o início que ele não tinha a menor vocação para a agricultura. E eu não podia deixar Natalie sozinha com todo o trabalho, da mesma forma como não pudera partir antes.

— Como podia olhar meu pai nos olhos? — indagou Susanne.

Carl empertigou-se ainda mais, parecendo desafiado agora.

— Por que isso seria um problema? Nunca comprometi a esposa de Alexander. Todo e qualquer envolvimento romântico acabou com o casamento. Não tinha nada a esconder, nada de que me envergonhar. — Ele olhou para Natalie. — Não tinha a menor idéia de que Brad era meu filho. Se soubesse, talvez tivesse feito alguma coisa. Talvez tivesse problemas para olhar Al nos olhos. Mas eu não soube de nada. Estava na Europa, lutando numa guerra, aproveitando o pouco sono que tinha para sonhar em voltar para Asquonset e casar com o amor de minha vida. E, de repente, meu mundo desmoronou. Fui o último a saber sobre o casamento. E sobre Brad?

A angústia ressurgiu em seus olhos. Um suspiro ruidoso escapou de seus lábios.

Foi seguido por um som mais forte quando a porta foi aberta e Simon veio da tempestade. Estava todo molhado, os cabelos despenteados. Mas exibia uma expressão de alívio.

— O vento diminuiu. Vamos embora.

Vinte e Nove

Simon teve uma vaga noção de que a tensão na cozinha era intensa demais para ser causada apenas pelo furacão, mas essa não era sua preocupação naquele momento. As folhas das videiras tinham de ser lavadas. Cada minuto contava.

— Alguém vai ajudar? — perguntou ele, consternado, quando as cinco pessoas ali fitaram-no como se não estivessem entendendo.

Natalie foi a primeira a reagir, levantando-se de um pulo.

— Oh, Deus, claro que sim! Por onde você quer que comecemos?

— Vamos trabalhar de cima para baixo, começando pelas Cabs. Donna já está ali. Pode distribuir o trabalho para todos.

Ele tirou um pedaço de papel do bolso. Estava úmido e amarrotado, mas a tinta da caneta esferográfica não manchara. Preferia que Natalie permanecesse na casa, dando telefonemas. Seria um trabalho mais suave.

— Estas pessoas esperam para ajudar. Precisam ser chamadas.

— Olivia pode fazer as ligações. Eu vou sair.

Carl aproximou-se e disse, a voz rouca:

— Deixe Olivia fazer o trabalho físico.

Natalie virou-se para ele.

— Posso ter cometido outros erros na minha vida, mas empenhar todo o meu esforço no vinhedo nunca foi um deles. Vou sair, Carl... e se eu morrer lavando as folhas será a vontade de Deus.

Ela passou por Simon e deixou a casa.

— O que aconteceu aqui? — perguntou Simon a Carl.

Com uma expressão irritada, Carl apenas saiu atrás de Natalie. Greg também saiu segundos depois.

— Vou chamar Mark — murmurou Susanne, seguindo na outra direção.

Só restaram Simon e Olivia.

Ele passou as mãos pelos cabelos para depois limpá-las no short... mas short, mãos, cabelos, tudo estava tão úmido e coberto de sal quanto as videiras.

— Perdi alguma coisa?

— Nada que não possa ouvir mais tarde — respondeu Olivia. — Você está bem?

Simon sentiu uma pontada no peito. Já fazia bastante tempo que ninguém lhe perguntava isso.

— Apenas cansado — murmurou ele, conseguindo oferecer um pequeno sorriso. — Quase não dormi na noite passada.

— Quanto tempo levará para fazer tudo esta noite?

— Não pode demorar mais que algumas horas ou os danos serão irreparáveis. A adrenalina vai me manter pelo tempo necessário. — Ele entregou a lista. — Comece pelo Corpo de Bombeiros. Eles trarão holofotes. Onde está Tess?

— Na sala íntima. Eu a acordarei antes de sair, para que ela não entre em pânico se não encontrar ninguém na casa.

— Vá chamá-la.

Subitamente, aquilo era tão importante quanto as videiras. O vinhedo era como seu filho, mas Tess era filha de Olivia, e Olivia importava. As duas importavam.

A dúvida no rosto de Olivia lembrou-o de seu lamentável comportamento quando as duas haviam chegado em Asquonset. Ainda precisava se absolver por isso.

— Ela pode ajudar. Não é perigoso, apenas chato. E ela é inteligente e forte. Cada pessoa a mais para ajudar aumenta as chances das uvas.

Como Olivia permanecesse insegura, Simon acrescentou:

— Eu a manterei perto.

Perto da casa? Perto dos outros? Perto de mim? As palavras eram vagas, até mesmo para Simon.

Qualquer que fosse a conclusão de Olivia, aparentemente foi o suficiente para convencê-la. Quando ela acenou com a cabeça, Simon sorriu, sentindo-se satisfeito pela primeira vez naquela noite.

— Vou chamá-la.

Mas Simon queria fazer isso pessoalmente. Lembrava como era dar alguma coisa a uma criança e contemplar sua alegria em troca. Tess não tinha seis anos, e não era a manhã de Natal, mas ele aprendera alguma coisa naquele verão e desconfiava que Tess ficaria satisfeita ao ser chamada para ajudar. Queria estar presente para ver a reação da menina.

— Pode deixar que eu chamo — disse ele, já se afastando. — Comece a chamar as pessoas.

Como não podia deixar de ser, Olivia seguiu-o até a sala íntima. Se já não estivesse apaixonada por ele, ela poderia cair pelo resto do caminho quando viu a extrema gentileza quando ele puxou a manta e acordou Tess. Ao pensar isso, compreender, *admitir* pela primeira vez, ela sentiu intensas palpitações no peito. Isso mesmo, ela o amava. Não havia como negar. Tudo em Simon a atraía, corpo, mente e atitude. E agora havia Tess. Que era uma parte vital. Tess era o centro de sua vida. Olivia nunca poderia amar um homem que não compreendesse isso, não concordasse ou não sentisse a mesma coisa. Da porta da sala íntima, onde ficou observando, Olivia teve a impressão de que isso acontecia com Simon. Não podia distinguir as palavras no murmúrio de Simon, mas poderia jurar que havia um elemento de excitamento. Foi o que percebeu no rosto da filha quando Tess levantou-se, os olhos arregalados no mesmo instante, com mais entusiasmo do que demonstrara nos últimos meses.

Na verdade, não era bem assim. Ela se mostrara igualmente ansiosa em velejar com Simon, mas aquela era uma atividade mais realista. Se as videiras fossem salvas, Olivia queria que Tess soubesse que ajudara. Seria um bom encerramento para o verão.

O perigo, é claro, era a possibilidade de Tess se tornar ainda mais afeiçoada a Simon. O coração de Olivia já estava perdido, mas ela gostaria de poupar Tess. Como fazer isso, porém, com Simon pegando a mão de Tess e levando-a através da cozinha, pegando uma toalha de prato na gaveta e fazendo-a prender na cintura do short? *Para seus óculos*, disse ele, *pois sei como é isso.* Se Olivia pudesse desejar um pai para Tess, seria Simon.

Com a lista na mão, ela observou-os saírem juntos. O coração seguiu-os, deixando um buraco em seu peito que levaria muito tempo para curar, ela sabia. Mas podia dar um jeito. Teria de dar. Não tinha opção.

E Tess? Se a ligação com Simon aumentasse depois disso, o que aconteceria?

Raciocinando como só poderia fazer uma mãe que quisesse o melhor para sua filha, Olivia concluiu que, diante das alternativas, preferia que Tess soubesse que homens como Simon existiam, em vez do contrário.

O instinto natural de Susanne era o de permanecer na cozinha, fazendo bules e mais bules de café no fogão a gás, já que a cafeteira elétrica não estava funcionando. Seu instinto era o de preparar sanduíches e outras coisas, a fim de oferecer às pessoas que viriam ajudar.

Mas ela tinha de sair de casa, pelo menos por algum tempo. Precisava respirar ar fresco, esticar os braços e as pernas. Depois que Donna levou-a para uma fileira de videiras, com uma mangueira ligada no sistema de irrigação, não havia necessidade de muita concentração, além do cuidado de manter o vento nas costas. Mais do que qualquer outra coisa, ela precisava de tempo para arejar a mente.

Mark trabalhava na fileira ao lado. Ela não pôde vê-lo a princípio, no escuro, até que os caminhões dos bombeiros chegaram com os holofotes. Depois, ela podia ver mais do que apenas Mark. O vinhedo tornou-se de repente um mundo cintilante que parecia faiscar mais do que a Quinta Avenida na época do Natal. O esguicho das mangueiras fazia uma curva por cima das folhas mais altas, as gotas de água tremeluzindo à luz. O vento era suave agora, mais uma brisa do que qualquer outra coisa. Com tantos borrifos ao redor, era inevitável que ela acabasse molhada. Mas o ar não estava bastante frio para deixá-la enregelada, e a visão do vinhedo era uma grande compensação.

Trabalhando assim, lutando para salvar uma coisa que importava mais do que ela queria admitir, Susanne sentiu-se energizada. Ocorreu-lhe, no entanto, que muito da energia vinha do pensamento de que a mãe trabalhava ali perto, em algum lugar do nevoeiro. Acontecera alguma coisa na cozinha. Susanne lera o livro de Natalie e conseguira não ficar comovida. Mas vendo a angústia de Natalie, a raiva de Carl, o espectro de Alexander pairando ali e Greg precisando de respostas tanto quanto ela... alguma coisa se abriu dentro de Susanne. Pela primeira vez em sua vida ela via que Natalie era humana... era humana e tinha defeitos. Essa compreensão desarmava a raiva de Susanne. Permitia que avaliasse a história da vida de Natalie com a mesma honestidade que haviam exigido dela, e que reconhecesse que a mulher fora extraordinária, apesar de todos os seus defeitos.

Susanne queria reler o livro. Queria conhecer aquela outra mulher que sua mãe fora, queria conhecer melhor a pessoa que tivera sua quota de erros, mas construíra uma coisa de valor.

Asquonset era de fato um lindo lugar. Susanne esquecera como o vinhedo era bonito. Parada ali, sentindo o cheiro de terra úmida e da água que passava pelas mangueiras para lavar as folhas, pensando na mãe, que tinha setenta e seis anos e continuava vital como ela queria ser ao chegar na sua idade, Susanne sentiu-se inspirada.

Greg tinha a sensação de que segurava três mangueiras. Apenas uma espalhava água. As outras duas espalhavam pensamentos — uma sobre Natalie, outra sobre Jill — que se cruzavam, derramavam, inundavam sua mente. Depois, um caminhão-reboque veio de Huffington, um refletor iluminando as videiras Gewürztraminer, onde ele estava. Via a esposa na fileira seguinte. Subitamente, a inundação diminuiu e o pensamento lúcido voltou. Era possessivo, sem dúvida, e isso não mudaria tão cedo. Mas também se sentia protetor, o que parecia ser uma característica mais honrosa.

Puxando a mangueira, ele passou por baixo das videiras, arrastando-se de barriga como Carl ensinara tantos anos antes para não machucar as uvas. Aproximou-se de Jill, continuando a molhar sua fileira de videiras. Teve de falar em voz alta para ser ouvido acima do barulho da água.

— Quer que eu segure sua mangueira um pouco?

— Não precisa. Estou bem.

— Tem certeza que é certo para você fazer isso?

— Acha que eu faria qualquer coisa para prejudicar meu filho? — indagou ela, incisiva.

Greg recuou. Não, ela não faria nada que pudesse prejudicar a criança. Ele sabia disso. Também sabia que não devia enunciar o óbvio e dizer que a criança era sua também. Por mais furioso que estivesse com Natalie por lhe dizer como devia tratar sua mulher, sabia que as coisas tinham de mudar se quisesse ser um bom pai.

E podia ser. Podia ser tão bom pai quanto Alexander fora... não, melhor ainda, porque podia também ser o provedor. Isso permitiria que Jill cuidasse das crianças, como Natalie não fora capaz de fazer.

Era verdade que Jill dissera que queria trabalhar fora. Isso exigiria algum planejamento. O mesmo acontecia com o tempo de Greg. Não poderia ser um bom pai se continuasse a viajar tanto. Também não poderia ser um bom marido... embora não fosse dizer isso à mãe. Se reduzisse as horas de trabalho e viajasse menos, seria porque queria ficar com Jill, não pelo que a mãe lhe dissera. Natalie não tinha o direito de dizer isso. Não era nenhuma santa. E ele tinha de confessar para si mesmo que sentira alguma satisfação pelo desconforto da mãe no final da conversa.

Isso dito, ele sentiu a pressão da censura da mãe. Natalie nunca lhe falara assim. Nunca o criticara daquele jeito. Quando ele estava crescendo, a distração da mãe já era desaprovação suficiente.

Ele se perguntou se não teria se enganado, se não era desaprovação, se Natalie não estaria apenas... *ocupada*... como ela dissera.

No espírito de honestidade de que a acusara de carecer, Greg tinha de reconhecer que ela construíra algo extraordinário em Asquonset. Havia muito mais videiras do que dez anos antes. A extensão do atual processo de lavagem das folhas comprovava isso.

— Reparou no caminho de casa? — gritou ele para Jill. — Parece que metade da cidade veio ajudar.

— É um tributo a seus pais.

Jill com certeza presumia que isso o irritaria, mas não foi o que aconteceu. Apenas fê-lo pensar outra vez numa veia de honestidade. Enganara-se sobre muitas coisas.

— Pode ser um tributo a Natalie — disse ele. — E a Carl. Mas não a meu pai. Parece que ele não fazia tantas coisas quanto eu pensava.

— *Claro* que ele fazia — protestou Jill. — Apenas fazia coisas *diferentes* do que você pensava. Se não houvesse alguém vendendo o nosso vinho, Asquonset não seria o que é hoje.

Ela se afastou pela fileira para lavar mais videiras.

Greg seguiu-a, encontrando força em suas palavras. Estavam lado a lado, virados para direções opostas. Ele prestava atenção ao que fazia, mas seus pensamentos voltaram a Washington, quase oito anos antes, quando conhecera Jill. A mulher que se encontrava ali agora, em Asquonset, era como a antiga Jill. Assertiva. Não tinha medo de falar com ele.

O casamento emudecera Jill.

Não, não fora o casamento. Ele a emudecera. Cortava o que ela dizia, sufocava-a. Encarava as divergências em termos pessoais. Queria que o amor de Jill fosse incondicional, de uma maneira que o amor de sua mãe não fora.

Eu amava você. Sempre amei vocês dois. As palavras de Natalie voltaram junto com respingos soprados pela brisa cada vez mais fraca. Ele ouviu a maneira ofegante como ela disse isso, viu de novo as lágrimas em seus olhos. Nunca vira a mãe daquele jeito antes. Fazia-o querer acreditar... e especular se a veria de maneira diferente quando ele próprio se tornasse pai. A questão de Brad assumia um novo contexto. Tinha de pensar no que poderia fazer se estivesse no lugar de Natalie.

Queria conversar com Jill a respeito. Queria conversar sobre o comportamento que teriam *como* pais, porque de repente isso parecia muito mais importante do que qualquer pesquisa profissional que pudesse pensar. Mas a conversa não seria fácil, não sobre coisas substantivas, não sobre coisas pessoais. No final, podia não gostar do que Jill dissesse. Havia esse risco.

Tudo o que é bom envolve risco. Natalie também dissera isso. Não se podia excluir essa possibilidade.

Ele assumia riscos no trabalho. Lutara para tornar sua empresa bem-sucedida e conquistara o respeito de clientes e colegas.

Agora, restava saber se seria capaz de usar essas habilidades em casa.

Olivia teria mandado Tess para a cama às duas horas da madrugada se pensasse que a filha iria. Mas Tess estava totalmente absorvida na missão. De alguma forma, em meio ao labirinto de videiras, jatos de água e luz dos refletores, ela encontrara Seth e outro menino de sua turma de vela no clube. Os dois vieram com suas famílias para ajudar. Os três se revezavam na mangueira, um substituindo o outro quando as mãos cansavam. Deslocavam-se de uma fileira para outra, mantendo o ritmo dos adultos, mesmo com as risadas estridentes ocasionais.

Foi apenas pouco antes do amanhecer que Olivia compreendeu que as coisas tinham dado certo. Viu o alívio nos olhos cansados de Simon, viu o vigor dos apertos de mão que ele ofereceu aos amigos. Uma a uma, as pessoas enrolaram suas mangueiras e voltaram para seus carros. Os holofotes foram apagados, as mangueiras de incêndio desligadas. Simon e Donna lavaram as últimas videiras. Depois, Donna e sua família também foram embora.

Quando o sol subiu no horizonte, o suficiente para que os raios compridos mostrassem os danos causados por Chloe, as únicas pessoas ainda acordadas eram Olivia, Simon e Carl. Avaliaram os estragos, de pé na varanda da casa-grande. O caminho de carros estava coberto por detritos. Embora uma grande parte viesse dos bordos, carvalhos e pinheiros periféricos, havia mais do que uns poucos galhos de videiras na confusão.

Sem saber onde ele encontrava a energia, Olivia observou Simon descer os degraus e correr para o bloco da Riesling. Havia espaços vazios desfigurando a ordem perfeita que existia no dia anterior.

— A situação é grave? — perguntou ela a Carl.

Ele respirou fundo, com um cansaço evidente.

— Perdemos algumas videiras. Era inevitável com um vento assim. Mas não perdemos nada para o sal. No final das contas, podia ter sido pior. Vamos replantar tudo. Já fizemos isso antes. — Ele fez uma pausa mínima. — Posso lhe perguntar uma coisa, Olivia?

Simon virou em uma fileira. Só então Olivia virou-se para descobrir que Carl a examinava. Ele tinha os olhos de Simon, com mais de quarenta anos de idade, agora transbordando de exaustão e mágoa.

— Natalie falou com você sobre Brad? — indagou ele, a voz mais rouca do que nunca. — Enquanto você escrevia a história, ela disse que Brad... era meu filho?

Olivia sentiu um aperto no coração pelo homem.

— Não, não disse.

Ele olhou para as videiras.

— E você adivinhou?

— Não. Sabia que havia alguma coisa sobre Brad que não estava sendo dita. Mas não adivinhei o que era. — Olivia hesitou. — Você adivinhou? Alguma vez especulou?

Carl não respondeu. Olivia nem mesmo tinha certeza de se ele ouvira a pergunta. Carl continuou a olhar para os campos, mas sem ver nada. Mesmo de lado, ela podia ver as lágrimas em seus olhos, até que ele se virou e entrou na casa.

Carl queria sentir raiva. Queria repreender Natalie pelos anos em que vivera sem ela, os anos em que tivera de ficar em segundo plano para Alexander, os anos em que acreditara que Brad era o filho de outro homem.

Mas seu coração bateu mais forte quando chegou ao alto da escada. Natalie estava parada ali, numa linda camisola comprida, elegante, os braços à mostra, de cabeça baixa. Encostava na parede, ao lado da porta fechada do quarto de Brad. Parecia tão triste e vulnerável que Carl não foi capaz de manter o desapontamento, muito menos a raiva. Amara-a por mais de setenta anos. Acreditara nela durante todo esse tempo. Mesmo nos dias sombrios depois do casamento com Alexander, tivera certeza de que ela agira de boa-fé.

Agora acontecia aquilo. Ele tinha as roupas molhadas e sentia-se exausto. Todos os ossos de corpo doíam, mas foi a dor em seu coração que o impulsionou até Natalie.

Encostou-se na porta, olhando para o rodapé no outro lado do corredor. Enquanto encarava uma verdade pessoal, fez uma confissão, num fio de voz:

— Eu costumava sonhar que Brad era meu filho. Depois da guerra, costumava observá-lo atentamente, para descobrir se tinha alguma coisa minha. Mas só via você.

A voz de Natalie saiu trêmula:

— Havia uma química entre vocês dois que nunca houve com Al.

— Al sabia?

— Não. Ele se ressentia de minha preferência por Brad, mas nunca adivinhou o motivo. — Ela passou os braços pela própria cintura. — Claro que eu favorecia Brad. Ele era a única coisa que eu tinha de você. E depois também o perdi.

Uma lágrima escorreu por sua face. Carl virou-se a tempo de pegá-la. Deixou o dedo no queixo de Natalie, precisando confortá-la tanto quanto precisava respirar.

— Você nunca me perdeu. Sempre fui seu.

Quando ela o fitou, Carl compreendeu que as lágrimas não eram recentes. Ela já chorava antes de sua chegada.

— Eu queria lhe contar, Carl. Não pode imaginar quantas vezes cheguei assim perto... — Natalie fez um gesto — ... mas me contive porque pensei que só serviria para causar mais sofrimento.

Ele comprimiu um lenço-de-papel contra o nariz. Só o baixou depois de um longo momento.

— Olhava para vocês dois e via o prazer que Brad lhe proporcionava. Pensei que não tinha importância se você não soubesse de toda a verdade, que contar tudo mudaria nossas vidas e magoaria Brad. Eu o amava. O mundo me permitia fazer isso. Eu amava Brad com toda a força do meu coração, porque o mundo não me deixava amar você.

O lenço de papel voltou ao nariz. Ao ouvir o raciocínio, Carl se perguntou se agiria de uma maneira diferente. Natalie tinha razão. As coisas mudariam, talvez seu casamento acabasse, mas isso deixaria Carl feliz? Ou Brad? Brad se sentiria responsável pelo rompimento? Viveria por mais tempo se soubesse que Carl era seu pai?

Ao final, as questões eram irrelevantes. A única coisa que importava — a única coisa que saber sobre Brad comprovava para Carl — era que Natalie o amara pelos mesmos setenta anos em que ele a amara.

Ele abraçou-a enquanto Natalie chorava. Quando ela se aquietou, Carl beijou sua testa e murmurou:

— Está feito. Há muito tempo. Não podemos mudar. Só podemos continuar.

Recuando, ele a olhou nos olhos. Junto com o amor viu a compreensão. Natalie permaneceu ali por mais um momento, talvez para absorver mais de seu calor. Depois, segurando a mão de Carl, abriu a porta do quarto de Brad, empurrou-a toda e deixou-o entrar.

Olivia divisou a porta aberta assim que alcançou o corredor. Olhou para dentro ao passar e viu Natalie e Carl de costas para ela. Estavam diante de uma estante que continha todas as coisas que um menino de onze anos amara. Passou apressada. Entre todas as cenas angustiantes a que assistira durante a noite, aquela parecia ser a mais particular.

Em sua ala, foi ver Tess, que mergulhara num sono profundo. Fechou as cortinas para escurecer o quarto e foi tomar um banho de chuveiro. Ao voltar a seu próprio quarto, encontrou Simon ali. Ele sentava na beira do banco da janela, os cotovelos nos joelhos, parecendo desgrenhado e necessitado, como se não houvesse amanhã, o que a deixou comovida. Tentou amenizar a emoção murmurando:

— Por que tenho a impressão de que você cairia no chão se eu empurrasse um dos seus cotovelos?

— Porque cairia mesmo de tão cansado que estou — disse ele sem sorrir. — Não consigo dormir por mais que uma ou duas horas. Há um grande trabalho de limpeza para ser feito.

Os olhos injetados de Simon encontraram os de Olivia.

— Eu não posso... não posso fazer nada. Só quero abraçá-la.

Ela mal podia respirar. Nenhum homem — absolutamente nenhum — jamais lhe dissera aquilo. Era uma coisa linda para se ouvir.

Sem saber o que faria com as reações que Simon causava em seu coração, ela virou-se para arrumar a cama. Quando acabou, ele estava no banheiro. O chuveiro ficou aberto por apenas dois minutos. Simon voltou com os cabelos úmidos e uma toalha enrolada na cintura. Largou suas roupas junto da porta e foi deitar, abraçando-a. Foi exatamente como ele dissera. Simon nem tirou a toalha. Não houve sexo. Ele a manteve aconchegada contra seu corpo e adormeceu em poucos minutos.

Olivia teve mais dificuldade. Não queria dormir, se dormir significava perder um momento daquilo. Permaneceu acordada, consciente de cada ponto em que seus corpos se tocavam, de cada som, de cada cheiro. Cochilou, como era inevitável, apenas para acordar pouco depois, quando Simon virou para o outro lado.

Sentou na cama, passou os braços pelos joelhos e observou-o. Simon era muito real deitado ali, o tipo de homem que fantasiara durante toda a sua vida.

Mas não era a única coisa que ela fantasiara, e muito do resto também era real agora. Encontrara sua mãe. Encontrara um certo grau de segurança financeira. Encontrara opções para Tess. Encontrara um emprego, até mesmo uma família.

Eram muitas as mudanças naquele verão, quase todas inesperadas. Mas podia lidar com o dinheiro, a escola e o emprego. O problema era Simon.

Suas costas eram largas, sardentas nos ombros, um pouco bronzeadas, afilando de uma maneira viril para os quadris. Dos bíceps salientes para baixo os braços eram mais escuros do que as costas. Uma das mãos tinha a palma virada para cima. Olivia estudou-a, mapeando os calos e cicatrizes. Estendeu sua mão por cima, separada por alguns centímetros, e comparou o tamanho e o formato das duas.

A mão de Simon era maior e mais forte. Seu corpo era maior e mais forte. Talvez sua vontade fosse também maior e mais forte, se era capaz de manter aquele muro de viúvo ao seu redor. Mas Olivia teve uma certeza naquele momento. Estava cansada daquele muro e queria derrubá-lo.

Sem saber como lidar com isso, ela fez o que fazia melhor. Vestiu-se sem fazer barulho e saiu para correr... mas apenas até o escritório de Natalie. Refugiou-se em uma das poltronas.

Achmed ocupava a outra poltrona. Normalmente, quando ela estava na sala, o gato sentava empertigado, como convinha à realeza ao estilo persa. Naquele dia, como o resto da casa, ele dormia. O corpo formava uma curva graciosa e elegante, todo marfim e cinza. Mesmo repousando sobre ombros estreitos, a cabeça tinha um toque de distinção. As patas dianteiras estavam estendidas. Olivia inclinou-se para tocá-las, hesitou, recuou.

Teve de fazer um esforço para não pegar o gato e abraçá-lo. Queria — precisava — maciez e calor. Mas sabia o que aconteceria se tentasse pegá-lo. Achmed se esquivaria e fugiria.

— Por sorte os homens não são como os gatos — comentou Natalie, da porta. — Os homens podem ser domados.

Olivia afundou na poltrona.

— Você acha?

— Acho. — Natalie foi até a poltrona de Olivia e pôs a mão no encosto. — Se fui brusca com você ontem, Olivia, foi porque me importo. E me importo muito... me importo e me importo com Tess. Você acrescenta alguma coisa a esta casa. Tive certeza disso desde o momento em que vi sua foto.

Olivia prendeu a respiração.

— Que foto?

Houve um momento de silêncio. Ela ergueu os olhos para o rosto doce e cheio de culpa.

— Que foto, Natalie?

— De você e Tess, vestidas como dançarinas de *saloon*.

— Eu tinha essa foto no estúdio de Otis. Quando esteve lá?

— Quando o contratei. Estive em sua casa num fim de semana e ele me mostrou o estúdio. Foi quando vi sua foto. As duas transbordavam de espírito e animação.

Olivia teve um pensamento súbito e horrível. A consternação devia ter aflorado em seu rosto, porque Natalie se apressou em acrescentar, incisiva:

— Não, Olivia, não... não criei esse emprego para você. O emprego veio primeiro. Depois pensei em você, porque sabia que Otis estava se aposentando. Mas, com toda sinceridade, duvidei que você pudesse se interessar. Afinal, seria apenas pelo verão.

— Pensou em mim com Simon?

— Não — respondeu Natalie, depressa demais.

— Oh, *Natalie!* — exclamou Olivia, consternada.

— E daí se pensei? Acha que faria muita diferença se você gostasse dele ou vice-versa? Eu não poderia fazer com que qualquer coisa acontecesse entre vocês? O máximo que podia fazer era aproximar os dois. Foi tudo o que fiz, Olivia. Mais nada. Você e Simon fizeram o resto.

Olivia teve vontade de argumentar, mas qual seria o sentido? A situação chegara àquele ponto por responsabilidade sua... e de Simon. Natalie deu a volta para a frente da poltrona.

— Esqueça Simon agora. Minha vontade de que você fique aqui não tem nada a ver com ele. Tem a ver comigo. Você fez exatamente o que eu queria quando escreveu o livro. Eu não poderia ter contratado ninguém melhor.

— Poderia ter arrumado alguém com um diploma de curso superior em inglês.

— E teria um livro perfeito, sem qualquer erro, mas provavelmente carecendo do amor e emoção que você soube incluir. Escreveu o livro como eu teria feito. Foi a espinha dorsal por trás dos detalhes deste casamento. Tornou minha vida mais fácil apenas por saber que você está aqui... para não mencionar que sua filha está fazendo o milagre de levar o velho Carl para a quadra de tênis.

Ela puxou a cadeira do computador de Olivia e sentou.

— Vamos avaliar a situação. No lado positivo, você tem um emprego. Tem uma escola para Tess. Tem pessoas que gostam de você. No lado negativo, tem o risco, porque alguma coisa pode sair errada com um desses fatores, e isso a magoaria.

Olivia acenou com a cabeça em concordância.

— Isso é muito importante.

— Você pode eliminar o risco, se quiser.

— Como?

— Pode ir embora. Aceite o emprego em Pittsburgh. Comece tudo de novo. Não há risco lá.

Natalie levantou e seguiu para a porta. Olivia virou-se para acompanhá-la com os olhos.

— E que mais?
— É só isso.
— Não. Estamos no meio da conversa.
— Eu já disse a minha parte. Você sabe como me sinto.
— *Convença-me* — suplicou Olivia.

Mas Natalie foi embora. Sabia que não podia convencê-la a ficar. Nem Simon. A decisão era toda de Olivia.

O mesmo acontecia com o risco.

Ficar. Partir. Ficar. Partir. Olivia projetou-se de um lado para outro, até que a cabeça fervilhou de indecisão. Essa era a realidade, como raramente a conhecera. Junto a uma noite sem dormir, era extenuante.

Ela voltou para seu quarto, pensando em deitar de novo com Simon. Mas a cama estava vazia.

Melhor assim, disse Olivia a si mesma. Tess se levantaria dali a pouco. Não havia sentido em deixar que a filha os visse dormindo juntos. Não havia sentido em aumentar suas esperanças.

Mas, por outro lado, talvez não fossem as esperanças de Tess. A menina começara por odiar Simon. Talvez uma parte dela ainda odiasse. Talvez ela se sentisse aliviada ao saber que iriam embora. Afinal, Tess tivera Olivia só para si mesma durante dez anos. Que criança queria partilhar?

Ela foi para a cama, procurando deitar-se no mesmo lugar que Simon ocupara. Colocou a cabeça no travesseiro dele e puxou o lençol. O cheiro de Simon a envolvia.

Sentia-se bastante cansada — e bastante imaginativa — para fantasiar que ele estava ali em carne e osso. Confortada por esse pensamento, Olivia adormeceu.

Olivia dormiu até o meio da tarde. Acordou lentamente, mas levantou-se de um pulo ao descobrir como era tarde.

Tess já se levantara e com certeza estava segura. Se Susanne não tomasse conta dela, Jill, Carl ou Natalie se encarregariam.

Sentindo-se culpada por sequer pensar nisso — Tess era responsabilidade *sua* —, ela abriu a porta do quarto para sair à procura da filha. Havia um bilhete no limiar.

Era de Tess... com sua letra inconfundível.

"Fui velejar com Simon", dizia o bilhete. E o coração de Olivia começou a bater forte.

Quando chegou ao clube, atravessou o deque e foi para o cais, Olivia já analisara o fato de Simon levar Tess para velejar por quase todos os ângulos.

Um dizia que ele estava procrastinando, que o vinhedo se encontrava na maior confusão e Simon queria evitar o momento de enfrentar a situação.

Outro dizia que ele cumpria um dever. Prometera a Tess que a levaria para velejar. Depois que fizesse isso, ele ficaria livre.

O ângulo da terapia dizia que ele não velejava há quatro anos, mas o mar se tornara calmo depois da tempestade e era o momento de recomeçar.

O suborno também era uma possibilidade. Ele podia ter saído com Tess em troca da promessa de deixá-lo em paz quando estivesse trabalhando. Ou por não responder às suas perguntas. Ou por ajudar a encontrar casas para os gatinhos.

A saída para velejar também podia ser uma maneira de se despedir.

Olivia não queria que fosse isso. Parada no cais, olhando para o mar, cheio de veleiros, e qualquer um dos quais podia ser o de Simon e Tess, ela compreendeu que não queria que fosse isso.

Ela ficou andando de um lado para outro do cais, mordendo a bochecha. Turmas de limpeza removiam as tábuas das janelas da sede do clube, varriam os detritos do deque, pedaços de madeira, pedras e areia. Havia vários barcos virados, enquanto outros tinham perdido mastros, janelas ou bancos.

Olivia *não queria* que fosse uma despedida.

Ela foi até a extremidade do cais. Sentou ali e esperou.

Vários barcos voltaram, mas Simon e Tess não estavam em nenhum.

Outro barco aproximou-se do cais, depois mais outro. Ela conhecia as pessoas, moradores locais. Quando eles acenaram em cumprimento, Olivia respondeu.

Finalmente, ela avistou Simon e Tess. Levantou-se. Os dois mantinham-se juntos, mas ela seria capaz de jurar que era Tess quem segurava os cabos. Eles avistaram-na e acenaram, ambos com sorrisos exultantes. Olivia começou a chorar... de repente, sem qualquer motivo que pudesse imaginar.

— Oi, mamãe! — gritou Tess.

Mas seus olhos logo voltaram a se fixar na vela. Quando Simon disse alguma coisa, ela puxou a cana do leme e recolheu os cabos. O veleiro deslizou para o cais com a maior suavidade, como se Tess tivesse uma experiência de anos atracando barcos. A vela baixou. Olivia pegou o cabo que eles lançaram no cais.

— Você nos *viu*, mamãe? — gritou Tess, efusiva. — Viu como fomos longe? Foi maravilhoso!

Ela teria desembarcado nesse instante se Simon não insistisse que ela tinha de ajudar a dobrar, amarrar e guardar tudo.

Depois que tudo foi arrumado, Tess avistou uma amiga ali perto. Pôs as mãos nos ombros de Simon e disse, muito adulta:

— Você foi maravilhoso, Simon. Obrigada.

Depois, como se bastasse apertar um botão, ela voltou a ser uma menina de dez anos. Pulou para o cais, ofereceu a Olivia um sorriso de beatitude e saiu correndo.

Olivia sentou na beira do cais, os pés balançando sobre o barco. Simon encostou-se em seus joelhos.

— Por que estava chorando?

Os olhos de Olivia voltaram a se encher de lágrimas. Ela passou os braços pelo pescoço de Simon.

— Não vá embora.

— Eu? Não pretendo ir para nenhum outro lugar.

— Mas irá algum dia? Vai se cansar das coisas e ir embora?

Ele afastou os cabelos que insistiam cair sobre os olhos de Olivia.

— Não a deixarei.

— Isso me deixa muito assustada.

— E pensa que não me assusta? Perdi tudo uma vez. Conheço esse sofrimento. — Ele franziu o rosto e ficou olhando para seu polegar acariciar o braço de Olivia. — A caminho de seu quarto esta manhã vi

Natalie e meu pai. Estavam no quarto de Brad. Não pode ter sido fácil para qualquer dos dois. Admiro a coragem que eles demonstram.

Simon fez uma pausa. Os olhos se encontraram.

— Quero admirar a nossa coragem também.

Olivia também queria. E queria mais do que qualquer outra coisa.

— Temos?

— Acho que temos.

Ele engoliu; e enquanto ela observava seus lábios, Simon murmurou as palavras mágicas.

Trinta

— Pode virar a luz, querida? — pediu Simon com alguns pregos nos dentes.

Tess levantou-se de um pulo. Ajustou o facho da lanterna, apontando-o para o lugar em que trabalhavam. Voltou segundos depois, trazendo outro punhado de pregos. Passou a entregar uns poucos de cada vez. Estavam pregando o assoalho no que seria uma sala íntima, com um teto alto de vigas expostas e uma clarabóia. Era metade do acréscimo que Simon fizera para a cabana. A outra metade, já concluída com a ajuda dos amigos da cidade, continha quartos.

— O cordão está esticado ao limite — comentou Olivia da porta.

Ela se encostava na parede de madeira recém-instalada, as mãos nos bolsos do jeans, três gatos a seus pés. Buck estava ali, com mais dois gatos da ninhada que haviam ficado, Oliver e Tyrone. Ambos tinham orelhas e olhos cada vez maiores. Mas nenhum dos três se aventurava além de Olivia, até o ponto em que as marteladas eram dadas.

— É uma mensagem de que vocês devem parar por esta noite — acrescentou ela.

— Só mais meio metro. — Simon estendeu a mão para uma pilha de tábuas de bordo. — Uma pequena agora, Tess.

Ela entregou-a. Ele fez o ajuste na tábua que acabara de instalar, macho e fêmea, e prendeu com dois pregos bem situados.

Olivia deveria ter insistido que parassem. Era cada vez mais tarde e fazia frio em novembro. Embora as paredes estivessem fechadas e com o isolamento apropriado, ainda não havia aquecimento ali. Não havia problema nos quartos, mas o teto alto ali aumentava o frio. Além do mais, Tess tinha deveres de casa para fazer. Ela estava se ajustando na Braemont, feliz como há anos não se sentia. Mas a escola não era indulgente com os alunos. Não havia desculpas pela deficiência de aprendizado. Os professores sabiam exatamente com o que lidavam e como fazer tudo da melhor maneira possível. O que significava muito trabalho.

Mas aquilo também era importante... Tess se sentia uma parte vital do processo de construção, e Simon satisfeito por contar com sua ajuda. E não era um gesto vazio. Ele fazia Tess trabalhar, quer estivessem borrifando as videiras, colhendo uvas, velejando ou construindo uma sala.

Olivia não poderia pedir mais para sua filha. Se existia algum homem que captava a ética de trabalho do passado, era Simon.

Ela sentiu o anel em seu dedo. Tirou a mão do bolso para vê-lo de novo. Em matéria de anel de noivado, era mais lindo do que qualquer um que ela jamais imaginara, mesmo em seus sonhos mais delirantes. Um único diamante, perfeito, ladeado por pares iguais e baguetes, engastadas em platina, com uma simplicidade que realçava o faiscar das pedras. Era refinado em todos os sentidos, um dos quais o fato dos diamantes serem de um broche que Carl dera a Ana quando Simon nascera. Pertencera à mãe de Carl antes disso.

Possuir uma herança de família — ser parte de uma tradição de família — era mais do que Olivia havia esperado. Tinha o anel há dois meses, mas ainda se descobria a tocá-lo com freqüência, apenas para ter certeza de que continuava ali, que era real. E havia outro anel sendo preparado. As baguetes restantes do broche estavam sendo engastadas em platina. Seria o anel de casamento.

O anel de casamento... era difícil de acreditar.

O casamento fora marcado para o fim de semana do Dia de Ação de Graças. Olivia precisara de todo esse tempo para acreditar que era real o que tinha com Simon. Não podia tirar o relacionamento do bolso e contemplá-lo, como fazia com o anel. O amor era intangível. Para alguém como Olivia, que passara a vida inteira pensando que não tinha qualquer valor, era difícil acreditar. Mas acabara acontecendo.

Tivera, por exemplo, um problema com o vinhedo. A colheita encerrada, Simon tinha de aerar o solo, aplicar fertilizante, substituir as videiras que Chloe destruíra, arrancar outras, velhas demais para serem produtivas. De vez em quando ocorria alguma coisa que retardava sua volta para casa. Na primeira vez em que isso acontecera, Olivia convencera-se de que ele mudara de idéia sobre o relacionamento e queria se esconder atrás do trabalho. Na segunda vez, ela apenas se mantivera alerta. Na terceira, estava bastante relaxada para aproveitar a demora para desfrutar um tempo de qualidade com Tess.

Não houvera uma quarta vez. Mais do que qualquer outra coisa, isso indicava o quanto Simon queria sua companhia. Nem mesmo a pessoa mais desconfiada poderia resistir a esse tipo de devoção por muito tempo. Haviam se tornado mais e mais íntimos, eram os melhores amigos um do outro agora. Viam as coisas da mesma maneira, quer fosse a ampliação da cabana ou a criação de Tess. Conversavam. Riam. Sentiam-se cada vez mais apaixonados.

Natalie pressionara por uma grande festa de casamento, mas Simon e Olivia também pensavam da mesma maneira a respeito. Queriam uma cerimônia pequena e íntima. Por isso não haviam sido enviados convites formais. Limitaram-se a dar alguns telefonemas, convidando as pessoas mais importantes.

Susanne e Mark viriam. Tinham até onde ficar, pois haviam acabado de comprar uma casa na praia, a alguns quilômetros do vinhedo. Era grande, ao estilo das casas de Cape Cod, com uma varanda interminável e um enorme galpão, que Susanne planejava converter num apartamento para os filhos ou em vários quartos de hóspedes. Ela saía de Nova York e passava os fins de semana ali com freqüência, considerando suas opções, enquanto reformava a casa principal.

Susanne e Natalie começavam a se abrir uma para a outra. Exigia às vezes um grande esforço, com os velhos hábitos quase tão persistentes quanto os antigos ressentimentos. Mas Susanne e a família haviam comparecido ao casamento de Natalie e Carl. Pela resistência inicial de Susanne, fora um grande passo.

Os passos de Greg eram menores. Ele viera para o casamento e se mostrara bastante simpático, mas Olivia desconfiava de que Jill ainda fora a força por trás desse comportamento. Como se fosse parte de um acordo, ele voltara para Washington com ela, no dia seguinte. Embora ela continuasse a fazer o trabalho de marketing para Asquonset de lá, várias semanas passaram antes que alguém tivesse notícias de Greg. Depois, ele telefonou para Carl, talvez por achar mais fácil. Informou que a situação era melhor entre Jill e ele, que vinham se encontrando com um conselheiro conjugal e fazendo compras para o bebê. Pediu a Carl que avisasse a Natalie que viriam para o Festival da Colheita no Outono. E vieram mesmo. Ainda havia uma certa tensão, mas o comportamento simpático era mais genuíno. Ele e Natalie conversaram um pouco... sobre Alexander, sobre Jill e o bebê, sobre as mudanças que poderia fazer em sua empresa, a fim de passar mais tempo em Washington com a mulher.

Jill prometera a Olivia que viria para o casamento. Olivia sentia-se honrada em chamá-la de amiga.

— Acabamos por hoje — anunciou Simon.

Tess apontou além dele.

— Pensei que iríamos até ali.

— Era uma esperança. Mas chegaremos lá amanhã. — Ele ficou acocorado por um momento. — Enquanto isso, veja o que fizemos. É espetacular.

Mas Tess avistara os gatos. Engatinhou até eles, sentou e cruzou as pernas. No mesmo instante Oliver pulou para o buraco entre as pernas, subiu pelo peito de Tess e começou a bater com a pata numa mecha de cabelos.

— E os deveres de casa? — lembrou Olivia enquanto Simon começava a recolher as ferramentas.

— Este filhote é tão bonito... — murmurou Tess.

— E os deveres de casa? — repetiu Olivia.

Tess lançou-lhe um olhar que Olivia poderia interpretar como sendo de raiva se a luz fosse melhor e os óculos não estivessem tão sujos. Parecendo compreender isso, a menina levantou-se e foi dar um beijo em Simon, antes de passar por Olivia. Ele também se levantou e foi até Olivia, esfregando as mãos no jeans.

— Lamento por isso.

Olivia sorriu.

— Não precisa lamentar. — Ela ergueu o rosto e passou os braços pela cintura de Simon. — Não me importo de bancar o bandido nesse filme. Prefiro que ela goste de você.

— Tess está jogando um contra o outro.

— E acho que isso é apenas o começo. Espere só até ela começar a dirigir. E a sair com namorados.

— Daremos um jeito.

Ele pôs as mãos nos lados do corpo de Olivia. Quando respirou fundo, ela sentiu toda a força de seu corpo. Soltou um suspiro de satisfação.

— Sabe o quanto sou feliz?

Olivia não podia responder. Nunca podia quando ele dizia coisas assim. As palavras eram muito reais, muito honestas, muito comoventes. Ela sempre se sentia sufocada.

Por isso, ela sorriu.

Simon também sorriu.

— Não tem nada a dizer?

Olivia sacudiu a cabeça.

— A mulher que tinha uma resposta para tudo que eu falava quando nos conhecemos... não tem *nada* a dizer?

Ela tornou a sacudir a cabeça, o sorriso mais largo para compensar as lágrimas.

— Quer entrar para se esquentar?

Pensando que o homem rude e mal-humorado que ele era quando se conheceram havia adquirido um certo jeito com as palavras, que se tornara alguém absolutamente perfeito, que ela não merecia, mas aceitaria assim mesmo, Olivia acenou com a cabeça em concordância.

Impresso no Brasil pelo
Sistema Cameron da Divisão Gráfica da
DISTRIBUIDORA RECORD DE SERVIÇOS DE IMPRENSA S.A.
Rua Argentina 171 – Rio de Janeiro, RJ – 20921-380 – Tel.: 2585-2000